中国作家协会网络文学研究院（杭州）重点学术扶持项目

中国网络文学研究名家论丛 | 夏 烈 主编

网络文学青创爆款方法论

▷ 庄 庸 著

宁波出版社
NINGBO PUBLISHING HOUSE

杭州出版社

"中国网络文学研究名家论丛"组委会

顾　问　陈崎嵘　臧　军　曹启文　应雪林
主　任　沈旭微
副主任　唐龙尧　夏　烈　袁志坚　尚佐文
委　员　肖惊鸿　叶　凯　何晓原　马　季　陈曼冬

主　编　夏　烈
编　委　徐　飞　陈金霞　钱登科　周　敏　韩　佳

序 一

且为网文鼓与呼

陈崎嵘

历经二十余年的蓬勃生长与大浪淘沙，中国网络文学为普罗大众所接纳、熟知和欢迎，成为一种谁也无法忽视的世界级文化现象。

网文忆，最忆是杭州。这里有三秋桂子、十里荷花，更有百名大神、数个首创。在社会各界大力支持下，中国作家协会网络文学研究院、中国网络作家村、中国网络文学周，先后落户杭州白马湖畔。一时云蒸霞蔚，风生水起。

自然不能说这三块金字招牌发挥了多么巨大的作用。在笔者看来，它们的主要意义在于首创，在于拓展人们对于网络文学认知的阈值。

当然，作用还是有些的。譬如，中国作家协会网络文学研究院聘请了一批专家学者，坚持不懈地开展网络文学研究，并取得了一系列成果。"中国网络文学研究名家论丛"的推出，即是佐证。

收入此辑的9种研究专著，撰写者都是国内多年坚持网络文学研究，并为业界所广泛认可的专家学者。长期以来，他们跟踪中国网络文学的发展流变，直面网络文学现场，将自己的目光聚焦于网络文学和网络作家，从而清晰地勾勒出中国网络文学发展的历史与态势；他们将中国网络文学放到新世界、新世纪、新时代、新文坛、新媒体、新技术的大格局中，加以观察、比较、互鉴，得出关于中国网络文学性质、特质、价值、意义、成因的判断，认定中国网络文学是新型的人民文学，或许可使中国网络文学扬名立万；他们剖析千百部网络文学作品和千百名网络作家，从历史文化传统、神话知识谱系、外国魔幻奇幻因素影响、当下中国读者阅读审美习惯诸方面，梳理出中国网络文学的类型化、男频女频世界、超长文本、金手指和异能、网络文学共同体等的合理性、可持续性，为业界注入信心与动能。

需要说明的是，上述研究专著，并不是中国作家协会网络文学研究院研究成果的全部，还有几位被聘专家的专著，因各种原因而未被列入；它们更不是全国网络文学研究成果的集大成，而只是网络文学理论评论大海中几朵绚丽的浪花，是网络文学理论评论森林里几束翠绿的枝叶。但笔者依然认为，这些成果对于中国作家协会网络文学研究院乃至中国网络文学界，仍是一个可喜的收获，对于当前网络文学创作与研究亦有所裨益。

笔者并不认为我国网络文学的研究状况已令人满意。恰恰相反，笔者曾在多个场合反复阐述网络文学理论评论滞后于网络文学创作实践的观点，竭力呼吁加强网络文学研究队伍建设，强化网络文学研究工作，继续充分发挥中国作家协会网络文学研究院及其他研究基地、研究中心的作用。尤其要探索网络文学的网上评论，开辟"网来网去"的路径。研究者要"下海冲浪"，在创作现场与作者、网民互动,积极扮演"战地记者",尝试进行"现场直播"。也许,那样的网络文学评论与研究,更接"地气""人气""网气",更有可能受到网络作家和网民读者的欢迎。

我们有理由期待,并祝贺"中国网络文学研究名家论丛"的编辑出版。

2022 年 5 月

(本文作者为中国作家协会网络文学委员会主任、中国作家协会网络文学研究院院务委员会主任,中国作家协会书记处原书记、副主席。)

序 二

集结与开放
序"中国网络文学研究名家论丛"

夏 烈

"中国网络文学研究名家论丛"是位于杭州的中国作家协会网络文学研究院立项扶持的重点学术项目。2020年启动,历时两年,第一批成果9种即将付梓。作为丛书主编,照例要写几句。

首先,是关于这一丛书的起心动念。作为中国网络文学二十余年场域内的一分子,除了与广大的网络作家、产业平台乃至粉丝受众时相交流、共同成长以外,我更多的时间是在与网络文学研究、评论界的同道们聚首、开会、评审、撰稿。可以说,面对网络文学这个"一时代之文学"的大势新潮,高校文科、作协、文联以及相关文化单位的文学研究者、批评家逐渐从三三两两到小股的轻骑兵,再到今时今日蔚然生动的集团军——中南大学欧阳友权教授领衔的湘派,北京大学邵燕君教授领衔的京派,山东大学黄发有教授领衔的鲁派,安徽大学周志雄教授领衔的徽派,南京师范大学何平教授或者苏州大学汤哲声教授领衔的苏派,自然还有杭州师范大学的我和单小曦教授领衔的浙派。其余如厦门大学黄鸣奋教授,中国社会科学院陈定家教授,中国作家协会网络文学中心何弘主任、肖惊鸿研究员,鲁迅文学院王祥研究员,中国作家协会网络文学研究院马季研究员,首都师范大学许苗苗教授,等等。在时代的波澜涌起和文科知识分子的勇毅开拓中,网络文学的研究评论渐成声势,结成一片绚烂的花果园,此既可谓顺势而为、终有小成,亦可谓念念不忘、必有回响。而如果按照我所提出的中国网络文学"场域理论"讲,文科知识分子由此也基本构成了一种力量,在网络文学的发展矩阵中多少占有一股博弈与合作的话语权,他们从理解、参与入手,贯注着所主张的人文价值和审美价值,提倡网络文学的精品化和经典化。对于这些因时而起,富有学术敏感力和打破舒适区、主动迎接挑战的奠基者,我一直就想策划那么一人一册的一套丛书。

是宁波出版社的总编辑袁志坚兄主动找了我。在他之前,也有一些意向合作方,但或因我的怠懒,或因合作条件过于亏欠作者而作罢。袁兄以现当代文学专业的当行本色来劝服我合作一把,我才觉得应鼓足勇气落实实施。之后申报给中国作家协会网络文学研究院,获批了重点项目。这些成了我邀请各位师友的背景、靠山。所以,感谢这些合作方的领导,更感谢第一辑送来书稿的作者,以及那些当下虽无成稿却答应俟之将来的作者们。我深深觉得,网络文学研究评论在学界文坛走来不易,同行者之间的互相鼓励支撑是最可宝贵的财富,这一时代赋予的新的学术共同体还有待我们之间的大力合作、建设、砥砺、珍惜。

其次,是想说说"研究名家"的命名。这对于网络文学研究评论来讲还算新鲜。除了上述讲到的二十余年来渐成声势的一批代表人物,这个"研究名家"的命名,还跟当下网络文学研究评论界已然涌现的"三代"学人群体有关。也就是说,在网络文学研究评论现场,大致形成了具有传帮带传统的三个年龄代际学人的在场,他们共同构建起研究队伍的金字塔结构,从客观上、体制上完成着长幼有序、渐成学统规模的"名家"体系。比如黄鸣奋、欧阳友权从文艺理论学科介入,白烨从现当代文学史、文学评论介入,汤哲声延续前辈范伯群先生从通俗文学介入,等等,他们都是"50后"学人,构成了第一代网络文学研究队伍;陈定家、邵燕君、马季、王祥、黄发有、肖惊鸿、何平等是"60后",夏烈、周志雄、许苗苗、庄庸、单小曦、禹建湘、桫椤、房伟、张永禄、黎杨全、乔焕江等是"70后",黄平、丛治辰、李玮等是"80后"(80初),他们基本构成了第二代网络文学研究队伍;吉云飞、肖映萱、李强、王玉玊、高寒凝等是"90后",是正在迅速崛起的第三代网络文学研究队伍——正是这样的"三代"学人的构成与建设,为我们及时、必要地推动中国网络文学研究名家论丛做了时间上、思想上、结构上的准备。也是在这个意义上,我们希望这套丛书是开放性的,逐渐加入和整合"三代"甚至未来的网络文学学人队伍,包括海外网络文学研究(汉学界)以及网生网络文学评论家的名家之作。

目前第一辑的9种,分别是白烨的《新世纪文坛与新媒体文学》、黄鸣奋的《人工智能与网络文艺》、王祥的《人类神话:网络文学神话学研究》、周志雄的《直面网络文学现场》、夏烈的《故事与场域:以网络文艺为中心》、陈定家的《有无之间:网络文学与超文本研究》、马季的《中国网络文学简史》、肖惊鸿的《网络文学的两个世界:男频和女频名家名作研究》、庄庸的《网络文学青创爆款方法论》。他们运用了各种理论武器,并将视野扩及网络文学的内部研究和外部研究乃至更广泛的网络文艺、人类文学艺术的生态研究——只有这样，才能更好地认识、理解和发展、建构不断变化中的"一时代之文学"，但他们的共同点也是明确的：扎根网络文学场域，从网络文学的文本、现象、特点出发讲话，将网络文学放诸传统——当下——未来的三维、四维、多维结构中交流构想，力求不空论、不强制、不故陋，展卷阅读之中能够感受到研究者、评论家们丰富的学术兴奋点和饱满的思想乐趣。此外，这也可以看作是一次当下学院派（含协会派）网络文学研究代表人物的集结。

中国网络文学是有文化根的当代创作，也是充满民间性、未来性和国际性的文化厚壤。二十余年的创作长廊至今依然拥有巨大的创作活力、市场活力、传播活力和阐释活力，容得下更多的研究者、评论家如蜂子般勤奋采集与酿蜜，这是时代文学气象赐予时代学人的崭新乐土，可圈可点、可赞可弹、可庄可谐，更可以出名家而卓然为峰——"海到尽头天是岸，山至高处人为峰"。习近平总书记对哲学社会科学界讲，要"真正把做人、做事、做学问统一起来"[1]，坚持做好一个时代的文学工作，相信也能实现山高人为峰的理想境界。此与同行共勉！

是为序。

2022 年 6 月

（本文作者为中国作家协会网络文学研究院副院长，杭州师范大学文化创意与传媒学院教授、博士生导师。）

---

[1]《习近平在哲学社会科学工作座谈会上的讲话》，《中国教育报》2016 年 5 月 19 日，第 1 版。

目 录

引 论 网络文学青创爆款方法论：从"超级IP时代"到"时代新范式"
.... 001

第一节 重新定义"爆款"：从"青春爆红款型"到"时代潮流引爆点"
.... 005

第二节 析词辨义敏感度：那些被造出来的"爆款"家族词语
.... 009

第三节 爆款的革新：从"讲故事的技术"到"引爆潮流的理念"
.... 014

第四节 造词、理论与方法论：从"时代问答链"到"时代新范式"
.... 019

第五节 "青创化"方法论：从"青创爆款法"到"青创未来论"
.... 026

第六节 多余的话：假若"论爆款"能成为"爆款"的话 …… 034

第一章 代言人原型（模型）：从"世代爆款现象"到"时代潮流引爆点" ……………………………………………………… 037

第一节 引爆点：从"三十归零"到"第二人生" ………… 041

第二节 乐活主义：从"重活一次"到"换个活法" ……… 043

第三节 范式转换：从"精神启蒙（自我觉醒）"到"平等生活（社会关系）" ………………………………………… 046

第四节 不同选择：从"两代人"到"两个时代" ………… 049

第五节 代际差异：从"双主角之差"到"年轻世代之异" …………………………………………………………… 053

第六节 滞后效应：从"未来之新需求"到"过去之旧观念" …………………………………………………………… 056

第七节 爆款新 IP：从"当下世代"到"未来时代" ……… 060

第二章 迭代风向标：从"造爽之旅"到"穿越宇宙" ……… 065

第一节 演变拐点：从"初代世界观"到"穿越宇宙进化史" … 068

第二节 逆转主角光环：从"穿越者优越感"到"穿越者炮灰命" …………………………………………………………… 070

第三节 思想荆棘：从"犯皇权者死"到"享民权者造恶" … 072

第四节 暗黑面：从"渴求救世主"到"谋杀穿越者" …… 074

第五节 关系与角色：从"穿越异乡人"到"原住新移民" … 077

第六节 超级大黑锅：从"隔壁地球学霸"到"异界冥王入侵" …………………………………………………………… 080

第七节 穿越造爽之变：从"快活人生"到"苟活至圣" … 085

第三章　谋生亦谋爱：从"强烈的求生欲"到"爱的信仰饥渴症" …… 091

- 第一节　交叉感染：从"女性大玄幻文"到"男频小言情文" … 095
- 第二节　穿越得与失：从"王者之权杖"到"女神之爱冠" …… 098
- 第三节　命运逆转：从"男为权臣王侯"到"女非京师明珠" … 101
- 第四节　谋生难谋爱：从"穿越者优势"到"传统规矩强势" … 105
- 第五节　情绪引爆潮流：从"庶女生存攻略"到"现代女性困境" …… 108
- 第六节　新社会现实感：从"重建亲密关系"到"重塑爱的观念" …… 112
- 第七节　知否，知否：从"爱的条件"到"爱的信仰" …… 115

第四章　活着理念：从"求活权之争"到"美好信念战" …… 121

- 第一节　门房之子生与死：从"求生欲"到"求活权" …… 125
- 第二节　我还活着：从"第一优先权"到"个人授权（捍卫）链" …… 128
- 第三节　非典型唐人：从"身份认同危机"到"冲突战略重心" …… 131
- 第四节　信×权之争：从"授权逆转争权"到"信神明PK信自己" …… 134
- 第五节　蚂蚁哲学：人类"生而如蚁"，却"美如神" …… 138
- 第六节　大小写"人"：从"主角越境反超强者战"到"人类忤逆神明史" …… 142
- 第七节　猫腻宇宙：从"人和神权益之争"到"人与人信念之战" …… 147

第五章　代际冲突：从"迭代矛盾"到"世代战争"…………153
　第一节　老一代：从"父辈的旗帜"到"联邦的遗产"………159
　第二节　中生代：从"热血少壮派"到"冷血军政府"………161
　第三节　新生代：从"瞻仰导师的传奇"到"走我自己的路"…163
　第四节　继承法：从"优良的遗产"到"沉重的负资产"……166
　第五节　游戏规则：从"玩游戏的人"到"守规矩的传统"…168
　第六节　传承链：从"尴尬的夹生代"到"逆袭的新人观"…171
　第七节　新个人主义：从"我代表我自己"到"为我・们代言"
　　　　　…………………………………………………………174
　第八节　我・们造词论：从"我这一个年轻人"到"我・们这一代
　　　　　（世代／时代）人"……………………………………178

第六章　三"代"人之危：从"身份认同"到"价值冲突"……183
　第一节　父辈的时代：从"强者璀璨"到"战争思维"………187
　第二节　统一的意志：从"外部战争"到"内部冲突"………190
　第三节　名与利：以××的名义，请你去死吧………………192
　第四节　三层祭台：从"祭神如神在"到"献祭正义的牺牲品"
　　　　　…………………………………………………………195
　第五节　世代的反击：从"沉默的中生代"到"锋锐的新生代"
　　　　　…………………………………………………………200
　第六节　继承权之争：以"大义之名"侵犯"人类的利益"…203
　第七节　生存鄙视链：凭什么，你能裁决他人先死？………207
　第八节　圣人即恶徒：假善之名，行恶之实…………………210

目 录

第七章 讲道论理：从"主角行之有道"到"让世界归于合理" …… 215

第一节 强制牺牲论：为了"我们"的正义，请你们先死 …… 219

第二节 伪黄金三准则：从"天经地义你先死"到"第一优先原则" …… 223

第三节 垃圾论：谁才是最应该被扫进历史（时代）角落的垃圾？ …… 225

第四节 谁更正义：从"审判官"到"审判审判官的人" …… 230

第五节 对错之辩：从"公认有理"到"行之无道" …… 232

第六节 讲道论理：从"宇宙有无道理"到"谁更讲道理" …… 234

第七节 新社会现实感：从"人人有理"到"手撕于道" …… 238

第八节 道·理宇宙：从"剑来理来"到"拳至道成" …… 241

第八章 爱与权杖："人—权杖—理念"标准金字塔原型（模型）和渊源流变 …… 247

第一节 标准三问：从"理念""权杖"到"人" …… 251

第二节 变质链：从量变、质变到畸变 …… 254

第三节 谁之错：是"人的问题"还是"理念的问题" …… 258

第四节 善恶标准链：从"畸变的标准"到"权杖的腐蚀" …… 261

第五节 帕布尔问题：从"审他必死"到"量己可活" …… 263

第六节 极端之危：从"己·标"准则到"它·理"原则 …… 267

第七节 私器（标）公用：从"定标我是善"到"靶向你为恶" …… 270

第八节　大审判时代：从"审判官思维"到"第三方专职（专业／业余）大众评审团" …………………………………… 274

第九章　审判官思维：从"我代表××审判你"到"自己被集体审判" …………………………………………………… 279

第一节　反派审判官：我代表××审判你 ………………… 283
第二节　替代性满足：主角"从未迟到的正义"审判 ……… 285
第三节　光环罩体：从"代入为主角"到"替身为作者" …… 290
第四节　神清气爽：我就是审判一切的时代主角………… 294
第五节　逆转攻势：从"审判作者"到"审判自己" ………… 296
第六节　权杖的移交：从"角色旋转门"到"权益与权利之争" ……………………………………………………… 300
第七节　角色的旋转：从"终极大审判官"到"被集体审判的对象" ……………………………………………… 303
第八节　重心迁移：从"人人都有审判权"到"为了审判而审判" ……………………………………………… 307

第十章　利己内驱力：从"社会大审判链"到"美好生活大建设" …………………………………………………… 311

第一节　一体两面：从"社会审判链"到"美好生活建设线" ……………………………………………………… 315
第二节　为什么人：从"谁掌握权杖"到"为什么人"文化准则 ……………………………………………………… 319
第三节　痛点问题：从"群体性冲突"到"社群（社会）的撕裂" ……………………………………………… 323

第四节 内驱力流变：从"理性（精致）利己主义"到"以己为标尺量世界" ………………………………………………… 326

第五节 断链与连接：从"嘉人传导链"到"社会嘉奖机制" ………………………………………………… 329

第六节 利己宇宙观：从"精致"到"自律"和"反—巧饰"主义 ………………………………………………… 334

第七节 时代问答链：以改造世界为己任，还是为自己而活 ………………………………………………… 336

第十一章 年轻人的时代：从"青春代言人"到"青年定标运动"
………………………………………………… 341

第一节 年轻的时代：从"这一时代"到"不同的世代" …… 346

第二节 连接时代：从"这一时代之网文"到"这一时代之年轻人" ………………………………………………… 349

第三节 青春角逐场：谁在隔离"时代青年"和"青年时代"？ ………………………………………………… 353

第四节 领先 0.05 公分：从"比较优势"到"发展劣势" …… 355

第五节 反撕大战：从"审判网文"到"为网文辩护" …… 359

第六节 自我与时代："不甘老去"的人和永远年轻的力量 ………………………………………………… 362

第七节 循环系统："年轻力"是如何"让世界运作"的 …… 365

第十二章 形塑青年：从"新主流受众需求流"到"未来爆款方法论"
………………………………………………… 371

第一节 争夺年轻力：从"权杖之外争"到"代言之内弃" … 375

第二节　迭代网文：从"代言人世代更迭"到"青春时代转向"
.... 379

第三节　承上启下：从"为自我（而非世界）代言"到"为青春和时代代言" 381

第四节　青春时代：从"新奋斗主义"到"全民稳健思潮" … 384

第五节　新时代新世代：以"新主流受众"倒逼"新主流网文"
.... 388

第六节　讲故事的革命：从"爽文爆款工匠术"到"智匠创作好故事"
.... 393

第七节　未来爆款方法论：从"一个人"的引爆法到"一代人"的众创时代 396

参考文献 403
代后记　网络文学智库导向：我的"青创观"极简史 ……… 405

引 论

网络文学青创爆款方法论：
从"超级IP时代"到"时代新范式"

什么是"爆款"？

顾名思义，爆款就是突然爆红、爆热（就像大爆炸一样），然后火爆了、买卖爆了，让人的感受、知觉都要爽爆了（如从舌尖上的味蕾到身心都像小宇宙一样爆发）的"爆红款型"——既指爆红的那一作品、产品，又指那一款、那一型。

这种定义和描述好像是那么回事，但又好像少了那么一点味道。对于现在耳熟能详、人人都在使用的概念，下定义本来就是一件困难的事儿，要精准地定义就更是难上加难了。

何况，还要察其渊源、究其流变，大家会不以为然。

知其然就可以了，还要知其所以然？"谢邀！"——谢绝这种"动脑探险"的邀请。

大多数时候，我们跟大多数人一样，对于"爆款""IP""网感"诸如此类的关键词及其所代表的现象级概念，也都是拿来就用，不求知其所以然。

但是，真要研究"爆款方法论"时，就不能不挖掘这种"关键词"和"现象级概念"的渊源流变、来龙去脉，特别是它的生成机制、运转法则和思路逻辑。否则，如何触达它的思想理念（如理论范畴、内涵与外延）、认知结构（如我们对它的认识、认可和认同）和方法论（如实践标准、创作模式和技术准则）？

时代是思想之母，实践是理论之源。"爆款"是21世纪以来席卷中国的"全民造词热（包括全网玩梗文化）——中国话语体系构建运动"[1]现象、潮流和趋势造出来的社会热词（关键词）之一，可以采用我们建构的网络文学（时代新范式）造词、理论与方法论原型（模型），进行"建模构型造原型（模型）"的解剖与分析。

按照"造词论"的思路、逻辑和方法论，"爆款"是从"全民造词热"到"全网玩梗文化"、从"中国话语体系构建运动"到"网络青年话语权"、从"资本市场造词讲故事"到"年轻世代玩梗造新浪"等的演变过程中诞生（催生）的关键词（社会热词）。

特别是市场化、商业化、资本化、全球化和消费化等我们所谓"×化"力量，为增强自己的造词、议题设置能力，刷朋友圈带节奏，利用吸睛吸金"吸×"效应，吸引年轻世代新主流受众从"一次性快速消费"转变为"一站式超全消费"，更是将"爆款策略""产品化、项目化、创意工程化"作为引爆青年消费潮流和形塑社会公共话语空间的可持续核心竞争力甚或内核商业模式。

这再一次印证了我们从2017年到2021年反复提出的预判与预警：资本对造词、议题设置和刷朋友圈带节奏等的强大操盘力，已

---

[1] 参阅庄庸、王秀庭著：《从"畅销书时代"到"后主题出版时代"：互联网＋出版"供给侧改革"战略研究》，福建教育出版社2017年版。

引　论　网络文学青创爆款方法论：从"超级 IP 时代"到"时代新范式"

经反向介入话语权、舆论权和文化领导权之争，影响并诱发中国年轻世代青春潮流、舆论情报和思想生态系统的重塑——我们把它解读、诠释和建构为东西方全球叙事战对年轻人脑图重建、脑域重构、脑海重塑的"制脑权之争"和"金核桃战争"[1]。

也就是说，从消费潮流到青春潮流、从商业潮流到社会思潮甚或时代潮流，"爆款"这个造词，已经成为夺取中国年轻世代的"形态、业态和思想生态重塑"潮流、现象和趋势的"文化软实力竞争战"标签，用来指代贯通全版权链（作品）、全产业链（商品与产品）、全价值链（竞品）讲故事、写爽文（写网文）、IP化（改编成影视剧集和其他衍生产品，本书统一简称为"改编剧"）甚至"做人—做自我—做人设—做多重人设（多重马甲）时代"（如直播网红与流量明星）和"形塑年轻世代新主流受众整体画像"的"爆红款型"之产品、项目、活动及增值服务。

从这个视角重新定义、定性和定位"爆款"，那就是作为连接需求侧和供给侧的"关键链接点"，将社会主流受众特别是中国年轻世代"新主流受众"的新需求暗流，引爆成大众消费潮流、社会文化现象（现象级文娱、文化和新文创集群）、青春新浪潮运动甚至未来时代发展新趋势的产品、服务与增值项目——于是，爆款"青创化"成为新时代中国"网络文学+"发展最显著的爽文潮流、文娱现象和新文创发展趋势；"青创"成为从写爽文到讲故事，从泛文娱IP化到新文创现象级产品最重要的"造词、造文、造爆款"之思维、逻辑和方法论：爆款是怎么炼成的？"青创"出来的！

---

[1] 参阅庄庸、王秀庭著：《国家网络文艺战略研究：中国文化强国新时代》，福建教育出版社2018年版。

甚至，在整个新时代第一个十年（2012—2022年），以青年创、年轻态、青春力、迭代化和时代感及大时代观为内核和特质的青创化，演化成为席卷"互联网+"时代的"造浪造青春新浪潮、创流创时代新主流"之网文潮流、社会现象和时代思潮。

所以，什么是青创化？我们的定义是：青创化是青年创、年轻态、青春力、迭代化和时代感及大时代观的青春现象、社会思潮和时代潮流。一时代有一时代之文学，这一"新"时代有这一时代之"新"网文：新时代网络文学青创化发展，不过是这一新时代青创化现象、潮流和趋势聚焦发力的折射与反映、聚焦与浓缩。就像放大镜可以聚光燃火，反过来滴水可以观海，网络文学青创化发展和新时代青创化大潮流交互影响、相互映照。"爆款"就是这一时代之新青年、这一时代之新网文和这一新时代互动、交融和"青创"出来的。"青创"成为新时代爆款最重要的底层思维、逻辑和方法论。

所以，什么是网络文学爆款"青创化"的现象、潮流和趋势？就是网络文学"爆款"的创作、创造与诞生、爆发，正在主动或被动地遵循青年创、年轻态、青春力、迭代化和时代造（从新时代感到大时代观创造、塑造）的底层思维、逻辑和方法论。你想创造新时代爆款，必须把握青创爆款方法论！

于是，本书提问和求解所谓"网络文学青创爆款方法论"，就是试图通过聚焦和研究新时代网络文学"青创化"发展的现象、潮流和趋势，解读、诠释和建构中国网络文学讲故事、写爽文（写网文）、IP化（改编剧）、造爆款的"青创"技术标准和理念方法：如何寻找年轻世代需求——供给的"青年创"接触轨迹，捕捉产品化、项目化和创意工程化源流之变的"年轻态引爆点"，创作与生产出能将其引爆成"迭代化"消费潮流、"青春力"社会现象和未来"时代感"新趋势的

"青创化爆款"？

提出好的问题就成功了一大半。本书最重要的思路、逻辑和方法，也是"问题导向时代问答链"的青创化驱动：提出初始问题，界定问题、分析问题，解决问题；再提出新问题，求解新答案……一轮又一轮地螺旋式钻探下去，形成一条"造浪造青春新浪潮、创流创时代新主流"的"青创时代问答链"。

至于为初始问题如"下一部网络文学作品如何青创化成现象级爆款"提出最优终极解决方案，那就留给读者诸君和网络作家们一起探索与践行了。

第一节 重新定义"爆款"：从"青春爆红款型"到"时代潮流引爆点"

如果按照我们这个"新定义"，"爆款"其实就是那种需求暗流和社会潮流（青春浪潮、社会现象和时代趋势）的连接点——将双方连接（链接）起来，寻找接触的轨迹，并将其引爆成这一时代之青年潮流、这一时代之网文（泛文娱和新文创）现象和这一"新"时代趋势的特殊"爆红款型"，甚或"时代引爆点"。

但这"时代引爆点"跟通常意义上的"引爆点"不一样：

它不仅仅有"无形"（看不见）的需求侧引爆点，如某种能够制造话题性、舆论潮和情绪流的焦点、痛点、燃点、社会热点等"×点驱动故事中国"的隐性内需特点；

它还必须附加（寄身）于某种"有型（类型）有款（款式）"的爆

红款型之形态与业态，体现为"供给侧"凝聚而成的产品、项目、活动与增值项服务等"看得见的爆款特征"；

最重要的是，在需求侧和供给侧之间，爆款还必须要有充分满足那介于看得见和看不见之间的主流新受众新需求的"爆红特质"——亦即能让青春心态、商业状态、社会态势甚或整个时代生态的需求暗流，都被这一根"导火线"点燃，发生"宇宙级大爆炸"，从而"宣泄与渲染出好大一片蓝海变红海（在可预见的未来被染得红艳艳）的前景（钱景）"。

换句话说，爆款不仅要有某种看得见的有形"货物"形态（如作品和商品）、无形有质的"竞品"业态（如竞争的项目与服务），更重要的是，还要有某种"×点驱动故事中国""引爆潮流、现象与趋势""让整个形态、业态和生态系统重塑"的爆红款型引爆点"青创（如青年创或青春潮）"态势——符合写爽文、讲故事、造爆款的青创技术和青年与青春标准。

这刷新甚至变革了爆款的传统概念、内涵和外延。

因此，如果从"供给侧"本身的创作、生产和提供角度来说——爆款不仅仅是指内容行业和产业所创作与生产的作品与产品。如：网络文学的爆款作品，以及泛文娱全产业链上影视、游戏、动漫、音乐、综娱等文艺类型和文娱企业制作的爆款产品。

爆款还可以指一切市场化、商业化、资本化、消费化和全球化运作之中被制造出来的商品与竞品（用于竞争且有核心竞争力的品类）。如：电商直播中的爆款口红、当季流行的爆款服饰，甚至无处不在的爆款食物——从舌尖上的中国美食到网红小零嘴。

事实上，"爆款"这个造词、理论与方法论原型（模型），就其流行度和使用率来说，它用于这些市场化、商业化、资本化、消费化和全球化的社会产消（生产和消费）场景的频率和次数，要远远多于前面那些从"内容"到"文学、文艺、文娱、文创和文化"等泛人文创生（创作与生产）领域。

进一步说，特别是从"需求侧"想要的、需要的和渴求的东西来说，爆款并不是只指那些具有特定形态的品类——无论是作品与产品，还是商品与竞品——它还可以用来形容和描述那些没有特定形态但可以归属于某种业态的服务、活动与项目，如知识付费经济中的"爆款课程"、私密情感咨询中的"爆款婚恋交友服务"。

甚至就其泛化的概念和范畴来说，连"人"都可以被形容为爆款（如从流量网红到宝藏男孩的"完美明星人设"），某个地标或地方都可以被描述为爆款（如从网红打卡圣地到网红城市）……还有什么东西不能"被打造"成爆款呢？！

"爆款"其实就是需求侧和供给侧寻找匹配、同步和交互的"连接词"（链接点和联接器）！

需求侧和供给侧需要我们解读、诠释和建构"one to ONE""1 对一""1— 壹"的连接[1]。从"爆红款型"到"时代潮流引爆点"，爆款成为最好的连接之一。

连接时代，万物皆联，人人都是一个小写的"1"，却被连接成一个整体，汇聚成大写的"壹"。从小写的"1"到大写的"壹"，我们需要相互匹配（而不是"不匹配"）、同步更新换代（而不是"失同步化迭代"）、交互赋能（而不能"单向度掠夺与剥削"）的新连接关系与状态。从"算法时代"到"爆款网文"，都是这种"新连接"的法则、标准

---

[1] 参阅庄庸等主编：《文运迷楼说：中国网络文学阅读潮流研究（第4季）》，中国青年出版社2020年版。

和款型。

因此,我们一直把网络文学解读为"链接网文""连接文学""联接四亿中国青年甚至全球网络青年社交场景、趣缘社群、社区圈层和社会网络关系的新青年连接'人'文学"。

从聚焦"时代引爆点"到"万物皆可造爆款",爆款已经成为一个很重要的造词、理论与方法论原型(模型),可以用来观察、形容和描述当下整个商业、消费和社会很重要的现象、潮流和趋势——

从网络文学全版权(形态)链,到泛文娱全产业(业态)链,再到新文创集群全价值(生态)链;

从专业内容创作生产机制(PGC),到大众产销合一长尾效应(UGC),再到内容、项目和增值服务众创时代(PUGC);

从文学、文艺、文娱、文创和文化"泛人文超级IP时代",到市场化、商业化、资本化、消费化和全球化"短视频(短剧集)微故事时代",再到中国—全球网络青年定标运动中的"讲故事的革命";

……

"爆款策略"成为极其重要的内容、商业和消费"青标(青年/青春标准)运动[1]方法论":爆款潮流,青春造。

---

[1] 参阅庄庸等主编:《爽文时代:中国网络文学阅读潮流研究(第1季)》,中国青年出版社2021年版。也可参阅本书相关章节"青标"内容。

第二节 析词辨义敏感度：
那些被造出来的"爆款"家族词语

造文造潮流，必先看"造词"。爆款亦如此。

但是，化身万千，犹如川剧变脸一样，"爆款"被很多类似、相近的"造词"，分散了注意力，如：超级大片、超级IP、网红产品、爆文、畅销品、现象级作品等。

这些在"全民造词热""全网玩梗文化潮"和"全资本（知本）话语权之争"中先后被造出来的新词锐语，用来表示归属不同场景、维度和界域但又交叉、关联甚至交互缠绕在一起的概念、内涵和外延。

爆款本身也被细分出"小爆款""圈层爆款""大众爆款""全网（全民）爆款"等亚词族。如"圈层爆款"用来指垂直细分领域或亚文化圈层之中诞生的社群小众或分众爆款。如果它破壁出圈，社会化、流行化和大众化，那它就成了"大众爆款"；如果它在全版权链、全产业链和全价值链的"价值评估"之中，被给予很高的"估值"——"估值"不等于"价值"——那它就可以被贴上"超级IP"的标签；如果它在破壁出圈或IP化过程之中，引爆了某种社会潮流、现象和趋势，那它就有可能被称为"现象级作品"……

若要列举网络文学之中的案例——

爱潜水的乌贼《诡秘之主》就是在破壁出圈之中，从"圈层爆款"演化为"现象级作品"，被估值为"超级IP"——但能不能像漫威超级英雄一样，真的收获"超级IP"的商业与社会价值，还要看后来IP

化的实证。

流潋紫《后宫·甄嬛传》原来是一部网文界颇受争议的分众爆款,但是 IP 化改编成影视剧之后,成为超级畅销书和现象级产品——"甄嬛体"从大陆"文化逆袭"成台流(中国台湾文化潮流),并最终引爆成全民消费和娱乐的潮流、现象与趋势。

如果做一个可视化的"词云图",爆款自身细分的词群和畅销书、超级 IP、现象级作品这些词族,肯定是重叠、交叉和缠绕的——它们可统归于一个"词域(阅读域)",但彼此又区分出不同的场景、维度和界域,用来捕捉、描述和形容不同的产品、项目与增值服务。

问题在于,它们的边界混淆、杂糅甚至融合一起,成为难以划界、分割与圈定的族群。但真把它们混同起来——如把"爆款"等同于"超级 IP"——使用起来却又别别扭扭,不是那么回事,不是那个味道。

同样地,我们在这本专著中使用"爆款"这个造词、理论与方法论原型(模型),与圈层爆款、畅销作品、超级 IP、现象级作品等词族既有区别、有界限,但又有交叉和融合。

精确地说,其使用和界定的方法,可以阐释为如下三个层面。

第一,在一般、通常、普遍的场景使用中,我们把"爆款"当作通用的造词、理论与方法论原型(模型),贯通网络文学的受众需求、创作和生产、阅读与传播、评论与评价、IP 化运营等所有关键领域与环节,来研究"爆款产生机制"以及探索与实践网络文学讲故事、写爽文(写网文)、IP 化(改编剧)需求—供给相匹配(连接)的"爆款策略"。

在这种用法上,"青创爆款方法论"不会刻意区分圈层爆款、网络畅销作品、超级 IP、现象级作品等词语之间的边界与差异。

爆款即畅销；超级 IP 和现象级作品，都是畅销的爆款。

第二，在具体、特殊和限定的场域之中，我们会对"爆款"这个造词及其细分或关联的词群进行精细和严格的区分使用，如区分出不同的场景、维度和界域，以便更深入地探讨"破壁出圈 — 全网（全民）爆款 — 超级 IP 化 — 大众现象级产品"的爆款创生（创作和生产）自主发展、引导主导和传递链（传导层）机制。

有些网文作品是小众、分众和亚文化的"圈层爆款"，如次元圈层中的爆款作品；

有些作品是网文界的流行爆款，但未必是社会层面的大众爆款，如起点中文网的年度爆款作品；

有些网文既是网文界的主流爆款，在 IP 化过程之中，又成了大众爆款，如猫腻的《庆余年》；

有些网文是网文界的超级爆款，也被估值为超级 IP，但在 IP 化过程之中，惨遭滑铁卢，不但没能成为影视爆款，反而成为"网文 IP 垃圾论的背锅者和替罪羊"[1]，如天蚕土豆的《斗破苍穹》；

有些网文是网文界的边缘作品，但是经过实体出版和 IP 化之后，却反而成为主流评奖佳作和大众爆款，如阿耐的《欢乐颂》和《大江东去》（影视剧集名为《大江大河》）；

……

这其实为我们带来了一系列值得探讨的议题：

圈层爆款如何破壁出圈，成为大众爆款？

网文界的流行爆款，如何能够 IP 化成功，成为大众爆款？

---

[1] 参阅庄庸、王秀庭著：《国家网络文艺战略研究：中国文化强国新时代》，福建教育出版社 2018 年版。

从网文爆款到大众爆款,圈层爆款 — 全网(全民)爆款 — 超级IP — 现象级产品之间连接贯通(而不是断链隔离)全版权链、全产业链和全价值链的"讲故事的核心能力建设"[1]和"爆款方法论"到底是什么?"青创化"是最优解决方案之一。

第三,当跨越网络文学、实体出版、影视剧集和新文创集群等形态、业态和生态系统时,我们既面临着横向的"网文爆款""超级IP""大众爆款"等之间的场景之分,又面临着纵向的"爆款""畅销""IP""现象级产品"等之间的维度之别。两者之间纵横交错,带来不同界域的造词(话语体系)、划界圈定和标准衡量的问题——

什么"量级"的作品,才能被称为"爆款"?

达到什么样的标准,才够得着"现象级产品"?

而且,还得区分网文界的"现象级作品"和社会大众公共界的"现象级作品"——这两者之间,显然有着重要的区别。

这就要求我们还是要对这些造词所代表的作品作出区分,以更明确、精准地"标的"对象:成为爆款,不一定能成为"现象级作品";不是超级IP的网文作品,也有可能被改编、打造成影视剧集中的超级爆款。

因此,在这部专著里,我们把"爆款"当作一个"中间词"——既是居中衔接、承上启下的纽带,又可以往返上下、暂代轮替,成为一个"万金油":

一切皆爆款,无论是畅销作品、超级IP还是现象级产品。但是,爆款可分层,比如:网文作品从数字阅读领域进入实体出版领

---

[1] 参阅庄庸、王秀庭著:《国家网络文艺战略研究:中国文化强国新时代》,福建教育出版社2018年版。

域，出版发行 10 万册左右就是畅销书，10 万 —— 100 万册就是超级爆款，100 万册以上就可以称为"现象级作品"了！

同理，一个网文爆款是不是超级 IP，那就得看版权授权费了 —— 100 万元左右，只能叫 IP；100 万元至 1000 万元，可以叫"大 IP"；1000 万元以上，当然是"超级 IP"。

这种划分方法简单、直接和粗暴，而且也没多少道理可言。超级 IP 不一定就能 IP 化为爆款，不是超级 IP 的网文作品也未必不能改编成大众爆款甚至是现象级作品。如，同为晋江文学城的爆款作品，《花千骨》改编成影视剧集后，成为现象级作品，直接引爆超级 IP 时代女性仙侠言情影视改编的潮流、现象和趋势，但是交易千万以上的超级 IP 特别是男频大 IP，几乎全军覆灭，仅《庆余年》等少数几部作品救市，同时拯救人们对超级 IP 的信心。

这中间几乎没有逻辑可言。很多人（包括我们自己）都在探讨成败得失的原因，希冀找到有效的解决方案。但实话实说，到现在都还没有一家真正"成功了的"。

这是"很难啃的硬骨头"课题。

"青创爆款方法论"就是要探讨爆款青创化的理念、标准和方法，不但要探究"网文的爆款是如何青创炼成的，还要探索超级 IP 如何通过青创化制造和转为爆款，又如何以次元化（破壁出圈）、IP 化（影视、文娱和文创化）和主流化为桥梁，将网文爆款青创化为大众爆款，使网文圈的全网现象级作品能够真正成为社会公众界的全民现象级作品。

第三节　爆款的革新：
从"讲故事的技术"到"引爆潮流的理念"

于是，顺理成章，《网络文学青创爆款方法论》应该对"什么是爆款""爆款的标准""爆款策略"以及"青创爆款方法论"进行系统论述。

如：从"长尾效应"到"头部作品"，从"爆红款型"到"时代潮流引爆点"，那种爆款创作和生产的青创理念、技术（方法）和标准到底是怎么产生，又是如何运转的？

我们的确也是这样做的，深入剖析故事文本，从"如其所是"（它实际就是这样的）到"理论如是"（它应该这样做更好），解读爆款"讲故事的技术"，诠释"引爆潮流的理念"，建构"爆红款型青创化的创作与生产新文艺（新文娱）机制和社会文化准则（标准）"……

结果——猜猜发生了什么？

它把我们导向技术创新、理念变革和标准重置的"底层法则（大设定）等新基础设施建设"——换句话说，它将我们导向了"讲故事的革命""写网文的创新""IP化（改编剧）的转化""造爆款的迭代"等渊源流变的内生动力源：从"建模构型造原型（模型）"到"时代新范式"的解读、诠释和建构。

比如，我们建构了一个从"亲力者为"到"旁观者说"的转化模型，来考察网络文学讲故事、写爽文（写网文）、IP化（改编剧）、造爆款的青创技术、标准和理念。

引　论　网络文学青创爆款方法论：从"超级 IP 时代"到"时代新范式"

"亲力者为"决定了主角中心论和主角代入感机制（代入者为主角），"旁观者说"宰制了从局内人到局外人、从剧中人到剧外人、从"旁观者吃瓜体系"到"专业评论员角色"的第三只眼[1]甚或"第三方专职（专业/业余）大众评审团"机制。

网络文学讲故事、写爽文（写网文）、IP 化（改编剧）、造爆款，极少走这两种极端：一种是纯"亲力者为"（如战斗者演）；一种是纯"旁观者说"（如画外音旁白或叙述）。

所谓纯"亲力者为（演）"，指纯让角色把现场和场景故事"演"出来，而不是"说"出来，或是由作者叙述出来——就像影视作品通常都用人物、场景和画面把故事演出来，而很少用话外音或其他旁白方式把它"讲"出来。

所谓纯"旁观者说"，不是聚焦于人物、现场和事件"现在进行时"的动作、发生和状态，而是以第三方的视角和眼光进行陈述、描述和阐述，或是进行评说、评论和评价，又或是将两者结合起来"夹叙夹议"，甚或是干脆照念故事大纲式的"剧情简介说明书"。

常见的叙述策略是在"亲力者为（演）"中夹杂"旁观者说"。

为什么要在"亲力者为（演）"中夹杂"旁观者说"？

纯"亲力者为（演）"的场景、故事和画面，会过于紧凑、激烈和紧张，让人一口气读（看）下去，持续处于阅读紧张感或视觉疲劳之中，容易缓不过劲儿来——就像在水下，那一口气老是憋着，就不是"爽感"，而是"闷得心慌"了。

一直都是激烈的战斗、战斗、战斗（比赛、比赛、比赛！竞赛、竞

---

[1] 参阅庄庸等主编：《爽点宇宙：中国网络文学阅读潮流研究（第 2 季）》，中国青年出版社 2020 年版。

赛、竞赛！），而不是中场休息一下再回来，那么再精彩的打斗画面，都让会人产生疲惫、疲劳和倦怠。

任何事情都是如此。主角和反角之间的紧张关系、怼话与怼人（互怼）、矛盾与冲突（动作与战斗）、戏剧与战争（对抗与战役）等如果持续激烈、剧烈、强烈，的确能够吸引人的眼球，抓住人的心，让人的头脑沉浮其间无法思考。

但这是有限度的。如果把握不好分寸，超过那种"接受边界"，过犹不及，就很容易制造出读者（观众与受众）的"阅读（审美）疲劳"。

正因为如此，以"接受边界"来观测和计算从纯"亲力者为（演）"到纯"旁观者说"之间的广谱距离，就会发现讲故事、写爽文（写网文）、IP化（改编剧）和造爆款时，大多会采用两者糅合和融合的方式。区别不过是，重心更接近于纯"亲力者为（演）"还是纯"旁观者说"。

即使因为作品形态和产品业态迥异，不同领域讲故事时会有不同的偏重点，但"糅合为一"仍然是从写网文到改编剧（IP化）值得关注的爆款创作与生产之"共同现象、潮流和趋势"。

就像影视剧主要的表现方式是"亲力者为（演）"，而网络文学则更多地以"旁观者说"（特别是作者的叙述）来驱动，但是，从长久以来的传统到当下越来越明显的特征，都表现出：两者之间交叉、互鉴和融合的趋势越来越明显。

如21世纪以来，在二十多年发展史中，网络文学越来越有"剧"小说的演化趋势。特别是超级IP时代，为了适应IP化的需求，网络文学在创作和生产之中更加注重画面感、影像性和图像连续剧模式，亦即"像拍影视剧一样地写小说"。

网络小说像影视剧一样地讲故事，最重要的一个方式和方法，就是把它"演"出来而不是"说"出来:通过剧中人物把那戏剧性的冲突"演"成画面、影像和连续剧一样的故事,而不是通过剧中第三方旁观者或者作者全知上帝的叙述视角,把它"说"出来的。

与此同时,影视剧特别是 IP 改编影视剧集,却越来越考量"旁观者说"的模块化运作,只不过浅尝辄止、浮于表面,而没有找到深耕和运作的技术模式——这就必然导致某种看起来很"违和"的现象:从用话外音的方式解说宏大的世界观设定集和故事宇宙,到其他所有人物都成为以"主角 CP 群"(主角及其配对的情侣主角、伪双主角和模拟主角群像)为旋转轴心的传声筒或声优解说员。

但最让人匪夷所思的一点却是:那些网络文学爆款作品在被改编成 IP 影视剧集时,编剧最喜欢把原著中"演"出来的故事改编成影视剧中"说"出来的梗概。特别是在开篇把原著中宏大的世界观设定集,浓缩成几百字的旁白者简介与陈述。

难道是想模仿电影《星球大战》开创的纵横斜推"字幕宇宙"风格,于数行字幕方寸之中,就解读、诠释和建构出一个庞大的"星球宇宙"?

猫腻《将夜》IP 改编的影视剧集就是如此。它把原著开篇单独拎了出来,制作成一个数十分钟的"设定短片",采用这种"旁观者说"的方式,把原著的世界观设定集或者"昊天宇宙",讲述成一个剪辑官宣片,而不是演成一个浓缩的"果壳里的故事宇宙"精彩导火线——

这是一个序引,就像导火线似的;

它被点燃了,正在闪耀着火星;

它已经开始噼里啪啦,无论是爆出了一个璀璨的火花,还是像鞭炮一样,都指引着我们预期:大火药桶即将被引爆,盛宴即将开始,故事宇宙即将大爆炸……

它让我们看到了隐约可见的全息宇宙图景，却又像毛线球一样，只露出一个线头，扯出一个充满疑问和悬念的故事迷宫。

许多"史上最牛"（而非真正的史诗性）影视剧集均采用了这种方式并达到了效果，但是网络文学 IP 影视剧改编现在还做不到这一点。它们倾向于将一个"故事宇宙"魔改成一个简介、摘要和概述意味的"解说摘要"，而不是像微信开机界面那样演成一种影像、意象甚或是意蕴：一个人孤独地面对（连接）整个蔚蓝的星球。

当下欧美影视剧的现象、潮流和发展趋势，却正在采用如下"爆款策略"，解决这个问题——恰如我们在深入剖析《黑钱胜地》等剧作时所解读、诠释和建构的"三板斧"：

第一，从一个"引爆点"切入和着力——让人因为这个小事件、小故事、小场景，就能找到那个故事宇宙的切口；

第二，开启"人设"的冒险之旅——构建从日常世界到非常世界的突发性际遇、选择和行动之拐点，让我们非常清楚明了地知道"这是谁（何人）、因谁（因何）、为谁（为何又何为）"的故事；

第三，颠覆我们世界观、人生观和价值观的"新观念"——比如《黑钱胜地》重新定义金钱：钱不仅是货币，更是选择的权力，让你可以选择不继续 996 加班而是去参加孩子的家长会！

也就是说，当下欧美影视剧，正在"前十分钟"或"刷屏六分钟"的开篇布局里，由一个"小切口"引出人设剧情线，让我们通往（连接）故事星球（IP 宇宙），构成了一个纵深贯通的冰激凌圆锥体——美味从奶油开始，却锥入地心引力的暗夜宇宙。

或者，形容成手电筒也可以：一目十行、刷屏六分钟，就让"我们的眼睛亮了"，因为这个开篇场景故事射出了一道光，抓住了我们的视线，把它引向那幽深的故事星球甚或是故事迷宫之中——这会是一个"我们的征程是星辰大海"的宇宙冒险之旅吗？

当下网络文学 IP 影视改编却是逆着来的：

不是通过点—线—面—立体—网络的方向运动，把"纸面人"演成"立体人"——这本来是从平面形象（文字）转向立体影像（影视）的 IP 化应有之义：让演员把人物活生生地演出来，从而把二维的世界观设定集，重塑成三维甚或是多维的故事星球和 IP 宇宙，亦即所谓转场、升维和跨界，要让其具有位面性、多维性和多重性。而是在降维、压平、削窄，让原著本身多维度、多场景、多界域甚或是多重时空的"故事宇宙"，变成一张纸或一方屏幕上区区数百字就能概括的"世界观设定集"。这果然是：一张纸就能把整个世界铺开，几分钟就能描述世界极简发展史，一方屏幕就能把整个故事星球和 IP 宇宙折叠起来！

好还是坏，褒还是贬，全在那一"点"之间——宇宙大爆发，总是从那一个引爆点开始。故事星球和时代潮流亦是如此。

第四节　造词、理论与方法论：从"时代问答链"到"时代新范式"

这就让我们对"青创爆款方法论"的研究，从"爆红款型"的概率提升术（如何提升打造爆款的概率——不得不说，打造爆款既是一种技术，也是一门艺术。这意思是说：它有时也"讲运气"），走向"引爆点"的底层法则：到底是什么"决定"爆款的诞生以及青春潮流、消费潮流、社会潮流甚或是时代潮流的引爆？

问题是时代的口号。遵循问题导向的思路、逻辑和方法，将指引我们走向提出问题、分析问题、求解问题的道路，并且从初始问题指向终极答案，提问与求解此时、此地、此人、此爆款的最优解决方案……

就像我在撰写这部《网络文学青创爆款方法论》时，提出了一个初始问题：什么是爆款？然后，总想获得一个终极答案：我们这部"论爆款"的作品如何才能成为"爆款"？"青创化"成为由之出发又向之回归，贯通全链条又将其连接成为一个整体的思维、逻辑和方法论。

甚至，把作者我也关联了进去。

呃，作者我也是一个人，也是一个"活得很有人间烟火味"的人，也想通过写作多赚点票子来养房子、孩子等一系列被归类为"×子"的东西——当然，"诸子"除外。

这跟大多数已经写出爆款、正在打造爆红款型、渴望即将引爆爆款潮流现象和趋势的人没什么区别。甚至，跟他们一样处于困惑、困扰和困境之中：下一个爆款已在路上，但"我这一个人"还没有成为爆款。

因为每一个问题的解决，都会制造出新的问题；每一个对爆款技术标准、方法和理念的革新，都会带来一系列新的问题。

就像我们对网络文学爆款"青创化"潮流、现象和趋势的解读、诠释和建构，总会遇到另外一种说法与例证的解构、重构和建构；甚至我们自身解读、诠释和建构的网络文学爆款"青创化"造词、理论和方法论原型（模型），剖析某一文、类、流"爆红款型"时所得出的结论与定论，在用于剖析另一现象、潮流和趋势时，被推翻与颠覆，亦是分分秒秒的事情。

引 论 网络文学青创爆款方法论：从"超级 IP 时代"到"时代新范式"

如我们在解读、诠释和建构从《庆余年》到"穿越宇宙"（或穿越宇宙观世界观设定集）的网络文学造词、理论与方法论原型（模型）时，试图通过"初代穿越宇宙观 — 第二代穿越宇宙观 — 第三代穿越宇宙观"的发展脉络，来捕捉年轻世代在人口周期运动之中的迭代和需求轨迹，切中中国青年青春潮流、舆论情报和思想生态系统重塑的"定标运动"（青标战略），是如何制造"爆款"并让它们升级换代的……其结果与结论，总会遇到实例、潮流和观念的狙击与颠覆。

比如，我们说从"穿一代"到"穿二代"有一条从"改造世界观"到"改变自己法（如苟道至圣）"的变化轨迹，铁定会遭遇"穿三代"某些还在"穿越救国、弥补缺憾和改造世界（救人、救世亦救己）"的热血青年、作家作品和案例潮流（这还不是少数），从而"推翻"和"颠覆"我们解读、诠释和建构的中国网络文学"穿越宇宙观"极简史。

但，这是不是意味着"穿越宇宙观"的网络文学造词、理论与方法论原型（模型），就没有价值和意义了呢？

或者，我们以"穿越宇宙观"这种原型和范式，来解读、诠释和建构中国网络文学"穿越文"潮流，就没有其必要和合理性了呢？

甚或，我们运用"穿越宇宙观"设定集和极简史的架构与视角，深入剖析从《庆余年》到《将夜》、从"清穿三座大山"到《平凡的清穿日子》和《知否？知否？应是绿肥红瘦》等具体作家作品，所得出的"结论"，就必然会陷入对错之分、正确与否之争？

这种疑问、省问甚或考问，还会一连串地延续、伸展和衍生下去，形成所谓连绵无穷尽的"批驳 — 反省问题链"。

无论他问，还是自问，这种问题链都会诞生、存续并蔓延不绝；并且，必会带来新的解答、反驳、辩论，形成新的"问题 — 回答链"。

恰如我们在直面时代问题，遵循问题导向的思路、逻辑和方法时，总会从"初始问题 — 初始回答"开始，经过一轮又一轮的交锋与博弈、交流与沟通、互动与互鉴、融合与撕裂，催生出新的矛盾与冲突，从而驱动这个链条像打怪升级（升维）、闯关转场、跨界寻宝一样，建构出多场景、多维度、多界域的"问题 — 回答"多重链，直到抵达"终极问题 — 终极答案"的最优解决（解答）方案之提问与求解……

但正是这种"初始问题 — 终极答案"的多维互动链，驱动着讲故事、写爽文（写网文）、IP 化（改编剧）"青创化"的造爽之旅和爆款法则：从"说法"（话语体系建构）走向"做法"（人设角色驱动序列）和"写法"（作者创作和生产的笔法、章法和文法），通过"想法"（思路、逻辑和结构），抵达"活法"（世界观、人生观和价值观等"立法"设定集）——就像从"重活"到"乐活"、从"苟活"到"快活"、从"求活"到"美活"，活着，就要好好活着，且要活得更美好 —— 不但建构着猫腻系列作品的"活着哲学"，也驱动着从网络文学潮流到年轻世代青春现象和时代发展趋势的"迭代演变"。

所以，我们对中国网络文学爆款"青创化"潮流的解读、诠释和建构，也适用于这种"时代问答链"。只不过，这种"时代问答链"要以相应的原则、底线和边界为前提。

比如，上述他问与自问，应以如下几条为基础和前提：

第一，结论甚或定论，是限定于一定的条件之下的，比如"在 ×× 条件下，它是成立的，或者有可能是正确的……"，只不过多数行文思考之中，我们会省略掉这样的"条件"。

第二，比起结论或所谓定论，解读、诠释和建构的思路、逻辑和方法更为重要，亦即"网络文学造词、理论与方法论"更重要。建模构型造原型（模型），将繁复万千的现象、潮流和趋势，尽可能用"原型"或"模型"反映出来。但是，建模本身就是对现实的取舍、简化甚至是以偏概全；原型也不能匹配"从一到万"的生成和演化。就像地球仪帮助人们认识赖以生存的蔚蓝色星球和家园，但并不能"真实"和"现实"地展现地球的旋转。

第三，"我爱你，与你无关"。从"作品作家中心论"到"产品—粉丝互动链"，再到社交、社群、社区和社会网络化时代的中国年轻世代"主流新受众网络重组运动"[1]……所有作家作品都成为一种"媒介"：假封神之名，说商周之事。

就像我们在解读猫腻与"中国我"[2]时所说：他写他的，我评我的；恰如他的作品对混乱无序的现实进行了"秩序与意义"的重组、变形与映射，我们也有可能在他的世界观设定集上，"赋予"或"增量赋值"我们自身解构、重构和建构的"意义与价值"——虽然它是基于猫腻的作品、文本和故事世界，但其实又与他和他的作品无关。

我们以网络文学作家作品的故事文本和世界观设定集为"媒介"，解读、诠释和建构我们自身的"网络文学爆款'青创化'造词、理论与方法论原型（模型）"（如穿越宇宙观），向他人和整个世界描述我们自己的"思想星球"，这其实是为其他人提供了一种社交、社群、社区和社会网络时代的中国"我们自己连接整个世界"的媒介名片。

别人如何解读、诠释和建构这种媒介与名片，其实也"与我无关"……

---

[1] 参阅庄庸等主编：《蚂蚁哲学：中国网络文学阅读潮流研究（第5季）》，中国青年出版社2021年版。

[2] 参阅庄庸、王秀庭著：《网络文学评论评价体系构建：从"顶层设计"到"基层创新"》，福建教育出版社2016年版。

因此，我们需要郑重声明：我们解读爆款方法论、诠释爆红款型技术标准、建构时代潮流引爆的理念原型（模型）和范式，纯粹是"一家之言"。

至于你能不能按照这种方法、技术标准和理念（理论）原型与范式，创作和生产出"下一个爆款""下一代爆红款型""下一个引爆时代潮流的现象级作品"，那得看你的实力（潜力）、技术（技艺）和运气（气运）。与我何干？

我只是建模构型造原型（模型），造出所谓爆款造词、理论与方法原型（模型），来解读、诠释和建构我们面对的"爆款策略"潮流、现象和趋势，以及那背后青创化的"范式转换"和"时代新范式建构"运动。

是的，我们智造出"时代（世代）代言人""核心权益论""人—权杖—理念"标准金字塔、"社会大审判链""信×权五角星芒""年轻时代"金字塔造型等一系列网络文学造词、理论与方法论原型（模型），出发点是为了解读、诠释和建构讲故事、写爽文（写网文）、IP化（改编剧）、造爆款的"青创化"之潮流表现、现象展现和趋势呈现。

但它必然会走向对社会现实、心理需求和文化机制的解构、重构与建构。并且最终会切入中国青年青春潮流、消费潮流、社会潮流甚至整个时代潮流"时代新范式建构"的重大现实攻关问题、时代重点主题、未来趋势命题甚至人类共同课题。

这些"网络文学（时代新范式）"造词、理论与方法论原型（模型），原来就是用来解读、诠释和建构从中国网络文学"爆款潮流"到社会现实、心理需求和文化机制"爆红款型现象"，再到从四亿中国青年到全球网络青年制定青年（青春）标准的"定标运动"，最终到中国／

引　论　网络文学青创爆款方法论：从"超级IP时代"到"时代新范式"

世界/人类/未来"整个大变化、大变革、大变局时代"发展之"青创未来——潮流引爆趋势"的传动链、互动链和冲击—影响链。

因此，这些造词、理论与方法论原型（模型），与其说是"网络文学的"，不如说是"时代的"——网络文学其实只是切入点和着力点而已（这一时代之网文）。"爆款"是个四两拨千斤、小切口撬动大格局，以"造浪造青春新浪潮"来"创流创时代新主流"的好杠杆。这些"青创化"的造词、理论与方法论原型（模型）被"智造"出来，本来就是用来解读、诠释和建构整个时代之"新范式"的：这是一个"智匠时代"——面对从智能到智脑、从心智到智慧的超凡智能人类新社会与超凡近未来的发展趋势，我们比前面所有世代和时代都更需要"智匠时代新范式"（而非"传统工匠精神"）。

由未来倒逼当下和过去，所有社会重大现实攻关问题、时代课题以及"过去成就未来""对未来最好的预测，就是从当下出发，去创设（创造和设计我们想要的、需要的、应该要的）未来"的未来发展趋势硬核命题，均是这种"时代新范式"需求倒逼内容（话语体系—故事革命—理念价值体系）供给侧结构性改革的结果、成果和效果：中国网络文学发展"青创爆款"的潮流、现象和趋势，其实就是整个时代需求暗流倒逼四亿中国青年"青创未来"的结果——这一时代之网文，成为这一时代之青年"青创"这一"新"时代之未来的引爆点（爆款）。

因此，我们解读、诠释和建构的网络文学造词、理论和方法论原型（模型），更精准的定义、定性和定位，其实应该是"时代新范式"造词、理论和方法论原型（模型）。将两者衔接起来（同时又隔离开来）的"交互界面"，就是从四亿中国青年到全球网络青年为网络文学等新文艺潮流、新文创符号（新文创集群）、新文化运动甚或是整个时代潮流、现象和趋势制定青年标准的"青标运动（青创化战略）"造词、理论和方法论。

就像我们一直解读、诠释和建构的"时代爆款方法论"所说：

从站起来到富起来再到强起来，中国本身就是一部最爽的爽文"爆款"；

四亿中国青年自带主角光环，正在众创着中国这部正在形成而尚未完成的"网络小说"爆款；

从四亿中国青年到全球网络青年，正在以"青标（青春/青年标准）战略"为驱动力，众创着中国、世界、整个人类的未来"网络"小说以及时代爆款。[1]

我们正在从"一个人（从这一个青年到这一届青年）的时代"爆款创作法，转场、升维、跨界为"一代人（从这一世代之青年到这一时代之青年）的众创时代"潮流引爆点。这才是真正的"青创化"爆款方法论和时代新范式。

第五节 "青创化"方法论：
从"青创爆款法"到"青创未来论"

是时候对"青创爆款方法论"（青创化现象、潮流与趋势及其底层思维、逻辑和方法论）做一个系统的提炼和总结了。

---

[1] 参阅庄庸等主编：《爽文时代：中国网络文学阅读潮流研究（第1季）》，中国青年出版社2021年版。

引 论　网络文学青创爆款方法论：从"超级IP时代"到"时代新范式"

如上所述，本书命名为"网络文学青创爆款方法论"，旨在聚焦着力、阐述例证"网络文学爆款青年创、年轻态、青春力、迭代化和时代造（从新时代感到大时代观）的底层思维、逻辑和方法论"。

但无论我们如何聚焦缩距、微观实践，试图只在方法论层面解读与阐述这种网络文学的青创爆款法，仍不可避免地破壁出圈、扩散拓展，延伸至中观甚至宏观视域的青创化现象、潮流和趋势及时代新范式之建构运动：从诞生至成熟，网络文学一直是"青创"驱动发展的成果；新时代加速、加剧、加强了这种"青创化"发展的现象、潮流和趋势；青创化让网络文学由"小"变"大"，切身"自我（利己）之小者"，关乎"国之大者"，尽精微致广大，小切口、好杠杆撬动大格局——大时代、大青年和大网文，因为青创化而连接成一个大整体。

尽精微致广大，新时代网络文学青创化发展，贯穿各领域，贯彻各方面，贯通各环节：网络文学发展全面、持续和深入青创化，网络文学爆款（从圈层爆款、超级IP到现象级作品）青创化，网络文学创作生产、阅读消费、传播、评论评价等青创化，网络文学自主发展（自我管理）和新文艺（文化）生产机制青创化，以网络文学IP全版权运营为链接的网络文艺全产业链、"互联网＋新文艺"全平台链、新内容产业全价值链青创化，网络文学（网络文艺）管理青创化。

小切口、好杠杆撬动大格局，立足于后继有人这个根本大计，新时代网络文学青创化发展的现象、潮流和趋势，映照了整个新时代青创化的战略思维、逻辑和方法论：青年发展青创化，党、国家和人民事业发展青创化，新时代、中国式现代化、中华民族伟大复兴青创化，建构网络空间共同体——中华民族共同体——人类命运共同体青创化。

也就是说,"网络文学青创爆款方法论"提供了一个小切口,"新时代网络文学青创化发展的潮流、现象和趋势"建构了一个好杠杆,让我们可以撬动这一"新"时代"青创未来"的大格局。反过来,也必然如此:切口要小,格局要大,中间需要建构好杠杆;要想解读清楚网络文学青创爆款方法论,必须要研究、诠释新时代网络文学青创化发展的现象、潮流和趋势——但要研究、诠释透彻新时代网络文学青创化发展的现象、潮流和趋势,就必须"胸怀大局",洞悉与捕捉"这一时代之青年",以"这一时代之网文",青创"这一新时代"之"青创化"时代新范式。

新时代中国青年成为这一时代之青春主角,给整个中国带来了年轻力(青创化)这样一个重大的青年发展现实、政治、理论和文艺问题。

新时代党和国家以伟大的自我革命领导伟大的社会革命,"大主体化"的自我建设运动应运而生,一步步"主体化—人格化—形象化—青年化—青创化"为这一时代最大、最强、最伟大之青创青年(复兴青年)。

这形成了彼此交融、连接、融创建构(融创共同体)"以青春之我,创青春之时代"的青创战略思维、逻辑和方法论。

作为这一时代之风向标、这一时代之青年晴雨表,以及无论从事实判断还是价值判断来看,都为这一时代之青年创造、立志成为"这一时代之文艺(文学)"的网络文学—网络文艺—新时代中国特色社会主义文艺,自然成为青创化的时代发展与战略聚焦点,也成为青创化构建中国特色学科体系、学术体系、话语体系的最佳试点。

于是,以青春之我为支点,以"以史为鉴、开创未来"为杠杆,聚焦当下新时代中国青年"我时代—我世代—我迭代—我青创"的

"我是谁"时代问答链及其发展演变,"青创化"时代新范式即指新时代中国青年原创、独创、首创这一时代之新文艺(这一时代之新网络文学),主创、领创和开创这一世代青年之青春新浪潮和这一新时代之时代新主流,共创、融创和众创为美好生活而奋斗的青春新史诗,中国人民(中国)站起来、富起来、强起来的新时代创业史以及实现中华民族伟大复兴中国梦、构建人类命运共同体的千秋伟业恢宏新史诗,以青春之我,创青春之民族、青春之国家、青春之世界、青春之人类、青春之时代、青春之未来——青创化就是一种"时代问题导向—问答链—青春最优解决方案"的青春创业新史诗理念、愿景与目标。

以此为大格局,聚焦新时代网络文学青创化发展,我们可以从三个层面(维度)解读这一时代之网文潮流,诠释这一时代之青年发展现象,建构这一时代之"新时代感"与"大时代观"。

第一层面(维度),从字面意思解读,青创化是指青年创作创造、青春创意创优、年轻创业创新、迭代(年轻世代更迭与作品、产品和创作生产本身随之更新换代)创设创立、这一世代青年之新时代感和这一时代青年之大时代观共创众创的青年文艺现象、文化潮流和文创趋势。

第二层面(维度),在字面之外做进一步诠释,青创化是年轻态(包括年轻语态、形态、心态、状态、业态和生态等体系化的年轻态)、青春叙事、青年发展、迭代进化、新时代感与大时代观内核驱动的年轻价值取向、逻辑结构与表达体系。

第三层面(维度),从顶层设计到基层实践建构,青创化是指中华民族、中国共产党、中国青年融合建构主体化(年轻的新时代主人)、人格化(主人公精神)、形象化(青年主角)、迭代化(青春新生代)、新锐化(堪当时代重任之时代新人)的自我(青春之我)意识形象、身份认同和时代位置,从而促进四亿新时代中国青年创家立业干事业、中国共产党坚强领导开天辟地创世纪宏业、中华民族伟大复兴开创千秋伟业交融、融会和融合并以青春之我创时代之未来的青春融创战略思维、逻辑和方法论。

由此,"新时代网络文学青创化发展研究"方能成为以"网络文学青创爆款方法论"为小切口、撬动"青创化新时代范式"大格局的好杠杆。一如我们在对"新时代网络文学青创化发展研究"进行课题设计和论证时,如此阐述理念目标和主要内容:

> 本成果研究新时代第一个十年(2012—2022年)网络文学全面、持续和深入"青年创、年轻态、青春力、迭代化和新时代感及大时代观"的青创化发展态势,解读网络文学作家作品讲故事、写爽文(写网文)、IP化(改编剧)、造爆款持续青年产销合一年轻化(创作生产和阅读消费合一),将青年发展需求暗流引爆为网络文艺潮流、社会潮流甚或时代潮流的"青创爆款方法论"重点现象,诠释网络文学阅读、创作、生产、传播、评论评价等各领域、各方面、各环节"一体化绽放青春特质(如话语权、舆论权、潮流文化主导权的青春叙事权)"的重要潮流,分析以网络文学IP全版权运营为链接的网络文艺全产业链、"互联网+文化"全平台链、数字经济新内容产业业态与生态全价值链贯通"讲故事的核心能力建设"的自主发展机制"年轻态迭代"建构重心新趋势,研判网络文学管理"为新时代中国青年发展战略所需"规范健康、规划发展、推优评选、现实题材导向、重点主题网文等一系列网络文学主流化发展的"为什么人"底层思维、逻辑和方法论——

引　论　网络文学青创爆款方法论：从"超级IP时代"到"时代新范式"

为青少年而管（规范监管），为未成年人而治（全面管理），为青年思想引领而系统治理（生态治理），为培养时代新人、兴文化而战略规划管理（价值引领）……以此为基础和前提，立足于"党、国家、人民事业发展薪火相传、后继有人这个根本大计"，提问——求解网络文学"传达这一时代之精神、培育这一时代之新人、成就这一时代之文艺"的青创化发展新时代与治理现代化这个重大理论、现实、政治和文艺问题，分析当前网络文学与青年发展"试图融合而未完全融合"的现状与问题，找出制约网络文学"可堪时代重任"的因素，寻找青创网文"交融、融会、融合建构融创共同体"的解决方法与路径，积极引导和规划网络文学下一个发展阶段（2021—2031年）的青创化战略发展之路，从而为推动新发展阶段网络文学及以其全版权运营为链接的网络文艺、"互联网＋文化"和数字经济新内容产业新业态与生态系统高质量发展出谋，为推进治理体系与治理能力现代化的网络文学管理（建立健全国家网络文学管理机制，网络文学自主发展、自我革新机制）献策，为推行网络文学发展与青年发展全面融合、促进族群族际青年交往交流交融、青创优秀优质"青年文艺——网络文艺——新文化软实力"、融创"网络空间共同体——中华民族共同体——人类命运共同体"的顶层设计——基层首创战略规划、战略管理和战略发展，提供具有大局观念、系统思维、前沿探索和前瞻布局的"青创化战略思维、逻辑和方法论"智库咨政建言献智：以青春之我，创青春之网文、青春之国家、青春之民族、青春之世界、青春之时代、青春之人类、青春之未来。

作为这一好杠杆建构的重要环节，《网络文学青创爆款方法论》

就成为微观卷、实践篇、技术观的聚焦点。因为，不管我们如何变幻万千地定义与描述"青创化"时代新范式，网络文学（及超级 IP 和新内容产业圈层或现象级）爆款以及爆款创作与生产文艺（文化与内容）机制，都越来越呈现出青年创造、年轻态感（如年轻语态与年轻感）、青春活力特质、青年发展需求、迭代进化序列和时代选择代言的青创化现象、潮流和趋势，以及形态、业态和生态系统青创化重塑态势。

于是，我们聚焦爆款青创化的故事革命（理念）和青创新爆款的技术创新（方法）之间的交互界面，着力于理念和方法之间的青创爆款底层思维、逻辑和方法论，就成为一种"胸怀大局、取势而为、找准切入点、着力点和结合点"的必然结果。

青创爆款（爆款青创化）既是一种"讲故事也是一门技术"的实践创新，亦是一种"新故事革命"的理念变革——但这本书的重心，既不是实际传授青创爆款的讲故事之技术，亦非纯理论研究青创爆款的故事革命之理念，而是介于故事理念革命和故事技术创新之间，讲网络文学青创化发展的现象、潮流和趋势之中正在形成和成型的青创爆款之底层思维、逻辑和方法论。

所以，它并不是讲"讲故事、写爽文（写网文）、IP 化（改编剧）、造爆款"的爆款技术方法，而是讲"讲故事青年创、写网文青春力、造爆款年轻态、爆款本身还得跟着年轻世代迭代化"的青创爆款方法论。

方法论是比方法更高维度的方法之论。如，论爆款的青创方法，如何改变了创造爆款的方法，就像底层思维宰制了"故事理念革命 — 思维逻辑变革 — 爆款技术创新"的表达结构。如，你认同了网络文学青创化发展的底层思维（重塑了青创化的新智识谱系），认可了网络文学青创爆款的现象、潮流和趋势（重构了青创爆款方法论的新见识谱系），你才能真正认识（理解）和认同（接受）青创

引　论　网络文学青创爆款方法论：从"超级 IP 时代"到"时代新范式"

网络文学爆款、青创超级 IP 爆款、青创新内容产业现象级爆款的讲故事—写网文—IP 化—造爆款之青创化技术与方法——这并不是实用的技术、实战的技能和实用的技艺，而是一大堆实用技巧、实战技能、实用技艺的技术与理念之方法"论"集合体；青创方法论不是论这些方法是如何一个一个形成的，而是论这些方法是如何聚技、聚力、聚智、聚集从而"聚青"成这一青创方法集合体，并最终"聚变"成青创化的思维、逻辑和方法论的。

这也不是通常意义上学术化、理论化和学科化的网络文学研究型专著，而是一部讲故事、写文学、做演讲的网络文学思想型作品——很多时候，作者我不是在表述研究，而是在创作表达；不是在用学术话语论述论点，而是在以文学修辞语言阐述观点；不是在用已经达成共识的专业知识谱系诠释网络文学的学术专业研究，而是在用造词造概念造模型的原创范式发掘与呈现自身在网络文学场域的专业主义体验与智库主义思辨——所谓网络文学智库，并不仅仅面向国家有关部门提供"具有现实针对性、理论突破性和决策参考性"的咨政建言，其实也在为业内从业人员及其他人士提供"富有个人化、个体化和个性化"的看法建议。仅供参考，采纳与否，在于你的选择，与我无关。

所以，与其说我是在写学术书，不如说我也是在写网文。假若说很多网络文学作品其实也是"讲故事的成长教科书"（比如"少年主角、人设与成长"是网络文学"超稳定的故事结构模式"），那我写的可能就是"思想流的网文故事书"：我在写思考，但也在讲故事；用看似学术化的语言，讲一个现场化的故事；就像网络文学面对受众讲故事，想讲一个好故事、把一个好故事讲得更好、最终用讲故事让世界更善更美好，我也想讲一个让网文写得更出色、让人心更善良、让世道更美好的好故事，从而完成这世界上最难完成的两件事——把自己的思想灌输到受众的大脑里，把受众的钱从他（她）的钱包转移到自己的钱包，从而让钱包鼓起的速度超过自己腰围增长的加速度和房价飙升的光速度——从效果来说，所有的爆款之所以成为爆款，就是用一个产品、项目、活动或服务，完成这两件事。

但理想很丰满，现实很骨感，爆款创造真的很难，最重要的原因之一，就在于：青年太善变，品位更新换代很快，需求越来越多元。尤其是新时代中国青年加速、加强和加剧了社交场景、趣缘社群、社区圈层和社会网络关系的重组运动。这让网络文学自身的"爆款青创与迭代"也面临巨变、剧变和遽变：上一个世代青创爆款的好方法，并不能确保下一个世代"青创"出新时代和新世代的爆款。

这是为什么我们不讲"爆款方法"只讲"青创方法论"的原因，也是为什么本书不解读"网络文学爆款具体是怎么创造出来的"的神话故事，而只剖析"网络文学爆款是'青创化'的成果结晶"的奇迹可能性的原因。

洞悉青创化的底层思维、逻辑和方法论，一切爆款的潮流、现象和趋势，均有可能。

第六节 多余的话：
假若"论爆款"能成为"爆款"的话

起点即是终点。

终点即是新起点。

引 论 网络文学青创爆款方法论:从"超级IP时代"到"时代新范式"

我已经提前把《网络文学青创爆款方法论》的"结论"告诉你了 —— 引论到此,其实就已经完成了它的角色与使命。下面就应该请读者诸君自行翻阅,"开卷有没有益"无所谓,"动手青创你自己的爆款"才见真章。

但是,当要结束"引论",我发现一个很"尬"的状态出现了:

我按照写作提纲写好的"主题章节"内容不能收进来了 —— 因为编辑已经敲黑板,划重点了:你的字数超标了!

但这些主题内容是已经写好的呀!不收进这"青创爆款方法论"里,就缺了好大一部分的逻辑!比如:

从"核心权益论"到"她时代虐渣 —— 造爽"爽剧机制,为什么男频文超级大IP普遍"言情化",女频文IP普遍"权益化",粉丝社群普遍"撕裂化"—— 而"爆款"居然越撕越红?

从"全民造词热"到"全网玩梗文化潮",为什么会制造2019年度起点网络小说三大爆款(《我师兄实在太稳健了》《亏成首富从游戏开始》《烂柯棋缘》),以及晋江大面积"圈层IP现象"(如《冰糖炖雪梨》《镇魂》)?

从"做人时代"到"做自我时代""做人设时代"甚或"做多重人设(披马甲)时代",为什么会催生近两三年席卷网络文学的年度爆款潮流(如思想迪化流、苟文流、掉马文等)?

从"超级大IP时代"到"短剧集(微故事)时代",为什么中国网络文学发展史上四大造爽系统和爆款法则(穿越、重生、系统、脑洞 —— 脑补),会全面从"升级流"转向"升维流",会骤遇互联网巨头和科技与产业革命独角兽"互联网思维""大数据革命"和"多维内容竞合赛道"的超级爆款降维打击?

……

成功有模式，畅销有法则，青创有方法，爆款是如何（这样）炼成的?！

好吧——被你的火眼金睛看破了！

这就是《网络文学青创爆款方法论2》的植入式广告——假若这一部《网络文学青创爆款方法论》真的成为"爆款"的话，没准主编大人真的会再组一部稿子，把上面那些内容都收进去！

不管你这个"读者君"期待不期待，反正我这个作者是蛮期待的。

第 一 章

代言人原型（模型）：从"世代爆款现象"到"时代潮流引爆点"

为什么我们要以跨越十年的"《庆余年》爆款现象"作为第一个典型案例,进行深入剖析?

猫腻创作的《庆余年》是2008年网络文学界爆款作品,IP影视剧集《庆余年》是2019年超级IP影视化的男频爆款作品——从网络文学流行爆文(网红作品)到超级IP,从影视圈层爆款再到大众现象级作品,横跨了十年。

就其十年变化的轨迹而言,《庆余年》原著网络小说与IP影视剧集的引爆点、造爽机制和爆款方法论,已经发生了重大的迁移、演化和转换,遵循着不同的社会现实、心理需求和文化机制,其所根植的个体——大众心理、社会——国民心态、时代集体情结与集体无意识也迥然不同。

比如,在我们看来,网文作品《庆余年》是"独体IP",却是"穿越者世界观设定集"(穿越者宇宙);IP影视剧集《庆余年》是"IP宇宙融合建构新作品",却是"独体世界设定集"——从"穿越宇宙"到"新世界观设定集",两者爆红的创作与生产机制是完全不同的。

但是,它们"爆红"的底层法则(基本盘)却是一致的,都是"时代感"[1]新基础设施建设(大设定集)的必然产物,都是"年轻

---

[1] 参阅吴金梅、庄庸著:《华语网络文学智匠创作研究》,吉林大学出版社2020年版。我们在这部作品的第一章《明道:时代感——从〈大唐明月〉到"大国重器"》中,专门探讨了当下一切阅读、表达和分享者都在面临的时代问题,也是一切文艺类型均需要重建的最重要的文艺课题:时代感。

世代更迭和需求嬗变与时代潮流暗潮汹涌"、寻找接触轨迹与引爆点的"代言人"原型（模型）驱动渊源流变的逻辑结果。

于是，从《庆余年》"世代爆款现象"到社会潮流"时代引爆点"，我们可以解读、诠释和建构"爆款"诞生的第一现象、潮流和趋势："穿越—重生"作为讲故事、写爽文（写网文）和IP化（改编剧）的两大造爽机制，融合建构、催生出"活着且活得更美好"的主题哲学，以"假若生命重活一次，你将做出什么选择"为切入点和着力点，可以将年轻世代更迭（迭代）的"主流新受众"和"新需求暗流"，引爆成席卷社会大众的"时代感"潮流、现象和趋势，成为"世代甚或整个时代"选拔的"代言人"，亦即为这一时代（世代）之青年甚至整个时代代言的"时代（世代）代言人"。

也就是说，从"网红作品"到"大众爆款"，爆款创作方法论的第一黄金法则，就是要解读、诠释和建构"代言人原型（模型）"，并在解构、重构和建构如下"金三角（金字塔）"造星神话、创富模式、追名／逐利冲动的合力与张力之中，寻找爆款创作与生产机制的"聚焦点"：

在金角（时代）、银角（世代）和铜角（年轻人）三角拉扯与动态的平衡之中，重建"时代感"，切中年轻人"迭代"的需求暗流，让作品和自身成为"时代（世代）代言人"，引爆"爆款"潮流、现象和趋势。

第一章　代言人原型（模型）：从"世代爆款现象"到"时代潮流引爆点"

第一节　引爆点：从"三十归零"到"第二人生"

猫腻的《庆余年》创作与发表于 2007 年至 2008 年间。

时值整个国民心态在大国崛起潮和全民奋斗潮中攀登更高峰[1]——更高、更快、更强……"更式思维"宰制着整个社会、国民和时代潮流。

这种更式思维在 2008 年北京奥运会举办时登顶，之后骤遇时代的拐点，连续数年经历"国民身心的地震"：从 2008 年汶川大地震，到 2009 年华尔街金融危机和世界经济危机，再到 2010 年至 2012 年世界末日预言下的心灵余震。

整个社会思潮从朝外进取开拓的"全民奋斗潮"，向内转、向下转、向后转，重建身心灵可以安放的栖憩之地，重建"国民新幸福观"。

在这种"时代转向"的历史拐点，国家、社会和国民都酝酿着"三十归零"、触底反弹、重启新生的潮流、现象和趋势：假若给你"重活一次"的机会，你将会怎样度过这多出来的一生（抑或挥霍这新的青春）？

《庆余年》就是将这种喧嚣与躁动的需求暗流，引爆成庞大而强劲的社会潮流的"爆款"——或者：

与其说《庆余年》是引爆这种时代潮流的"引爆点"（爆款），不

---

[1] 参阅庄庸、王秀庭著：《从"畅销书时代"到"后主题出版时代"：互联网＋出版"供给侧改革"战略研究》，福建教育出版社 2017 年版。

如说是一系列网络文学爆款作家作品与时代需求暗流的"接触点",层积叠累,不断推进,濒临时代活火山爆发的边界——从"穿越为王"到"重生当道",网络文学作家作品提供了一系列的接轨轨迹和引爆点,《庆余年》成为网络文学积力、蓄势、储能,找准切入点和着力点,最终"合力"将这庞大的需求暗流引爆成社会甚或时代潮流的"爆款"风向标。

所以,与其说是《庆余年》引爆了时代的潮流,不如说是时代潮流选择了它作为自己的爆款代言人:不是作家作品"选择"自己成为某种潮流、现象和趋势的"时代代言人",而是时代需求暗流"选拔"某个作家作品为自己发言、发声和发表——是时代选拔了代言人,而不是代言人选择了时代。

但为什么是《庆余年》成为这种引爆"时代活火山"的爆款风向标,而不是庞大的时代暗流选拔了另外一个(类、群、种)作家作品作为自身潮流涌动的引爆"点"?或者,我们选择一个更为商业化、市场化和资本化的问法:

为什么是《庆余年》站在了"时代的风口",成为那种从"追风口"到"造风口"的旗帜风向标,而不是时代暗潮汹涌,席卷而至,将另外一个(类、群、种)作家作品裹挟于其中,成为"新浪潮运动"的代言人?

就像那句话所说:站在风口浪尖,就连一头猪都能飞上天。何况这些被誉为时代弄潮儿的"人"和作品呢!

这正是本书需要提出和求解的问题。

第二节 乐活主义：从"重活一次"到"换个活法"

《庆余年》原著从开篇到开局,都开宗明义,直指"活着"的主题：

假若上天给你"重活一次"的机会,你将如何活好这多出来的人生？

当然是"乐活"：

大俗而优雅地活 —— 现实主义；

为自己而活 —— 理性趋利甚或精致的利己主义；

躺在懒人椅上享受人生,好好享受阳光地活 —— 乐活人间的生活……噢,这就是近年来所谓"躺平"主义。

而不是：

不食人间烟火味,如像叶轻眉一样改造世界、拯救苍生、理想主义地活；

为他人而活 —— 利他、兼爱甚或博爱天下；

在阳光下流血、流泪又流汗地活 —— 这是艰苦奋斗的人生。

但无论"乐活"还是"苦活",从叶轻眉到范闲,其实都"求而不得" —— 这种"求而不得",将这两个"迥然不同却又殊途同归"的穿越者,连接在了一起。

在现实主义和理想主义之间博弈；

徘徊于理性利己和非理性利他之间；

游走于爱自己和博爱天下之间,至少需要做到"亲爱身边人"；

崇尚阳光底下的活法,却挣扎于黑和白之间。

这就是范闲最现实的活法：

为了自己活着且活得更美好，就必须直面"刺杀、阴谋和圈套"的残酷人生；

为了让身边人平等且自由地活着，就必须应对"撕裂、不公和不平等"的社会阶层、人性与家国战争；

为了自己和身边人在前院"咸鱼躺""晒阳光"，就必须介入"三国（足）鼎立"而"另类大一统"的棋局与格局之弈……

但所有"家国天下"的和平、统一和发展，都是为了确保范闲自己和身边人能够自由、安全地"乐活"。

这其实，才是《庆余年》讲故事的核心理念：

想要自己好好"活着"，就得让天下换个活法；

让天下换种活法，目的还是让自己活得更美好——

活着且活得更美好的"乐活"，其实才是《庆余年》真正试图表达与阐述的主题理念和作品调性。

这是范闲的主角"人设"定下的基调：

一个前世缠绵病榻、患重症肌无力的病人，忽然多出来一段可以"手舞足蹈"的人生，怎么可能辜负这大好韶光？

所以，当范闲穿越、重生为澹洲的"私生子"时，像个猴子一样攀上攀下、疯言疯语，就不足为奇了。

他成了一个"俗人"——就像你我他一样，无论梦想再伟大，其实也是一个生活在现实之中的俗人——在悬崖峭壁之上，发下"俗人三大愿"："第一，我要生很多很多的孩子。第二，我要写很多很多的书。第三，我要过很好很好的生活。"

作为他母亲忠实的仆人、范闲自己现在最强大的保护人与监护人，五竹很冷静地把这归纳为：第一，他要娶很多很多的老婆（情爱);第二,他需要赚很多钱;第三,他需要很多权力。

这就是"大俗人生"为名、为利、为色(情)、为钱、为权而奋斗的"五大标配",不像为梦想、爱情和家国天下而奋斗那样高端、大气、上档次,而是很接地气,很有人间烟火味,很有"柴米油盐酱醋茶"的日常生活味,而又无"操心烦扰之全民焦虑感"。

毕竟,为名、利、色(情)、钱、权而奋斗,也是人生的一种奋斗,对不对?

但是,当范闲踏上从澹洲到京都的悠闲(冒险)之旅时,他却发现自己其实不需要再奋斗了,因为:

他老妈叶轻眉已经为他赚下了金山银山,睡在内库的金银山上数金银,睡觉能睡到自然醒、数钱能数到手抽筋;

和他老妈一起战斗过的父辈拥有了巨大的权力,可以为他保驾护航;

由于上天冥冥之中的自然安排、父辈博弈交易的人为安排,以及作者"情人眼里出西施"的剧情安排,范闲随便逛个神庙碰到的鸡腿姑娘林婉儿,都是自己一见钟情、再见原来就是未婚妻的"缘来是你"……

人生五大标配自然而然地全都具体化了,那他还奋斗个啥?

乐活享受就可以了!

范闲其实就是一个从"物质匮乏时代"进入"物质充裕时代"的幸运宠儿 —— 身体的囚笼被打碎(不再缠绵于病榻),物质的基础已筑牢(绝无饥饿之虞),完全可以放飞心灵和自我了(我想飞啊飞,飞到外太空的九重天外去)……

这奠定了《庆余年》的故事基调:为自己而活;为自己和身边人好好活;为自己和身边人活得更美好而战斗!

这就扯出硬币的另外一面：当你想为自己好好乐活这一段多余出来的人生，却偏偏有人不想让你"活着"——更别说"活得更美好"了——你该怎么办？

那就只能以牙还牙，以毒攻毒，把不让自己乐活的人"怼"回去，把不容自己好好活甚至不容自己活的"天"都捅个大窟窿——比如像天一样的庆帝！

这种思想延续到《将夜》之中，就成了"择天记"：天若不让我活，我就拔剑问天、战斗，敢教日月换新天！继续延续下去，像天一样的人也不容我活，那我就弑掉这像天一样的人——这又有了新的作品《择天记》和《大道朝天》。猫腻的系列作品，既一脉相承，又从不同的角度，解读、诠释和建构着"活着哲学"。[1]

第三节 范式转换：从"精神启蒙（自我觉醒）"到"平等生活（社会关系）"

在 IP 化改编过程中，从网文爆款《庆余年》到影视爆款《庆余年》，最大的转变，就是这种"主题与理念"，亦即所谓"中心思想"，由此来将讲故事的技术和理念进行"范式转换"。

影视剧《庆余年》开局就以作者代言人的身份，旗帜鲜明地表明："故事是现代思想和古代制度的碰撞！"

---

[1] 参阅庄庸等主编：《蚂蚁哲学：中国网络文学阅读潮流研究（第 5 季）》，中国青年出版社 2021 年版。

但同时,它又试图与原著的理念相接续:

主题是"假若人生重来一次"。为什么要选择这个主题?因为人生有太多遗憾,每个人心里或多或少都想过重活一次。所以,这故事真正的意义,是珍惜现在,为享受美好而活!

事实上,这"故事""主题"和"意义"三重结构,在其实际做人设(人物形象化设计)、讲故事和IP化改编剧时,是有所断裂、漂移和错位的。

如果把其中隐而不显的"轴线"勾勒出来,或许能将其衔接起来——这其实是一个"假若你重活一次,将如何做选择"的故事。

第一,叶轻眉"穿越前的缺憾人生"、范闲"重生前的重症肌无力生活",都被当作背景或前戏省略掉了;而且,就剧中"叶轻眉冰冻复苏人和范闲唯一复活者"的神设定与开篇设定自相矛盾的故事逻辑而言,这其实不是"现代人"穿越重生后想要过的"第二人生"与"古代生活制度"的观念与冲突,而是地球毁灭前幸存文明传承人和新一轮人类社会发展制度的冲突。

第二,它更多的其实是体现为"不同代际的选择"——叶轻眉作为"穿一代"(复苏一代),范闲作为"穿二代"(重生一代),在人生能够重来一次时,面对同样的社会制度,做出了不同的选择:叶轻眉试图改造世界,让社会平等、人人如龙;范闲却力图融入世界,把自己的日子过好、让身边人变得平等些。在表现这种"不同代际的选择"方面,从原著到影视改编剧,倒是一脉相承的,虽然接力棒在传递的过程中发生了重心的转移。

第三,从原著到影视剧,在"人生重来一次之后,不同代际做出的选择"这一聚焦点上,《庆余年》做出了双重改编。

一是将叶轻眉立于监察院门前的碑文,做了大幅度的改写,从而将强调的重心,从原碑文的"觉醒和自由",移向"人人如龙"——人人生而平等,成为两者的连接点。

猫腻《庆余年》原著小说的碑文,属于翻译、引用他人之语(《十二国记》),进行适当的改编,作为叶轻眉改造世界、拯救苍生的核心理念,以及她留给这个世界最宝贵的精神财富和理想国之信仰:"我希望庆国的人民都能成为不羁之民。受到他人虐待时有不屈服之心,受到灾恶侵袭时有不受挫折之心;若有不正之事时,不恐惧修正之心;不向豺虎献媚……我希望庆国的国民,每一位都能成为王;都能成为统治被称为'自己'这块领土的,独一无二的王。"

但是,影视剧《庆余年》将碑文重新改编、创造,原创为更适合当下时代语境和社会现实的"平等与法治"观念与准则:"我希望庆国之法,为生民而立;不因高贵容忍,不因贫穷剥夺;无不白之冤,无强加之罪;遵法如仗剑,破魍魉迷祟,不求神明。我希望庆国之民,有真理可循,知礼义,守仁心;不以钱财论成败,不因权势而屈从。同情弱小,痛恨不平;危难时坚心智,无人处常自省。我希望这世间,再无压迫束缚,凡生于世,都能有活着的权利,有自由的权利,亦有幸福的权利。愿终有一日人人生而平等,再无贵贱之分,守护生命,追求光明……生而平等,人人如龙。"

胜人者强,胜己者王。在皇权统治金字塔社会和大宗师武力威慑家国天下的时代,叶轻眉心中理想的社会,是人人觉醒(就像20世纪以来人民经过精神启蒙而觉醒一样),追求自由和平等,并且赋予自我以能量,让自己有自由的"选择"和"选择"的自由,从而成为"胜己之王"。

这其实是映照了21世纪以来中国青年"我时代、我世代""为我赋能(POWER ME),我即力量(I POWER)"的时代潮流、现象和趋势,成为"时代代言人"。

从《朱雀记》到《庆余年》,从《间客》《将夜》到《择天记》和《大道朝天》……猫腻的系列作品,其实是整个中国"寻找、发现和确立自我的意识形象、身份认同和时代位置"(大写的我)与所有中国人自我觉醒、自觉自为、自我实现、自我超越"形塑并赋予自我"(小写的我)两条抛物线交叉、接触并引爆时代潮流的"接触轨迹和引爆点"。[1]

因此,我们一直说猫腻是被这个时代选拔出来的"代言人"。

第四节 不同选择:从"两代人"到"两个时代"

影视剧《庆余年》的新编碑文,抹掉了"自我觉醒(精神启蒙)"和"赋能(重塑)自我"的概念和意义,而更加强调"全民法治"和"人人如龙"的标签和内涵。前者对接当下主流社会的核心价值观,如整个社会推崇公正(公开、公平和公道),全体国民都遵循"法治"(人人遵纪守法、全民依法办事)。后者切入当下网络青年的个体和世代(时代)价值观,人人如龙,从"我"这一个人到这一群(类/种)人、从"我"这一代(世代)之青年到这一时代之青年,我们是强国时代的中国青年 ── 个个都强整体更强,没有最强只有更强;人人如龙,中国才会成为一个巨龙般的强国。

---

[1] 参阅庄庸、王秀庭著:《网络文学评论评价体系构建:从"顶层设计"到"基层创新"》,福建教育出版社 2016 年版;庄庸等主编:《蚂蚁哲学:中国网络文学阅读潮流研究(第 5 季)》,中国青年出版社 2021 年版。

这是年轻世代亚文化和国家主流思想价值体系所能达致的"史上最大公约数"。

因此,从原著小说到影视剧《庆余年》,IP化改编的"故事新编",其实是以"碑文再造"的价值观念,作为旋转的轴心和支点——这也是从网络文学超级IP到影视改编剧大众爆款的转译技术和转化方法:网络文学作品在主流化、大众化和IP化时,必须经过价值观念的转译和人设故事的转化,才能适应从年轻世代的自我价值观向社会主流价值观的重心转移。[1]这就是讲故事、写爽文(写网文)、IP化(改编剧)爆款创作方法论的"范式转换"。

《庆余年》的故事新编和碑文再造,体现了这种"范式转换"必须遵循的两大黄金法则,它们是一个硬币的两面:第一,价值取向的重心转移,如上所述从"觉醒和自由"转向"法治和公平(平等)";第二,故事新编的技术勾连(衔接),如这种重心转移不能造成断裂、鸿沟、断崖式垂降,甚至触发熔断机制,将作品"魔改"得作者本人都认不出——原著和剧集之间的故事、人物和理念,必须要有既在意料之外又在情理之内且逻辑自洽和完整的"改编或再造式衔接"。《庆余年》将"平等"作为最重要的连接点和衔接轨迹。

"人生而平等",经过现代思想的启蒙,几乎成为每一个人自发认同的普遍观念;"人人平等",经过社会治理体系的现代化制度建设,已经成为整个社会集体认同的核心价值观和行为准则。而且,经过从站起来到富起来的社会革命、建设和改革洗礼,"平等"已经成为每一个中国人的社会现实、心理需求和文化机制。

---

[1] 参阅庄庸、王秀庭著:《网络文学评论评价体系构建:从"顶层设计"到"基层创新"》,福建教育出版社2016年版。

第一章 代言人原型（模型）：从"世代爆款现象"到"时代潮流引爆点"

因此，将"平等"作为切入点，可以更好地建构"三大故事建筑巧杠杆"，解决从原著到影视剧的"思想观念大厦（大格局）"难题。

第一，从叶轻眉到范闲，秉持"平等"价值和观念行事，容易引发新主流受众（读者与观众）的共鸣。

第二，新主流受众当下的社会现实生活，已经从制度上消灭了人人不平等的阶级剥削和社会压迫；然而，叶轻眉和范闲穿越——重生的架空异世王朝，仍然是一个充满不平等、剥削和压迫的阶级社会。这就容易造成"现代人观念和古代社会阶级制度"的对立与冲突，便于架构让新主流受众有代入感的故事。这就是影视剧《庆余年》之中范闲基于"平等"的观念，为滕梓荆之死，执着地"讨一个公平（公正、公开和公道）的说法"，能够获得新主流受众认同的原因。

第三，从"穿一代"（复苏一代）叶轻眉到"穿二代"（重生一代）范闲，聚焦于"平等"这个切入点和着力点，更容易爆破和求解"两代人重活一次的不同选择"这个宏大命题——这个命题过于宏大，很不容易落地和落细；但是，落于"平等"这个针尖一眼的小切口上，却可以将那"宏大的差异"，表现得精致入微、穷形尽相——同样秉持"平等"的价值取向，叶轻眉追求的是整个社会的平等，而范闲践行的却是个人的平等。

这就是"两代人"不同的选择，其实亦是两个不同时代选择的不同代言人。

叶轻眉和范闲是母子俩。但如果我们进行解读、诠释和建构，或可用"两代穿越者世界观"的造词、理论与方法论原型，来重新界定他们的身份。他们是在不同时间节点上从地球穿越到这个架空玄幻历史世界的两代穿越者，而不是有血缘关系的"穿一代"和"穿二代"。

网络小说作品《覆汉》中那种主角是身为穿越者的母亲与原住民婚媾后诞生的"自带主角光环之人",才是所谓"穿二代"。

范闲虽然是穿越者叶轻眉"借种生子"与原住民庆帝所生的龙子,但事实上,只能说肉体/躯壳是属于"穿二代"的,灵魂却是地球上的另外一个穿越者。

这种"穿越重生",属于典型的"夺舍新生"——穿越者范闲离魂寄身,借助"穿二代"的身体,让自己得以新生。他其实仍然是真正的穿越者。

于是,从叶轻眉到范闲,划为"两代"穿越者,并不是从"母子"亲属关系上所说——虽然这种血缘和情感的羁绊成为范闲行事动机包括最后向庆帝大复仇的驱动力,但从根本上说,我们认为,这更多地基于叶轻眉"阴德庇护之功"所带来的利益驱动和不平之鸣。

这就像那源自《红楼梦》巧姐的判词"幸娘亲,幸娘亲,积得阴功"所言,整部《庆余年》都是"我和我老妈曾经的老战友们一起战斗"——他们裹挟着范闲卷入"复仇"的洪流之中。

范闲由被动到主动,再到最后积极寻仇,经历了一个"谁动了我妈留下的奶酪"到"谁动了我的奶酪"等利益损害之变和核心权益之争,同时又经历一个价值取向之变和思想观念之建:从"我要让这个世界变得更美好,只因为我想活得更好"的精致利己主义,到"人间不值得——这个人间欠叶轻眉一个公道"的愤怒不平之公仇私报,再到最后"庆余年,人生唯'余'所期最美好"的"自私成就美德(公德)"主义。说到底,范闲和叶轻眉的权益诉求、价值取向和观念之立足点,在"根本点"(根命题)上就迥然不同。

因此,将叶轻眉和范闲划为两"代"穿越者,就是基于"三观"(世界观、人生观和价值观)的承传和不同。

虽然分属女穿越者和男穿越者,但两者爽感建构的模式几乎一致——主角裹挟现代思想观念与文明知识优势,以形成对土著世界原住民压倒性的优势,从而建构引爆持续兴奋、畅快和愉悦感的爽感潮流和高峰体验。

比如,《庆余年》之中有一种"极细节的描述":范闲基于现代"人人平等"的思想观念,对太监等特殊群体、普通民众和权贵阶层一视同仁,都当作是"人",从而赢取了一大批"忠勇之士"的好感与投诚,所谓"自带平等圣光之环,主角虎躯一振,小弟纳头就拜"。

IP改编影视剧集中刻意强化和突出这一"爽点",聚焦于重塑后的新人物滕梓荆之死,范闲执意为他寻仇,而以长公主为首的皇家权贵特别难以理解:他不就是个随从和仆人吗?怎么值得范闲这样的"主子"如此牵肠挂肚、碎碎念地要复仇,太不皇家了,太不贵族了,甚至太不男人了!

而这,正是叶轻眉一直致力于建构的"现代观念古代平等社会"。

但比起这种相同,叶轻眉和范闲之间的"三观迥然不同"更为重要。

第五节 代际差异:
从"双主角之差"到"年轻世代之异"

身份与性命的"平等"这一聚焦点,更是将影视剧集《庆余年》和穿越文"世界观设定集"、从原文到剧集"穿一代"(复苏一代)叶轻眉和"穿二代"(重生一代)范闲的"共同现代观念",进一步细分、窄化和聚焦于"代际差异点"上。

穿越者主角所秉持的现代观念和异世异界原住民的价值取向之间的"千年冲突",一直是早期穿越文重要的世界观设定和爽点设置之一。特别是抹平社会阶级、阶层的"等级制度",追求人和人之间的"平等",是主角人设常见的价值观塑造。

在这一"聚焦点"上,《庆余年》处于渊源流变和承上启下的关键节点,从中自然也可以看出那种"现代与古代的观念冲突",穿越者和原住民之间"求平等"价值取向的不同差异。

"穿一代"叶轻眉和"穿二代"范闲都是直面异世"阶层等级"、秉持"现代平等观念"的人,区别在于:叶轻眉为抹平阶层等级、改造平等社会而奋斗;范闲却是接受阶层等级,化平等为个人态度和关系。

如范闲自身平等对待丫鬟奴仆,教范若若要"平等"待人,还不讳言自己是女权主义、讲究男女关系平等……

但这是就个人的态度、价值和言行而言的。对于整个社会不平等的阶层、阶级和等级关系,范闲可没有想过去"革命和改造",而是心安理得地接受和融入这种等级社会,巩固自身的阶层优势;甚至,还要在这个等级社会之中攀升至更高的阶层,寻找和确立自己"争霸天下"的位置。

这其实是大多数穿越文讲故事的套路。

所谓现代观念和古代阶级关系的冲突,其实只是一个由头而已。

所谓平等、自由、博爱等价值观念,不会用来改造和形塑异世异界原住民的社会形态与体制机制改革,而只是用来标榜主角个人迥然独立、"高人一等"的人设形象、态度和价值取向。

穿越者改造世界、拯救苍生、济世救民,也更多地是在技术层面

第一章 代言人原型(模型):从"世代爆款现象"到"时代潮流引爆点"

(如工业救国)变革既有社会的生产力、创造新的生产关系,让自己成为新阶级社会的"统治阶层",而绝不是成为抹平社会阶层的新平等社会领导者——"醉卧美人膝,醒掌天下权"和"朝爱田舍郎,暮嫁侯王爷",仍然是男女频以穿越为"新瓶"、装权谋与言情"旧酒"的流行套路。

《庆余年》原著回避了这种穿越文"挂着羊头卖狗肉"的违和感与尴尬状态。它直接把试图改造社会、拯救苍生、追求平等社会从而身死道消的"幕后的主角""穿一代"叶轻眉,写成了背景——我娘是我最好的背景。进而把"台前的主角""穿二代"范闲,写成与不平等的阶级社会共舞、只追求"个人平等待人"而不苛求"他人平等待我"、更拒绝把这个世界改造成平等社会的乐活者——如任由丫鬟奴仆仍然叫我少爷,嘴长在他们身上,想怎么叫是他们自己的事,与我无关!

范闲借用奥斯特洛夫斯基《钢铁是怎样炼成的》中的名句,对范若若解释"人要为自己而活",想清楚自己想要什么、需要什么、应该做些什么,然后努力去做,这样将来才会无悔人生:"当我们回首往事的时候,不因虚度年华而悔恨,也不因碌碌无为而羞愧。在我临死的时候我可以骄傲地说:我已经做了所有自己想做的事情,就算没有成功,但我毕竟努力过。"

这个世界时时、处处、事事都有不平等、不公平、不正义的现象发生,你怎么可能改变得过来?

你唯一能做的事情,就是接受它,而不要试图去改变;

你只要不被它改变自己的内心,就可以了——就像这个社会仍然是一个不平等的社会,你不要试图把它改造成平等的社会;你只要保持你自己"平等待人"的本心,就可以了。

这就是范闲教给范若若的"本心论"。

这看似是"主角的言论",其实是"作者的观点"。

但更重要的,它其实映照的是同一时代不同世代"年轻人的心声"。

中国网络文学阅读潮流之中,年轻世代更迭(亦即"迭代")与需求嬗变的"代际差异",会形塑不同的时代(世代)代言人:不同的主流新受众,迥异的年轻新需求,自然会在故事中形塑出"不同的代言人"——从"世代代言人"到"时代代言人"。

第六节　滞后效应:
从"未来之新需求"到"过去之旧观念"

这是穿越文经常爱表现的"世代(时代)主题":穿越者主角的现代"平等"意识、态度和观念,与原住民金字塔世界的社会阶级和阶层体系,所产生的天然、不可调和与戏剧性的冲突和矛盾——但这经常是用来表现"穿越者的优越感"的。比如:《庆余年》中范闲"不食人间烟火气地塞银票"给宦官,但比这用"钱"开路更重要的,是他作为现代人对"古代残障人士"无差别对待的观念,恰是如此让他们有了作为"人"的被尊重感,所以小洪公公才会"死心塌地"地做了范闲的大内内应。

如上所述,IP影视改编剧《庆余年》浓墨重彩地把这一"点"拎出来,并聚焦于滕梓荆这个经过重塑的老原型新人设,来深入体现范闲这个具有现代意识的穿越者和古代异世界的"观念冲突":从把滕梓荆当成一个"人"(因为生命无价)还是把他当作一个"奴仆"(死就死了,有什么大不了的,多赔些钱就可以了——以长公主为代表)的社会阶级观念冲突,到范闲这个穿越者与整个异世界的"三观之争"(世界观、人生观和价值观的矛盾与冲突)成为 IP 剧的主题——把这当成整部 IP 剧戏剧性矛盾和冲突的轴心支点(爽点)、杠杆(爽感)和"造爽"机制(神爽/超爽)。

但事实上,这是一个"美丽的误读"。"穿越者现代年轻人观念 PK 原住民古人社会等级制度"的故事主要矛盾,作为"爽点—爽感—神爽/超爽"的造爽支点、杠杆和机制,其实是适用于以叶轻眉为主角的第一代年轻穿越者,而不适用于以范闲为主角的"穿二代"年轻世代的。

在《庆余年》之前的初代穿越宇宙观(世界观设定集)之中,这的确是很重要的"爽点"。但是,在《庆余年》之后的第二代穿越宇宙观之中,它已经成为辣眼睛(审美污染而不仅仅是审美疲劳)的"毒点"——你以为你居高临下,把奴仆贱役当"人"看待(哎呀呀,我们都是平等的),于是"虎躯一震,王霸(王八)之气外露",他们立刻就感恩涕零、纳头就拜,从此成为一生对你忠心耿耿的小弟或小妹?幼稚!

与《庆余年》差不多同一时期的女频文《平凡的清穿日子》,就颇为毒舌犀利地讥嘲了这种"鼓吹平等观念"的穿越者们:不是被当作神经病,就是立马成了撞邪的异端。

《庆余年》没这么"刻薄"。它不食人间烟火气地"泄露一点儿平等的态度",更多的是对以叶轻眉为代表的"穿一代"及其初代穿越宇宙观的缅怀,而不是要当作自己的人生态度和理念,甚至去践行;范闲颇有人间烟火气地接受这种古代异世界"不平等"的社会阶层、阶级和等级体系，并追求在其中的"宜居"和"乐活"方式，反而是《庆余年》的调性。

IP影视改编剧《庆余年》把十年之前原著之中就已经发生了重心转移的"边缘关注点"，当作自己十年后影视剧改编的"核心聚焦点"，甚至想把"现代年轻人观念与古人社会制度冲突"当作整部故事的主题理念，不能不说是一个有淡淡嘲讽意味的"槽点"。

改编剧的"十年甚至数十年滞后效应"，可见一斑。这就是我们所说的从讲故事、写爽文（写网文）到IP化（改编剧）的"价值观逆溯（诉）"问题：从《芈月传》到《庆余年》，从《斗破苍穹》到《楚乔传》……从2011年到2017年整个中国网络文学超级IP时代，IP化最大的问题，就是把网络文学原著之中已经立于潮头浪尖、居于时代最前沿的价值观念意识（如女频文中女性核心权益诉求及其所带来的分权、平权和确权"争权运动"），改编成21世纪初以前的影视剧"上一辈、上一代、上一群人"价值取向与诉求——这就是所谓"一夜回到解放前""一剧回到改革前""一季回到20世纪末（或21世纪初）"。

当然，这是比较极端和夸张的说法。但也只有这种极端和夸张的说法，才能戳中讲故事、写爽文（写网文）、IP化（改编剧）全链条之中断裂、错位和重心迁移的状况，特别是"价值观逆溯（诉）"和"世界观设定集"之间失同步化、不匹配甚或是世代严重错位的荒唐、荒谬和荒诞。

什么意思？意思是说：文学是时代的晴雨表，网络文学是这一时代的风向标，中国网络文学在讲故事、写爽文（写网文）之中，切中时代的脉动、青春的潮流和思想的动态趋势，已经居于领先型、引领型、领跑型地位，先于其他种类的文艺形态与业态、生态系统，制造着反映个体——大众心理、社会——国民心态、民族——国家集体情结甚或整个人类集体无意识的"最前沿"现象、潮流和趋势,特别是"价值观念的诉求"——如核心权益诉求的意识觉醒、自觉自为、自我追求和自我实现,所带来的女性自我意识、两性观念(性别革命)、社会关系(社交、社群、社区和社会网络时代)重塑——在写网文的创新和讲故事的革命等"内容供给侧结构性改革"中,调适、匹配和同步化于"这一代人"(如"85 后"——"95 后"——"05 后"独孤世代)需求暗流的探索和实践。

这一代年轻人之需求暗流,这一代网络青年之网文潮流,这一年轻世代之价值观念诉求等相互调适、匹配和同步化的过程,所达成的结果、成果和效果,是立足当下、面向过去、奔向未来的——

它们表达的内容,是"过去"这一网文现象的累积、沉淀和承传;

它们形塑的人设,却是"当下"这一年轻世代的青春画像、形象特质和族群认同;

它们探索的价值观念,却是"未来"这一时代的擘画蓝图、愿景目标和实施工程。

换一句话说,每一代青年,其实都是面向未来,形塑着自己当下的时代画像,孕育着"开创未来"的超前理念和核心价值——网络文学是这一时代之青年,以这一时代之文学,表达、形塑和孕育这一时代之未来。

我们唯有以"未来"某一个时间节点为界碑,倒逼过来,回溯所谓"当下"和"过去",才能深刻地体悟"文学是时代的风向标",真正的含义是"文学是预示时代'未来'的风向标",而不仅仅是测量"当下"的晴雨表,更不是总结"过去"的活化石——网络文学其实真的是这一时代的"未来"文学。

因此，IP化（改编剧），其实应该遵循这种中国网络文学"朝向未来、奔向过去"的时空轴，来进行原著的影视化改编：切中中国网络文学"未来化"（领先于当下半步）的价值观念诉求，操刀网络文学"过去化"（诞生于过去某个时间节点）的作品内容形态，二度原创（从工匠精神到智匠创作）创造"当下化"（调适、匹配和同步于"活在当下"的这一年轻世代更迭和需求暗流嬗变轨迹、接触点和引爆点）的新圈层爆款——网络文学讲故事、写爽文（写网文）、IP化（改编剧）、造爆款，必须遵循这种人口周期运动之中年轻世代"更迭"（迭代）和"需求嬗变"（升级与升维）的轴心轨迹，并寻找将这种需求暗流引爆成社会潮流的接触点和引爆点。

讲故事的人、读网文的人、看IP剧的人，已经是不同的世代、不同的群体、不同的主流新受众——他们其实需要"断代"，就像从"85后"第三批婴儿潮到"05后"独孤新世代，其实是不同的年轻世代。新世代、新需求，需要新内容、新产品和新竞品。

因此，不可能"刻舟求剑"，拿着"过去"的文本，对标"当下"的潮流（风向标），满足"未来"的新需求。

第七节　爆款新IP：从"当下世代"到"未来时代"

奇妙之处在于，网络文学硬核价值和理念的"未来性"，却超越于时代，跟这种年轻世代迭代与嬗变的新需求暗流，处于相互调适、匹配和同步化发展的过程之中，并因此有着持续深入、不间断、一直震荡勾连的接触轨迹。这保证了诞生于"过去"的作品文本及其内容供给,在"当下"和"未来",有着各种可能的"接触点"。

只不过,从过去到当下再到未来,找准接触点,并以此为切入点和着力点,将那种迭代嬗变的新需求暗流"引爆"成新社会潮流的"引爆点",会有所不同而已——

很多人并没有意识到,IP化(改编剧)引爆大众现象级爆款潮流的引爆点,和当初讲故事、写爽文(写网文)引爆阅读圈层爆款潮流的引爆点,是完全不一样的。

根本原因就在于这种需求暗流和内容供给的接触轨迹,一直都在震荡变化之中,接触点、切入点和着力点也在变化之中。

但是,就像价格围绕着价值波动和震荡变化一样,这种需求暗流与内容供给侧的接触轨迹线,亦是"万变不离轴线的"——只要我们把握住这种"变化的轴线",从讲故事到写网文再到IP化(改编剧),就可以寻找不同的接触点,找准切入点和着力点,从而建构起迥然不同但效果、逻辑同情共理的引爆点。

那条"价值轴线",就是中国网络文学"朝向未来、奔向过去"的新价值观念诉求之旅。

因此,IP化(改编剧),本应该像讲故事、写爽文(写网文)一样,朝向未来、奔向过去——以朝向未来的"价值观念诉求",来改编过去的IP文本,并切中"当下"年轻世代同步化的需求暗流。

但是,大多数网络文学的IP化之旅,却是逆势而动,逆流向上,逆着这个方向来的:以"过去"的价值诉求,把网文改编成"当下"的影视剧集产品,试图满足年轻世代"未来"的新需求——就像20世纪的"分权"(从父权和男权之中分给女性以相应的权利)之价值观念诉求,来把"平权"时代(亦即男女权利平等的女性自我意识、两性观念和婚姻家庭伦理)的女频文畅销故事文本,改编成"确权时代"

（要在社会、男女甚至是不同世代、群体和阶层等的女性之间，确立、确定和确认女性的核心权益、安全边界和权益置换原则）的年轻世代新女性、新主流受众和新需求驱动下的爆款，怎么可能？

这完全是错位、断裂和失同步化的。

但很多IP剧操盘手并没有意识到这一点：他们不是"朝向未来、奔向过去"地改编剧，而是"朝向过去、奔向未来"地IP化……所以，还未落地，就已经过时；刚起步，就已经滞后。即使是那些被称为IP化（改编剧）"十分成功"的爆款亦是如此：数据看起来确实好看，口碑听起来确实也不错，但是，就文本论文本，就故事讲故事，就剧集谈剧集，其实是"立不住脚"的，没有可持续的生命力。

别说跟原著比，改编的"进化性"在哪里；就是跟原创剧集同步产品比，它的"进取性"又在哪里……所有的对比，不过是这部IP剧比上部IP剧"进步了"——让人拾起了一点点对网络文学超级IP的信心。但是，如果放在影视剧集梯队里，其实网文IP剧还是在二流、三流甚至不入流之间徘徊，让人看不到一丁点网文的"先进性"。

这就相当于：网络文学一流的文本作品，被改编成三流的影视商品，然后，被泛文娱金字塔梯队确认为二流产品。没错，有些人"确认"自己确认过了：中国网络文学是而且只是二流的文学、文娱、文创产品，只能排在所谓一流的文学、影视和文娱下面当小弟。

但事实呢？网络文学本就处于一流甚或超一流方阵之中，它本应该引领带动整个文学全版权链、泛文娱全产业链、新文创全价值链的转场升维（而不仅仅是转型升级），它本应成为"进步、进化、进取和进击中的中国文化全球战略"的风向标，结果却被降级甚或降维成为"二流产品"，连生存和发展的合法性、合情性、合理性和合逻辑性等四合性"根基"都被质疑和解构掉了。

这其实是一件极其滑稽和荒谬的事情：先进的生产力，被迫降速、降级、降维，才能为落后的生产关系所接纳！

所以，我们解读、诠释和建构中国网络文学超级 IP 时代"进化史"和"发展范式"时，曾经考问：中国网络文学是应该转场、升维和跨界，成为从泛文娱到新文创形态、业态和生态系统重塑的"IP 化母体"，还是降速、降级和降维，成为为从影视娱乐工业体系到直播短视频带货力指数经济"引流导量"的"IP 化附体"？

这不是哪一部网络文学超级 IP 改编成功与否的问题，而是关于整个中国网络文学生死存亡的考问。

《庆余年》在 IP 剧中，算是口碑和数据不错的了。但是，仍然存在上述问题。

究其原因，还是以十年之前"初代穿越宇宙观"的价值诉求，来改编"第二代穿越宇宙观"的转型作品，却试图满足"第三代穿越宇宙观"的受众需求。从它开篇旗帜鲜明地把整部 IP 剧的主题和理念"定位"于现代年轻人和古人异世界的思想观念与社会制度冲突起，其实就"盖歪了楼"。它忽略或者刻意忽视了《庆余年》整个故事大厦的"建基点"并不在于此，将需求暗流引爆成阅读和社会潮流的"爽点、爽感和神爽"造爽机制，也不在此。

就其文本本身来说，这个"现代年轻人思想观念和古人异世界社会制度冲突"的主题理念，其实也就是盖了个帽子而已，并没有成为整个故事布局的"四梁八柱"。除范闲—滕梓荆这种人物剧情支线体现了所谓"人生而平等"的价值观矛盾和冲突之外，其他人设和剧情线，其实跟"现代年轻人思想观念和古人异世界社会制度冲突"的主题理念并没有太大的关联。

而且，它的走红，很大一部分原因，也不是这个主题理念驱动的矛盾和冲突，而是把"万年龙套"王启年这一条人设线，给重点拎了出来，浓墨重彩地写成了东北二人转或者传统相声"新角儿"。这其实是将 2008 年以后的另外一种网络文学现象、潮流和趋势，亦即"全网玩梗文化"（从恶搞到吐槽、从段子手到网红体）和"全民造词热"融了进来，以迎合网生代新主流受众的新需求。

这其实是一种杂糅体：主题理念只是一个"宝盖头"，四梁八柱或"树逻辑"之中只有一个小枝丫，勉强支撑这种主题和理念；王启年"网红龙套"旁枝逸出，吸睛吸金之际，其实以喧宾夺主的繁花似锦，掩盖故事枝干的苍白、虚弱和枯萎。对照原著的世界观设定集和故事建筑（故事大厦）体系，其实 IP 剧《庆余年》整个故事逻辑，盖得就像"网红时代的仿古茅草屋"——隔着屏幕，确成网红；实地考察，却经不起推敲。时间是检验它的标尺。

而且，就算放在 IP 剧脉络之中，《庆余年》亦算是以"初代穿越宇宙观"来改变 IP 影视剧潮流的"尾声"：从《步步惊心》到《延禧攻略》，其实已经把这种"现代人设古代观念"的世界观设定集，演绎得淋漓尽致了。

第二章

迭代风向标：
从"造爽之旅"到"穿越宇宙"

这只是扯出了一个"线头"而已。

事实上,《庆余年》这部作品有着远比IP影视"爽剧"更为复杂和庞大的"穿越宇宙"(世界观设定集)迭代进化史,以及中国网络文学阅读潮流"穿越—重生造爽"机制的嬗变轨迹与引爆点。

"穿越"和"重生"可以说是中国网络文学的"第一大和第二大造爽机制";而穿越—重生创造爽点、建构爽感、引爆神爽(超爽)高峰体验潮流的造爽之旅,就体现于"穿越宇宙"(重生世界观设定集)的进化和迭代之中。

如在"穿越文"这条中国网络文学阅读潮流的发展脉络之中,猫腻的系列作品,其实很有代表性,又颇具特殊性。它们既映照了这条根本脉络的发展轨迹,又彰显了自己切入点和着力点的问题特质。

特别是《庆余年》,是这种网络文学阅读潮流以及猫腻自身系列作品"穿越宇宙"起承转合的转折点作品。它既是此前近十年网络文学特别是穿越文爽点和套路的"集大成者",又是此后近十年穿越文在类型融合发展、创新变革潮中一波三折,成为其他类型文、圈层文和潮流文的"标配"后,所孕育和催生的新观念与新元素的实验之作……

对此进行系统梳理,可以将我们导向青创爆款方法论必须发掘的第二个黄金法则:从世代到时代,"爆款"本身也随着年轻世代更迭与需求嬗变,而不停地"迭代与升级"。

第一节　演变拐点：
从"初代世界观"到"穿越宇宙进化史"

在《庆余年》之中，叶轻眉和范闲两"代"穿越者的自我意识、身份认同和时代（世代）位置，直接将我们指向中国网络文学潮流中的"穿越造爽之旅"和"穿越宇宙观设定集"的迭代、升级和演化轨迹——我们将其解读、诠释和建构为"穿越宇宙"迭代进化史。

它其实代表着穿越文甚至整个中国网络文学发展史上的思维观念之变——两"代"穿越者，映照、隐喻和象征着穿越文甚至中国网络文学"穿越宇宙"的"迭代"与"演变"。

在初代穿越宇宙之中，"穿越者"集体自带主角光环，裹挟现代思想观念、工业革命甚至信息革命等科技与产业革命优势，对原住民世界形成压倒性的优势。

穿越者犹如创世的上帝、救民于水火的白袍骑士，以及造成时代变革、改变历史走向、推动落后社会"先进化"的救世主。

而且，穿越者在这个过程之中，由于自带"金手指"、开外挂，刀锋所指，所向披靡，无往而不胜。不但可以完成穿越救国、弥补历史缺憾、拯救苍生和改造世界的宏大目标和叙事，同时也可以成功实现"醉卧美人膝，醒掌天下权"的个人小目标。

"家国天下"的情怀感召和"自我"速成成功学的利益驱动合二为一，造成了爽点密集和爽感潮流的大爆发。这是 2003 年至 2008 年间"穿越救国潮"成为网络文学中重要潮流的根本原因。

第二章 迭代风向标：从"造爽之旅"到"穿越宇宙"

相对于中国网络文学发轫之时就蔚为大观、引爆潮流的"初代穿越宇宙"穿越救国（拯救苍生）、改造世界（时代和社会）潮流而言，《庆余年》就是一个拐点——叶轻眉这个"穿一代"因试图改造世界而死，范闲这个"穿二代"因努力适应这个世界而好好活了下去，这是对穿越"救×"、改造世界潮的质疑与否定。

范闲虽然还保留了相当大程度的"穿越者优势"（如角色扮演"文抄公"、虎躯一震收小弟的爽感建构），但已经基本改变了"发明（技术）拯救世界"（如像叶轻眉一样发明香水、肥皂等工业生活品）的思路和套路，开始调整到与这个原住民世界观的匹配、协调和同频共振。即使最后还是因为"大复仇"而打断了这种所谓"穿越者优势"与"原住民世界观设定集"的匹配，但失衡、失控的原因，却不再是穿越者拯救苍生、改造世界的动机与努力，而是自我想活着且活得更美好但这个世界却不断地削减与降低这种美好生活指数的矛盾与冲突。

这种转变的轨迹和源流，在《庆余年》之中，已经略显端倪。

前三分之一的内容基调和故事调性，看似仍然是"穿越者优势"黄金三部曲，亦即碾压（震撼、威慑）原住民、改变人生、改造世界，如抄诗抄词抄《红楼梦》，以"文抄公"数据库碾压、震撼、威慑原住民——这就是诗仙小范大人的由来。

实际上，从一开始，范闲就准备放弃像"穿一代"叶轻眉一样改变人生、改造世界的宏伟理想和远大抱负，而想体验坐在金山银堆豌豆江山上吃喝玩乐、享受生活的"穿二代"美好人生。

但是，从开篇到结尾，"穿一代"叶轻眉试图改造世界却被这个世界"阴"死的阴谋、圈套和迷局以及"为之大复仇"，构成了整部《庆余年》"不可调和的主要矛盾"。

这直接影响到了范闲"庆余年"的第二个三分之一的态度：既然他现在所有的美好生活，都来自这个"名义上的娘亲"的庇护——包括但不限于她创造的庞大财富，以及"那些和老妈一起战斗过的男人们"——那么，他也有必要为这个"整个世界都欠她一个公道"的女人，向这整个异大陆世界"讨回一个公道"。

这与其说是范闲"为人子者"，在继承了"老妈帝国的遗产"的同时，有责任与义务"为老妈复仇"的所谓孝子贤孙传统情结，不如说是"穿二代"为"穿一代"改造世界、拯救苍生却被异界世界和原住民"集体遗忘"甚至"团体陷害"的正名与复仇。

第二节　逆转主角光环：从"穿越者优越感"到"穿越者炮灰命"

放置于中国网络文学阅读潮流的发展脉络之中考察，与其说叶轻眉的"穿越者命运"是对21世纪以来穿越文"第一个黄金十年潮"的传承，不如说它是对"初代穿越宇宙"的核心设定和思维模式的反思与批判，并探索、实践和开启"新穿越宇宙"进化与迭代的时代序幕。

叶轻眉代表着"初代穿越宇宙"设定集合体的内核与标配，亦即男女频文所能达成的"史上最大公约数"。

我们把它解读、诠释和建构为"三大标配原型"：

第一，天下大一统，结束战国纷争撕裂，以期营造集中统一治理的和平时代。

第二章 迭代风向标：从"造爽之旅"到"穿越宇宙"

第二，利民天下（而非谋利于民），以工业基础系统地创造和生产能改善天下民生和生活品质的产品，并推进兼济天下的基础建设工程——前者以文中从头贯穿到尾的叶家商行和内库为代表，后者则以叶轻眉忧患水灾、范闲代为推进水利工程为标志。

第三，在神权（神庙）、皇权和民权的博弈之中，致力倡导平等、自由和权利诉求等现代观念启蒙，甚至激进革命。比如，反对神庙垄断知识、技术，神化自身，愚民蒙昧，而将名为神庙实为科技树的博物馆知识科普推广于人间。设立监察体系，制约百官，还想制衡甚至限制最高权力亦即皇权。

一如我们在解读、诠释和建构从无罪《剑王朝》到烽火戏诸侯《剑来》和远瞳《黎明之剑》，深入剖析猫腻系列作品《庆余年》《间客》《择天记》《大道朝天》，甚至专题爬梳《剑王朝》《择天记》《剑来》等从"剑王朝1.0"到"剑宇宙3.0"的根本脉络和发展历程时，所提到的权力制衡与最高权益限制"建基原点"问题：谁在神权、皇权等至高权力之上悬上一把"达摩克利斯之剑"？[1]

叶轻眉对这个问题的解决方式，是试图通过监察院体系来制约皇权。但事实证明，它最后仍然不过是爪牙而已——沦为皇权至上的内部组织机构之一。

真正对庆帝具有"核威慑力"的，是那把叶轻眉曾经用来狙击争夺皇位的两位亲王、最后掌握在范若若手里的21世纪特种重狙武器。

而叶轻眉之死，恰恰是因为这两点：一是限制皇权甚至是神权的激进观念；二是那把像"达摩克利斯之剑"一样悬于皇权帝王和

---

[1] 参阅庄庸等主编：《爽点宇宙：中国网络文学阅读潮流研究（第2季）》，中国青年出版社2020年版。

神庙大祭司头上的重狙击枪——这相当于那个世界的核武器啊！

没有哪个帝王（尤其是庆帝这样雄心壮志、欲创万世之基业的铁血君王、亘古大帝）能够容忍有这样一个人、一把枪、一种制度与模式存在；更没有哪个祭司能够容忍从自己神庙中跑出去的人，违反整个神庙规定，把"禁忌知识"和"禁忌技术与武器"传给蒙昧的时代里愚蠢的人，让他们开智并且具有足够的实力，可以颠覆神庙的规定和秩序。

于是，神权与皇权联手，叶轻眉就从"自带主角光环"的优势穿越者，变成流血政变中的炮灰。

第三节 思想荆棘：
从"犯皇权者死"到"享民权者造恶"

在叶轻眉之死上，看起来皇权与神权是罪魁祸首，但从另一个角度来看，"民权"才是根本原因。

叶轻眉在一个蒙昧、落后、等级森严的时代，不合时宜地提出自由、民主、平等等现代观念，还试图用那种古为今用的先进观念（如"民为重，社稷次之，君为轻"）启蒙、教化民众。她期冀民智开启之后，"民权可以钳制神权和皇权"——这是比"拯救苍生"和"改造世界"更为不合时宜、不切实际的愿景和目标。

这不仅仅会带来神权、皇权以及因为等级金字塔才能维持其统治权的权贵阶层等反对势力的疯狂反扑——在京都血洗叶轻眉山庄的事件之中，后族、权贵、军方重臣等联手，成为先锋与主力，便是例证——这也招致普通民众的冷漠、围观甚至甘为爪牙、落井下石,给予"压垮骆驼的最后一根稻草"式的致命一击。

这一点,在事后多年,范闲都能亲身体会得到,何况叶轻眉及她所谓亲密战友和致命敌人?

京都民众是健忘的。他们享受了叶氏商行太多的恩惠,却很快忘记那个忧国忧民、菩萨心肠的济世救民的女子。

庆国子民是冷漠的。当叶家女主人横死,家破人亡,天下无一人鸣冤,无一人复仇——我大好庆国子民,竟无一人是男儿。

整个天下黎民百姓都是残酷的。从叶轻眉之死,到范闲回归,他们既是洪水泛滥时孤立无援,靠范闲母子民生水利工程拯救的灾民,亦是菜市场"吃人血馒头看救命恩人人头落地"的吃瓜愚众,甚至就是那趋炎附势、见风使舵、甘为前哨及至捅上致命一刀的帮闲与帮凶。

这一点,其他所有人都看得比叶轻眉明白——叶轻眉至死或许都不明白:她真正的敌人,并不是她想要限制其权力的帝王、神庙和权贵官僚,而是这些她想要拯救和启蒙的普通民众;给予她致命打击的,不是那些凶残的敌人,而是这些她给予最大善意的"被拯救者"。

因此,叶轻眉穿越救国、济世救民、拯救苍生、改造世界,就注定是一场失败的社会试验。这不但没有任何"群众革命"的基础,甚至还给自己制造了从"同舟皆敌"到"举世伐己"的现实境遇和残酷命运。

这如何不令范闲失望,令我们失望:觉得"人间不值得""叶轻眉不值得",这个人世间"欠叶轻眉一个公道"!

这里最值得注意的是:不是叶轻眉失望,而是范闲失望,是"这一届网络作家"和"我们这一届读者"身为剧外人、局外人在失望。

虽然猫腻《庆余年》讲故事写爽文的类型化特质,掩盖和削弱了文本之中对这种"思想锋芒"的磨砺和阐发。但是放置于整个穿越文甚至整部网络文学"穿越宇宙"设定集的变化潮流之中，这种"思想锋芒"仍然如锥立囊中，刺透爽文薄如蝉翼的外衣，辣了我们的眼睛，扎了我们的心。

而这揭开了猫腻自身从《间客》到《将夜》、从《择天记》到《大道朝天》讲故事写爽文之中另类、另辟蹊径的"思想荆棘之路"之序幕。同时，亦可能成为一种预兆，预示着中国网络文学阅读潮流之中"讲故事的思想家"的另外一种可能：

网文的思想锋芒，不仅仅体现在帝王将相幻想史、超凡强者宰制神秘域，寻找"那一把悬在头上的达摩克利斯之剑"中；亦有可能剑走偏锋，撕裂凡人、凡间、凡世的人性深渊、人心宇宙、人际关系黑暗森林，甚至是人间伦理原则之中吞噬一切的黑洞……

就像烽火戏诸侯在"异儒版"的《剑来》世界之中解读、诠释和建构的人心宇宙、理来剑来、拳至道成。[1]

第四节 暗黑面：
从"渴求救世主"到"谋杀穿越者"

这揭开了中国网络文学穿越文潮流"初代穿越宇宙"的暗黑面——从"渴求救世主"到"谋杀穿越者"！

---

[1] 参阅庄庸等主编：《文运迷楼说：中国网络文学阅读潮流研究（第4季）》，中国青年出版社2020年版。

第二章 迭代风向标:从"造爽之旅"到"穿越宇宙"

在穿越者前辈们前仆后继,济世救民、拯救苍生和改造世界,给原住民和原初世界带来"翻天覆地"的改变时,穿越者为自己树立了一座像太阳一样光芒照耀四方的"时代丰碑"。

这是建立在"穿越者优势"和"救世主心态"之上的:穿越者就是比原住民优越,穿越者世界(其实就是当代地球世界)就是比原初世界先进,穿越者文明就是比原初文明"文明"……因此,穿越而来,就要以先进改变落后,以文明改造愚昧,以穿越者白袍骑士的身份,救国救民救天下苍生于水深火热之中。穿越者把自己当作了神。

但是——

穿越者真的比原住者"优越(聪明、智慧)"吗?

穿越者真的就是像"救世主"(超级英雄和先知、圣徒甚或神明)一样的存在吗?

原住民和原初世界真的需要穿越者的拯救与改造吗?

……

网络文学潮流的发展和演变,其实已经对这些设定提出了很深的质疑。所以,在"初代穿越宇宙"之中,许多网络作家的穿越文,就已经开始"自我限定":今人不一定比古人聪明;穿越者比起土著牛人来说,多的只是知识,而不是见识和智识……

但是,"救世主"的心态,仍一直是穿越文潮流的底色和本色:把自己头上如白袍骑士、超级英雄和像神明一样的主角人设光环,和穿越救国、拯救苍生与改造世界的宏大使命与责任,以及"离了你地球照样转的现实小人物逆袭成独一无二的虚拟大人物""醒掌天下权,醉卧美人膝""集万千宠爱于一身"的心理需求,结合在一起,构成了"穿越者初代宇宙"对于"原住民世界设定集"绝对"不对称的杠杆"。

几乎没有穿越文真正思考过这个根本性的问题：原住民和原初世界真的需要穿越者的拯救与改造吗？

就像《间客》中的帝国种子何友友对联邦狂热的少壮派军官西门瑾的质疑、批判与反击：你们想发动第三次宇宙大战，反攻总攻帝国，解放帝国处于水深火热的农奴阶层，但问题是，那些农奴需要、想要你们的拯救与解放吗？

"需要"是一种客观的拉动力，"想要"是一种主观的驱动力。如果没有这两种"动力"，所有强制性让别人接受的拯救与解放，都会变成一块愚蠢且可笑的遮羞布——满足你们自身的需求与愿望而已。

这是你们自己的欲望，不是他人的需求。

于是，原住民和原初异世界对于穿越者阶层的狙击、反击和攻击，就成为理所应当的事情：穿越者和入侵者没有什么区别，都打着"拯救苍生、解放人类和改造世界"的旗号，都以为自己丰功伟绩，原住民应感恩戴德，整个世界都要把自己写进历史教科书之中——却没有想到，有可能在原住民和原初世界看来，他们就是入侵者、占领者和颠覆者，是必须"杀死"的敌人！

就像《庆余年》之中，叶轻眉看轻天下须眉，济世救民望苍生，却被"冷血"谋杀——谋杀她的不仅仅是皇权、教权，还有她致力于启蒙的"民权"。

这是我们最难以接受但又不得不接受的事实！

因为，历史、事实和小说都证明了：这是真的。

只是，网络小说穿越文大多数都回避了这个"初代穿越宇宙"的暗黑面矛盾——大家都习惯于讲穿越者拯救原住民世界的故事，却不善于重述原住民世界反击穿越者（入侵者）的历史。因为，这不符合讲故事、写爽文（写网文）、IP化（改编剧）的造爽机制。

猫腻《庆余年》令人惊艳的地方就在于此。它在符合穿越文主流的"爽文套路"的同时，令人吃惊地把这个暗黑的铁幕撕开了一条口子，让人看到"初代穿越宇宙"之中穿越者阶层和原住民世界"不可调和的尖锐矛盾"，以及第二代穿越文的解决思路和方案：叶轻眉被原住民集团谋杀致死，就是"穿一代"集体的"理想之死"；范闲庆余年之生，就是"穿二代"集体的"生活转向"。

第五节　关系与角色：
从"穿越异乡人"到"原住新移民"

这里面的转折关键点，就在于：从改造世界"穿一代"叶轻眉，到享受生活"穿二代"范闲，穿越者与原住民世界的"关系"，发生了根本性的改变——我们不是来改变这个世界的，我们是来这个世界享受生活的。

这与和"穿一代"相伴而生的日常历史生活流（如 2006 年《唐朝好男人》，这股潮流的第二代集大成者是《唐砖》，2020 年度起点新人王《贞观憨婿》当属第三代的爆款）有所区别：它不是利用穿越者优势搞发明创造，让自己在这个世界生活得更加舒适和安乐，而是——这个世界有着自己的游戏规则和秩序，我们如何遵守、利用或者颠覆这种游戏规则和秩序，让自己过得更加舒服、舒坦和舒心？

这两者的核心区别，就在于：不是借助外力（穿越者金手指或穿越者优势/优越感）来改造世界以匹配自己，而是在这个原住民世界，利用、重组甚或创建新游戏规则，来让自己更舒心地生活。

因此，整部《庆余年》的故事布局，范闲其实有三个三分之一的起承转合变化弧线：

第一个三分之一，是"幸娘亲"，要在"穿一代"叶轻眉的福庇之下，好好地享受这多出来的第二人生——没想着改造世界的宏伟大业；

第二个三分之一，继承了遗产必然也继承了负资产，范闲直面"原住民世界"和"穿一代集体"不可调和的矛盾，包括但不限于暗杀与阴谋、仇恨与复仇，必须想方设法利用游戏规则"让这个世界变得对自己更友好"——没想成为背叛自身阶层阵营的"先进青年"角色；

最后三分之一，范闲"冲冠一怒为娘亲/红颜"，为叶轻眉"穿一代集体"复仇，为身边人既有利益/情感共同体"团灭妖怪"，根本目的，是将原住民世界从"友好型城市"变成"宜居型世界"——没有"拯救苍生"什么事儿，只有我们的"美好生活指数"。

为什么会这样？因为主角和世界的关系变了，穿越者在这个原住民世界寻找和确立自我的意识、身份和位置的方式变了：

你不是这个原住民世界的改造者、解放者和拯救者——就算真的让他们获得了利益、进步和先进的文明，你也永远是外人、异己、他者；

你也不是这个原住民世界的观光客、时光旅人和过客——在人生的某一段旅程之中看过一段美丽的风景，然后，把它抛诸脑后，再无留恋，甚至不必留存美好的记忆，而是继续下一段旅程；

你其实是这个原住民世界的新移民、常居者和"新原住民"——你住得太久了，已经把根扎了下来，跟这儿的人、这片土地甚至整个世界有了很深的关系牵绊和情感羁绊，到最后你甚至忘掉了所谓"生命的故乡"和"诗和远方"，你只想活在当下，活在这片第二故乡的土地上,把它当作自己真正的家园和故土。

这完全是一个"异乡人"被同化为"原住民"的过程。尽管《庆余年》之中,范闲这种"自我和原住民世界"的关系变化和轨迹,还有些模糊和游移不定,但是,读者已经能够比较明确地看到他在这种变化的关系之中寻找和确立自我意识、身份和位置的箭头、方向和道路:

故事的前期,范闲还非常明确自己是作为穿越者过客在享受这种多出来的第二人生的"旅人"身份;

但是,到了故事的中期,范闲开始模糊穿越者旅人和原住民二代的自我意识界限,逐渐淡化穿越者的身份,确立自己在本土原住民关系和体系之中的位置——因为他有了很多牵挂他、他也需要牵挂的人;

特别是到了故事的后期,当范闲终于想明白或者"做出了明白的抉择",要替那个"被整个世界辜负的女子"讨一个说法,其实也是在为他自己和身边那些牵挂他的人"寻找一种公道"时,他其实是选择了要让自己真正融入这个原住民的世界。

融入一个不是自己原生地的异世界,到底意味着什么?

意味着:它就是我的世界!我就是这个世界的人!所以,这个世界怎么样,不是你们说了算,而是——我来说了算!

这才是真正的"主角、主人、主觉(主要知觉和自觉)"的自我意识、身份和位置——从此,我不在这个世界之外,我就在这个世界之中;我和世界不再是"相互排斥、相互和解、相互接轨",而是"相互兼容、相互调适、相互融合";我即世界,世界即我,我和世界建构成"命运共同体"。

从一直游离在外的异乡人,到成为融入这个异世界的自己人,《庆余年》揭开从"初代穿越宇宙观"到"第二代宇宙观"转型升级的时代拐点之序幕：

穿越者和异世界的关系，不再是改造与被改造的关系；

穿越者不再是借助所谓"穿越者优势"，对异世界进行改造、改变和改革，而是开始改变自己的思想、观念和价值取向，试图融入这个世界的秩序、规则和体系之中——这是为了在这个世界活着，且活得更美好；

即使是为了活着且活得更美好，必须要对这个世界进行"四改（改造、改革、改变和改良）"，那也是在遵循这个世界本身"游戏规则"的框架之下，进行本土渐进式的"改良"，而不再是那种外来革命性的"改革"——这是十分微妙但又是极其根本的差异；

主角不再是以"他者的目光"来审视、批判和激进地试图改造、拯救和解放这个异世界，而是开始以"自己的视角"来反省、内察与温和地约束、改变和重塑自己这个穿越者——不能拯救异世界，就只能改变自己这个异乡人；

正是在这个从"拯救世界"到"改变自己"并融入原初异世界的过程中，"新穿越者"们重新寻找和确立着自我的意识、身份和位置……

第六节 超级大黑锅：
从"隔壁地球学霸"到"异界冥王入侵"

从《庆余年》到《将夜》，从范闲到宁缺，从"穿越者优势"到"原住民世界设定集"……这种从渐变、量变到质变的变化轨迹越来

第二章 迭代风向标：从"造爽之旅"到"穿越宇宙"

明显。

《将夜》成为猫腻从"初代穿越宇宙观（穿越宇宙1.0）"到"第二代穿越宇宙观（穿越宇宙2.0）"设定集的转身之作，同时也成为中国网络文学"穿越造爽"从"第二代穿越宇宙观（穿越宇宙2.0）"到"第三代穿越宇宙观（穿越宇宙3.0）"设定集的风向标。

宁缺从地球"隔壁家的学霸"少年，穿越成为异唐世界"门房之子"（家丁之子），既没有像《极品家丁》林晚荣那样扮猪吃虎、玩转穿越人生游戏，也没有像大量庶女、废柴流小说的主角一样，从利用穿越者优势改造自我的身份、地位和阶层开始，改造人生、改造社会、改造世界，而是——平静、幸福地生活了四年；而这四年的"家丁之子生活"，是他"厌恶"地球生活和"认同"这个异唐世界的关键。

在这个故事布局之中，宁缺这个穿越者，除在跟夫子探讨异唐世界本质时，"卖弄"了一个有关地球、月亮、宇宙的天文知识之外，基本就没有发挥任何的"穿越者优势"，反而因为从地球穿越到异唐，雪山气海不通，成为一个不能修行的"蚁蝼废柴"——身份是"门房（家丁）之子"，资质是"修行废柴"，穿越到《将夜》中俗世蚁国和修行世界二元架构的异唐世界之中，宁缺没有任何穿越者的优势，反而面对原住民呈现出极其不对称的劣势。穿越者"金手指"的黄金定律和爽文套路——金手指指点江山、激扬文字，改变人生，改造世界全部失效。

比起穿越者以金手指的优势，完成碾压（震撼、威慑）原住民、改变人生、改造世界的黄金三部曲，《将夜》更为关注的是主角宁缺从穿越者到原住民的心路历程转变——寻找和确立在异唐世界的自我意识、身份和位置——从"非典型唐人"到"典型唐人"，是如何炼成的？[1]

比起《庆余年》里的范闲，《将夜》中的宁缺更"进"了一步：

远离"穿越者"的优越；

"原住民"的特色和世界观更为明晰；

在穿越者和原住民身份之间的游离、纠结和冲突，亦更为突出。

当时，网文大面积转向"庶女流"和"废柴流"——穿越到异界、异世、异历史或架空时空，不是人人重视的有"家族继承权"或"核心身份地位"的嫡子嫡女，而是"不受重视也就罢了、连生存下来都成为一件极其困难的事情"的庶女、废柴。如何改变自己的身份和地位、改变自己的生活与命运——是利用"穿越金手指"，从改变身边人开始，改变异界、异世，还是"放弃穿越者优势论"，融入这个异界、异世的游戏规则，成为每一个庶女／废柴主角必须着力解决的问题。

但是，宁缺穿越成"门房婢女（家丁）之子"，却没有遇到这些"套路问题"，更没有那些"恶主欺仆"之类的狗血遭遇，不需要以"小小极品妖孽"的穿越者身份，与霸凌少爷斗，与恶奴管家斗，与彪悍夫人斗，与铁血将军大人斗，从而改善自家便宜门房爹婢女娘的"悲惨境遇"，改变自己的家奴或是贱民身份，从而开启一场可歌可泣的低端阶层逆袭史！

猫腻的笔墨并没有聚焦这一段"极简穿越史"，把里面各种可能性的"极品小妖孽抗争史"浓墨重彩地泼洒开来，而只是在很久很久之后，简笔勾勒出，那四年，是宁缺从"隔壁地球"穿越而来，在这个异唐世界（亦是两世生活加起来）最为幸福安宁的日子。

---

[1] 参阅庄庸等主编：《蚂蚁哲学：中国网络文学阅读潮流研究（第5季）》，中国青年出版社2021年版。

第二章　迭代风向标：从"造爽之旅"到"穿越宇宙"

幸福的日子如昙花一现。或许正因为如此，才让宁缺刻骨铭心记了一辈子。因此，猫腻《将夜》的落笔之处，不是"穿越者和异唐世界"的主要矛盾：不是穿越者和这个异唐世界格格不入的问题；不是这个异唐世界对穿越者主角"不友好"或者"残酷排斥"的问题；不是穿越者"像异端一样不被容于世"，所以要么小心翼翼掩盖自己穿越者的身份以像原住民一样顺畅地活下去，要么像热血中二一样亮出自家"金手指之剑"改变人生、改变命运，甚至改造世界的问题。

就像我们曾经解读、诠释和建构的中国网络文学"穿越造爽"潮流、现象与趋势时指出："穿三代""苟活"世界，"穿二代""识配 / 适配（认识、调适和匹配）"世界，"穿一代""改造"世界。

在这个像线性闭环一样，朝向未来、奔向过去的"穿越宇宙"奇怪时空悖论里，宁缺这个穿越者，其实已经彻底放弃了"改造世界"的"穿越者金手指"。《庆余年》之中的范闲就已经开启了这种"弃改（放弃改变世界）"初选方案集的旅程，只不过《将夜》之中的宁缺更为彻底：他既没有改造世界的"穿越者金手指系统"，亦没有这个原住民异唐世界的"强大土著核武器"（超级修行强者资质与能力）。

确切地说，雪山气海不通，宁缺就是一个修行废柴。在这个修行世界宰制俗世蚁国的世界观设定集里，宁缺不单是一个家丁婢女之子（或是家奴贱民，或是平民，但都处于俗世蚁国等级森严的社会阶层金字塔之塔底），更是一个修行废柴——就算他是一个"生而知之"的穿越者，又能拿什么来改变命运？能在这个残酷而现实的世界活下去，就已经很不错了。

所以，在平静而安宁地过了那前世今生最为幸福的四年好日子之后，宁缺终于在异唐世界遇到了最不友好、最现实亦是最残酷的"活下去难题"——因为他的地球穿越者身份，被昊天异唐世界四大顶级势力中的两个顶级强者，作出了不同的误判：

比几层楼都要高的夫子把他误判为"生而知之"之人，却没有明确地判断他是不是"冥王之子"；

领导天下道门信徒的西陵神殿光明大神官看到那片黑暗的阴影，明确地"误判"昊王之子就降临于将军府之门。

而这种"误判"，是被"像神明一样存在"的昊天故意和刻意引导的——

一墙之外，通判府家新生的桑桑才是真正的"冥王之女"，而宁缺这个"冥王之子"就是给桑桑背黑锅的；

而所谓冥王即昊天，宁缺和桑桑又形成生死相依、最后却又分裂对峙的"二人"亲密和折磨关系。

这种以"夫妻关系"隐喻和象征"天人关系"的复杂结构，最终导致昊天与人间代表夫子的"天人之战"、异界昊天神国代言神白桑桑与"地球入侵异界代言人"宁缺的"天外天之战"。

从某种意义上说，从小师叔轲浩然举剑伐天，到夫子登天化月战天，代表着这个异界原住民势力想揭开"昊天这个天盖子"，飞往天外天呼吸一口新鲜空气。

但是，宁缺这个地球穿越者，却有可能代表着"外星人入侵"，从一个动态但危险的"天外天系统"侵入这个封闭而内循环的昊天世界系统，从而带来强烈的冲击、改变甚至颠覆效应。

一个封闭循环甚至僵化停滞的世界，一旦被"内外势力相互勾结"（夫子最后收了宁缺作为关门弟子），掀开那个捂得严严实实的"天盖子"，可能就会陷入严重的混乱和失序危机之中。

于是，将军府死，文官府生，在生和死之间，昊天分身黑桑桑把"昊王之子"这个超级巨大的黑锅，甩给了地球穿越者宁缺来背，其实隐藏着"一箭双雕"的大阴谋、大圈套和大布局:昊天找夫子找了千年,终于通过宁缺找到了人间——"人间即夫子、夫子即人间"——从而准备一劳永逸地除掉这个她最忌惮的有能力亦有意愿"掀开天盖子,仅仅为了呼吸一口新鲜空气的老男人";同时,也准备在"小荷才露尖尖角"时,就一把掐掉宁缺这个"地球入侵异界"、可能给整个昊天世界带来"新鲜而又危险关系"的天外天代言人小男孩。

由此看来,宁缺背的黑锅,其实除"冥王之子"这个昊天世界小黑锅外,还嵌套了一个"地球入侵异界"的天外天世界超级大黑锅——宁缺和白桑桑的对决,其实不仅仅是"两口子"的事情,而是两种世界、两种"天老爷"系统的PK。

从某种意义上来说,这是《将夜》之中,宁缺这个人物主角形象被设计为"穿越者"的唯一福利(大坑):一个小小的"隔壁家的学霸",却背上了"地球入侵异界"代言人(先锋哨探)的超级大黑锅!

除此之外,宁缺再也享受不到"穿越者金手指系统"的任何福利!

别说超值组合套餐了,连写着"谢谢你"的安慰小破纸片儿都没有一张!

第七节 穿越造爽之变:
从"快活人生"到"苟活至圣"

这与"穿越者"想象的出场不一样。

没有鲜花与掌声,没有欢呼与追捧,反而充满了敌意与仇视,布满了阴谋与陷阱。没有自带光环的主角待遇,反而成为霉运缠身的灾厄之体，甚至被原住民视为入侵者。

这叫习惯了当救世主的穿越者主角情何以堪？

这不仅仅是《庆余年》这一部作品、《将夜》这一类型作品以及猫腻这一个网络作家在系列创作中的根本转向、转折，也是中国网络文学潮流的一次根本转型和升级。甚至，从穿越造爽机制的演变，到整个穿越宇宙（世界观设定集）的进化，都开始转场和升维。

猫腻的《庆余年》《将夜》和远瞳的《黎明之剑》，是这种"穿越宇宙 1.0 — 穿越宇宙 2.0 — 穿越宇宙 3.0"的穿越世界观设定集和穿越造爽机制迭代进化之里程碑作品。

远瞳的《黎明之剑》和猫腻的《将夜》一样，都是地球人穿越到异界成为男主角。只不过《将夜》是中国传统古风流的"异唐世界观设定集"，《黎明之剑》是西方奇幻版的"魔法宇宙世界"。

它们共同的有趣之处在于，在讲故事、写爽文（写网文）时，把这一种穿越者主角（从高文到宁缺都是地球穿越客）和土著世界的观念甚至文明的冲突、进化和演变，揉碎了给我们看 —— 它们代表着两种不同的极端反应。

当一个具有现代文明观念的人"穿越"回到中世纪，如何带领落后的土著原住民，走向文明进化的金光大道？

与此相反，当一个地球穿越客误入另一个架空历史王朝"异唐"甚或"异界论语世界"时，发现"月是地球的明""此处无月却有永夜"，如何在这个完全不一样的异唐世界之中存活且活得更美好？

在《黎明之剑》之中，穿越者高文遇到的问题是：他带来的所谓地球"先进"科技观念，如何在落后的社会形态和领先的魔法技术之中，孕育与发展出一种全新的魔导工业科技树？

在《将夜》之中，地球穿越者宁缺遇到的挑战却是：当一个"隔壁地球的斜杠少年",带着我们习以为常的教科书观念来到异唐或异界论语世界,他"幼小的心灵"之中"一颗优良的幸福时光种子"刚刚萌芽,就被四岁时将军府的灭门惨案掐灭了!

特别是,以现代人的理念和科学技术手段,从"改造世界"到"启蒙(觉醒)民众",客串一下像先知、先觉和自由女神一样的引导者,引领原住民前进、前进、向前进——这样一件在任何一个"穿越成主角"的故事之中都超嗨超爽的事情,在主角宁缺身上还未发生,就已经泯灭:他就是一个修行的废柴!

在这个修行强者和昊天神明主宰的异唐世界,他没有任何"穿越者的优势"!别说改造世界了,就连改造自己、融入这个世界以求得生存和发展,都成为一件非常艰难的事情。

宁缺就是一个非典型的唐人,就是一个非典型的异唐世界之人。

在《黎明之剑》"改造世界:穿越者融入并探索和推进这个土著世界的进化和发展历程"和《将夜》"改造自己:寻找和建构自己在这个异于地球的世界之中的生存和发展之道"两个极端之间,就此形成了巨大的反差、张力和空间。

我们通过浓缩和概括中国网络文学潮流"穿越造爽"的三个发展阶段,来勾勒、描绘和精准定位两个极端之间的阅读潮流抛物线、接触轨迹和引爆点。

穿越文第一大发展阶段,基本就是营造穿越者优势,改造世界,启蒙、觉醒和拯救民众,或是拯救自我与爱情。

从初代穿越文(2002年左右)到第4代穿越文(2007—2008年前),穿越救国和弥补历史缺憾,是男频网文主流主调,如月关《回到明朝当王爷》;

而女频的主流调性就是"拯救个人、拯救自我、拯救爱情(或宠爱)"。

穿越文第二大发展阶段，便是放弃拯救苍生、弥补历史缺憾、改造土著世界的宏大意愿和叙事结构，转而适应、接受和融入土著世界，从而开始"本土化的人生"。这在女频文中最为突出。比如，关心则乱的《知否？知否？应是绿肥红瘦》。

穿越文第三大发展阶段，便是融合了上述两大发展阶段，但把它们变成自己的双重背景结构，以此突出"前景"和"主题"，形成两大极端化的发展趋势：一是以"改造世界"和"土著化人生"为底色，重在探索和思考这个世界所面临的问题，甚或建设、发展、升级和升维文明；二是完全相反，"掩藏（改造）自己"，"融入原初神秘（恶劣）世界"，"萎缩发育"，苟道至圣，如爱潜水的乌贼之《诡秘之主》和言归正传之《我师兄实在太稳健了》。

远瞳的《黎明之剑》，就将这三重元素和结构融合为一体，体现了"正向"发展的三重趋势。

第一重，它之中仍有穿越者凭借地球的文明优势、制度优势和科学技术优势来"改造世界""拯救苍生"的套路和桥段——主角高文以地球科学知识来研发魔法机制与原理，以先进管理制度来对中世纪落后民众进行社会建设与意识觉醒启蒙。

第二重，但与那些"单向度"依照地球工业文明甚至信息文明的优势，改造土著世界、拯救愚昧民众的宏大叙事不同，《黎明之剑》很快就阐述地球既有的科学技术知识、制度与文明体系，并不完全适用于这个架空奇幻异大陆世界——这个以"魔法"为主的世界从本源、起源和来源上，都与地球不同。因此，只能借鉴地球上的科学范式、发明机制和实验原理，来探索、实验和开发本土化与土著化的"科技树"。比如，借鉴地球已有的工业文明发展范式与体系，探索这个土著世界的魔导工业基础建设、产品研发生产和工业体系建设。

第三重，最重要的是，这个异大陆魔法世界面临着"魔潮周期性来袭""文明重复式毁灭""从原始自然神明到邪教人造神祇先进技术体系"和"外星舰队弑神者与造神者体系"等一系列浓缩了地球人类极简史、科学幻想史但又与地球上迥然不同的社会重大现实攻关问题、时代课题和超凡近未来发展趋势问题。

这决定主角高文必须要引领建设和发展一条具有这个异大陆世界特色的科技树和文明树之路，甚至要开辟一条"文明升级与升维流"的道路。

这些"硬核问题"的探索与实践、试验与试错，又为我们观照和洞悉自身当下现实与未来趋势的问题，提供具有参考价值和启发意义的时代新范式。[1]

这就是我们解读、诠释和建构从"硬核网文"到"文明建设、发展、升级与升维流"等一系列中国网络文学阅读潮流的意义与价值之所在。

但是，猫腻却走上了另外一条发展轨道。

与其说他是从"改造世界"滑向"改造自己"，不如说他一直对"改造世界"保持着深刻的质疑与批判——从《间客》到《大道朝天》，其实都蕴含着极其浓厚的质疑与批判底色。

从《庆余年》到《将夜》，还有一条隐晦但是极其有特色的"自我考问与认同"轴心脉络：穿越主角总是一个"非典型的唐人/庆人/×人"；在穿越者身份和原住民角色之间，主角一直找不到真正的

---

[1] 参阅庄庸等主编：《爽文时代：中国网络文学阅读潮流研究（第1季）》，中国青年出版社2021年版。

"自我定位"；到最后让他真正产生自我意识、身份和角色认同的，往往更偏向原住民而非穿越客。

猫腻系列作品中的自我和世界这两条缠绕的发展脉络，如果要追根溯源、究流源变，《庆余年》和《将夜》是起承转合的扭结点，它们甚至是中国网络文学潮流解读、诠释和建构"大写的我"（中国我）和"小写的我"（个体自我）——在变化的世界、变化的中国和变化的时代之中寻找和确立自我的意识、身份的认同和时代的位置——的起承转合扭结点和引爆点之一。[1]

以此为景框，再放置于穿越文发展潮流、现象和趋势——"穿一代""改造世界"，"穿二代""识配/适配（认识、调适和匹配）世界"，"穿三代""苟活世界"——之中来聚焦，从《庆余年》范闲"乐活"，到《将夜》宁缺"求活"，不是"穿一代"改造世界（愉悦自己）的"快活人生"和"穿三代""苟活至圣"起承转合的风向标，又是什么？

---

[1] 参阅庄庸、王秀庭著：《网络文学评论评价体系构建：从"顶层设计"到"基层创新"》，福建教育出版社2016年版。

第 三 章

谋生亦谋爱：从"强烈的求生欲"到"爱的信仰饥渴症"

《庆余年》是一部男频、玄幻、历史、权谋糅合的典型爽文作品,却融入"女频穿越文言情潮流"的爆款套路与内核。

从2002年起,以起点和晋江两大网络文学网站的创建为标志,中国网络文学就越来越显著地呈现出"男女频双轮驱动"的发展架构,并造就整个网络文学至今仍是"双轨发展"的重要格局。

但是,男女频文之间交集、交叉、交汇,并试图在两者之间建立共同点和连接点的努力与企图,从未停止过。特别是"女性向大历史、大玄幻、大女主"和"男频女言(情)化"的潮流、现象和趋势,催生出了一系列的爆款。

《庆余年》是这种"连接"男女频文双轮驱动、双轨发展并融合建构爆款现象、潮流和趋势之"标杆作品"。

两点成一线。

在这两个"点"所勾勒的抛物线和扇形面积之下——从"女性大玄幻文"到"男频小言情文"——再聚焦猫腻《庆余年》的"男频女言(情)化"融合特质,便能看出种种微妙之处,只可意会不可言传。

如《庆余年》这部转向和转折中的男频文,仍然残留着男性"改造世界"(征服世界)的意愿和渴望:范闲最终还是把这个异世界"改造"得更"如其所愿",而不是"如其所是"——但出发点,绝不是像初代穿越者(如叶轻眉)那样为天下苍生计,而是这样可以让范闲自己过得更美好。

这个世界变得更好了，个人才能活得更美好。为了让自己活着且活得更美好，范闲不介意出手把这个世界改造得更好——自私成就美德，而非美德先于、优于甚或统领自私（需求与欲望）。

这大概是从初代穿越宇宙观到第二代穿越宇宙观转向与转折的根本分化点，亦是从"男频大IP"到"女频文小言情剧"转型与升级的新起跳点。

如从《平凡的清穿日子》（2008年）到《知否？知否？应是绿肥红瘦》（下面简称《知否》）和《庶女攻略》（2010年左右），女频文"从争爱到争宠"、从"把皇帝当东家"到"把老公当老板"，拼尽洪荒之力，所谋取的，不过是生存和发展的喘息与空间——

只要好好地活下去，能不能"活得更美好"，已经是当下暂时不需要考虑的事情，更别说除"活着"之外的其他人生主题，比如梦想、爱情、奋斗等，全都成为不可追求的"奢侈品"。人人都爱奢侈品，但是个个更需方便面。

这就是我们解读、诠释和建构的"谋生亦谋爱"——这个网络文学造词、理论和方法论原型（模型），是我们解读爆款、诠释引爆点、建构爆款创作与生产标准的研究新范式，亦是从网络文学到影视文创创作与生产爆款极其重要的"青创爆款方法论"。

不信？你深入剖析任何一部爆款，特别是"男频大IP小言化"和"女频小言大女主"的标杆作品，看它们哪一部没有"造词"，没有"建模构型造原型（模型）"，让我们可以洞悉那些网文潮流、影视现象和时代发展趋势之中隐藏的年轻女性自我意识、两性（男女）关系、性别革命与核心权益运动（分权、平权与

第三章 谋生亦谋爱：从"强烈的求生欲"到"爱的信仰饥渴症"

确权）？

从《庆余年》"言情求爱"，到《知否》"谋爱先谋生"——从"强烈的求生欲"到"爱的信仰饥渴症"……不过是这个时代"青创爆款方法论"小试牛刀而已。

第一节 交叉感染：
从"女性大玄幻文"到"男频小言情文"

男女频双轮驱动和双轨发展是解读、诠释和建构中国网络文学极简史中"两性革命/性别政治"的轴心——呃，之一。

穿越文是这种"两性革命/性别政治"双轮驱动和双轨发展最有代表性的网络文学阅读潮流。

在男频文和女频文双轨并行的两条不同发展历程中，有一类"交叉感染""类型杂糅""融合发展"的潮流文——我们将其解读、诠释和建构为"女性向大历史文"。如从2003年至2007年批量出现的女性网络作家书写宏大叙事、探索与表达家国大义与自我和时代命运等"大主题"的类型和潮流。

最有代表性的便是网络作家随波逐流的架空历史权谋文《随波逐流之一代军师》和海宴可称为"王子复仇记网络小说版"的《琅琊榜》。

此外还有网络作家府天的《朱门风流》《冠盖满京华》等系列作品，雁九的《重生于康熙末年》……

它们的共同特点，可以概括为：以女频作家的自我意识和意志，创作男频类型文的故事、主题和叙事。它们的主角甚至都是男性，而非女性。

作为一个阶段性的网文特别是女频文集群现象，它们反映了在年轻世代更迭和需求嬗变之中女性"核心权益"意识的觉醒与实现，所驱动和带来的21世纪"互联网+她时代"新文艺潮流和中国网络文学阅读潮流之变：

前十年，"亲爱的，我们为爱作战：从争爱、争宠、争位到争自我的独立、奋斗与梦想"[1]；

后十年，"肆姿女孩（有知、有资、有姿、有智的4Z），我们为核心权益作战：大女主、甜宠风、双强情感核和女性爽剧潮"。

起承转合的轴心，并不是从"一生一世一双人"到"追求势均力敌、相互匹配的爱情"的爱情观念之变，而是从"我们拥有'看什么、不想看什么的权利'"到"重新定义、定性、定位、定向、定论'从爽文到爽片、爽剧、爽漫、爽游、爽文创'创作与生产'青春标准'（青年标准）的制定权"。

发生在这个过程中的运动趋势，就是我们解读、诠释和建构的中国青年"青年权：青年（作品）为世界立法"的"青年标准"（定标运动）——从"饭圈女孩"到"肆姿女孩"，正在以"她时代，她力量"的权益诉求和争权运动，为泛文娱全产业链甚至整个"互联网+"新文创集群制定标准：争权，分权和确权。

在这前后十年起承转合之间，从2009年至2011年左右在潇湘书院酝酿和勃兴的"大女主女性玄幻小说"——包括但不限于"潇

---

[1] 参阅庄庸、王秀庭著：《亲爱的，我们为爱作战：互联网+她时代新文艺潮流研究》，福建教育出版社2017年版。

湘四大玄幻女王"作家作品（风行烈《傲风》、无意宝宝《绝色锋芒》、万夜星城《大小姐驾到》、北棠《邪瞳》）——在男频大玄幻文爆款潮流的影响和作用之下，开始从"小言情"迈向"大玄幻"。

在此视野景框、故事框架和想象力宇宙拓展之下，从"女性向大历史文"到"大女主女性玄幻小说"，中国网络文学阅读潮流（女频文潮流）试图阐述和表达女性自强、独立、自信等正面价值，甚至是女尊男卑、女优男渣、女强男弱等极端价值取向——这些都是从2011年至2017年超级IP时代"大女主剧"勃兴并引爆成潮流的观念来源。

但是，2017年至2018年，伴随IP化过程中男频超级IP更容易失败而不是成功的"大概率"事件，以及女频作家作品在IP改编影视剧集之中屡出爆款、屡创版权交易金额新高的"一枝独秀"现象和潮流之中，男频IP化一度出现"女频言情化"的倾向与趋势：

男频网络作家开始反向定制创作言情化的男频IP文，如唐家三少《为了你，我愿意热爱整个世界》《拥抱谎言拥抱你》《守护时光守护你》等系列作品；

月关的系列作品，如《回到明朝当王爷》《夜天子》等，在IP化改编影视剧过程之中，都不同程度地"女频言情化"。

2021年，这股"男频超级IP女频言情化"的潮流、现象和趋势，在愤怒的香蕉《赘婿》改编播出的影视剧集"整体女言化（女性言情化）"之中，达到了顶点与高峰："羽扇纶巾，谈笑间，樯橹灰飞烟灭"式的儒帅高冷男主角，变成了"说笑逗唱，插科打诨，为博娘子（从剧中娘子到剧外娘子军）一笑"的"舔狗"喜感人物——"舔狗"（像宠物狗一样跪舔）不是一个贬义词。

网文"舔狗化"甚至整个社会"舔狗思潮"泛滥，造成了这种男频

IP"整体女言化"并进一步"舔狗化"的倾向。

第二节　穿越得与失：
从"王者之权杖"到"女神之爱冠"

在这个过程中,男女频"穿越潮"有着迥然不同的潮流与特征。

男频文的穿越爽点密集于"穿越拯国、弥补历史缺憾、改造世界、济世救民"的宏大叙事和"醉卧美人膝,醒掌天下权"的自我成功学合二为一的抛物线、接触轨迹和引爆点上。

女频文的爽点却基本聚焦于"从现代社会如沧海一粟的渺小感,到穿越回过去集万千宠爱于一身的镁光灯聚焦感"的自我轴心,与"从争爱、争宠、固位到争自我的独立、奋斗与梦想"的变化轨迹之间的接触点和引爆点。

如果非要简化、简练、简洁地概括与描述,或许是——

男频就像穿戴重甲,碾压原住民:我来了,我看见了,我征服了;自我通过征服世界征服女性。

女频就像是穿着轻盈虎豹野性裙的丛林猎手,灵活地穿梭于古代黑暗森林之中:我来了,我被看见了。我就像迷死人的梅花鹿,自带知性、独立和自信的美丽光环,诱惑了一切视野之中散发着浓烈荷尔蒙气息的雄性猎捕者们。他们将我像猎物一样地猎捕,殊不知,我才是真正的猎捕者。我通过他们猎捕"我这头祥瑞梅花鹿"的动作反向猎捕他们。甚至,我猎捕的,不是哪一个雄性猎捕者(哪怕他是狮子王),而是爱、宠爱甚至是对自我的爱(自我的独立与梦想):我爱自己,超过一切!作为一个具有现代观念的女人,不是"为悦己者容",而是为了"悦己"而"容"。[1]

但从某种意义上说,男女有别,同中有异,仍可以殊途同归、万剑归宗。

以酒徒《明》(2003年左右)、月关《回到明朝当王爷》(2007年左右)等网络作家作品为代表的男频文"穿越救国潮""弥补历史缺憾论",以及以《梦回大清》《步步惊心》等"清穿三座大山"(2004年至2006年左右)和"穿越出版年"(2007年)网络作家作品为标杆的女频文"现代绿叶配古代主角小红花'身份'改变论""从争爱(几个阿哥围我团团转)到争宠(争取皇帝一个独宠)演变史"[2]……均标志着"初代穿越宇宙观"的核心,就是"改·变":因为穿越者回到过去、穿到异界、越到异世,改变了在当下现实生活之中的"渺小无力感"(地球离了你照样转),"站在整个世界的中心呼唤爱"(我就是整个世界的中心,我就是这个时代的主角)——宇宙都围绕着主角转,女频文尤甚。因为这可以满足每一个穿越女"任它弱水三千,你只许取我一瓢饮"和"集万千宠爱于一身"的幻想。

或者,穿越者携带中华文明上下五千年的历史积淀和现代工业革命的技术优势,对"落后、腐朽和封建"的王朝社会和异界领主之地,进行了全面的改造、改革甚或是颠覆性的革命——从而,在一个落后的世界建立起"先进"的工业革命体系和现代文明制度,但仍

---

[1] 参阅庄庸、王秀庭著:《亲爱的,我们为爱作战:互联网+她时代新文艺潮流研究》,福建教育出版社2017年版。我们专题访谈和分析了"悦己女性"和"悦己阶层"的悦己观念。

[2] 参阅庄庸、王秀庭著:《网络文学评论评价体系构建:从"顶层设计"到"基层创新"》,福建教育出版社2016年版。

然保留了原生土著的"王朝皇权制"和"封建领主（大统领）衔"，因为这可以满足每一个穿越男"醉卧美人膝，醒掌天下权"的欲望。

但无论男频文还是女频文，这种初代穿越宇宙观设定集在 2008 年前后，均不约而同地遭遇解构和重构。

从《平凡的清穿日子》（2008 年）到《知否》（2010 年），从《庆余年》（2007 年）到《将夜》（2012 年左右），其实代表着"集万千宠爱（焦点）于一身"的小太阳光环，以及"穿越救国、弥补缺憾、改造世界"的历史情结和时代抱负，都被残酷和现实的社会规矩、世界规则和人类规律瓦解、溶解和消解掉了。

穿越者面对的，只是一个根本而永恒的问题：如何活下去，好好活着，且活得美好——当然，我们仍然期望生而如蚁美如神，活得像神明一样美，像那种光芒四射的"太阳的男人（男神）"和"月亮的主宰（女神）"一样。

只不过，在初代穿越宇宙观的设定集里，这"天经地义、理所当然"——"我"穿越到异朝、异世、异界，天经地义、理所当然，就应该成为太阳神或者"做王的男人"；或者，理直气壮、情之所至，"我"就应该是"王的女人"，而且是独一无二、霸"爱"一身（生）、专享尊宠的"永爱与唯一"。这是一件不容置疑、没得商量的事情。

但是，在第二代穿越宇宙观里，这种坚定不移的信心和信念已经被动摇了。无论是"王霸（王八）天下之气"，还是"独爱专宠（争爱争宠）之运"，都从穿越者"与生俱来"的天然福利，演变成了造物主（作者上帝）玩弄笔杆子的抽奖赠送券——刮开那一层"穿越条形码"的涂层，要么是让人像中了一亿彩票那样惊喜（读者却一脸鄙夷和不屑：我就知道"套路"是这样子的）的穿越者大礼包，要么就是简洁明了却直戳人心窝的"谢谢你"三个字。

当然，大多数网络作家作品仍然有可能选择那个穿越者福利大礼包，而鲜有人"谢谢你"。因为，套路尽管让人失望，但仍然是"爽点"所在；预期落空，固然没有把人"套住"，但是，造爽之旅却成为断头路——眼见"爽点"在前，却感受不到"爽感"，这就很不爽了。读者"一不爽"，就会威胁"寄刀片"——作者，你"自行了断"了罢！

但其实，这都是"小事啦"。

这都是细枝末节、无关根本的事情。

真正关键和根本的，是这种"福利大礼包"背后的穿越宇宙观设定集"根本规则"发生了动摇，甚或是瓦解与消解。穿越者不再天然享有"王者之权杖"和"女神之爱冠"的法统性、情理性和逻辑性。

它们不再是穿越者"第一权力和权利"——只要穿越到异朝、异世、异界，就与生俱来具有"王的太阳""爱的命运"。

甚至，再退一步，权杖与爱，也不再成为"穿越第一优先目标"：要么，是像范闲这样的"穿二代""没有必要"，躺在"穿一代"老妈的豌豆江山上坐享福利就好了；要么，就像宁缺那样，从门房之子到梳碧湖砍柴人，他只想"好好活着"，乐享人生，却连"活下去"这个最基本的诉求，都成了问题。

第三节　命运逆转：
从"男为权臣王侯"到"女非京师明珠"

《庆余年》中叶轻眉的"初代穿越者命运"，其实是"他"（男频穿越潮）和"她"（女频穿越文）交集、交叉、交汇的"焦点风向标"。

在这种中国网络文学"穿越文、爽文和女频文交叉糅合与融合发展"极简史的根本脉络之中，假若我们截取这两个"点"，或许可以逆向追溯《庆余年》当时"男频女言（情）化"的试验与试错点之价值与意义。

但比这个更重要的，却是《庆余年》在"穿越文潮流"（穿越宇宙设定集）之中充当的起承转合的拐点角色：

在范闲这个"穿二代"男主角"大男频小言情化"的同时，叶轻眉这个初代穿越者成为"隐性或缺席女主角"，既可以说是这种男频文、女性向"宏大叙事历史书"的创作企图与野望之顺承，同时亦是对"改造世界、拯救苍生"的类型、潮流和套路特别是"穿越拯救世界优越感"之逆转：

世界并不如你所愿可以被改造得更美好；

人世间并不因你拯救而更美好；

甚至，你也未必如你所自以为的那样自带穿越者主角光环——就像永不落山的太阳！

事实上，"叶轻眉"这个名字，就说明了一切：看轻天下须眉，而不是——铿锵玫瑰，巾帼不让须眉；女儿身，亦能超越男人绩，"敢教日月换新天"；更不是妇女能顶半天边。

最重要的是：

我要让这时钟停止无谓的转动！

我要让这世界按照我的意志运作！

我要让庆国子民如我所愿从跪着到站起来！

我要人人都能活着且可以活得更美好……

然而，讽刺的是：

叶轻眉生于她美好的愿望，也死于她美好的意愿。

第三章 谋生亦谋爱：从"强烈的求生欲"到"爱的信仰饥渴症"

她给予这个世界最大的善意，这个世界却还报她以最大的恶意。

她打破了"穿越者主角不死之铁律"——无论是男频文，还是女频文，穿越者都是自带主角光环的；无论是穿越救国、拯救苍生、改造世界，争爱、夺宠、争位还是争取自我的独立和实现自我的梦想，穿越者都是得偿所愿、功成身不退、荣耀桂冠加冕其上！

叶轻眉成为"穿越荆棘丛生的光荣与梦想之路，最终付出生命的沉重代价"的标杆式人物：原来穿越者自带主角光环，也会因想要改造世界、改造民众而最终改掉了自己的命啊！

比《庆余年》稍晚一些创作，同样成为2008年穿越重生流特别是女频文清穿代表作的《平凡的清穿日子》，可以作为参照系，来勾勒与描述这种叶轻眉式起承转合的"历史性拐点"。

此前，无数穿越者前辈要风得风、要雨得雨，或为"庙堂权臣"翻手为云、覆手为雨，或为"京师明珠"人见人爱、花见花开。

猫腻在塑造叶轻眉这个人物时把这种男频女频的经典穿越桥段熔铸于一体：

她比庙堂权臣还要霸道，因为她可以狙击两位候选亲王，让最没有可能性的诚王登位为庆帝；

她比无数女频清穿文（亦即穿越到清朝）的"京师明珠"女主还要璀璨荣耀，不但让庆帝成为裙下王，更让风流尚书范建、闲散靖王爷、猎犬陈萍萍在几十年后，仍然是她坚定的战友，支撑着她肉身上而非灵魂上的孩子范闲……

如果说叶轻眉的身死道消，是对"穿越者主角光环和黄金法则定律"的反思与批判，那么《平凡的清穿日子》则像是对这种"男为权臣王侯""女为京师明珠"的穿越文模式的讥讽与嘲弄。

它对以"清穿三座大山"（《梦回大清》《步步惊心》《独步天

下》)为代表的初代"穿越宇宙"或"清宫宇宙"进行了彻底拆解。

此前作为穿越文特别是清穿文主角优势和穿越光环的经典事件,全部成为反面教材:

穿越女婉宁像其他清穿文女主一样高调地生活;开美容店,改现代歌曲,抄袭盗用诗词(呃,就像小范诗仙斗酒诗百篇);攀龙附凤,傍上四爷这张皇朝饭票;甚至,想用所谓平等、自由、争取爱情等现代思想观念,教唆或改造身边遇到的每一个奴仆……结果却让那些受她影响(哪怕只是些微影响)的人,遭遇非人的际遇,甚至丢掉了性命。就连婉宁自己,最后也因为这种格格不入的穿越者言行做派,失掉了自己的所有,根本就没有其他清穿文女主的"终极荣耀"……

不但是她,《平凡的清穿日子》中还有好多穿越者,都像此前大多数穿越文特别是清穿文的主角一样行事 —— 从改造世界、启蒙民众,到张扬个性、特立独行 —— 结果都成为被虐成渣的配角,甚至成了炮灰。

正是目睹众多"穿越者同行或前辈"高调行事、惨遭不幸的"非主角光环霉运",所以《平凡的清穿日子》真正的主角淑宁 —— 现代职场女性柳西西穿越成的伯爵家三小姐,选择了"改造自己",低调地融入这个时代、这个世界、这个社会,过着"适者生存"的平凡清穿日子,而不是改造世界,改造社会,改造人生。

世界是不可能被你改造的,你唯一可以改造的,就只有自己。

第三章　谋生亦谋爱：从"强烈的求生欲"到"爱的信仰饥渴症"

第四节　谋生难谋爱：
从"穿越者优势"到"传统规矩强势"

于是，女频穿越文特别是清穿文，在2008年至2011年之间，就来了一个180度的大拐弯。

此前，以清穿三座大山为代表的女频穿越文"清宫宇宙"，都是以"自我"为旋转的轴心，整个世界都要围绕"我"来旋转，遑论从四爷到十三爷这些皇子了！这个世道要因我而变，连历史都要因我改变走向，何况一个嫡女/庶女和一个家族的命运？！

此后，以《庆余年》《平凡的清穿日子》为拐点，穿越女主角进入了"低调求生、适者生存"的自我改造阶段，只为艰难地融入这个家族、这个世界和这个世道——

从"庶女攻略"到"嫡女亦艰难"；

从"谋生亦谋爱"，到最后拼尽洪荒之力，也只能"谋生"，再也无一丝喘息的机会去"谋爱"……

哪怕她接受过现代高等教育，具有独立、自主、平等等现代思想观念；哪怕她腹有诗书气自华，接受过现代专业的技能训练；哪怕她具有穿越者洞悉历史走向和未来趋势的优势与智慧；哪怕她看了成千上万部的宫斗剧、宅斗记、清宫攻略以及讲故事的穿越教科书！

就算这样，又能有什么用！

再多所谓"穿越者优势"，面对那庞大的"既有传统规矩体系"，任何对抗、改造它的念头与行为，都如螳臂当车、飞蛾扑火、鸡蛋碰石头！于是，我们才会看到关心则乱的《知否》[1]何以会成为中国网络文学阅读潮流特别是女频文潮流的爆款标杆。

这部2010年至2013年间发表更新并成为晋江年度古言（古代言情）代表作的作品，2018年被正午阳光改编成影视剧集，影视剧集同样成为爆款。

同为穿越女主角的明兰（影视剧集把"穿越"这整个身份设定全抹掉了），何以会像林黛玉进贾府一样，步步惊心，如履薄冰，唯恐一个不慎，就沦入万劫不复之地？

即使她同样是接受过现代高等教育和观念启蒙的肆姿女孩！

比如，明兰坚持不肯跟齐小公爷私下见面，就在于一旦有"绯闻"传出，在既有传统规矩体系之下，她的名节就给毁了——这不仅仅是婚姻问题，而是性命攸关的事！

逃婚？

反叛？

抗争？

你连这个园子"小囚笼"都逃不出去，还想逃出这天大地阔的"大囚笼"？！

整部《知否》其实就是一部"庶女明兰求生记"。

与那种穿越者大开"金手指"、改造世界、改变命运的初代穿越文不一样的是：这部作品从始到终，都是在"改造自己"，以适应和融入这个庞大得超越一切个人渺小之力的传统世界体系，以让自己能

---

[1] 参阅吴金梅、庄庸著：《华语网络文学智匠创作研究》，吉林大学出版社2020年版。我们在这本专著里对《知否》进行了创意写作的专题研讨。

第三章 谋生亦谋爱：从"强烈的求生欲"到"爱的信仰饥渴症"

够"活下来",且"活得更好一点"。

在谋生和谋爱之间,明兰一直都是在"谋生",而不是"谋爱"——生存已经如此多艰,爱情更是一种奢望。

甚至,她在和顾二叔成婚之后良久,都不敢、不愿也不信自己能够"谋爱"。直到顾二叔以真言、真心、真爱,逐渐打开她封闭的心扉,让她拥抱世界拥抱爱,明兰才真正地意识到并相信自己具有爱和被爱的能力,是可以"谋生亦谋爱的"。

可以说,《知否》前四分之三的内容,都可以概括为"庶女谋生记"。唯有神转折之后的最后四分之一,它才真正地进入"明兰谋爱记"——而且,这还是被动的而不是主动的：被顾二叔"谋爱记"步步紧逼,明兰开始"谋爱",然后才渐入佳境,两人共同"谋爱",琴瑟和鸣,伉俪情深。

客观地说,正午阳光在IP改编的影视剧集《知否》中,把这条从"谋生"到"谋爱"的根本脉络和轴线把握得非常不错,甚至还原了原著中的"怼人"（怼心机婊、怼绿茶婊、怼圣母婊……怼一切"既当了婊子还要立牌坊"的佛口蛇蝎毒腹恶毒女配）神髓,扣人心弦的剧情线和视觉冲击力比原著更甚。

但是,由于开篇布局之中,将明兰"穿越者"的身份背景删改,将盛家宠妾灭妻事件因缘改编,忽略或简化了原著中有关世界的规矩体系设定[1]——从而让人看不出"庶女加剧恶化的生存生态系统"和"受过高等教育与现代文明观念熏陶的新女性"之间的最大隐性矛盾。

---

[1] 参阅吴金梅、庄庸著：《华语网络文学智匠创作研究》,吉林大学出版社2020年版。我们在这本专著里,对《知否》开篇即设定这个世界的"规矩体系"进行了剖析。

这就削弱了明兰从"谋生不谋爱"到"谋生亦谋爱"演化的合情、合理和合乎逻辑性。书生气十足,很容易让人将它视为"又一部古装宅斗剧",却忽略了——一个独立、自信、自强的现代女性,何以穿越到架空异界(原著对标明朝,但影视剧集更像落地于宋朝),艰难谋生,而无力谋爱?

这种古代庶女谋生难、谋爱更难的生存与情爱困境,何以会引爆现代谋生亦谋爱的新女性之共鸣?

第五节　情绪引爆潮流:
从"庶女生存攻略"到"现代女性困境"

这种"引爆情绪潮流"的共情同理机制值得深思。

《知否》原著在网络文学发展潮流特别是女频文潮流之中,是一部从"穿越者优势征服记"到"穿越者劣势谋生记"变化轨迹的标杆之作。特别是整部作品"从谋生到谋爱"的轴线,真正切中当下时代女性"谋生难谋爱更难"的生存与情感困境。

在《知否》之中,"谋爱"不是第一目标,"谋生"才是。在现实生活之中,"谋爱"是所有女性的第一精神奢侈品,但"谋生"却往往变成第一生活必需品——就像结婚证,必先基于房产证。

"谋爱"更像是"谋生"的附带品:就像你买了一台超实用的大冰箱,出乎意料又在情理之中,收到了小巧精致的咖啡壶。

大冰箱是生活必需品。咖啡壶?是偶尔吃饱了撑着没事干、想发一会儿呆时,坐在阳台上"无病呻吟一下"的小奢侈:淡看天边晚

第三章 谋生亦谋爱：从"强烈的求生欲"到"爱的信仰饥渴症"

霞归乡人，浓品酱米油盐醋。

这才是生活的滋味。这才叫活得有人间烟火气。什么"枯藤老树昏鸦，小桥流水人家"，都是欺骗少女的煽情、矫情、滥情；"风萧萧，雨霖霖，神兽在咆哮，狼妈在怒吼"，这才是老夫（老妇／老母亲）落泪的现实、真实和事实。

当然，因为网络文学创作与生产、阅读与传播、分享与众创的"现实缺憾 — 虚拟补偿"替代性满足机制，"老夫聊发少年狂"，左煮锅，右刷屏 —— 现实生活中"得不到"的，那就在虚拟世界中补偿"获得感"—— 所以，才会有"立锥之年"40+ 的中年女人，狂热追捧"粉红少女"14+ 的"甜宠文"等潮流。

所以，网络文学就是一个"球"，因"需"而变，绕"求"公转 —— 需求暗流倒逼内容供给，存在即是合理的。从哪个"球"门切入，你都能找到一种出乎意料又在情理之中，逻辑还自洽与完整的"脑洞逆转法"现象、潮流和趋势。

而且，不同的热点与话题、题材与类型、潮流与现象、特征与趋势，还是相对而立、相悖而行的。就像"甜宠文"对上"虐恋流"，"大女主"PK"小娘惹"，"黑莲花"对决"白莲花"（圣母婊）……每一种文、类、流，从自身的需求 — 供给模式看，都能够"自圆其说"。

现实中得不到的，那就在虚拟现实之中寻找补偿 —— 但，如果在虚拟现实之中还是得不到"替代性满足"，或者这种"替代性满足"必须花费很大力气（蹦极一样）去谋取呢？

连爱情都需要"谋"了 —— 这还是爱吗？

悖论和矛盾就在这里。

把老公当老板，其实就是把婚姻当饭票（保票）。

财务不自由 PK 财务自由，时间不自由 PK 时间自由，心灵不自由 PK 心灵自由,爱情婚姻关系不自由 PK 独身自由……

经济不独立,结婚证就必然遇上房产证。

但女性越独立,爱情就似乎越无必要:如果现代女性越来越在经济、社会和心灵上独立与自由,那为什么还要与另外一个人相互扶持、相濡以沫、白头到老?

我一个人也能过得很好啊!

剩女问题、甲女丁男、优秀女 PK 劣币渣男等种种情感问题导致的社会(关系)问题,培育出了"不婚主义"和"不爱潮流"。

生存成了第一位的问题;发展成为测量爱情、婚姻和家庭关系的第一优先项;爱情本身,成为不可测、不可问、不可追的"第一终极信仰问题"——上帝存在吗?爱情存在吗?就算我信,爱情能降临我身吗?

就算上帝和爱情真的存在,"信我者得永生/永爱",亦值得怀疑。奇迹到处都有,但是,我的身上就是不曾降临奇迹。

就像——天上掉馅饼砸中了某人的头;有人中一亿彩票,像范进中举一样欢喜成疯;朋友圈亦有人时时、事事和处处都在"秀恩爱"……但都跟我没有半毛钱的关系。

这或许不是"真/伪"的问题——掉馅饼、中彩票、秀恩爱,或许是真的,或许是假的,或许真的就是一种炒作/秀——但那真的不重要!

真和伪不重要。

真的,与我没关系;假的,与我也没关系。

但运气,的确跟我有关系!

为什么我就没有这样的运气?

为什么我就砸不着馅饼、中不了彩票、得不到爱情女神的垂青?

这真的是我没有这样的好运、幸运、福运和爱情运（比如桃花运）吗？

好吧，换一种更为"科学"的说法：运气其实就是概率，但为什么我就是没有这样的"概率"？

于千万人之间，于时空的无际荒野之中，没有早一步，也没有晚一步，就这样，我遇上了你，从相遇到相爱，从相爱到相守，从此，一辈子——于正确的时间、正确的地点，遇上正确的人，成就正确的爱情，这就是概率。

如果幸运、福运和爱情运都讲概率，为什么我遇上的，都是小概率事件，而不是大概率结果？

难道，上帝真的是在掷骰子吗？

爱神真的是盲射"丘比特之箭"？

如果造物主是如此粗暴而盲目地对待他的每一个信徒，那信仰他的意义与价值又何在呢？

至少，对于我来说，信和不信，都没有价值与意义。信他，不会有青睐；不信，概率还是如此。

所以，还是那句话：我命由我不由天，靠别人不如靠自己，谋爱不如谋生……

戳中社会现实、心理需求和文化机制的"痛点"，这才是《知否》何以会成为爆款潮流标杆作品的真正原因。

第六节 新社会现实感：
从"重建亲密关系"到"重塑爱的观念"

这也才是问题的真正答案：

在女频文从"争爱、争情、争宠、争位"到"争自我的独立、奋斗和梦想（强大）"起承转合之中[1]，为什么我们认为《知否》起着重要的风向标拐点和里程碑作用？

特别是从讲故事、写爽文（写网文）到 IP 化（改编剧）的影视剧集，更是重心不停地向后滑动和转移。究其根本，就是在于从"把老公当老板（皇帝）"（从争爱到争情、争宠）的网络文学阅读潮流，到"一生一世一双人"（从执守到唯一）的主流新受众现代爱情观念，《知否》深入挖掘和阐发了当代年轻女性"谋生亦谋爱"的生存、发展和爱情困境与突围——我们把它解读、诠释和建构为重组现实、重建关系、重塑自我价值观念（如爱情观）的"新社会现实感"。

它直面爱的条件、爱的能力和爱的信仰三个层面的社会现实、心理需求和文化机制问题。

如前所述，从古代庶女生存攻略，到现代女性爱情困境突围，其实都指向一个"爱的金字塔"三层考问：爱需要条件吗？我们有爱与被爱的能力（以及运气、机缘）吗？这世界真的有"爱"这种东西（爱

---

[1] 参阅庄庸、王秀庭著：《亲爱的，我们为爱作战：互联网＋她时代新文艺潮流研究》，福建教育出版社 2017 年版。

第三章　谋生亦谋爱：从"强烈的求生欲"到"爱的信仰饥渴症"

的信仰与理念）吗？

从某种意义上来说，"爱情怀疑论"和"上帝（造物主）怀疑论"没有什么本质的区别。只不过一个指向"精神的星空"，一个指向"世俗的现实"。但是，两者又都像硬币的两面，把世俗的现实与精神的星空熔铸于一体——

都是一种理想与信仰；

都在信与不信之间徘徊和挣扎；

都是以自我为标尺，来取舍、选择和衡量；

都在朝圣之旅和结果倒逼之间，不停地否定又要期待肯定的奇迹；

……

爱不再是我们与生俱来的信仰和本能，也不再是我们生活和人生追求的第一优先项，就像"爱"不再是穿越者"与生俱来"的福利，也不再是"穿越者第一优先目标"——很大程度上，是因为"目标""手段"和"我"这三个层级的"关键点"，都相继或同时出了问题。

在这方面，女频文言情潮流的演变，和现代女性的爱情与生活困境，是同步共鸣、同频共振的。

连接的纽带，除了"现实缺憾—虚拟补偿"的替代性满足机制，更重要的，还在于这种同情共理重塑的"新社会现实感"：假封神演义，说商周之事；假言情之文，发现实之问。

因此，解读、诠释和建构女频文"从争爱到争宠"、从"把老公当老板/皇帝"到"谋生亦谋爱""你强我强双强大女主""一生一世一双人""霸道总裁爱上我——磨人的小妖精"甜宠文的演变轨迹和潮流引爆点时，会发现，所有的爆款，其实都在直面现实、直面生活、直面女性的人生困境，提出这三层/三维的"爱情之问"。

这个世界到底有没有"爱"这种东西存在？这就是"目标"。

"爱的最大阻力"是什么——权势、金钱、文化，还是我们自己？或者，换句话来问，赢得"爱"的最大助力是什么——争宠固位、经济独立（财务自由），势均力敌、相互匹配？这就是"手段"。

"我"能获得爱吗？我能创造"爱的条件"吗？我有爱和被爱的能力吗？我相信、信奉和信仰"爱"吗——我是爱情的虔诚信徒吗？

这就是"我"的问题，或者说，"跟我自己有什么关系"的问题。

《知否》对"谋生亦谋爱"的解读、诠释和建构，就鲜明地反映了现代女性活在当下、与时代相撞的这种多维结构性问题：

女主明兰或许从来就没相信过世界上有"爱情"这种东西，只不过最后"获得爱"的现实结果，倒逼她成为"爱的信徒"；也或许她相信这世界存在着"爱"，但一直不相信自己有能力或有条件能够获得"爱"——她拥有爱的理念与信念，只是对自己在这个世界上获得爱没有信心，对所遇见的人能够给予她爱缺乏足够的信任——最后顾二叔证明他是爱她的人，也证明他是值得她爱的人，两个人基于"信任"而相爱。

不管是哪一种情况——至少原著并没有明确女主是"无爱信徒论"（就像无神论一样）还是"有爱信徒论"——按照社会现实、心理需求和文化机制，它其实指向了"谋生难，谋爱更难"的新社会现实感。

这种"难"，难就难在这三个层级/维度同时处于不确定之中："爱"存不存在，可不可能"获得爱"，"我"能不能爱或被爱。

这三个层级或维度的"爱的不确定性"，让女主以及对女主具有代入感的读者们，均退而求其次：谋爱难，那谋生好了——虽然谋生不易，但比起不确定性的爱来说，它至少是一个可能确认、确立和确定的目标！

女主和我们唯一的区别就在于：她在谋生的过程中不想谋爱，但最后还是谋到了爱；我们在谋生的过程中也想谋爱，结果可能"偷鸡不成蚀把米"——遇到不足以信任的渣男谋色又谋财，我们就不但未谋成爱，反而丢失了谋生的成果！

好在在网文和生活之中，除了"新社会现实感"，还有"现实缺憾 — 虚拟补偿"的替代性满足机制：女主"谋生亦谋爱"，其实是对我们"谋生难，谋爱更难"的补偿。

第七节　知否，知否：从"爱的条件"到"爱的信仰"

于是，从"现实缺憾 — 虚拟补偿"的替代性满足机制到"新社会现实感"，《知否》把这种女频文和现代女性同步共情的"爱情困境与突围"（如挣扎和纠结）演绎得淋漓尽致。

我们将它解读、诠释和建构为一波三折的"金三段论"——从创造爱的条件，到具备爱与被爱的能力，再到重塑爱的艺术、观念和信仰……爱，果然还是要"谋"的！

第一段论，谋生不谋爱。

生存和发展成为最实际的问题。连生存都需要不停地奔跑、停下喘一口气都成奢望，哪还有什么时间、精力和闲情去渴望爱情！

这就是残酷的事实：梦想很丰满，现实很骨感——爱情就是一块骨头，争的就是活下来的机会，而不是那爱与被爱的梦想。

话说，在如此残酷的现实面前，有那种所谓执子之手与之偕老的爱情吗？

第二段论,信爱 PK 信爱人。

到底是"信仰爱情本身",还是相信这个"所谓爱我的人就是我爱的人,然后,给我带来传说中的爱情"?这是一种"形而上之道"的理想主义和"形而下之器"的实用主义的分层、断裂和区别。

虽然在很多人的观念里,它们是不可分割的。但是,从《知否》的剧中人主角明兰,到我们这些局外人读者,的的确确把它们分割开来了:上帝真的存在吗?爱情真的存在吗?如果不存在,那"信"它们还有什么价值与意义?

不信,就不信了。

没有这种"爱情的信仰"存在,哪里还有世俗层面和现实生活之中"我爱的人和爱我的人"?没有爱的信仰,就没有所谓爱的人。

这是一种很直接、很简单也很粗暴的否定和断论:上层建筑否定下层建筑,上位序列摧毁下位序列,高维理念全面降维打击低维价值……没有爱的信念、理念和观念,哪里来赋予爱与被爱条件的爱人、爱侣和爱的关系呢?

这真的是一件很简单明了的事情,不会让人产生困扰、疑惑和不安。

至少,《知否》前三分之一的内容,明兰都是如此"心如磐石、不动如风":

有没有"爱神"那种造物主,不是问题;

有没有"爱情"这种东西,不是问题;

有没有"爱人"这种稀缺物种,也不是问题……

问题是,她得找一个人把自己嫁了,活着,且尽可能活得更美好一些 —— 所谓爱人,不过是以"爱"的名义,来帮助她追求和实现这种生存与发展空间的人而已。

第三章 谋生亦谋爱：从"强烈的求生欲"到"爱的信仰饥渴症"

爱，不过是谋生的名义和手段。

"我爱你"？No（不）！我爱的是，以爱的名义换取的生存和发展的空间。

所谓他们爱她，又与她有什么关系呢？你们所谓"爱"，不过是生存和发展的保障、屏障和依靠而已。

至少，她遇到前两个"伪真命天子"（齐小公爷和贺家少爷）时是如此。

但当遇到第三个亦是真正的"真命天子"顾二叔时，明兰发现自己对现实际遇和亲密关系的观念、信仰遇到了挑战。

如果没有所谓"爱人"，那顾二叔对她步步紧逼的"爱"又算什么？这并不是她要争的"宠"啊！

如果没有所谓"我爱的人即爱我的人"的亲密关系，那她和顾二叔在婚姻、两性、家庭关系之间相互猜疑、试探和妒忌的情绪、情感和情意，所建基的硬核支点，又是什么？

如果真的没有对于"爱情"的信仰，那么，所谓"一生一世一双人"的爱情理念和"势均力敌、相互匹配（敌）、彼此成就"的爱之亲密关系，岂不就是"沙雕城堡"？

这就带来了"逆推"：经济基础决定上层建筑，现实关系亦会动摇、瓦解和重构理想观念。

顾二叔和明兰从"我爱的人即爱我的人"到"一生一世一双人"的相爱关系，的确解构了明兰"谋生不谋爱"的诉求与观念，重构了"谋生亦谋爱"的价值与理念，建构了"爱，原来是存在的，并且会降临于我身"的信念甚或是信仰。

这就是第三段论：谋生亦谋爱，从明兰到《知否》，成为从"我爱的人即爱我的人"到"一生一世一双人"的亲密关系，经历"你强我也强、势均力敌、相互成就"的双强平等价值取向,重新建构起了"爱的信仰"体系——原来,"爱"就是这样炼成的。

从此,"王子和公主幸福地生活在一起"。

至于,相爱容易相处难?那还是问题吗?!

向死而生,向"相处(相守)之难"而攻克"相遇相爱之难",《知否》其实是用了"半部网文"来逆推的:

顾二叔和明兰用了前三分之一时间,来解读"相遇"之难;

用了第二个三分之一的时间,来诠释"相守(相处与相知)"之难;

用了第三个三分之一的时间,来建构"相知与相爱"之难。

这完全是"逆"时针运动。

当然,最后起点即终点,终点又是新一轮循环的起点。相遇、相爱、相处、相守,不就是一个闭合循环系统,却又像太极阴阳相生图,最后转向弹簧法积力蓄势储能、螺旋式转场升维跨界上升的复杂多维结构之中,不停生成和演化吗?

"爱情宇宙"就是一种创世、生成和演化的哲学。所有讲故事、写爽文(写网文)、IP化(改编剧)、造爆款,都是在这种"爱情宇宙"的设定集中,找准自己的切入点和着力点而已。

《知否》截取的是从"相处到相爱"的倒逼逆推之旅。但是,《将夜》切中的却是"我们俩在一起的'最大的爱的阻力'":从全世界都不让我们在一起(整个世界是爱的最大阻力,特别是当桑桑成了所谓"冥王之女"),到我们自己都不让我们在一起(我们自己成为爱的最大阻力,特别桑桑成为黑桑桑和白桑桑、俗世之女 PK 昊天神国之王)……

当我们克服最大的阻力,"王子和公主终于在一起了",却发现幸福的日子原来充满了柴米油盐醋(琐碎平庸的情感问题)等"生活的烦恼"。

爱,果然还是要有人间烟火味啊!

女频言情,要成为爆款,果然还是要有"新社会现实感"——戳中女性爱与被爱的痛点和需求点啊。

第 四 章

活着理念：从"求活权之争"到"美好信念战"

从《庆余年》到《将夜》，从《知否》到《庶女攻略》；从范闲到宁缺，从明兰到罗十一娘……

猫腻在穿越者优越感和异世界观设定集的主要矛盾和架构体系之内，聚焦"现代年轻人的思想价值观念和古人异世异界的社会等级与阶层制度"的体系性矛盾与冲突，甚至由此切入"神明授权链"和"凡人争权战"夹逼之下的"信×"金字塔解构与重构。

这似乎是因为"穿越宇宙（世界观设定集）"更容易提供那些"源初观念的冲突集合体"。

现代思潮之下的自由、平等、博爱、天赋人权等一系列基本观念，与以古代社会等级、阶层体系制度为原型（模型）的异界异世大陆世界，有着天然的、本源的、不言而喻的矛盾与冲突——

一个独立、自信、自强和开放的现代穿越者，就像入侵者一样，闯入周期式重复的王朝社会（如《庆余年》），或封闭内循环的天下世界（如《将夜》之中的昊天世界），必然会成为一个"天生矛盾集合体"，带来一系列"冲突的战略"，将给自己或者这个世界带来某种根本性的"变·化"：

改造世界和改变自己，二者只能选其一，或可以找到"有史以来最大公约数"——妥协与超越、和解与共识，成为这一时代之"主流调性"。

这同样体现于女频文潮流之中。

相对于"把人当作人"和"人生而平等"的人类抽象价值理念，聚焦于女性自我意识、两性关系和社会发展中"自强"与"平等"现代观念的古代演绎，更容易切中女频言情文"从争爱到争宠再到争自我的独立、自由和梦想"的需求暗流和女性职场生存策略的"虐渣——造爽"机制。从《知否》到《庶女攻略》，都是这种潮流、现象和趋势的"爆款"代表作。

《庆余年》作为"男频女言情文"，在这个脉络之中，亦是可圈可点的。

特别是当"爱情权"和生存权、发展权捆绑在一起时，当"活下来"（谋生）都成了一个问题时，我们还如何追求爱和被爱（谋爱）的梦想与奢望，遑论满足征服爱人以征服世界、改造爱情以改造世界（如从两性平等通向人人平等）的情欲与权欲？

女频文从争爱到争宠、从虐渣到造爽，总以为把"皇帝（皇子）"变成老公，把"渣男"替换成"暖男王子"，就可以"敢教日月换新天"——换一老公，就是换掉了半边天甚至整片天。但其实，换回来的，是一个更加逼仄的生存和发展空间。

所以，叶轻眉死掉了。范闲乐活了。而宁缺更是退缩了——从"每个人的生命是平等的"等宏大的价值观念标准线，退缩到了"我的生存权是第一优先原则"等个人价值取向基准线上。

它的时代背景和社会思潮，就是从21世纪第一个十年"全民奋斗潮"到第二个十年"新国民幸福观（个人身心安放新浪潮）"的集体转向。

爆款的造词、理论和方法论"标准"，也迎来"青创新文化准则"的重新架构与设计。猫腻创作的《将夜》《间客》和《择天记》成为这种"新文化准则"的新爆款代表作。

第四章 活着理念：从"求活权之争"到"美好信念战"

第一节 门房之子生与死：
从"求生欲"到"求活权"

《将夜》之中，最能体现"穿越者"的平等意识和权利抗争的，就是在"将军府灭门惨案"之中，从"门房之子和将军之子孰死、孰生"到"门房之子伪王子复仇"，穿越者主角对抗原住民世界规则的一系列"时代之问"和"自主抉择"。

人的生命是平等的，将军之子的命并不比门房之子更高贵和更值钱。所以，宁缺拒绝忠奴管家想要他替将军之子去死的意图。

但是，在这个昊天异唐世界里，修行世界就是高于俗世蚁国，将军之子就是优于门房之子，生命就是有高低贵贱之分，从修行者到权贵、蚁民就是有一条食物链和鄙视链……

整个昊天异唐世界，就没有平等之说。门房之子就应该替将军之子去死：主辱臣死，仆代主亡——犹如李代桃僵，保全了赵氏孤儿。

只有从地球穿越而来的宁缺，才会有经过现代文明洗礼的自由、平等、公正等理念，才会有所谓"人不分高低贵贱，生命都同等重要"的原则，才会本能地拒绝和对抗这种"主要奴死、奴不得不死"的要求——他没有身为"门房之子"理应为"将军之子"而死的自觉和意识。

谁说门房之子就该死，将军之子就该活？

谁说门房之子就应该替将军之子去死,将军之子就应踩着门房之子"被替死"的尸骨活下去?

在穿越者的视角里,生命都是平等的。没有谁有权力剥夺他生存的权利!

就算这个昊天世界俗世蚁国的社会阶层等级金字塔,要求门房之子必须为将军之子代死;而那个阶层代言人之一的将军府老管家,的确准备执行这种"被牺牲"的权力与权利——甚至要求宁缺要有自觉牺牲的光荣意识和神圣义务与责任。

但是,宁缺用行动拒绝了。他没有将军之子的命就高于、优先于门房之子的概念。如果有,那就不是穿越者,而是原住民了——而且是原住民中的忠仆。

很显然,老管家就想扮演忠仆的角色——不对,是想强制宁缺进行忠仆角色扮演。

这是一种危险的游戏。这种角色扮演是会死人的。就算主角穿越而来、与生具有第二条命(多出来第二种人生)也不行。从范闲到宁缺都是这样的"主"。既然上天给了我一段多余的人生,那我就要好好地活出一个精彩来——其他任何人都没有剥夺这种权利的权力。就算老天爷想把它重新收回去,那也只有一个字回应:不!

何况,对于范闲来说,穿越第二人生的确算是多出来的,所以可以潇洒走一回,乐活过一生,但是对于宁缺来说,他穿越到昊天世界过这一生,是以地球世界那剩余的人生为代价的,他怎么能不惜命?如何能不拼命?[1]

---

[1] 参阅庄庸等主编:《蚂蚁哲学:中国网络文学阅读潮流研究(第5季)》,中国青年出版社2021年版。

第四章 活着理念：从"求活权之争"到"美好信念战"

如前所述，与此前穿越文主角自带"金手指"不同，宁缺一来，就背上了一个"穿越者超级大黑锅"——这也可以理解为"穿越者地球世界"与"昊天异世界"的矛盾。但这种矛盾在整个《将夜》的故事布局之中，其实就是一个背景幕布，而不是主要矛盾。

故事主要矛盾，还是宁缺这个地球穿越者，如何在这个对他极其不友好的昊天异世界之中，能够活下去，且活得更美好。在"苟活"和"乐活"（如范闲那样追求乐活逍遥）之间，宁缺一直挣扎着走钢丝绳：他不是"苟活"，亦非"乐活"，而是一直在谋求"活着且活得更美好的权利"，亦即所谓"活权"。

《将夜》从一开篇的"生死旋转门"中，就把这个矛盾尖锐地摆了出来。从冥王之子降世传说，到生而知之背黑锅，这并不仅给宁缺带来了"杀身之祸"，而且导致了整个将军府的"灭门惨案"。

但真正给宁缺带来生死考验的，不是这种超级大黑锅所意味的昊天世界对穿越者主角的极不友好、极现实和极残酷的"不可抗力"，而是当这种不可抗力聚焦于柴房门"最大压力"之下，宁缺所做出的"生与死的选择"——人生而平等，门房之子，也有活下去的权利。

因此，在猫腻的《将夜》之中，有将军府灭门惨案，将军之子和门房之子生死之争，皇宫门前宁缺平静陈述"伪王子复仇记"……贯穿整个故事的轴线和主线，与其说是穿越者的现代（平等）观念与原住民异世界的社会阶层等级体系和世界观设定集之间宏大主题理念（如人的生命都是平等的，不分贵贱富穷强弱）的矛盾和冲突，不如说是"个人生死、生存和发展权第一优先"的微观原则和基本准则——我"活下来"是第一优先准则，无关乎彼此的身份与地位、阶层与阶级差异，无关乎你我的人设、情感、关系，更无关乎所谓美德、道理和信念……

第二节 我还活着：
从"第一优先权"到"个人授权（捍卫）链"

所有宏大的理念、主题和世界观设定集，都必须建基于"我还活着"这一个极其个人化、个性化、个体化和个别化的基础和前提。

如果"我"都不存在了，这个世界再如何美好地存在，又跟"我"有什么关系呢？

这的确不是"基本权"的问题 —— 每个人（哪怕是最弱小、最弱势、最底端的凡夫蚁民）都应该有最基本的生死权、生存权和发展权，而是"优先权"的问题 —— "我"（个人）的生死权、生存权和发展权，优先于他人、所有人、所有理念与信仰和道德准则。

在生死链上，"我"排在第一位，任何人都无权要求"我"先他而死。任何组织、机构、势力和既得利益集团，亦都无权强制"我为了××去死"—— 除非事先征询了"我"的意见，征得了"我"的同意和批准，获得了"我"的授权：我同意，为了××，慷慨赴死。

于是，从"基本权"到"优先权"再到"批准权（授权）"，需要一个有序、完整而且透明公正的"个人授权链"。

这个链条上任何一个关键环节缺失，都会让它变得非法、不正义和不合情理 —— 即使它饰以再宏大的理念和目标，也不可以！

于是，在柴房之内，当忠奴管家试图以"为了少爷活下来的名义，请你去死"时，宁缺没有接受：我是门房之子，但是，我有活下来的第一优先权！

第四章 活着理念：从"求活权之争"到"美好信念战"

因此，宁缺反击，反了"请他去死"的管家。

这是一个极其混乱的过程。

在这个混乱的过程之中，到底是"误杀"还是"主杀"（主动杀死）了将军少爷，宁缺其实也是惘然的，事后也反省反思过。

但不管"误杀"还是"主杀"，他从来没有后悔过——因为，他还是坚持：如果两个人只能活下来一个的话，我仍然具有优先活下来的权利！

这跟将军之子、门房之子的身份逆转和阶层逆袭无关，跟少爷、小厮四年的玩伴情谊翻船（友谊的小船说翻就翻）无关，跟有无为他人牺牲之美德、个人道德品质高低和社会评价标准亦无关……纯粹只是宁缺作为一个人、一个独一无二的个体，认为"我具有优先活下来的权利"！

不要用"仆为主死"的昊天异唐世界社会阶层观念来绑架我，"请你为了少爷去死"——那么，少爷，你请先死！

在柴房混杀之中，宁缺用行动做了选择。

不要用"伙伴"情谊来绑架我，"为兄弟两肋插刀，为伙伴献出生命"——那么，伙伴，请你走好！

在书院二层登山"问心局"之中，宁缺在幻境之中，再次斩杀了管家与少爷！

不要用"大义"等宏大的价值取向来审判我，"为了帝国的利益、为了将军府的名誉、为了补偿那些死去的人，请放弃向夏侯大将军复仇吧"——那么，夏侯大将军，你必须死！

在皇宫门阙，宁缺斩钉截铁地说，为了他宁缺自己，夏侯大将军可以死了。

是的，宁缺不会为了帝国的利益等种种美好的理念、原则和价值放弃复仇,但他的复仇也不是为了被将军府满门抄斩的人、为了燕境村被屠村的无辜村民以及所有被夏侯滥杀的人——他没有那么伟大,没有那么高尚,没有那么光荣。

宁缺仅仅是为了自己、为了自己身边的人、为了跟自己有亲密关系的人而复仇!

你剥夺了我前世今生有史以来最幸福的四年时光,却让我陷入了十六年大复仇记的痛苦煎熬!

所以,你应该死!

你杀害了我那"便宜却物美(很疼爱我、很照顾我)"的门房爹婢女娘,让他们像尘埃一样消失于历史的河流之中,甚至皇宫翻案到最后,我都没有听见他们的名字——确实没有人记得他们的名字,我的婢女娘甚至都没有名字!

所以,你必须死!

你屠杀了我唯一的伙伴所在的村子,他和我一起背负血海深仇,现在他也被你的人杀死了,他背负的那个包袱就只好由我背着。这沉重的压力压迫着我,你怎能不死?

所以,你现在,就要死!

从始到终,宁缺都是为"一个人"复仇——为了他自己这"一个人",为了他爹这"一个人",为了他娘这"一个人",为了小黑子这"一个人",为了燕境村那一个个人——没有抽象的概念集合体,他们都是一个个鲜活的生命;没有普遍而泛化的"生死权",只有一个个人"活下去"的权利。

从忠仆管家到夏侯大将军,既然想以阶层或强者的权力,来剥夺这种个人、个体和个性"活"的权利,那么,就要做好接受报复、丧失活下去的权利的心理准备。

第四章　活着理念：从"求活权之争"到"美好信念战"

以命偿命，以血酬血。天经地义。理所当然。

你有你的基本权，我有我的基本权；

你认为你具有优先权，我认为我具有优先权；

既然你以你的优先权试图剥夺或强制性地掠夺我的基本权，那么，你就要做好我要以我的优先权，对你的基本权进行报复性的掠夺和剥夺的心理准备……

凭什么，你——夏侯大将军——可以例外？

又凭什么，你和你们——帝国宗室李亲王、知守观观主以及整个西陵神殿和昊天世界——可以例外？

宁缺从"个人授权链"转向"捍卫自己的权利"——我不准许！

第三节　非典型唐人：
从"身份认同危机"到"冲突战略重心"

从基本权到优先权再到准许权——这是穿越者和主角宁缺试图与昊天异唐世界重新建构彼此的关系、"签订契约"的尝试与努力！

"个人授权链（我准许）"以及"一票否决权（我不准许）"（一个硬币的两面），是这种关系链的接触轨迹和引爆点；

贯穿其中的，是作为穿越者（心）—原住民（身）身心二元对立矛盾统一体的主角在这异世界之中寻找和确立自我意识、身份和位置的冒险之旅：从"穿越者之心"到"原住民之身"，心在地球，身在异界，如何不冲突、不矛盾、不发生戏剧性的战争？

聚焦于宁缺身上，就是从"非典型唐人"到"典型唐人"的自我身份认同变化史。

从《庆余年》到《将夜》，猫腻逐渐清晰地解构和重构这样一种"身份认同"的变化结构模型：

穿越者主角（范闲/宁缺）和异世界之间"相互排异"的关系——穿越者把自己视为"旅客"（路过、走过、错过的人生过客和时间旅人），异世界将穿越者视为外来者甚或入侵者（就像《将夜》之中的地球入侵昊天世界）。

穿越者和原住民的人设、情感和关系羁绊，逐渐导致主角在这个异世界"社会关系总和"的变化，从而产生了自我意识、身份和位置的轨迹变化与接触点漂移；

从穿越者因为自身"排斥"异世界，到因为原住民"亲密关系"对抗异世界，再到与异世界"大和解"而确立彼此的新契约……宰制这个过程的驱动力，不再是主角的"穿越者"身份，而是"关系"的建构，特别是身心关系羁绊之中的身份认同感。

穿越者对原住民产生了认同，对异世界产生了认同，对跟原住民和异世界"发生关系"的自我产生了认同——这种认同感很重要。它决定了主角自我的身份认同、与原住民的情感认同、和异世界的位置认同，达成了妥协与和解，产生了共识与归属感。

比如，范闲从"置身世外"的旅客，变成"乐活其中"的新移民，最后从"这是我妈的东西"的大复仇记演变成"这是我的世界"的大格局论（大棋局论）——唯有把自己当作这个世界的"我"，唯有把这个世界当成"自我"的世界，才能建构这个世界与自我的认同感。

但在《庆余年》之中，这种"认同感"的建基点——自我意识、身份认同和世界位置——还明显可见"穿越者"的基础和前提。它

第四章 活着理念：从"求活权之争"到"美好信念战"

似乎还是"穿越者福利（穿越者优势/优越感和金手指系统）"的延续。

但是，在《将夜》之中，这种穿越者的基础、前提和福利，已经抹掉了相应的痕迹。

宁缺从"非唐型唐人"到"典型唐人"的身份认同危机——假若说存在这种"危机感"的话——更多的不是基于"穿越者"和"昊天异唐世界"之间的排异、矛盾和冲突，而是作为"人"本身，作为一个"活下去第一优先"的个人本身，特别是作为"想活着且活得更美好"的这个人本身，跟这个试图剥夺他活下去且活得更美好之权利的"昊天异唐世界"之间的主要矛盾：无论是作为昊天之子的超级背锅者，还是成为这个修行世界主宰一切的修炼废柴。

从《庆余年》到《将夜》，"冲突的重心"已经发生了转移。

摒除穿越者这个人设的身份和福利设定集，剩下的，便是"人"特别是"个人"与整个"昊天异唐世界"统治规则（所谓"立法"规则和秩序）之间的核心冲突：天不让你活，你可还能活？

这个问题是如此尖锐，以至于它成为"整个故事星球重心转移"的支点：给我一个支点，我能撬动整个地球；从建基支点到旋转的故事星球，它建构了一个"能够撬动大格局的好杠杆"。

从宁缺个人的"基本权"（生死权、生存权和发展权）之谋，变成一群人、一种人、一类人甚或一族人的"优先权"（活下去、活着、活得更美好）之求，最后演变成了蚁民、魔族、修行强者集团、像神明一样的存在的"准许权"之争。

比如：宁缺从典型地球人穿越成非典型唐人，从门房之子到书院二层楼登山人，从书院史上最弱天下行走到大唐全境守护使……他有没有"活下来"的权利？

他该不该向那些试图剥夺其"活权"的人或非人存在复仇？

无论是将军府忠仆管家还是夏侯大将军，无论是所谓慈悲心肠的佛子行走七念还是残酷无情的知守观主陈某，抑或是像神明一样存在的佛祖，以及"真的就是神明啊"的昊天神国白桑桑！

最关键的问题在于——谁才有权力"准许"你活下去且活得更美好？！

是宁缺自己，还是那些所谓像神明一样存在的人或昊天本身？

我让你活，你才能活？！我不许你活，你就不能活——何况你居然还想要像神明一样活着？！人可生如蚁而美如神：人类如蚂蚁一样渺小，却要像神明一样美好地存在和活着！[1]

所以，天怎能容你活？！

天不容你活，你又能如何？

第四节 信 × 权之争：
从"授权逆转争权"到"信神明 PK 信自己"

这才是最核心的矛盾和冲突：活着且活得更美好，居然需要"准许权"！

准许你活，你才能活下去！

不准你活得更美好，你就决不能"想得美，还活得美"！

---

[1] 参阅庄庸等主编：《蚂蚁哲学：中国网络文学阅读潮流研究（第 5 季）》，中国青年出版社 2021 年版。

第四章 活着理念:从"求活权之争"到"美好信念战"

你还想像神明一样活着?!

做梦!

且——这是渎神!

这是原罪!

这是要遭天打雷劈、被轰成炮灰的亵渎行为!

所以,你去死吧!

于是,拔剑问天的小师叔轲浩然就死了!

天不容你,你便不能活!

于是,一个"准许权"金字塔就显出了原型。

居于最顶层的,就是神明和像神明一样的存在,以及那些造出神明掌控天下的幕后推手"造神者"。

他们拥有最顶级、最终极、最本源的"准许权":我准许,你方可……就像昊天神国白桑桑:我许你永生,你便永生;不许你活,你便不能活。

居于金字塔中间的,就是那些"神明代言人"——宣称得到神明的准许、许可和授权,代替神明管理人世间的"人"(以及组织、机构、势力和利益集团)。

就像道门教派西陵神殿,就宣称代昊天管理人世间亿万信徒,甚至俗世蚁国。

而居于金字塔底的人,就是那些像蚁蝼一样存在的人——农奴,蚁民,或昊天神国光辉照耀之下的唐人,能不能活、能不能活得美好,都必须得到神明或像神明一样的存在以及神明代言人的"准许"。

这是一个从上而下的授权链,亦是一个从下而上的争权链——从授权到争权的逆转攻势,就是一种人类忤逆神明、希望像神明一样活着且活得更美好的过程[1]。

它们就像一个硬币的两面,熔铸在一起,却造成了一个像平行世界、多重宇宙和多维时空的"魔幻迷宫";而隔离彼此又将它们连接成一个整体,就是所谓"交互界面"。

这个"交互界面·魔幻迷宫"旋转的轴心,就是"准许权"之争:到底是"谁",才有权利准许"我"活着且活得更美好,甚至像神明一样活得"美"——生而如蚁美如神?[2]

这已经不仅仅是基本权、优先权和准许权的"核心权益"之争,而是直接指向人的"信念与信仰星空"——

信神明,得永生?

信自我,方可活?

我准许你"信",你才"信"?!

还是:信不信,由我?!

于是,"活着权力/权利"金字塔原型和"信仰/信念"多重结构,就嵌套和复合一起,构成了一种更加庞大的"交互界面·魔幻迷宫":

从"天让你活你才能活"到"神明许你永生和活得美好",从"我命由我不由天"到"谁也无权剥夺我活下来的权利""因为我活,所以精彩"……我们到底该"信"什么?

---

[1] 参阅庄庸等主编:《爽文时代:中国网络文学阅读潮流研究(第1季)》,中国青年出版社2021年版。我们在深入剖析远瞳《黎明之剑》"人类忤逆神明计划"的脉络时,解读、诠释和建构了这种"授权链"与"争权链"的权力/权利争夺战。

[2] 参阅庄庸等主编:《蚂蚁哲学:中国网络文学阅读潮流研究(第5季)》,中国青年出版社2021年版。

第四章　活着理念：从"求活权之争"到"美好信念战"

是神明让我们拥有比黄金还珍贵的"信心"，还是我们更"信任"自己的能力、彼此的关系和共同奋斗的愿景？

那些神明的代言人，透支了所谓"信用"，让我们见证不到神明的奇迹？

还是这世界上本来就没有救世主，能拯救我们的，只有我们"有信心"的自己，以及把所有有信用的人（我们信任或愿意相信的人）联合在一起，组建而成的信用社会和社会信用体系？

我们还能"相信"什么？

从信念到信仰，"公信力"成为最基础、最基本和最根本的"建基点"。如果神明都没有公信力，那"信神明得永生"，又何以成为每一个信徒深信不疑的信念和信仰？如果一个人（神）没有公信力，我们凭什么把身家性命都交付到他一人身上？

这就像举世伐唐、观主战长安时，全体长安人甚至整个宁愿站着死、也不愿跪着活的大唐国民，把所有的信任、信心、信念和信仰都付诸宁缺这一人，所依赖的，就是千年大唐万年书院的"公信力"。

这对于"从不相信他人"（除了信任桑桑，他连爱慕他的书痴莫山山都不信任）、更不信奉所谓"神明信仰"（书院登山考验之局后，隆庆皇子就曾经指责宁缺没有信仰）的宁缺来说，特别难得：被相信着、被信任着、被信仰着……

更重要的是：他们"信×"宁缺，其实就是在"信×"自己；宁缺"信×"他们，也正是"信×"自己。正是在这种"互信"关系和运动的建构之中，宁缺找回了自己的信心和信念。

"信×"于是成为一个纽带：将宁缺这种"自私成就美德"的非典型唐人，和那些"信自己可乐活"的典型唐人，连接在一起——中间的桥梁，就是从宁缺到小师叔轲浩然"不信而问天"的权力之争。

"信念/信仰"多重结构原型,"活着权"金字塔原型,"授权链"PK"争权链"垂直逆转模型,就这样扭结在了一起,构成我们解读、诠释和建构的网络文学造词、理论与方法论原型(模型)"信×权"五角星芒:

信×,本身就是一种权利。

信神明,得永生;信自己,可乐活……

这构成了人类忤逆神明的极简发展史。[1]

第五节　蚂蚁哲学:人类"生而如蚁",却"美如神"

在神明的起源和人类的发展之间,这种"信×权"五角星芒原型(模型)本身就是一个不同场景、不同维度、不同界域的"交互界面"。

这种交互界面把人类和神明分隔成渺小与伟大两个极点,同时又将两者连接成为一个整体——人类,生而如蚁,但亦可美如神。

这使得人类与神明的关系,特别是彼此之间以"信×权"为轴心旋转的故事,就像是一个平行世界、多重宇宙或多维时空一样的魔幻迷宫——亦即故事迷宫。

《将夜》就把这种"生而如蚁美如神"的"信×权"之争,讲成了一个像魔幻迷宫一样的蚂蚁哲学故事。[2]

---

[1]　参阅庄庸等主编:《爽文时代:中国网络文学阅读潮流研究(第1季)》,中国青年出版社2021年版。

[2]　参阅庄庸等主编:《蚂蚁哲学:中国网络文学阅读潮流研究(第5季)》,中国青年出版社2021年版。

第四章 活着理念：从"求活权之争"到"美好信念战"

恰如夫子看到柴房里"宁缺乱杀管家和少爷"那一幕时，曾经感慨地说：看到像"你小师叔"轲浩然一样做抉择的人——选择自己活下来的权利；把自己的生存权作为第一优先原则；生而如蚁，却要像神明一样活得更美好！

"我"准许自己活下去，好好活着，且要活得更美好。

这不需要其他任何人批准。

其他任何人都无权剥夺这种基本权、优先权、美好权！

就连昊天也不行！

若老天不许我活，那我为什么还要"信"天？

不仅不信天，我还要敢教日月换新天：逆天、抗天、择天、弑天、变天……

正是从"人"这种基本权利、根本权力和核心权益出发，宁缺这个"为己自私而活"的非典型唐人和轲浩然这个"浩然正义留人间"的典型书院中人有了很深的牵绊、关联甚或是承传——活着，且活得更美好，甚或生而如蚁却美如神，是昊天神国都无权不准许甚至剥夺的、"人之所以为人"的权力与权利！

这种"个人逆天求活权"的需要，与"昊天许你活你才能活（无论强者还是蚁民）"的准许权，形成强烈、激烈和猛烈的冲突。

夹逼于其中，就是"敬畏即信仰"驱动的金字塔授权链。从悬空寺坑下世界的农奴，到西陵神殿等级体系的信徒，再到魔宗壁画历史上敬畏冥王的逆孽，均是在敬畏和信仰神明或像神明一样的存在之中，在神明代言人"传播信教、改造神职"的授权链之中，求取那一丝丝"活下来"的基本权利，却仍然像蚁蝼一样地活着，或者死去。

直到从万年书院到千年大唐，从夫子"论语"到轲浩然"问天"，从书院讲道到大唐说理……才营造出了大唐人"即使信昊天，但更信夫子、大唐和自己"的典型思维和格局。

唯有以此为基点，后面长安人甚至大唐人才会揭竿而起，即使忤逆神明，背弃信仰，也要背水一战——因为生存高于信仰。

如举世伐唐、观主战长安之际，长安小道观的道人面临着昊天信仰和灭国去族的尖锐冲突——

是遵循内心的信仰，追随昊天在人世间的最大代言人西陵神殿，灭唐、灭长安、灭这个长安道观、灭长安人、灭自己这个长安人，还是拒绝和反抗知守观观主这个所谓道门祖师爷、最强的神明代言人，甚至是像神明一样存在的终极大判官——抵抗他对唐国这个"罪恶国度"、长安这个"罪恶之城"、长安人这些"罪民"甚至是道人自己这个"罪人"，进行"末日审判"？

信仰 PK 活权，这样的纠结并没有持续多久。长安城道人的选择简单、直接和粗暴：孙子们，操起家伙，干掉这个道门祖师爷！

唐国毁了，长安城毁了，道观毁了，"我"吃饭的家伙都没有了，还管什么"信昊天得永生"！

信仰让位于生死、生存、生活和生命的基本权利：你代表昊天审判我，不准我生，只准我死？！那你先去死好了！

昊天都无权剥夺我活下去的权利，何况你这个所谓昊天神代言人！

于是，昊天异唐世界"最核心的矛盾"就此爆发了：谁若是要巩固这种准许或剥夺××活下去的基本权、活着且活得更美好的优先权、生而如蚁美如神的美好权，谁就要承受从抗争到争权直到摧毁神明信仰权、重构人生信念体系的"信×"抗争运动。

由此，我们才会看到，为何《将夜》整个故事布局的轴心，会从宁缺"活下来"的个人权利争夺战，移到"敢教日月换新天"的集体信仰解构和重构史——从"权"到"信"，本来就是一体两面，又在交互界

第四章 活着理念:从"求活权之争"到"美好信念战"

面之中自成魔幻迷宫。

从宁缺柴房夺刀"求活优先权",到轲浩然拔剑问天"找自在",再到夫子化月捅天掀盖子"求呼吸新鲜空气的自由"……这是一个从俗世蚁民到修行飞蚁再到人世间最强者的个人争权史。

从悬空寺准许坑底世界的农奴像蚁蝼一样生存,到西陵神殿代表昊天奴役世界所有的信徒,再到昊天神国白桑桑准许酒徒、屠夫这些万年修行强者"像狗一样戴着狗链子永远地苟活着"……这是一个从神明和像神明一样的存在到神明代言人统治修行世界与俗世蚁国、修行强者与凡夫俗民的授权链。

从书院二师兄君陌引领农奴起义"从身体上站起来",到叶苏创新教让信徒自救"从精神上站起来",再到宁缺书写"大写的人"汇聚整个长安城、整个大唐、整个人世间的人间之力"从信仰上(大脑上)站起来",修行强者(个体英雄创造历史)和普通蚁民(集体人民创造历史)以一种奇妙的方式结合起来,让《将夜》这部书写"人"的小史诗[1],从争"人"权(权利/权力/权益)夺"神"信(信仰/信念/信用)、追求"核心权益"的人类生存和发展极简史,演变成了解构"神权教派制度"、重塑"国民信仰体系"的人类美好生活信仰史:活着,就要好好活下去,且活得更美好——生而如蚁,美如神。

---

[1] 参阅庄庸著:《猫腻与〈将夜〉》,作家出版社2019年版。

第六节　大小写"人"：从"主角越境反超强者战"到"人类忤逆神明史"

从"小写的人"（主角）到"大写的人"（人类），反抗神明或像神明一样的存在，争取自己"生而如蚁美如神"的生存权、发展权甚或是信仰权，是如何做到的？

从一个人的"越境反超强者战"，到一代又一代人的"人类忤逆神明史"，故事就是这么讲出来的，史诗就是这样写出来的。

从《庆余年》《将夜》到《择天记》，猫腻系列作品之中，一个比较常见的主题和模式，就是"越境反超强者战"。

在深入剖析无罪的《剑王朝》时，我们解读、诠释和建构过这种"越境反超战"的故事原型和爽文逻辑。无罪的处理方式，是以"见识"弥补"力量"：以天下剑首王惊梦、酒铺少年丁宁"观千剑而晓器"的剑识，来弥补境界、实力和力量的差异与鸿沟，从而使越境反超战从一个不可能完成的任务，变成一件顺理成章、合乎逻辑的事情。

《庆余年》之中，主角范闲以三品的实力，在牛栏街刺杀事件之中，将八品高手斩杀于现场——这还只是"惊艳一枪""昙花一现"。

《将夜》之中，宁缺作为非修行者就能斩杀修行者，成为弱鸡修行者后更能越阶斩杀各个等级比自己强的修行者（如隆庆皇子到夏侯大将军），再后来作为大唐全境守护者甚至可以威胁到天下最强修行者甚或是神国昊天的性命和存在（从酒徒、屠夫等老不死的万年修行强者到可代天行事的知守观观主陈某以及昊天本身）……一部《将夜》主角成长史，似乎就是一种"越境反超战串烧史"。

猫腻为其设定了合理的思路、逻辑和结构：

个人资源禀赋——观海悟道，比大江大河的柳白还要强大的雪山气海；

超强法宝装备——集书院后山集体智慧和力量打造的"元十三箭"，成为不亚于战略核武器的超强武器装备；

权杖、背景和屏障——以长安惊神阵书写"大写的人"，可让他汇聚整个长安城甚或整个人世间之力；和黑桑桑本命相连的昊天资质，让整个老天爷都成为他最强大的背景。

到了《择天记》，从主角陈长生到国教学院新生们，越境反超战似乎成为家常便饭。也就是说，这不仅仅对主角来说稀松平常，甚至那些配角、跑龙套的角色也都像主角陈长生一样，动辄就可以越境反超并战胜对手，或者，可能从此有与强者抗衡、斩其于剑下之力。

如在诸院之战中，那国教学院的初照镜新生，仅仅因为陈长生的指导，就能用四剑"战胜"超过自己数个境界的修行强者。

更别说主角陈长生自己，在护送离山小师叔苏离归乡途中，"遇战"（遭遇并战之）神将薛河、聚星强者梁王孙、神圣领域强者朱洛……几乎处处都是越境战。

虽然是输多赢少，或者赢得极其惨烈，但毕竟改变了修行者"高等级的强者碾压低境界的弱者"的公认法则。

猫腻同样为这种越境反超战建构了合乎逻辑的模型（原型）：

陈长生个人的资源禀赋，如超强记忆力、计算力和"信息数据库"（通读、通识、通背道藏三千）；

奇遇少年记带来的特殊境况，如龙血浴身带来的超强身体素质和体格，堪比天赋龙凤血脉；

不凡的天选资质，如点亮了星海神识之中"那颗最强最亮的星"，以及星辉入体像雪山草原一样的能量源泉；

……

总之，这样的人，这样的主角，这样的天赋或奇遇资质，不越境反超击败那些比他强大的人，好像都是一件没有天理的事！

从苏离授慧剑、燃剑、笨剑三剑，到陈长生自己"识千剑而晓器"，指导落落殿下、唐三十六和国教院新生用剑战胜对手，所依仗的，是剑法、剑意和剑势，而不仅仅是剑本身、剑招和剑式。

这其实和无罪《剑王朝》是一样的"越境反超战"爽文结构、爽点逻辑和造爽机制——

主角识千剑而晓器，"见识"高于其他所有人，堪称一个强大的"剑识数据库"，可以从数据库提取合适的剑招和剑式，重组成不同的剑法、剑意和剑势，让自己或指引他人反败为胜、越境反超，甚至震惊创造和使用此剑招的开创者或宗门。比如，苏离三剑虽然由苏离自己创造，但也就教过秋山君、七间和陈长生三个人而已，除了陈长生，其他两人甚至苏离自己，都没有学会第三剑"笨剑"。

因此，当陈长生说要把笨剑传给唐三十六时，苏离才会一脸白痴样地看着陈长生：你这是在嘲笑我的天赋不如你，还是真的在嘲笑我的天赋不如你，还是"确定、肯定及一定"在嘲笑我的天赋不如你？——重要的事实说三遍——好吧！我的剑道天赋确实不如你！你以为每个人都能像你一样，能修成离山小师叔的"别离三剑"?！

最关键的是，从《剑王朝》的丁宁到《择天记》的陈长生，两个主角以庞大的数据库和剑识，传授他人连开创者和剑法宗门都"震惊异常"的剑法、剑意和剑势,甚或是问道寻路的"剑道",都是为了展现主角光环。

丁宁在楚国都城一人战天下,用的均是对方采用的剑招和剑式,却比对方使得更为精妙和形神俱备,甚或让对方悟到了突破修行瓶颈的剑意和剑道。于是,千万人来矣,主角一个人"鹤立鸡群"!

陈长生指导国教新生用剑,越境对抗那些前来挑战的高境强者,不仅让人认识到"这些剑招居然可以这么用",让一些修行强者从这些剑法、剑意和剑势之中悟道有路,更展现出陈长生的大数据库和剑道天赋——这正是唐三十六认为整个京都甚至整个大周帝国严重低估陈长生的地方:他要所有人重新认识陈长生,认识陈长生的价值。

所谓"野花盛开,一枝独表"。从酒铺少年丁宁,到西宁小道士陈长生,有一点是共通的:

他们给修行界带来了改变,把修行界带入了"修行强者批量崛起"的时代——当年轻修行强者像雨后春笋一样冒出来,像野花在山坡崖间一朵朵地盛开时,人类就进入了一个修行者进化、迭代和批量崛起的大时代。

这将改变整个天下、时代,以及人类、妖族与魔族生存与发展、竞争与合作的秩序与格局。

就像天海圣后对陈长生带领国教学院重新崛起的评论一样:如果给他和这些年轻人以充足的时间,人类还用得着担心魔族的威胁吗?

主角就是这样塑造出来的:不仅仅是鹤立鸡群,更是"鹅就是鹅"(我就是我)——所有的鸡都用来衬托那一只鹤,那鸡还是鸡,鹤还是鹤;但是,如果所有的鹅都是会下金蛋的白天鹅,那一只卓尔不群的鹅才是真正的"王"!

他不是让其他所有的"白天鹅"黯然失色,而是更加出色;其他的"白天鹅"越出色,才越发地衬托出他的超级出色!

最关键的一点,就是:其他出色的所有人,都是因为主角而更加出色。就像落落殿下和唐三十六,本来就是天下最出色的人之一、之二,但是,遇上了陈长生,他们变得比原来出色无数倍,从而绽放出让天下人都为之惊艳的璀璨光芒。

如果唐三十六没有遇见陈长生,他仍然会是汶水唐家最出色的继承人之一,的确是"之一"。但是,当他遇见陈长生,选择成为国教院的院监,却找到成为天下最出色的时代开创者的最出色的道路,成了新的"之一":他要和陈长生并肩战斗,开创一个年轻修行强者批量崛起的大时代。

从唐家最出色的继承者,到时代最出色的开创者,没有最好,只有更好。

于是,从"主角如此出色"的这一个人到"年轻修行强者批量崛起"的这一代(世代和时代)人,一个人的"越境反超强者战",拉动了一代又一代人的"人类忤逆神明史",从而可以从"小写的我"到"大写的我",从"小写的人"到"大写的人",推动蚁民反抗强者,书写人类反抗神明的史诗。

作为参照系,远瞳的《黎明之剑》同样是一部从"一个人的英雄壮举小史诗"到"一代又一代人波澜壮阔的人类忤逆神明史"的讲故事的爆款科普书。[1]

---

[1] 参阅庄庸等主编:《爽文时代:中国网络文学阅读潮流研究(第1季)》,中国青年出版社2021年版。

第四章 活着理念：从"求活权之争"到"美好信念战"

第七节 猫腻宇宙：
从"人和神权益之争"到"人与人信念之战"

以此为切入点，去解读和诠释猫腻系列作品，我们认为：它们"极其简洁、简约和简化"地映射了"猫腻故事宇宙（世界观设定集）"演变和蜕变的曲线轨迹、接触点与潮流引爆点。

从《庆余年》到《将夜》，猫腻还是在"穿越宇宙"的世界观设定集之中进行变革与创新，但已经从穿越者的优越感、金手指系统和改造世界福利的金字塔尖（王者巅峰），逐步重心下移、位面下移，开始解构、重构和建构人生托底的基本盘（基本面），如《庆余年》从"改造世界"转换为"乐活主义"。

到了《将夜》，这种人生基本盘（基本面）进一步落地、落实，落到金字塔底，并触底反弹，重新寻找"给我一个支点，我能撬动整个故事星球"的小切口、好杠杆和大格局——从"活下去"的基本权，到"活着，就要好好活着，且活得更美好"的第一优先权，再到"生而如蚁美如神""活着，就要像神明一样活着"的自由权、选择权和平等权等一系列更为高等、高级和高维的核心权益。

这其实是 V 型结构。在向下滑落接触到人最基本、最优先和最核心的权利、权力和权益基本盘（基本面）时，又以"活着权"为触底反弹的拐点、报复性反弹点和引爆点，再度提升和提高到与"权利、权力和权益"核心权益金字塔相伴而生、但又转场升维和跨界的"信心—公信力（信任与信用）—信仰（信念）"等人类信仰金字塔之争。

它已经不再是"穿越者优势 — 异界世界观设定集"的横向主要矛盾，而是根基于人类社会阶层金字塔内部的纵向核心矛盾。只不过，《将夜》试图将其纳入"神明（昊天）— 人（修行强者世界）— 蝼蚁（俗世蚁国凡人蚁民）"的人类极简发展史"传统旧范式"之中。

因为，在这种既有的范式框架体系之中，更容易聚焦和穿透这种"权益"和"信仰"之争的人类发展"主要矛盾"。

从《间客》到《择天记》，这种"结构性的矛盾"，从"神明宇宙"世界观设定集，转向"人类社会·文明宇宙"的世界观设定集：原来人与神明的"信仰"之争，根源还是在于人与人的"信念"之争。

或者不如说，"神明"是人的抽象理念、标准与信仰的形象化、拟人化和具象化。人与神明的冲突，说到底还是人与人的冲突，比如修行世界与俗世蚁国、修行强者与凡人蚁民之间的矛盾。

但是，"神明 — 修行强者 — 蚁民"的垂直金字塔矛盾，被扁平化、铺开来、摊薄了 —— 摊成一种"个人（如许乐、施清海、邰之源等代表着个体化、个性化、个人化的理念、标准与原则）— 阶层与群体（如七大家和帕布尔团队代表着有不同利益诉求、信仰体系和价值取向的阶层与群体）— 核心利益集团（如联邦和帝国其实就是两大利益集团）"的横向审判链冲突。

也就是说，《间客》看似拓展了《将夜》的世界观设定 —— 如从昊天异唐世界的天人之争，拓展为星辰大海的星际穿越 —— 实则将它缩写成了人类社会的剪影。

一如我们比较阅读、深入剖析《间客》与《庆年余》之间的世界观设定集时所说：《间客》中联邦、帝国的三次宇宙大战，以及"联邦 — 帝国 — 百慕大"星际领域金三角关系，跟《庆余年》中南庆、北齐的历次王朝争霸战和"南庆 — 北齐 — 东夷城"地缘铁三角关系，从本

第四章 活着理念：从"求活权之争"到"美好信念战"

质上来说，并没有什么区别。

它们都是人类社会发展简史中的王朝周期律、世界大战、交战国与中立地带的国内国际关系缩影而已。

从《庆余年》中范闲的王朝国际主义，到《间客》中许乐的星际文明观，不过是从"王朝多极争霸战"的热战、冷战和战略性对抗与僵持关系，变成了"种族的冲突——文明的冲突——人类与文明起源的冲突"。

事实上，放置于猫腻系列作品的发展脉络和中国网络文学发展现象、潮流与趋势的轴心脉络之中，双向映照和聚集——这种迁移和演变的"点"并不是最关键的。

关键在于，从《庆余年》中王朝争霸与个人"乐活'变'秩序"（为了让这个世界变得让我更宜居，所以要发动变革甚至是革命——革掉你的命）的主要矛盾，转变为《将夜》中神明统治链与个人"求活谋自由"（活着应该有自由的选择和选择的自由）的轴心冲突，再转变为《间客》之中种族、文明和信仰集体无意识与国民（群体）情结与个人"生活求公道"（谁也无权剥夺"我觉得怎么生活好就怎么生活"的权力、权利和权益）的焦点战争——猫腻越来越"现实"、越来越"尖锐"、越来越"聚焦"：当神明和人之间的信仰之战，转化成人和人之间的信念之战，会更突显"信仰很丰满但现实很骨感"的残酷，以及两者之间不可调和的矛盾。

《将夜》之中昊天代言人或者像神明一样存在的超级强者知守观观主陈某"代表昊天审判你"，从而将整座长安城都审判为罪恶之城、把所有长安城人甚至所有唐人都审判为有罪该死的罪人，固然引发了热血反击——就像长安城的两个少年拿着柴刀就冲了出去，或者像三元里的青皮炖了一锅狗肉，泼了观主一身，泼出一部很狗血的小史诗[1]。

但是,《间客》之中西门瑾、李在道、帕布尔这些狂热而强热的少壮派军官、军政府推动者和强势联邦代言人,"代表联邦的利益、社会的正义和人类的未来审判你",从而审判前皇太子邰之源该死、西林小公主钟烟花该死、军阀首领钟瘦虎该死,甚至殃及无辜的平民,导致"一个个不知情、不同意、不愿意的民众"被牺牲,特别是让"人生还未来得及展开的无辜儿童"成了他们伟大事业的垫脚石,这其实更让人愤怒、更受精神冲击、更想报复性攻击——就像施清海和许乐分别拿起枪,对所有这些"审判者"进行审判,把所有"有罪该死"的人当庭枪决!

为什么?因为《将夜》中的审判还有距离感,但《间客》中的裁决却已经切身相关——

从宁缺到长安城人、从唐人到昊天蚁民,所有审判与反审判的人,其实都是"剧中人"!

我们还是剧外人、局外人!我们还是旁观者、吃瓜群众!我们还是在看戏:戏精不戏精,这个角演得好不好,还是评判的唯一标准。

因此,观主"代表昊天审判你",看似气势逼人,不过是造势而已——大戏揭开序幕,吃瓜群众闲坐庭院嗑瓜子,坐待高潮来临。心中还想着:这个小老儿演戏还挺敬业,一会儿主角把他虐得像狗一样渣时,不妨撸起袖子冲上去再赏他几记老拳!

仅此而已。

但是,《间客》中这些拿着理念和标准大棒到处审判人"有罪该死"——确实有人死了,尽管他们其实无罪——的人,却真的让人

---

[1] 参阅庄庸著:《猫腻与〈将夜〉》,作家出版社2019年版。

第四章 活着理念：从"求活权之争"到"美好信念战"

细思极恐。

因为这些大审判官不仅仅活在故事里，他们在社会现实生活之中到处都是。

今天，被他们审判至死的是别人，明天，审判之矛可能就直接戳向你的心窝。

而且，他们像《间客》之中这些狂热的审判官一样大义凛然、理所当然，用那一把所谓标尺衡量、审判和裁决你的生死：为了联邦/帝国/人族/人类的利益、理想和信念，请你先去死！

正是这种与切身利益、理念甚或生死相关的"新社会现实感"，才使得《间客》之中解读、诠释和建构的这种"审判官思维"和"社会大审判链"社会现实、心理需求和文化机制——从"我代表××审判你"到"为了×× 请你先去死"——遇到更为强烈、猛烈和激烈的"代际冲突"（从迭代矛盾到世代战争）报复性反弹、质疑和批判，并引向对"人—权杖—理念"标准金字塔原型（模型）的解构、重构和建构。

第五章

代际冲突：从"迭代矛盾"到"世代战争"

21世纪以来,人口周期运动中的年轻世代更迭与需求嬗变,是中国网络文学潮流、泛文化娱乐全产业链现象甚或整个新文创集群形态、业态和生态系统重塑的根本驱动力之一。

我们曾经把它解读、诠释和建构为"得年轻人得天下"[1]的发展轴心、演化轨迹和引爆点:得草根青年得天下,得她时代(W概念股)得天下,得网生代得天下,得"九千岁"("90后""00后")得天下,得星生代(我——才是下一个大明星)得天下……二十多年中国网络文学发展极简史,就是一部"年轻人驱动文学、文娱、文创等迭代、升级、演变和潮流引爆史"。

迄今为止,"迭代"一直是一个解读年轻世代更迭、网文潮流演变、爆款产品升级换代的网络文学(时代新范式)造词、理论与方法论原型(模型)。从网络作家"迭代"(如从"85后"婴儿潮网络大神到"90后"网生代新人王),到读者用户"迭代"(如从年轻主流受众到边缘—新主流受众),再到作品产品和竞品"迭代"(如从"升级流"到"升维流"),均可以按照这个模型(原型)进行阐释。

但其实真的很少有人能系统解读、诠释和建构这种"迭代"

---

[1] 参阅庄庸、王秀庭著:《国家网络文艺战略研究:中国文化强国新时代》,福建教育出版社2018年版。

现象、潮流和趋势——不过是把"迭代"这个词翻过来甩过去"蛋炒饭"而已,而且还是"夹生饭"。更别说爬梳支撑这种"迭代"的三大金三角(金字塔)支柱(侧边与位面):

第一,从"70后"到"80后"、从"85后"到"95后"、从"95后"到05后"三大独孤世代"的年轻"世代更迭";

第二,"×后"等青春代言人或世代更迭造词运动,所划界的"青年×后"(新浪潮)正名化和非青年(传统阵营)污名化之间的博弈与交锋、妥协与和解、共识与一致,就是"不同世代战争"。

第三,同一世代内部由于分权、平权和确权等争权夺利及"核心权益运动——社会隐性侵犯——超级代价体系"[1]所带来的"内部代际冲突"(这一现象同时发生于不同世代之间,就是所谓"外部代际冲突"),如"70后"内部"不嫁凤凰男"的性别战争、"80后"内部"从'婆婆遇见妈'到'结婚证遇上房产证'"的亲密关系战争[2]以及"90后"内部"从维权到侵权、从跨界到越界"的社群(圈层)撕裂和粉丝战争。

从"内部代际冲突"到"外部代际冲突",从年轻世代纵向的"迭代矛盾"到年轻人和非年轻人之间的"世代战争",整个21世纪中国青年(年轻世代)青春潮流、舆论情报和思想生态重塑,就是一部"代际冲突——从'迭代矛盾'到'世代战争'"驱动史。

它是中国网络文学潮流、现象和趋势的"发展范式"之一。

几乎每一部网络作家作品、类型题材、爆款潮流现象,都可以放到

---

[1] 参阅庄庸等主编:《爽感爆款系统:中国网络文学阅读潮流研究(第3季)》,中国青年出版社2020年版。

[2] 参阅庄庸、王秀庭著:《亲爱的,我们为爱作战:互联网+她时代新文艺潮流研究》,福建教育出版社2017年版。

第五章　代际冲突：从"迭代矛盾"到"世代战争"

这个造词、理论与方法论原型（模型）的框架下进行解读、诠释和建构。所谓爆款，不过是这种"驱动力"到"发展范式"引爆潮流的晴雨表与风向标而已。

但就我们的目力所及（受制于我们的阅读经验），好像还真没有哪个网络作家通过哪部网络作品或系列作品来浓缩和映照这种"年轻世代更新换代的极简代际冲突史"——除了猫腻。猫腻的系列作品构建起了一部"讲故事的代际冲突极简史"。

从《间客》到《择天记》再到《大道朝天》，猫腻或许是有意或许是无意地架构了这样一个世代划分与迭代演变框架体系，并且聚焦于不同的世代矛盾和迭代冲突问题——

用"世代战争"来解读、诠释和建构，或许重了一些；

但仅仅用"迭代矛盾"来描摹、描绘和描述，又略微有些"轻"；

"世代"之间的矛盾和冲突，以及由此而来"迭代"的演变，确实成为故事布局很重要的驱动力。

因此，从"世代战争"到"迭代矛盾"，"代际冲突"或许是一个比较精准的造词、理论与方法论原型（模型）。

这种"代际冲突"都有较为明晰和精确的三层世代划分：

老一代，树立"父辈旗帜"的创业或建业领袖们，随着千年岁月和时光的消磨，遵守着优良的传统，却被视为"正在陈腐（老化与保守）的上一辈"；

中生代，被视为过渡、桥梁的庸常一代，却在沉默之中有力地用行动发出自己的声音，甚至成为领导"执政中兴"的社会中流砥柱；

新生代，被视为新鲜、新锐、新生的力量——年轻就是力量，却也被视为容易冲动、盲动和乱动的混乱之力，被视为从能力到信念、从价值到信仰都需要经过长期磨砺才可堪大任的接班人——但似乎总在成长之中！所谓成形与成熟、成才与成人、成功与成就到可以接过重责大担的"接力棒交接日期"，总在不断地推迟、延误和滞后之中……

从《间客》到《择天记》《大道朝天》，猫腻解读、诠释和建构了一个可以共享和共治的"三层世代划分的代际宇宙"（或者说我们把这背后的故事原型或模型解读、诠释和建构为"世代宇宙"），解构、重构和建构了"从迭代矛盾到世代战争的代际冲突"的轴心演变——包括但不限于"三观"（世界观、人生观和价值观）；但在聚焦"代际冲突驱动故事"的主要矛盾时，有着微妙的重心、焦点和特殊关系的偏移与差异：不同的世代、不同的抉择、不同的世界。

如前所述，21世纪以来最引人瞩目的超级"爆款方法"，就是引爆"代际冲突（从迭代矛盾到世代战争）"的情绪潮流、社会现象和发展趋势——猫腻的系列作品很好地例证了如何制造并利用"代际冲突"来引爆"全民（网民）情绪潮流"。能引爆全网（全民）情绪潮流的，基本上都成了爆文、爆款和爆红产品或代言人（如素人网红、流量小花和直播天王）。

在这一点上，我们其实可以不把猫腻的作品当小说看，而是当作一部"讲故事的爆款创作教科书"。

第五章　代际冲突：从"迭代矛盾"到"世代战争"

第一节　老一代：
从"父辈的旗帜"到"联邦的遗产"

《间客》之中，从封余和李匹夫这对费城兄弟，到大师范，到帝国和联邦百年世仇，再到联邦和七大家"千年隐性共存史"，都算是"老一代"，都算是"父辈的旗帜"，或者所谓"家族、帝国和联邦的遗产"。

这不仅仅是跨越"六十年"，亦可能承传"一千年"。因为，从"六十年"到"一千年"，时代虽然在变化，但那种"体系性的结构"没有变。

比如，宰制千年联邦制的，仍然是"七大家隐性集团和联邦显性政治"共存共治、共生共荣的结构。就像利七家的家主所说：联邦是七大家的联邦，七大家是联邦的七大家；乱什么都不能乱联邦，因为联邦乱了，七大家的根基也就乱了。千年以来，这种共生共荣、一损俱损的状态，从来就没有变过。

从费城兄弟到帝国和联邦百年世仇，是同样的逻辑和道理。不管当下和未来的态势将如何发生变化，对于许乐这一代人来说，既有的格局，都是沿袭这种所谓"老一辈的恩怨情仇"——所谓"父辈的旗帜"或"老一代的遗产"。

继承了"好"的优良传统，当然也会接受"不好"的负面资产。如以费城兄弟为媒介，许乐继承了"八韬真气"（霸道真气）这种宇宙超强的力量修炼体系，也被迫接受了所谓"帝国的种子"和平与战争的全部负担。

从"千年文明的遗产"到"六十年父辈的旗帜",其实都归于"老一代",并被命名为传统、正统和法统——联邦是一个尊重传统的地方,要致力于维护法统,更重要的是讲究正统。

没错,所有的法统和传统,其实都是以正统为基础和前提的。就像遵守七大家在联邦的传统,是高于联邦所维护的法统的。但这种传统和法统之争,核心在于"谁最正统"。

毫无疑问,千年之前统治这个星球并和平退位的皇家邰家,是"最正统"的。因此,邰家既是七大家之首,又是联邦第一家,具有接掌权力的正统性、法统性和传统性,只不过需要"程序正义",做出合理、合情和合法的安排而已。

如何安排出一个邰家"王者归来"、重掌联邦的正义程序?邰夫人的安排就是:扶持帕布尔总统上台,接任两届总统,然后利用联邦与帝国的战争,开启临时法案,让帕布尔可以续任第三届总统……续任期一旦打开,从理论上就可以无限期地续任。

这就为邰家皇太子邰之源铺好了"王者归来""总统即皇帝"的金光大道:从史上最年轻的总统,到任期最长的"联邦总统帝"……邰之源不是皇帝胜皇帝,身为联邦总统却可有无限任期,成为终身制总统即相当于皇帝复辟,邰家从联邦第一家重新恢复成千年皇家。

这就是邰夫人打的如意算盘,谋划的千年棋局——帕布尔总统只是一个过河的卒子、铺路的棋子。只要开启临时战争法案、打开总统续任期限,他就完成了自己的历史责任与使命,接力棒就顺利交接和传递给皇太子邰之源,邰之源从此成为"终身制总统帝"。

这其实不是"王者归来",而是"皇帝复辟"——千年联邦、万年帝制这两种老一代的遗产融合为一体,构建起"父辈的旗帜",要让下一代继承。

第二节　中生代：
从"热血少壮派"到"冷血军政府"

率先对这种"继承链"甚至是"遗产"本身说不的,就是帕布尔总统,以及以他为首的所谓"中生代"少壮派 —— 从李在道到杜少卿,从热血冷酷(这两种气质与特质融为一体)的少壮派军官团体到所谓三一协会剑桥酒馆精英政治团队⋯⋯

让他们说 No(不)的,不仅仅是这种"总统帝"的继承链,还有作为千年联邦遗产的那种联邦与七大家共生共存的"畸形政体"!

没错,他们认为千年以降的联邦,就是一个畸形体 —— 七大家就是这个畸形体上的寄生虫和毒瘤。

他们认为自己是"政体医生",要对联邦的体制机制进行改革甚至是革命,首要任务就是正本清源,用柳叶刀做一种外科手术,切掉七大家这种联邦的毒瘤。然后,再将整个联邦置于他们所谓"最优体制"之内,比如,所谓"军国监管体制" —— 由有思想的军人接管所有联邦的事务,开启对外的战争。

为了达成这个目标,他们开始了长久的谋划和行动。在帕布尔总统上台之前,就开始了一系列的暗杀七大家继承人的"正义即无耻"行动。

所谓正义,是因为他们坚信自己的信仰、信念和信心：

暗杀七大家的继承人,符合联邦的核心利益;

联邦要回归正源和清流,就必须清除七大家这种毒瘤;

七大家清除计划,最有效的方式,就是实行继承人灭绝计划——继承人都灭绝掉了,七大家再怎么是千年世家,又如何承传?

这个计划确实很"毒"。

很稳、很准、很狠。

看起来也很正义、很大义凛然、很理直气壮,但——真的很不光明,很黑暗,也很无耻!

因为,他们打着光明正义的旗号,实施黑暗的恐怖主义。

他们动用军方机甲暗杀皇太子邰之源,却导致大量无辜的平民死亡;

他们动用军方特种精英暗杀小公主钟烟花,只考量她是七大家之一钟家的唯一嫡系继承人,却从不考虑她也只是一个八岁的小女孩;

在帕布尔上台之后,他们与帝国勾结,把一直浴血奋战在第一线的西林钟老虎送进了宇宙的黑洞——他们只想到要以正义的名义清除七大家之中唯一掌握军权的大佬,却从未考虑过数十年来西林老虎和第四军区在联邦抗战帝国的战争之中,做出了多大的贡献……

"为了联邦的利益,请您赴死!"

这就是他们以正义之名行使最无耻的暗杀与阴谋时,最有可能说的话。

但是,为了联邦的利益,怎么不请你们自己去死?!

第五章　代际冲突：从"迭代矛盾"到"世代战争"

第三节　新生代：
从"瞻仰导师的传奇"到"走我自己的路"

这样犀利的话，不是出自许乐之口。

不是他不会说出这种话，而是他习惯于用拳头讲道理 —— 做，比说重要。

能够这样直接、犀利甚至毒舌地说出这样的话的人，只可能是施清海。只有他这种同样比肩于"三一协会"精英团体、却成为潜伏得最深的间谍"深海的鱼"、并对狂热的极端信仰一直持有高度警惕、又自称"小爷"的人，才会把这些"以联邦利益为名请他人赴死"的人怼得无话可说、无理可讲。

但这样的"怼话"并没有在《间客》之中发生。

《间客》之中没有怼话，而是直接对决 —— 连中间"怼人"的起承转合的环节都没有。

《间客》中的新生代们 —— 从许乐、施清海到邰之源 —— 都习惯了道理是用拳头（行动）讲出来的。行动是践行道理的唯一准则。打嘴炮其实没有太大的意义。

在《间客》中，"许乐 — 施清海 — 邰之源"代表着年轻世代 —— 猫腻经常有意无意地说"我们年轻人的想法有些不一样"，似乎在《间客》之中，从主角到作者，都是在"为年轻人代言"。至少，表面上是这样的。至于，是不是真的能为年轻人代言，是另外一回事。

但是，从许乐、施清海到邰之源，确实代表着跟"老一辈（父辈的旗帜)"不一样的新生代的说法、做法和想法,比如思想观念和价值取向。

许乐作为老一代军神李匹夫的隔代接班人,有着迥异于军神大人的权益观。

军神一生为了联邦的利益牺牲自己的师门、兄弟亲情和自己的利益:他其实可以匹夫一怒,让整个联邦流血;但为了联邦和世家共存的整体利益,他有意地约束和克制自己。

但许乐不会"为了联邦的利益"牺牲自己,利益、情感和自我都不行。他接过军神的班,却并未站好这最后一班岗。

这里需要说明一下:虽然从大叔封余和未婚妻简水儿序列来说,许乐其实作为李家女婿可以升格为中生代,但奈何相比真正的中生代隐性军神接班人杜少卿来说,无论是资历和年龄,他只能自动降格为"隔一代"。

施清海更不会接过"他"(曹秋道)信仰的旗帜——这个历史上最有名的间谍,为青龙山的理念和信仰,而叛离了七大家的家庭背景。

这是老一代或父辈很多人都走过的传奇之路。但《间客》省略掉了"他"从千年世家到革命阵营的内心冲突,以及因为家庭出身屡遭排挤、清洗的外部矛盾,而是聚焦于这个史上最传奇的间谍在这种见不得光的职业、猥琐的形象和光辉的理想之间的"反差、悖论和张力"。

作为施清海后三分之二人生的带路人,"他"很清楚自己的信仰、组织和旗帜,都无法传给施清海——他的真正接班人是张小萌,许乐的初恋。

但是,施清海的确是传承他的人品(这种人品需要仔细地品味)、人格和人性之中最伟大的光辉之"衣钵"的人：他们在从事最有信仰的事业之时，仍然是活得最有声有色的人。

施清海决不会因为这种理念和信仰本身，去损害这种做"人"的滋味。甚至，到后面三分之一，施清海潜入深海，向整个联邦复仇时，已经不是为了理念和信念而战，而是为了"人"而战：人之所以为人，就得活得像个人，而不是活得像条狗。

每个少年(年轻人)在人生成长的路上，都有一父辈或师长、兄长辈的带路人——他们将影响他的一生。

对于许乐来说，他不是军神李匹夫，而是封余大叔。

对于施清海来说，是带他入门的老师以及领他走路的"他"。

但是，对于郜之源来说，却是双重影响：作为父辈代言人的郜夫人，将打破家族联邦共存、皇家王者归来的千年重责大担，压于他有遗传病的双肩之上；作为兄长辈的偶像帕布尔总统，则成为他一生对标和想要超越的偶像——要成为"庶民的力量"真正的组织人、发动者和代言人。

但郜之源要走的路，既不是父辈王者归来的"皇权"之路，亦非帕布尔总统裹挟和绑架"庶民的力量"的"少壮派强势联邦"之路，更不是还政于民的民选、民享、民治的"民权"之路，而是后两者的糅合和融合，试图开出一条更具有颠覆性和创新性的路。

从某种意义上来说，他们其实不是同一"代"年轻人。但他们确实都是"年轻人"。他们浓缩了三个不同年轻"世"代在同一个时代的"年轻人的力量"：施清海代表着过去留到现在的遗产；许乐是活在当下的典型和代表；郜之源则是在千年未有之大变局中谋取未来的代言人……

年轻，本来就有多种可能性。他们其实代表着过去、现在和未来的多种可能性：或许可以实现，或许不能实现；实现了就是现实，没实现的就叫作空想……

但那有什么关系呢？

最重要的，是走过、试过，没有错过。

第四节　继承法：从"优良的遗产"到"沉重的负资产"

相对新生代这种"年轻的多种可能性"来说，"遗产继承"和"旗帜传承"就成为决定其能否薪火相传、接续传承的关键。

从军神李匹夫到大叔封余，代表着"老一代（父辈的旗帜或联邦/帝国的遗产）"两种不同的方向、道路和选择：

第一种就是维护与守护既有联邦和世家共存的千年传统甚或是万年宪章的制度架构与设计；

第二种就是背叛、对抗甚至试图推翻世家联治或万年宪治的统治秩序。

但这两种看似迥异的方向、道路和选择，其实都奇妙地"统一"于某个看似特别具有伸缩性的目标：为了……的利益、理念和信仰。

比如：小一点，为了七大家上流圈层的核心利益；大一点，为了联邦的整体利益；再大一点，为了联邦与帝国整个人类与种族的共同利益。

即使封余搅动整个联邦、扰乱帝国、破解与对抗整个宪章等一系列"没有常性的宇宙玩家家动作"、极度自私自利冷酷无情的行为(从军神李匹夫到许乐都如是评价,比如许乐说:我的人生不需要被你安排,我不是你的玩具),不也潜藏着"为了幼女简水儿能够活过来、敢让联邦七万军人去死"的性情驱动,以及"帝国种子不是战争的阴谋而是和平的阳谋""老师是对的,哥哥你错了""联邦和帝国是同源同种为什么不能和平共处"的兄弟恩怨情仇与家国情结?!

所以,父辈是复杂的,但也是"单纯"的。似乎永远都在对与错、是与非、善与恶这样的二元对立矛盾统一体中被划分、切割和圈定。但事实上,复仇的是他们,单纯的是我们。我们总是试图用"二元法"对父辈那复杂的过去进行划分、切割和圈定。

因为,这样便利于我们继承"父辈的遗产":优良资产就继承,不良资产(甚或是负资产)就摒弃……这是多么简单的事情啊。

最重要的是,当所有人的注意力都被吸引到"父辈的遗产"上时,就会忽略一个浮出水面会让所有人都极其尴尬但确实是很残酷的选择:我们只想继承"父辈的遗产"!

至于"父辈的旗帜"呢?时代变了,这个过时了,所以敬谢不敏!

不是所有"好"的东西,都值得当作优良资产继承的。再好的东西,在这时代成为负资产后,带来的都会是拖累、障碍和阻力!

从"父辈的遗产"到"父辈的旗帜",新生代的年轻人们,对于老一代的信仰、利益和规矩,都奉行拿来主义:取其精华,去其糟粕;褒承得甚少,扬弃得甚多;嘴上说得多,实际做得少。多多少少有点奉行实用主义、适时主义和自我主义。

特别是最后一点。

何为父辈的遗产,何为父辈的旗帜?何为优良资产,何又为负资产?何谓好的,何又谓坏的?标准不是"父辈"制定的;亦非有一把中间的、中立的和客观存在的尺子来衡量;而是新生代自己依据个人的、内在的、自我的标准,来进行选择和取舍。

就像大叔封余和军神李匹夫这对"相忘于江湖、相思于天涯"的恩怨情仇之父辈兄弟,都认为自己把最好的遗产和最佳的旗帜,都传给了许乐。

但他们仍然不能确认自己认为最好的、最佳的,就是许乐最应该、最会继承的——他们仍然会陷入"对赌"之局:赌许乐到底选择的是封余的遗产,还是军神的旗帜,抑或"走自己的路,让父辈(或兄长辈)去希望或失望吧"!

许乐之于封余、李匹夫,施清海之于"他"(曹秋道),邰之源之于邰夫人和帕布尔,均是如此。

甚或,从"父辈的遗产/旗帜"到"帝国/联邦的规矩和传统",他们这些年轻人,都是这样的理念、态度和标准。

第五节　游戏规则：
从"玩游戏的人"到"守规矩的传统"

许乐这块东林大区又臭又硬的石头,一头撞进联邦与七大家共存共治的上流社会圈层时,最让人不能适应、不能接受的,就是他"不按常理出牌""不按规矩出拳"的行事方式：

既然他可以在内心的法庭宣判麦德林有罪该死,不讲道理地笔杀麦德林,那他也可以"自由心证""念心即起",就不讲证据地冲进

第五章 代际冲突：从"迭代矛盾"到"世代战争"

七大家族之中，只因为他"觉得"他们有错该罚（杀）。就像利家家主自嘲地笑道：是不是有一天许乐认为我该死，我就真的死了？！

这种不受约束的理念、标准及其力量，是一头极其可怕的洪水猛兽。本来，有史以来最大的洪水猛兽，就是军神李匹夫——因为他具有以一己之力便可动摇联邦和七大家共存共治根基的宇宙超级无敌力量。但是，这个像神一样的男人"画地为牢"，把自己圈在联邦和七大家共存共治的规矩之内；作为战略核武器，威慑着七大家，却又平衡着联邦内部激进而危险的力量，比如他的儿子李在道——李在道花了大半生的时间，在沉默中酝酿"联邦七大家清除计划"，堪称有史以来最危险的中生代男人。

与李匹夫可堪一敌的兄弟仇人封余，同样是这种拥有"神力"的男人，足以动摇七大家、联邦以及帝国皇室统治的根基。但是，有生以来，他最大的"敌人"，不是七大家、联邦总统、帝国皇室，而是那万年宪章——那个真正统治和宰制着人类自由、把人当作狗一样拴上链子的"老东西"。而且，你以为他为了人类的自由而战？不——他只是为自己的"自在"而活！

只因为他自己这个人觉得不自在了，所以，他就要让这个老东西不自在！自私驱动着他一切被美化为正义和美德的行为。而且，封余把这些当作"玩具"、当作"游戏"……觉得好玩，就多玩一会儿；觉得不好玩了，就扔在角落里，抛诸脑后，再也不问不论。

从某种意义上来说，封余对于七大家、联邦政体和帝国皇室来说是"最危险的男人"——比匹夫一怒、弑血君王的李匹夫更危险——但因为自私、任性以及认定的"敌人"是万年宪章老东西，所以，反而让七大家感觉不到最直接的威胁与危险。

而且，最重要的是，封余看似是在破坏联邦和帝国制度体系设计之中"最大的规矩",但实际上,他仍然在遵守着这种人类社会统治阶层约定俗成的"游戏的规则"——

从与七大家之首的千年皇家邰家前代家主为友,到拐跑帝国皇后一不小心生了个私生女;从造词造出"乔治卡林主义"、成为联邦反叛军的精神领袖,到顺手捡了个学生、为帝国起义军培养未来的实际领袖……封余所做的"最危险的事情",其实都限定在社会统治制度与体系的表层结构之中,而没有真正动摇帝国和联邦"统治阶层"的隐性结构,更别提那种可以触碰社会发展规矩、人类发展规律和宇宙发展秩序的"第一基层(底层)结构"问题——比如,他是世界上唯一能够破解联邦万年宪章"芯片密码"的人,但是,从头到尾,他只是把它用在自己身上,求得个"自在"活法,从来没有想到把它用于"颠覆全联邦,解放全人类"的宏伟事业。

或者这样来说更为精准和合适:对于那些站于金字塔塔尖的人来说,封余是"整个宇宙最危险的男人",却是对他们自身的"统治权"最无害的人——因为,他危害的是整个制度和体系,但是,却不会去威胁这些实际统治者的人身安全。

即使拥有全宇宙统治权的人,人身安全也要先于制度安全——如果连命都没有了,你还统治个屁宇宙?

不是封余没有这个能力,而是他没有这个意愿,或者说——只动"体系"不动"人"(就像只劫财不劫命)。这个规矩,他懂的;这个游戏规则,他守的。

从这个意义上来说,军神李匹夫和机修大叔封余这对整个宇宙最强大的兄弟,才是"老一代(父辈)"真正的代表:他们都具有强大的"个人能力",可以动摇和威胁整个联邦、帝国和七大家幕后统治的根基。

但是,他们都不约而同地遵守了明暗两种不同的规矩——军神画地为牢,不动体系与制度;封余定向释放力量,不动统治者与既得利益集团。

只要在游戏规则的范畴之内,再危险的游戏,也只是游戏而已。

第六节 传承链:
从"尴尬的夹生代"到"逆袭的新人观"

在这个传承链中,两个可以用来参照和定标的关键环扣,就是七大家有史以来最传奇的两个叛逆枭雄:一个是曹秋道,一个是林半山。

曹秋道得到了封余可以动摇万年宪章统治的工具,却同样只是把它用于个人的间谍生涯。他同时继承和践行了所谓乔治卡林主义,却仍然囿于联邦政体的游戏规则。

林半山叛出家门打下自己的黑道江山,却又代表家族与许乐谈判。他和许乐之间亦友亦敌,无论是不谋而合笔杀麦德林,还是形势所逼联手灭杀李在道,林半山"一切都为了联邦,为了七大家"——他叛出了七大家,却没有叛出七大家与联邦共存共治的规矩与游戏规则;作为宪章局的隐棋,他所做的一切,还是联邦与七大家共存共治的既得利益格局。

这一点,其实比起曹秋道还有所"退化"。林半山着眼于现实的利益局势,曹秋道却着眼于未来的理想格局;比起林半山"改良"七大家与联邦共治之局,曹秋道更想"开创"没有七大家的统治联邦格局……但两个人所走的道路，仍然同在联邦宪章的光辉照耀之下，遵守着旧有的游戏规则。

这就是林半山在跟许乐谈判时，侧重于强调"规矩大于人"的原因。即使像他这样闻名于世、叛出家门、已经打下自己一片大好江山的黑道枭雄，仍然受限于七大家千年传承的家族规矩，仍然必须遵守七大家与联邦共存共治的游戏规则，仍然只能在这样的家国规矩和游戏规则之中，寻找和确立自我的意识、身份和位置。

何况许乐这样无根无基、漂如浮萍的小人物？

从曹秋道到林半山，大概代表着所有从"理想主义"退化、演变和蜕变成"现实主义"的兄长辈（中生代）们，夹在"父辈的旗帜"和"新生代的诉求"之间，成为夹心饼干或者三明治的境遇、状态和集体无意识。

因为他们背负着沉重的包袱——无论是老一代的遗产还是父辈的旗帜，其实于他们而言，都是沉重的"历史包袱"——必须负重前行，而无法像新生代敢于舍弃一切，轻装上阵。

但是许乐恰恰相反。

他不针对这种体系、制度本身——因为他自觉无力思考和审判这样宏大的事情，他针对的是"个人"——因为个人的事情，在个体层面，无论是非，有恩报恩，有怨怼怨，有仇就要报仇。

张小萌因为信仰而牺牲爱情，而且牺牲的是她和许乐自己的爱情，许乐不去评判张小萌的信仰本身正确与否（该不该），但是因为信仰牺牲爱情（做没做），他觉得是不对的。

西门瑾等狂热、激进的少壮派军人，动用军用机甲和超级特种兵谋杀皇太子邰之源和小公主钟烟花，打的是为了联邦清除七大家毒瘤"正义之师"的理念与旗号。许乐不去试图回答"联邦场内七大

第五章　代际冲突：从"迭代矛盾"到"世代战争"

家是不是应该出局"这样根本的问题，他只是直观而理性地判断为了这样一个所谓正义的目标，而采用谋杀平民、谋杀无辜民众、谋杀儿童的手段不对。邴之源和小公主，一个是他的好友，一个是他的"妹妹"。他们在不知情、不愿意、不同意的情况之下"为了联邦被牺牲"，这是不对的。

这与他们的身份无关，而是与人的基本权利有关。

相对于七大家这样的庞然大物，许乐只是一个小人物。七大家试图把这个意外闯入的洪水猛兽关进规矩的笼子里，将他驯化成一条"看家狗"。

许乐觉得自己是个"人"，是"人"就应该和七大家的家主是平等的，因为他们是而且也只是"人"而已。既然都是"人"，那就应该平等对话——即使自己是小人物，对方是大人物。如果无法对话，还要怼人，那就直接怼回去。从对话到怼人，既然七大家不好好说话，那他就只能好好出拳——既然七大家用势力跟他讲规矩，那他就用拳头跟七大家讲道理。

于是，当林斗海联合南二公子试图暗杀许乐时，许乐很彪悍地凭一个人、两个拳头、几支枪，逼着整个七大家来跟他道歉，甚至逼得林家叛门枭雄林半山出面，代表林氏家族甚至整个七大家上流阶层和统治集团，对许乐这样一个小人物硬拳头做出"千年以来第一次大让步"……

许乐威胁的是个人的生命与安全，打的是整个七大家的脸，动摇的却是七大家与联邦共存共治的规则和游戏规则——这基本上是和封余"逆"着来了。所以，这师徒二人组，其实是一种很奇妙的"传承"关系。

第七节　新个人主义：
从"我代表我自己"到"为我·们代言"

所谓光脚的不怕穿鞋的。

正因为没有这种既是传承又是重担、既有遗产又有负资产的"历史包袱",所以,新生代们才能无所顾忌,自由心证,率性而为。

就像——

萧炎"一个人"上山雪耻,报复性地要求纳兰嫣然、纳兰家族甚至整个云岚宗为"退婚事件"付出必须付出的"超级代价体系"[1];

许乐"一个人"对抗整个七大家的规矩与游戏规则,要求林斗海、林氏家庭甚至整个七大家利益集团都承担必须承担的"超级代价体系"。

这中间的思路、逻辑和结构其实是"同型异态"的:同样建基于一种根源的原型,却表达为不同形态的故事;以此结构性地制造和驱动爽点制造、爽感建构和神爽(超爽)体验的支点、杠杆原理和机制——比如,小仇大报、微侵重狙、轻辱重报,把对方虐得像狗一样渣、以此来智造和引爆爽感潮流的"虐渣—造爽"爽文技术与机制[2]。

---

[1] 参阅庄庸等主编:《爽感爆款系统:中国网络文学阅读潮流研究(第3季)》,中国青年出版社2020年版。我们在剖析天蚕土豆《斗破苍穹》时,把"超级代价体系"解读、诠释和建构为网络文学的造词、理论与方法论原型(模型)。

[2] 参阅庄庸等主编:《爽点宇宙:中国网络文学阅读潮流研究(第2季)》,中国青年出版社2020年版。我们在剖析无罪《剑王朝》等作品时,把"虐渣—造爽"解读、诠释和建构为网络文学的造词、理论与方法论原型(模型)。

第五章 代际冲突：从"迭代矛盾"到"世代战争"

最重要的是 ——"一个人！"

我代表的就是"我一个人"。

跟他人无关，跟组织无关，跟体系无关。

我就是我。

我不是我们。

我们其实是我·们。

无论是萧炎还是许乐，其实都是一种"个人化、个体化、个性化、个别化"的自我人设、意识和需求驱动，而不是代表"新生代"整体进行发言、发声！

就像 ——

萧炎从始至终，都是代表自己，而不是整个萧氏家族，进行报复性的反击；

许乐无论是怼上七大家、对决"西门瑾 — 李在道 — 帕布尔"，还是对抗整个联邦，其实都是代表他一个人 —— 他这一个人的标准，他这一个人的拳头，他这一个人所奉行的理念……而不是他们这一群人的标准，他们这一类人的标准，他们这一代人的理念。

尽管，他一个人的行动，和施清海这个志不同道却合的猪朋狗友不谋而合。甚至，他后来大多数的行为，都有七组这个小团伙作为后备支撑。

但说到底，许乐是在信奉自己的理念，践行自己的标准，以自己一个人的拳头（权杖）来审判现象和现实，而没有任何欲求或自觉，要强制让它成为其他人必须遵守，甚至把它提升和升华为放之四海而皆准的标准。

这其实是整个网络文学重要的现象、潮流和趋势之一："我"为自己一个人代言，因为我说，所以精彩 —— 而不为他人代言、为社会代言、为整个时代代言。

这才是真正符合新生代口吻(口味)、审美(消费)和价值取向(观念)的特质。

然而,奇妙的悖论在于:越是为自己一个人发言和发声,就越有可能引发一群人、一类人甚至一代人的"共鸣";越是为"我"代言,就越是可能成为"我·们"的整体画像、形象特质和价值取向的集体代言人……

就像我们解读猫腻与"中国我"时说[1]:猫腻本人或许没有任何意愿、动力(甚或是在竭力回避)成为所谓时代代言人,但我们的确认为他的系列作品"代言"了21世纪以来的时代。或者说,不是他自己选择了为时代发声,而是时代选择了他作为自己的代言人——是或不是群体代言人、社会代言人甚或时代代言人,其实跟作家的意愿无关,只跟他的作品有关。

因此,当《择天记》中王之策以"为了人类(人族)的名义",要求陈长生、徐有容等这些新生代的年轻领袖"先去死",而他们这些"老不死"因为更重要、更有能力、更需要维护人族和世界"而不能死、不愿死、不敢死"时,陈长生代表这一代、这一届、这一类、这一群年轻人,"温和而坚定"地诘问、逼问和拷问:

为什么不是你们这些"老不死"先死?

为什么不是你们这些老一代(父辈)交出时代、世界和人族的权杖?

为什么不是你们废除"让整个世界按照你们的意志运转"的

---

[1] 参阅庄庸、王秀庭著:《网络文学评论评价体系构建:从"顶层设计"到"基层创新"》,福建教育出版社2016年版。

标准?

为什么不是你们这些"已经老去却不甘心老去的曾经的年轻人"放弃自己已经陈腐、老朽、与这个时代脱节的理念和目标?……

你们已经不再年轻了啊!

这是年轻人的时代!

虽然,你们曾经年轻过。但属于你们的年轻时代已经过去了啊!

这个世界是你们的,也是我们的,但是,归根到底还是我们年轻人的!

它是不是我们年轻人的,不是你们说了算,而是我们年轻人自己说了算!

所以,说到底,这仍然是一场"权杖之争":权杖掌握在谁的手里,真理(理念)就在谁手里!

权杖掌握在老一代(父辈)的手里,整个世界就仍然按照父辈的意志运转!

权杖掌握在新生代的手里,时代、世界和整个人类的未来,就会按照年轻人的标准预设、预期和预测"未来为我而来"!

这就是两代人的世代战争!

《择天记》是猫腻第一次旗帜鲜明地描写"世代战争(从迭代矛盾到代际冲突)"的作品,亦是他系列作品之中唯一浓墨重彩地描述这种"为年轻世代代言"观念的案例。[1]

---

[1] 参阅庄庸等主编:《蚂蚁哲学:中国网络文学阅读潮流研究(第5季)》,中国青年出版社2021年版。

第八节 我·们造词论：从"我这一个年轻人"到"我·们这一代（世代／时代）人"

在我们解读、诠释和建构"大世代"迭代矛盾、代际冲突和世代战争的划分框架之中，"新生代"作为"年轻世代"的整体画像出现。

但事实上，当使用和描述"新生代"时，那些网络作家作品更多地仍然侧重于个体特性（个性化、个体化、个人化和个别化），而非"整体画像"，特别是主角 —— 更倾向于是"我为我自己代言"，而不是"我为我·们这一群人、这一类人、这一届年轻人甚或是这一代（世代和时代）人代言"。

就像从《间客》到《择天记》，虽然主角都有"我们这样的年轻人"或"我们年轻人"这样的代言场景和代表言语，但立足点仍然是"我"，而非"我们"，最多算是"我·们"。

这跟21世纪以来中国年轻世代的三大时代需求暗流有关。

第一种就是：POWER ME（为我赋能），I POWER（我就是力量）——互联网技术塑造了"我"，"我"成为衡量一切的标尺，"我"成为21世纪以来最重要的年轻世代"驱动力"——我们将其解读、诠释和建构为"我时代，我世代"。[1]

---

[1] 参阅庄庸、王秀庭著：《从"畅销书时代"到"后主题出版时代"：互联网＋出版供给侧改革战略研究》，福建教育出版社2017年版。

第五章　代际冲突：从"迭代矛盾"到"世代战争"

第二种就是：网络青年社群重组运动[1]——中国青年按照阶层、群体、世代、性别、地域等不同的标准，不停细分又重组成各种不同"类型"的网络社群，从而在"我"和"我们"之间，寻找和确立自我的意识、身份和位置。

第三种就是："社交、社群、社区和社会网络时代的中国"命运共同体运动——从虚拟到现实，各种社交部落、超缘社群、社区圈层和社会网络关系的重组运动，正在和席卷中国的社区时代治理体系现代化趋势结合起来，解构、重构和建构新的"命运共同体"，如寻找和确立"我·们"的族群认同、文化建构和治理"共同体"。

这使得从个体到群体、从划代到迭代，"新生代"这个词语，其实更像是一个大箩筐——凡是"年轻"这种菜，都可以往里面装。但其实，它里面可能包含好几个渐次迭代的年轻世代。

只不过，相对于"老一代（父辈）"和"中生代（兄长辈）"来说，它们统一被划分于"新生代"概念框架之下，以突出那种根本性的"代际冲突""迭代矛盾"甚或是"世代战争"，以忽略或省略掉年轻世代内部之间的矛盾、冲突和战争——它们之间微观、频繁和间隔期极短的"迭代"之战，其实比起上述大世代观、大历史观、大发展尺度的"世代战争"来说，一样"精彩"（惨烈）和"现实"（残酷）。

于是，我们造出一个"我·们"的新词，用来解读、诠释和建构从20世纪末以来普通中国人特别是年轻人"自我形塑、自我授权、自我界定"，但又被科技、社会、商业和文化等诸多力量强制诠释成"集体、群体和共同体"，最终双方达成一种妥协与折中、和解与共识之

---

[1] 参阅庄庸、王秀庭著：《国家网络文艺战略研究：中国文化强国新时代》，福建教育出版社2018年版。

"我·们"（既彼此疏离又连接成为整体）人设、关系和情感状态的潮流、现象和趋势。

互联网技术塑造了"我"。这种网络化的力量，与全球化和市场化的趋势相结合，使得普通中国人开始寻找和确立自我的意识、身份和位置。这使得人口周期运动中年轻世代的更迭与需求嬗变，越来越以"我"为轴心——"我时代，我世代"由此揭开时代的序幕：

从"70后"到"80后"，集体身份的表达"我们"逐渐被替代和转换成个人身份的表述"我"：因为我说，所以精彩；我同意，我准许……我同意你代表我（我们）了吗？

这带来了全民核心权益运动和个人授权时代的个人觉醒与诉求。而且，成为从"95后"至"05后"等"后喻文化新浪潮"的轴心脉络：分权、平权和确权，越来越以"我有权……所以我有利"为支点和杠杆。

但与此同时：大到网络化、全球化和市场化所带来的"网络社会崛起"，导致每一个人必须让渡、委托—代理自己的权益给这种网络权利集合器，方能获得便利和福利——如你必须出让自己的数据、信息和个人隐私权给"云计算"，你才能获得相应的支付便捷、福利回报和安全保障；小到商业化、消费化和资本化中的"一次性快速消费行为"，必须彻底放弃个人化、个体化和个性化的"个"权益和"私"身份（亦即"我"），才能被统计进所谓拼多多、剁手族、云养生等族群之中（亦即我们）。

于是，在两者之间，就出现了现在成为主流和潮流的自我与网络认同现象：我们在不同社交场景、趣缘社群、社区圈层和社会网络关系的细分与重组运动之中，寻找自我的意识、族群的认同和文化的建构。也就是说，每一个信息孤岛、精神原子和离子分散运动式的孤独之"我",在不同的社交、社群、社区和社会"虚拟—现实交互"连接网络之中,建构起一种"我·们"的新网络社会关系。

在个人主义的"我"和集体主义的"我们"之间,"我·们"既被连接成一种社交、社群、社区和社会网络关系,又被区隔成一种自我属性——近年来流行的从"做人时代"到"做人设时代"、从"社会身份"到"多重马甲人设"、从"全民CP(配对)"到"虚拟人设、关系和情感经济",均跟这种"我们—我—我·们"的演化脉动有关。[1]

---

[1] 参阅庄庸、王秀庭著:《从"畅销书时代"到"后主题出版时代":互联网+出版"供给侧改革"战略研究》,互联网+新文艺丛书,福建教育出版社2017年版。

第六章

三"代"人之危：
从"身份认同"到"价值冲突"

作品是时代的产物。

这种"我—我们—我·们"的时代形塑运动,造就了猫腻系列作品中——特别是从《间客》到《择天记》——不同世代的"自我意识、身份认同和时代位置感",亦即在迭代矛盾、代际冲突甚或世代战争之中,寻找和确立"老一代(父辈)—中生代(兄长辈)—新生代(我·们年轻人)"等小世代于大时代之中的自我意识、族群(身份)认同和集体(时代位置)归属感。

在《间客》之中,这种"世代战争"的代际划分与冲突层级结构还不是非常明晰,或者说比较隐性,比如"中生代"这样的词就从来没有出现过。

但《择天记》非常明确地提出了"中生代"的说法。比如:王破、肖张、荀梅等都是属于人族修行强者的中生代。

相比"老一代"星光璀璨、群星闪耀,"新生代"像一片盛开的花海,《择天记》的"中生代"就像是两个大年之间的小年,有些寒酸,却仍然像大石压不倒、疾风吹不断的野草一样倔强。

但是,奇妙的是,《间客》中的"西门瑾—李在道—帕布尔"因为特殊的理念、原则和逻辑,形成了一个事实上极其强悍的"热血少壮派、冷血军政府、强势总统"之中生代。

《间客》中强悍的中生代和《择天记》中强大的老一代,形成鲜明的"珠联璧合"效应,因为他们共同拥有一种特别彪悍和强大的"标准":为了××(联邦/帝国、人族或者人类联盟)的利益,请你去死(被牺牲)!

请陈长生为了京都的"大和解"去死,请施清海为了联邦的大和解去死!

请徐有容为了大周和人族的整体利益去死,请皇太子邙之源和小公主钟烟花这两个七大家的继承人,为了联邦和联邦公民的集体意志与整体利益去死!

请王破为了商行舟领导人族总攻魔族的大义和大局去死,请许乐和七组为了帕布尔总统三一精英军事政治集团领导总攻帝国的大义和大局去死!

……

值得注意的是,这不是个人对个人的请求,而是集体对集体、群体对群体、阶层对阶层的强制性要求!

特别是——一代人对另外一代人或数代人的强迫性、强压性诉求!

在《间客》之中,这是"中生代"对"老一代"和"新生代"的时代强制性要求。

而在《择天记》之中,则是"老一代"对"中生代"和"新生代"的世代强制性诉求。

两者又有所交叉、杂糅和混合,就从"世代"走向"时代":

我们三代人,是三个不同的"小世代",更属于不同的"大时代"!

从"小世代"走向"大时代",谁能成为这一"代"(世代/时代)的代言人,谁就能成就真正的"爆款"(时代潮流引爆点)!

第六章　三"代"人之危：从"身份认同"到"价值冲突"

第一节　父辈的时代：
从"强者璀璨"到"战争思维"

老一代（父辈）英雄辈出、群星璀璨，却众星托月，围绕着"太阳"旋转。尽管每一个人都极富个性和人格魅力，用我们的话说，就是"领袖力、领导力、领秀力"金三力皆备，但是领导力和领秀力略逊一筹，处于重要辅助地位，如双翼、双轮和双核驱动一样，围绕领袖力这个支点和轴心旋转。

因此，老一代（父辈）虽然"个人能力"都极强甚或超强，但仍然像地球和其他行星那样围绕着某一个中心、组织或理念旋转——他们都自觉地把自己归属于某一个"集体"，时时刻刻，陈述和表达的都是"我们"，而不是"我"。

即使是"我"个人的声音和意志，也要变成团队、族群和集体"所有人整齐划一"的"我们的反应、抉择和行动……"。

在《间客》之中，这一点还不明显。因为"老一代（父辈）"的声音和意志，都还比较分散——但无论这背后的利益诉求如何，还是遵循着相同的逻辑和模式，如：为了联邦的利益，为了七大世家的规矩，为了帝国皇室的意志……所有个人的利益、意志和自由选择等诉求，都被淹没于这个"集体"的规定、规矩和规则之中：要么是遵守这种游戏规则成为"自己人"，要么就是对抗这种规矩、规定、规则成为"异己"。

前者如帝国的种子麦德林，为了帝国的荣耀和使命，接续那些前赴后继、牺牲自我的皇室成员。后者如大叔封余,不想在联邦宪章之下活得像戴了链子的"自由狗",也不想在帝国等级森严的金字塔垂直统治结构之中,做一个戴着效忠镣铐的"人上人"。

到了《择天记》之中,这一点就很明显了。

老一代(父辈)一个个都光彩绝伦:有星空之下最强者周独夫,有雄才大略的周太宗,有霸力无双的陈玄霸,还有魔君、商行舟、黑袍、王之策、天海圣后、教宗陛下、神圣领域八方风雨强者等,其实都是那个时代的人,都是老一辈、上一辈、那一代的人。

无论活着的,还是死去的,都一个个像太阳似的。

天上不是只有一个太阳,而是"十日共存"。那些群星璀璨的强者群英谱,都围绕着日月像星辰一样旋转 —— 为何他们仍然"同在一个天空"?

因为,他们奠定了这个世界体系:人族、妖族和魔族、异界异族的千年战争,皇权与神权之争,皇位传承的家国天下之争……一言以蔽之,他们奠定了"战争"的思维模式、价值观念、利益诉求和世界体系 —— 人族联合妖族PK魔族和异族入侵者,才是人族与人类联盟世界的核心和整体利益。

也就是说:老一代人的集体思维和模式,就是"战争世界观"——

这个世界观设定集仍然是"人族、妖族和魔族与异族战争"的架构,亦即:人族、妖族与魔族和异族的战争,是核心的框架和主要矛盾。

所有事件、事情和事实考量的唯一依据就是"族群(如人族)生活、生存和发展"的整体利益……人族战胜魔族,抵抗异族,代表着人族根本、整体和核心的利益!

为了人族的利益,牺牲什么都可以 —— 亲情、爱情、兄弟情……

第六章 三"代"人之危：从"身份认同"到"价值冲突"

就像千年之前，周独夫尽管也诛杀了人族的许多强者，但是，由于他对抗魔君、魔将甚或是削弱魔族整体实力，仍然功大于过，能给人族带来比损失更大的**整体利益**，所以，他仍然被公认为"星空之下的人类最强者"，亦即：人族仍然认为、认可和认同他是"人类"的自己人，而且为其是"星空之下最强的人类"而倍感骄傲和自豪——虽然，这跟那些骄傲而自豪的人，没有半毛钱的关系。

《间客》中那一句权益矛盾、理念分歧、诉求冲突的"为了联邦的利益"的口号，看似统一实则内部分散为三股相互冲突的核心力量（七大世家、军神李匹夫和联邦体制管理者）：为了联邦，是为了七大家的联邦，还是修行强者的联邦，抑或打着庶民旗号的新贵阶层的联邦？

但《择天记》之中"为了人族整体的利益"，显然是理念凝聚有实体、利益诉求汇聚在一起，有着十分明确而具体的"统一"标准和尺子：

一切都可以用"为了人族整体的利益"这个统一而明确的大标准，来进行衡量、测算和量化。人族内部所有的理念分歧、矛盾冲突和利益诉求，都因为这个大标准和大标尺，而极易分出是非、对错、善恶……

或者，相反，不问是非、对错、善恶，只问愿不愿、能不能、肯不肯为"为了人族的整体利益"这个终极理念、标准和目标，而达成妥协与和解、共识与公约数。

老一代（父辈）就是用它来解决人族内部的矛盾与冲突的。即使越过了这个预设的框架，也是因为大家对"何为人族整体利益"的定义、内涵和外延认识有差异。

第二节　统一的意志：
从"外部战争"到"内部冲突"

为了人族的整体利益，人族可以超越"修行强者"的格局之争：因为周独夫在人族和魔族战争之中的所作所为符合人族整体利益，所以，人族领袖者们可以包容他诛灭了无数人族强者、给人族整体实力带来损害的自残行为。

但同样也是因为周独夫"人魔不分"，伤敌一千、损己八百（诛杀了魔族强者一千个，就会毁灭人族强者八百人），到最后已经严重影响到人族的整体利益，所以，人族最强的几个领袖才会联手"伏杀"周独夫……这也制造了千年以降人族最大的一个阴谋家敌人"黑袍"。

同样，大周王朝皇位滴血更迭，也是因为"为了人族的整体利益"，而得到接受与认可的：太宗皇帝弑兄杀弟、圈禁父皇、诛杀功臣，极其血腥与残酷，违背人伦规则，但何以最终仍被集体接受与原谅，甚或是公认为有史以来最伟大的皇帝之一？就是因为"老一代（父辈）"集体认为：他更能带领人族战胜魔族！

当然，这种所谓"集体认为"，不过是太宗皇帝取得胜利之后，他的追随者如商行舟们掌握了历史书写的话语权后造成的认同感而已。

被太宗皇帝灭掉的人，如果没有继承者重新夺回这种话语权，如何能重新定义这种"认同的标准"？！

第六章 三"代"人之危：从"身份认同"到"价值冲突"

同样道理，天海圣后之所以能代太宗而继位，很大程度上就是由于商行舟和教宗陛下这对惊艳绝伦的师兄弟——这让我们又联想到《间客》之中那对"相忘于江湖，相思于天涯"的兄弟李匹夫与封余，以及《大道朝天》中同样惊艳绝伦却"道不同，不相为谋"的师兄弟井九（景阳真人）和阴三（太平真人）——联手支持。

而他们支撑天海圣后成为"有史以来人族第一个女皇帝"的缘由，同样也是"为了人族的整体利益"：天海圣后继位，可以快速消弭人族的内部分歧；然后，统一朝政、南北和整个大陆，对抗魔族与异族——安内，方可攘外。

商行舟和教宗陛下师兄弟反目，并与天海圣后发生决裂，明里看来是天海圣后不肯践约、把皇位归还于陈氏皇族，究其根本，却是两方、两人对"什么是人族的整体利益"产生了分歧：

商行舟认为人族对魔族的终极反攻是"最大的事儿"——这是太宗皇帝的遗愿。商行舟要完成太宗皇帝的遗愿，就必须保证皇位归还于陈氏后族，所谓"名正言顺"。

天海圣后却一直警惕圣光大陆才是"最大的威胁"——

面对这种相当于三体入侵的异界战争威胁，人族和魔族之战只能算是一件不大不小的事儿。何况，大周王座陈氏皇位这种"铁王座"，不是有德者坐之，而是——有力者坐之！

这种"有力"既包括能力，亦包括眼力。毫无疑问，天海圣后认为自己才是那个唯一的有力者——商行舟的眼皮子浅了些，只盯着当下这片大陆！

何况商行舟坚持要归还皇位于那些陈氏皇族的尿包们！比如，相王？

但正如上面所说，他们无论内部如何理念分歧、利益纷争、标准分化,都统一于"为了人类(人族)的整体利益"这个大理念、大目标和大标准的架构设计之内。

因此,老一代(父辈)不但解决了千年前人魔战争中人族内部"流血的冲突"。千年以降,仍然让这个世界按照老一辈的意志进行运转——亦即整个世界仍然是按照他们创建的理念、体系和机制进行管理的。

第三节　名与利:以××的名义,请你去死吧

直到现在,存活于世的"老一代(父辈)"标志性人物,仍然会按照这种传统、法统和正统的理念、目标和标准,要求中生代(兄长辈)和新生代,一切"为了人类(人族)的利益",包括优先牺牲你自己!

这亦是从商行舟到王之策坚守至今的"统一意志"思维、理念和原则。

从商行舟到王之策,这些"老一代"的人族领袖,总是要请他人让路、让别人牺牲、请别人去死。比如:

为了道尊商行舟"言出必诺"的威信,必须要请王破去死;

只有王破去死,才能践行对神圣强者朱洛的承诺;

只有践行了对神圣强者的承诺,才能维护神圣领域的强者团结;

维护神圣领域强者的团结,把一切神圣强者团结起来,才能对抗魔族——牺牲一个只有成长预期性的未来强者,比失信于朱洛这个现实神圣强者,更符合大周对抗魔族的核心利益。

就算朱洛已经因为挑战天海圣后身死,但是,道尊商行舟和

第六章 三"代"人之危:从"身份认同"到"价值冲突"

十七路反王等共同答应了他"让王家永世不得翻身"的要求,因此,即使王破破境入神圣,也必须去死——

因为王破死,才能践行对朱洛的承诺;

践行了对朱洛的承诺,才能让反妖后阵营看到维护同盟者利益的坚决;

维护同盟者的利益,就是在维护道尊商行舟的权威;

维护了商行舟的权威,才能保证他能带领队伍对魔族发动总攻击;

只有对魔族发动总攻击,才符合大周和人族整体的核心利益;

为了大周、人族甚至整个人类联盟的利益,就必须拥护商行舟,因为只有他才是领导人族反攻倒算魔族总动员的最强领导者。

事情绕了一圈,又回到了逻辑起点:为了××的利益,请王破去死,请徐有容退步,请陈长生牺牲!

为了××的利益,请你去死(被牺牲)!

"请"只是一种委婉的说法。

我并不是在征求你的意见。

我并不是在请求你配合。

我只是在强制性阐释我们的要求!

你遵守也得遵守,你不想遵守也得遵守。

你若是遵守,那就自行动手,体面地退去、死去或者把自己牺牲掉,也不至于污了我的名、脏了我的手!

你也有可能获得一种"顾全大局"的名义和嘉奖!

大家都体面了。

如果你冥顽不化、拒不执行,非得逼我亲自动手,那我保证——

你会死得很难看!

你死后会更难看!

不仅仅是尸骨无存,而且会遗臭万年!

名声臭了,你在人世间,就连最后一丁点"虚"的东西,都留不住了——你说,你来这世上一遭,还有什么价值和意义?!

一个不顾大局、违背大义、损害大周(联邦/帝国)、人族和人类世界整体利益的人,怎么会不遗臭万年,千秋万代为人唾弃?

雁过留声,人过留名!

为了人世间这仅存的一丁点名声,请你去死吧!

"以××的名义",请你去死吧!

事实上,商行舟要求"中生代第一强者"王破为筹备了千年的人族与魔族终极一战,牺牲掉自己——

不仅仅是一笔勾销此前王破被夷族毁宗,破家灭门的旧账;也是当下不许王破家族中兴、槐院势力崛起;更是为了未来要王破去死,让王家永无翻身出头之日!

哪怕王破是中生代中最有希望突破神圣领域、并赶超前辈强者、肩负人族未来希望的人,但商行舟集团仍是会基于"既得利益"的现实考量,坚持王破必然去死——

大义所在,"为了人类(人族)的整体利益";

利益所驱,"为了商行舟既得利益集团"。

两者成为矛盾对立统一体——

追随商行舟集团的神圣领域强者八方风雨之朱洛,最后一搏留下了"王破死、王家永不得翻身"的要求;商行舟代表太宗遗愿、十七路反王集体意志和其他所有联盟,答应了这个请求。因此,无论王破再是人族未来的希望,基于现实的考量,商行舟既得利益集团也会让他去死。否则,没有践行对朱洛的神圣之诺,队伍散了,不好带了,如何带领人族对魔族的终极反攻之战?

瞧！逻辑很彪悍，理由很强大——虽然，很荒诞。

就像《间客》中郗夫人要求帕布尔（中生代）尊重联邦的传统，七大家（老一代）要求许乐（新生代）遵守圈子的规矩，甚或是李匹夫威慑这所有的世代——从老一代、中生代到新生代——都必须遵守联邦宪章的传统、正统和法统，全都是一种大理念、大标准和大目标：为了联邦的利益！

正是这种从"为了联邦（帝国）的利益"到"为了人类（人族）的整体利益"的大理念、大标准和大目标，赋予老一代（父辈）天然合法而无比强大的传统性、正统性和法统性，成为后代必须继续、接续和传承的"帝国/联邦的遗产"和"父辈的旗帜"，并且化为一把无比彪悍的标尺，可以将所有人置于评判、裁判和审判的"大审判链"之中。

第四节 三层祭台：
从"祭神如神在"到"献祭正义的牺牲品"

但问题在于：

这种"为了联邦（帝国）的利益""为了人类（人族）的整体利益"等"为了……"造词运动的大理念、大标准和大目标，演变成"我代表××审判你""为了××请你先死"等审判官、大审判链、"第三方大众专职（专业/业余）评审团"宰制等"定标（标准）运动"，并直接指向"我××你"的主体—对象等施动者和承受者的关系与结果时，就会发生"人—权杖—理念"标准金字塔原型（模型）的

"社会现实性量变、质变甚或畸变"——这二者其实是同源异流、同型异态的表达和模型,一切都可以置换成"为了××,我××你"的网络文学造词、理论与方法论模型(模型)。

从"七大家"到"商行舟",不同的既得利益集团,在不同的场景、界域和维度之中,采用并开展这种"为了××,我××你"的造词、定标和审判运动时,同样造成这种理念、标准和目标的不同演变:量变,质变,甚或畸变。

我们将它解读、诠释和建构成垂直变化的"三层祭台"结构——为何说是"祭"?那看似无比正确的理念、目标和标准(为了联邦的利益、为了社会的正义、为了人族的希望、为了人类的未来……),其实就像祭给神明的猪头肉,是祭祖告神最好的摆设。每个人把它当作"尚方宝剑"(真理的权杖),一剑(权杖)在手,权力、真理和标准就有,其他所有人不过是等待这把剑(权杖)审判的对象而已:见神杀神,见鬼诛鬼,见人就铡下你的"猪头"!

"祭"出真理之权杖和"祭"出尚方宝剑、"祭"上你的"猪头",其实在本质上没什么区别,不过是这三层祭台上不同的"祭祀之物"而已。

第一层:那种"为了××"的造词运动所代表的理念、标准和尺度,或许"真的现实存在",或许只是一种"理想化"和"理念化"的造词。

但它的确命名、言说和描述(呈现)大家似乎都能认识和认同的价值观念:为了联邦(帝国)的利益,为了人类(人族)的整体利益,为了社会(人间)的正义,为了宇宙(世界)的真理(道理)……所有这些美好的"造词",都在描述一种希望所有人都能达致共识和认同、理解和接受的理念、标准和目标。

第六章 三"代"人之危:从"身份认同"到"价值冲突"

从《间客》中的军神李匹夫到《择天记》中的王之策,他们或许就是坚信、奉行并捍卫这些"大标准"的人。

换句话说,他们祭祀这种真理如祭神。他们就是神明在人间的真正代言人。

第二层:那种存在论与本体论层面的"理念",因为不同的"认识论",就会带来不同的"标准差异"——而且很难说谁对谁错、谁善谁恶。只是大家所站的高度、立场和诉求不一样,建构的标准就不一样。

商行舟、天海圣后和王之策的理念都是建基于"为了人类(人族)的整体利益",而且都是在"战争思维"的格局框架之下思考和建构的。但是,三人的理念还是有层级和维度上的差别。

商行舟在种族战争(人族和魔族战争)的格局框架之下思考人类(人族)的整体利益,因此他的标准就是名分要正(还皇位于陈氏)、顺心意(以陈长生为诱饵设陷坑天海圣后,却在自己心中挖了坑)、人族要有一个强大的领导者(就是他自己)。以此为标准,他可以牺牲自己的徒弟,与师兄决裂并反抗天海圣后,并强制王破等中生代天才"为了人族的利益优先去死"。

天海圣后却更多的是在"异族战争"(人族和圣光神族)的格局框架之下思考人类(人族)的整体利益,因此她特别警惕陈氏遗族归来会成为圣光大陆的先遣队。她之所以没有把皇位还于陈氏或是传于天海家,是考虑到:两家没有强大的准领袖,都会造成王朝的撕裂,都会造成大周的动荡……而一个强大、统一和铁血皇帝统领的大周王朝,才是对抗异族入侵的根基。

所以,在天海圣后的统治和奠基之下,南北合流才会成为趋势,大周王朝"社会大和解"才会成为主流——各新旧利益集团"内部板块撕裂",需要"更大的外部利益"来整合成"对外铁板一块"。

这跟商行舟最大的区别是：商行舟是攘外先安内，并且以传统既得利益集团，打压新生利益势力；而天海圣后却对外"警惕"对内不"攘"，任由各种利益集团纷争，而且，更多地压制传统利益集团（如陈氏皇族和那些老不死的），而容忍新生利益势力野蛮生长——如果没有这种纵容默许，中生代的第一代言人王破很难熬过漫长的黑夜，迎来像朝阳一样的新生。

但相对于他们两位而言，老一代（父辈）的人族利益最佳代言人王之策站位更高。他扼守人族和异族唯一的时空隧道，防止的，并不仅仅是异族入侵人族，亦是人族野心膨胀之后入侵异族——因为那是一个双向通道，战争亦是一种有来有往的残酷行为艺术：一个巴掌是拍不响的！

即使只是打了人家一下，也得防着别人来打。单方向的挑衅，就可能演变成互殴，然后升级为群殴，最后就演变成战争。而任何一种战争，带来的不仅仅是入侵与反入侵的问题，也不仅仅是灾难与瘟疫的问题，而可能是去国灭族的问题：种族灭绝，家园成为废土。

从某种意义上来说，商行舟和天海圣后考虑的，还是"人族的领导权和统治权问题"——无论是领导魔族，还是统治异族——只要保证人族在战争之中获胜，并获得对其他种族金字塔尖的领导权与统治权，就能符合人族（人类）最大的利益。

但是，王之策考量的，却可能是"人族的种族生存权和发展权问题"——如果异族入侵，灭族去国，人类作为一个种族都不存在了，还谈什么领导权和统治权？连数千年的文明，都可能就此灭绝于世。

至于异族会不会也担心人族入侵，导致族灭土废，王之策提出了这个可能性，留待陈长生穿越圣光大陆，去认识、了解陌生的"星际文明",确定是战还是和。

无论如何,相对于这种有"去国灭族毁灭文明"可能性的星球文明大战,人族与魔族之间争夺统治权的种族大战,以及人族与异族之间星际争霸权之战,其实都是小菜一碟的事情——为了文明的存续和传承,所有人都可以牺牲。

因此,王之策觉得天海圣后可死,王破应该死,陈长生也要有自觉去死的觉悟和精神——只是商行舟和他自己"死不得"。因为他们更重要、更有能力、更要为"人类(人族)的整体利益"负责——如果商行舟死了,人类乱了起来,别说异族入侵,甚至在魔族进攻之前,人类自己就把自己毁灭了。如果王之策自己死了,那谁来扼守那个圣光大陆双向穿越的时空隧道,一夫当关、万夫莫开,抵挡那圣光天使军团,确保人类不会被像三体文明一样的高维物种与文明灭族去国?

这听起来一片"公心",是不是?的确是!但谁又能否认这片"公心",仍然基于"私心"之上?

谁又能否认商行舟就是一个"不许他人忤逆自己意志"的偏执狂?

谁又能否认天海圣后其实也是一个"恋栈权位、权杖和权柄"的人?

即使王之策这么一片冰心在玉壶,又是否能否认在周独夫之死、人魔之战以及扼杀圣光大陆穿越时空隧道之中,那一种"利己主义"?

再高尚的理念、目标和标准,其实都是建立在理性自利的原则之上,亦即所谓"自私成就美德""利己驱动利他""利己主义亦可建构人类整体观念"。

只不过,不是每一个人都能像王之策这样。就连商行舟和天海圣后也不行。

这就带来了第三层:利己·标准金字塔问题。每个人都在解构、重构和建构最有利于自己的标准。甚至包括我们所解读、诠释和建构的"己标":我就是标准;人人都是标准;每个人都把一己之私标,当作公共标准,去衡量、审判和裁决他人。

所谓"公心",最后真正的驱动力却是这种"利己主义"的标准,亦即我们所谓"己标"。

第五节　世代的反击:
从"沉默的中生代"到"锋锐的新生代"

这种"老一代"以己标驱动公心的强悍意志,遇到了"沉默的中生代"与"锋锐的新生代"强有力的反击。

从陈长生到徐有容,《择天记》中这些年轻的新生代,不但把事情"做"出来了,还把"道理"说出来了——不仅用拳头反击,还用道理反击。

陈长生说:为了大周/人族/人类的利益,为什么你们不先死?——他说得很平和,并没有刻薄之意。

徐有容做:为了大周/人族/人类的正义,为什么不是你们退?——她做得很犀利,怼人怼话怼得都很坚决。

为了大周、人族甚至整个人类世界的利益和正义,请你们这些"老不死"的先死!

与群星璀璨的老一代强者们对峙,这些如野花盛开的年轻世代,的确锐气十足,锋芒毕露,很有底气。

在《择天记》中,老一代群星璀璨、日月旋转,"新生代"同样是野

第六章 三"代"人之危：从"身份认同"到"价值冲突"

花盛开,星星点点,渐成燎原之势：

有天下最强金三角的真人陈长生、真凤徐有容、真龙秋山君,有离山剑宗"门缝里吹喇叭、名声在外"的神国七律,有无比风骚的大周第一"富二代"唐三十六,有青云榜上常居客的落落殿下、狼崽子折袖、大名关白……

猫腻在《择天记》之中,不止一次"跳出来"感叹道：这是野花盛开的时代！这是年轻人在山崖草原像野花一样怒放的年代！这是一个修行强者又一次野蛮生长渐成花海的大年啊！

于是,这就形成了一个"V"形或"U"形结构——

千年之间,老一代的强者如星空之中的群星璀璨；

千年之后,新生代的年轻天才如野花一样,怒放成花海。

两者可以比肩而立,遥相呼应,互为映衬……

于是,就把那从老一代到新生代中间过渡的中生代,衬托得黯然失色——他们就是"沉默的大多数"啊！

他们何曾像上下这两代人"批量生产""整体崛起""吸睛吸金",吸引了所有的注意力、资源、资金 / 资产和资本投资？

除了离山小师叔苏离——

他虽然辈分奇高,但也没有高到跟老一辈齐平的代际线上去；

他虽然无比璀璨,却像秀木一样不成林,而且从木秀于林至秀木于林,不停遇到所谓"出色贬损"；[1]

他一个人像北斗星一样剑撑天下,却并没有像周独夫一样开创星空最强时代,更无法带动整个"中生代"批量崛起,以群体发出"最

---

[1] 参阅庄庸等主编：《文运迷楼说：中国网络文学阅读潮流研究（第 4 季）》,中国青年出版社 2020 年版。

强的怒吼声"。

说到底,苏离就是一个人,中生代就是一个个个体。他们都可以归纳于中生代这个"人设集合"之中,却都不能、不会也不愿代表"中生代"这整整一代发言、发声和发剑。

苏离不会,王破亦不会,十分嚣张的肖张更不会!

但是,非常奇妙的是,他们又殊途同归、不约而同、异曲同工地代表着"中生代"不同于上一代亦不同于下一代的"这一代人"之集体思维与整体利益诉求。

特别是"中生代第一强者"王破,被代表、被代言、被代替整个中生代发声——因此,也成为老一代以"战争思维"降维打击的中生代第一人。

在《择天记》之中,老一代经历了血与火的洗礼,一生都在战争之中,并以战止战,奠定了人族和魔族的千年"和平"。

中生代却是在"后战争"或者"冷战"世界和思维之下成长起来的,形成了迥异于老一代或上一辈的思维模式、成长特点和人生目标。

比如荀梅、肖张这两个性格特点截然相反的人,一生都以赶超王破为终极目标。所谓人族大业、国仇家恨、师门恩怨……都比不过这种"个人成长"的目标。

特别是,肖张在王破和陈长生联手杀周通事件之中,原本是道尊商行舟新朝斩杀王破的备用棋子。但是,在王破意外破境,反超击杀神圣领域强者八方风雨铁树之后,因受重伤陷入朝廷围杀必杀之局时,替他挡住这致命一击的,就是肖张的"反戈一击"!

肖张这事到临头才做出的选择,无关乎正义!

我们代入陈长生和王破的"正义联盟",觉得他们代表正义审判周通有罪该死；那些准备围杀他们的强者，无论是八方风雨的神圣强者，还是汶水唐家的供奉"雇佣超人"，均是非正义一方。

这也无关乎大局、大势、大义！

为了所谓京都大和解、南北大和解、人族大和解的大局，营造"一切人族强者和势力团结起来"，筹备"人族对魔族终极一战总反攻"的大好局势，所以，像王破、陈长生、唐三十六这样影响布局的不安定分子，必须清除：要么死，要么出局——这是"老一代"的战争执念。

第六节　继承权之争：以"大义之名"侵犯"人类的利益"

讽刺的是，这种在人族大义大局和大利益格局之下的捍卫人类利益战争（如"继承权之争"），却采用了"勾结魔族违反人族大义"的手段。

就像唐家老爷子亦是那个年代过来的人，他看起来最为疼爱自己的孙子唐三十六。但为了这种所谓人族大和解、大反攻的大利益，也毫不容情地起用唐家中生代唐二爷，配合商行舟围诛、围剿陈长生的羽翼，把自己所谓最疼爱的孙子唐三十六拘回、软禁，甚或有可能任由唐二爷"慢性毒杀"——就像唐二爷"慢性毒杀"唐家长房长兄亦即唐三十六的父亲一样，只为了"争夺唐家继承权"。

从"继承权之争"到"勾结魔族之手"，这赤裸裸地啪啪打了从唐老爷子到商行舟这些"老一代"所谓大义、大局和人族大利益之脸——

商行舟与天海圣后终极 PK，替所谓陈氏皇族、替自己的大徒弟余人争夺"大周皇位继承权"，和唐家二爷 PK 长房长孙，争夺汶水唐家的"大家族家主继承权"，从本质上没有什么区别。所谓家天下，有家方有天下——家族继承权之争，皇家继承权之夺，首先都是"家"继承权之争夺。

皇家是天下第一家，即所谓"天家"；唐家是在陈氏一家登上皇位之前就已然存在的千年世家——天下是一家之天下，天下也是世家之天下。

唐二爷这个千年世家家族中生代为了争夺家族继承权，不惜勾结魔族，毒害自家长兄；商行舟与天海圣后夺取天家/皇家继承权，不惜与圣光大陆异族、陈氏遗族"勾结"，把陈长生设计成"美味毒果"……

这其实从更高维度或更深层面损害着人族的根本利益：圣光异族是比魔族更可怕、更能给人族带来毁灭性打击的异界种族。商行舟只是盯着"人族反攻或总攻魔族"的终极利益战，而没有设想或更多地预防这种异界异大陆异族入侵的更大危害性，要么就是他的眼光和格局像天海圣后点评的那样"过于狭隘"，只盯着这个大陆人族和魔族那点儿事，要么就是他相当自信甚或自大，算计到了这种局面，做了预防，而且相当自信可以预防这种最坏的局面发生。

直到人族总攻魔族，商行舟在进入雪老城那一刻安然死去之后，所发生的事件证明：商行舟确实并没有太有系统性、全局性和前瞻性的眼光，去预料和采取措施预防异界异族入侵的可能性、现实性和危害性——从他与圣光异族、陈氏遗族"勾结"，把陈长生设置成美味毒果，与天海圣后展开长达数十年的"天家继承权"之争开

第六章 三"代"人之危：从"身份认同"到"价值冲突"

始，他就在所谓"人族反攻魔族"的大义、大局和大利益之中，埋下了"异族入侵人族"的大势、趋势和形势之恶果。

因此，无论唐老爷子如何理直气壮，像"养蛊之局"一样，十虫九死，最后那一只就成为吸百毒而生的虫王，成为所谓"狼性继承人"，带领"狼性（血性）家族"，反攻倒算魔族，以符合所谓家族核心利益、人族整体利益、人类联盟公共利益——而且，唐老爷子最后捐出唐家一半的财产，用于人类反攻和总攻魔族，并亲临现场，要亲眼看到人族攻入雪老城那光芒照四方的时刻，看起来他以大局为重、以大义为名、以人族大利益为第一优先原则，确实是真的——也仍然掩盖不了他"装聋作哑""掩耳盗铃"，眼看着甚或是默许唐家二爷为了继承权之争，竟然"勾结魔族"，毒害族兄、族人甚或损害整个人族的利益。

同理，无论商行舟如何以人族反攻和总攻魔族的大义、大局、大利益为标尺，与天海圣后争皇权，与陈长生争教权，与徐有容等各种反商联盟争人族与人类联盟主导权，仍然回避不了他是错的——从设计陈长生为美味毒果开始就是"错"的！

错在勾结异族，为异族提供降维打击的穿越时空坐标，使人族在魔族战争之后，迎来异族入侵，面临"灭族绝境"或"末日世界"。

这是比人族和魔族之战只是局部利益受损更为严重、残酷和现实的"整体利益灭绝战"！

这还是按照从天海圣后到王之策、从唐老爷子到商行舟等"老一代"的战争观念来审判与衡量的：他们的确更为关注"人族整体利益"或"人类联盟公共利益"。比起个人的生死和存亡，他们更为关注人族这个种族全体性的生存与发展。因此，一切危害人族生存和发展的势力，就是他们对抗的敌人，亦即所谓"人族的天敌"。

只不过，他们对所谓"人族天敌"和"生存和发展战争"有着不同的理解：

从天海圣后到王之策，他们更为警惕圣光异族入侵。所以在终极一战之中，天海圣后才会更为关注那个来自异大陆的陈氏皇僧，王之策才会终身守在异族有可能入侵的时光通道终端。

而从唐老爷子到商行舟，更为重视魔族与人族的战争，才会更为重视人族的南北合流、人妖联盟的巩固，以及从家族继承权到皇位归属的法统性——所谓攘外必先安内：人族"内战"，均必须服务于所谓"外战"。

但是，如果按照陈长生等"新生代"的观念来看，从唐老爷子到商行舟，甚至从天海圣后到王之策……这些"老一代"根本之错，并不在于这种人族的大义、大局、大势和大利益等所谓"名义"有无对错，而是他们把它作为一把标尺，衡量、审判甚至裁决"他人"（而不是自身）的名实之错。

他们并不去衡量自身"有名无实"，举着维护家族天下核心利益、人族整体利益和人类联盟公共利益的大旗，却在根本上损害和动摇着其生存与发展的根基，比如：

谁来审判唐老爷子对唐二爷"勾结魔族毒害族兄、族人甚或人族"的睁眼瞎行为？

谁又来裁决商行舟把陈长生设计成美味毒果，却为异界入侵打开方便之门，危害人族生存和发展利益的恶行？

第六章 三"代"人之危：从"身份认同"到"价值冲突"

第七节　生存鄙视链：
凭什么,你能裁决他人先死?

　　以大义、大局、大势、大利益之"名",却行着可能带来损害大义、破坏大局、伤害大势、损害大利益之"实",有名无实、以实害名、名实不符!

　　然而,他们却以之为准绳"审判他人",自己超然其上:

　　你陈长生破坏了商行舟为反攻和总攻魔族营造出大和解的大局与大势；你唐三十六损害了汶水唐家维护人族大团结、反攻和总攻魔族大利益的大义与大利；陈长生和唐三十六,你们两个人成了"天下第一家"的皇家杂音（商行舟特别担心和警惕陈长生对余人师兄皇帝的影响力）和"千年第一世家"的唐家杂草（唐老爷子特别担心唐三十六长成一棵破坏家族秩序的杂草）……因此,我们以家族（家天下王朝）核心利益、人族整体利益和人类联盟公共利益为标尺,审判你们俩不顾大局、有损整体利益!

　　最根本的是,他们以此整体利益为"名义",裁决他人个人之"生死":

　　为了人族的总攻大局和整体利益,请你（陈长生）去死!

　　为了大周王朝的和解大局与联盟公共利益,请你（徐有容）去死!

　　为了天家（皇家）的传承大局与核心利益,请你（余人）去死!

　　为了唐家的千年大局和家族利益,请你（唐三十六）去死!……

　　但是——凭什么啊?

　　你有什么权力,以大义为名,以大利为分,衡量他人的是非、对错甚或生死?

这是"有无权力"的合法性质疑。

就凭你是道尊商行舟？就凭你是唐家家主唐老爷子？就凭你是人间千年传奇王之策？……

就凭你们所谓名分、武力与地位、人间功绩与身份认同，就"天然"地获得可以假大义之名、大利之分，衡量、审判甚或裁决他人生死的权力？

你又有什么道理，以这一把生死标尺，只衡量他人而不审判自己，只裁决对方而不裁判自身？

这是"权力剑指何方"的合理性质疑。

就凭你商行舟比他人更强？

就凭你唐老爷子更为重要？

就凭你王之策更能领导人族反攻魔族和抵御异族入侵？

就凭你们掌握着人族整体生存和发展的真理与大义，更能维护所谓人族整体生存和发展的利益与格局，更能掌控和领导所谓人族整体的前途与命运？

如果这个世间就按所谓强弱性、重要性和领导力来排出生物链、生存链、生死链以及"蝼蚁社会鄙视链"[1]，那么，是不是渺小如蚁的弱小个人，都没有生存、生活和生命的意义与价值，都应该任意让

---

[1] 参阅庄庸等主编：《文运迷楼说：中国网络文学阅读潮流研究（第4季）》，中国青年出版社2020年版；庄庸、杨丽君等主编：《蚂蚁哲学：中国网络文学阅读潮流研究（第5季）》，中国青年出版社2021年版。"蝼蚁社会鄙视链"是我们解读、诠释和建构的网络文学造词、理论与方法论原型（模型），用来阐释从猫腻《将夜》到烽火戏诸侯《剑来》等网文潮流、现象和趋势的社会现实、心理需求与文化机制，如从"海淀家长帮——顺义妈妈群——朝阳妈妈友"到"985废物回收计划——小镇做题家——北上广洄游青年"，都存在着一条介于可见和不可见之间的"社会鄙视链"。

第六章 三"代"人之危:从"身份认同"到"价值冲突"

比自己更强、更有名、更有钱的人审判与主宰自己的生死?

但是,凭什么你们说自己是大象就是大象,别人是蚂蚁就是蚂蚁?

凭什么说蚂蚁对整个神奇生物生态系统的意义与价值,不如大象?

凭什么说渺小如蚁的弱势群体,对人类整体格局和利益的贡献力与奉献值,就小于你们这些所谓超级强者?

更重要的是,凭什么你们这些所谓高端人口,就应该假借所谓整体利益和大义格局,消除、清除所谓低端阶层之求活权、生存权和发展权?

最重要的是,凭什么你们能"以整体之名义",剥夺"个人之权利"?

这是最根本的"合逻辑性"质疑。

就凭你说"人族反攻魔族"符合人族整体利益?

就凭你说皇权归位陈氏皇族、族权传承二房符合大家与唐家核心利益?

就凭你说年轻人赴死、老年人留下来领导反侵略战,更符合人类联盟抵抗异族的公共利益?

你说什么就是什么啊?

你以为你是谁?!

没有谁可以自行审判他人。

就算是王之策也不行!

没有人有权力剥夺他人天然的生存权!

就算以大义、大局、大利的名义也不行!

何况,还是以"大义之名义",行"剥夺他人权利之实",而把自己"择"了出来——就一句轻轻巧巧的话:我比你更强,我比你地位高,我比你更重要,我比你更有权、更有钱、更有名、更有力量……所以,我比你更有活着且活得更美好的权利?!

所有合乎名分、合乎大义、合乎整体利益的事情，最后都会演变成这种合乎个体或群体利益诉求的逻辑——

就像商行舟这样，合乎人族整体利益的大事情，最后演变成的亦不过是"西宁一庙治天下"、合乎他自身利益诉求的小格局而已。

第八节　圣人即恶徒：假善之名，行恶之实

即使是王之策这样所谓秉持公正、公道和公心的人族传奇，为了抵御异族入侵人族的大局，不介意人族与魔族战争，不介意人族谁生谁死，也不介意西宁一庙谁对谁错……仅仅因为商行舟更能领导人族对抗魔族和异族入侵这样一个"自己的判断"，就要陈长生、徐有容退一步，甚至要求他们慷慨赴死！

谁说王之策的判断，就是正确的？

这不过是一个最有利于自身固有思维模式、见识甚或是利益诉求的判断而已！

所谓公正大义，说到底，也不过是"利己"而已——当王之策所有的公心、公道和公正，遇上陈长生挟吴道子之命以逼的私心、私道和私情，又当如何？

即使吴道子对于修补空间通道、对于人族防止异族入侵有大功有大用，但王之策所有言之煌煌的公心之论，难道就没有半分半点于吴道子的私谊之情？

要把自己当"人"，但别把自己太当"人"，尤其是别把自己当"圣人"。特别是假正义之名，去审判和裁决他人对错、是非和生死时，

别把自己当作终极大判官的圣人。

事实证明：把自己当圣人，去审判他人的人，很多时候，剧情逆转——原来他也是一个待审判的罪人！甚至，他就"不是一个人"！

就像《间客》里"中生代的领袖"帕布尔总统，从头到尾，都是被当作"圣徒"甚或是"圣人"塑造的。无论是从军神李匹夫和千年皇家郜夫人这些老一代的意见代表，还是从许乐、施清海这样新生代的粉丝视角，皆为：这是我们的总统！

在帕布尔自己及拥护他的信徒和追随者看来，他确实就是真理和智慧在握、正义与公德在胸，拥有终极审判大权，可以裁决举世恶人的圣人。

于是，帕布尔一手代表民意（联邦是所有普通民众的联邦，而不是世家、权贵和官僚的利益共同体），一手握权杖（特别是强势的联邦政府专制权和狂热的军政府少壮派利益集团），对七大家核心利益甚至对联邦政体公共利益进行强力强压、剪除和灭绝计划。

这是以"勾结"帝国、出卖情报、将七大家之中唯一掌握军权的钟老虎夫妻埋葬进星际黑洞与宇宙坟墓为"逆转点"的：一个奉行公正、公道和公心的民选总统，绑架甚或裹挟民意，以军政府式的强制方式，以黑暗不光彩的手段，与敌勾结，清除所谓联邦最大毒瘤的千年世家军事首领西林钟老虎，浑然不顾钟老虎、钟家乃至整个西林民众为抵御外敌、抗击入侵做出的巨大牺牲与贡献……夜深人静，扪心自问：良心可安？还有良心吗？！以这样的方式达致这样的结果，他跟那些誓要清除的目标，又有什么区别？！

天下乌鸦一般黑！所谓圣徒总统或圣人帕布尔，像他誓言清除的七大家一样，不过亦长成了联邦的毒瘤，而且更大、更黑、更毒。

因为"圣光在上、圣道化身、圣明光环"，他更有迷惑性、更有欺骗性、更有危害性——就连施清海和许乐，都一直把他当作"我们的总统"——而且，帕布尔总统死不认错：从不认为自己错，骨子里根本就不认为自己错了。

就算许乐已经把枪抵到他的胸口和心窝，仍然无法逼迫帕布尔总统承认"自己也是这样的人"：圣徒亦恶徒——再超凡入圣之人，亦假至善至美之名，行大奸大恶之事！

从《间客》到《择天记》，从帕布尔总统到人间传奇王之策，猫腻建构了这样一幅"圣徒即恶徒"的人设图谱：帕布尔更侧重于圣人之名下的"恶徒"之极端，王之策更侧重于小恶之名上的"圣徒"之极端。

王之策没有像帕布尔那样"黑化"：以人族和平与安危之名对小黑龙朱砂行欺骗之实的小恶行，站在人族的利益和立场，无可厚非、无伤大雅；以人族整体利益为名，请陈长生和徐有容退步甚至去死，也是一种"阳谋未遂事件"，所以，只是激起读者心中愤怒波澜的，又随着陈长生犀利反击带来的超爽体验而很快平息。

而且，猫腻或有意或无意，最后是对王之策的正面形象进行了补救和挽救的——他和吴道子修补与守护着圣光大陆穿越时空的通道，得到了陈长生的谅解与理解：原来，王之策真的有着关乎人族生存和发展更重要的事情和责任。比起异族入侵，西宁一庙师徒相争那点儿事，确实是不值得他关注的破事。甚至，就连人族和魔族这样的千年战争，对于王之策来说，也不算什么大事。

师徒相争，不过是权杖（从皇权到神权）在谁手的人族内部战争。

人魔战争，亦不过是人族和魔族"谁奴役谁"的大陆族群物种主导权之争。

但是，异族入侵，却是人族"灭族去种"、堪比世界末日的大危

第六章 三"代"人之危：从"身份认同"到"价值冲突"

机——整个族群都快被灭绝，还争什么权，夺什么利？

比起人族"灭族去种"的末日危机，其他什么皇权、魔权和物种主导权的事，的确都是破事儿。

所以，到最后，王之策这个圣人形象，在《择天记》里还是正面化了的——他是人族终极守护使。

但是，帕布尔这个"圣徒"形象，在《间客》之中，最后是彻底黑化了的——他在故事的前二分之一越是"圣化"，到后二分之一就越是"恶化"；而从"圣化"到"恶化"，贯通整个讲故事积力、蓄势、储能的过程，就是由这两条"粉 PK 黑"隐秘的线索交织、纠结和缠绕而成的"故事弹簧法"：

第一条就是从小酒馆到三一协会，以平民律师帕布尔为领袖，形成了"改造运动"政治军事精英小集团，势要改造联邦、改造社会、改造世界甚或改造宇宙；

第二条就是从临海州体育馆"暗杀皇太子邰之源"事件，到林家园林暗杀钟家小公主钟烟花事件，再到古钟号归航"暗杀西林老虎钟司令"事件，"暗杀政治"成为少壮派中生代剪除七大家势力、成立军政府、建构强势联邦的战略手段。

把这两条线纠缠、扭结成"点"，特别是构建触底反弹的拐点、引爆点和"最大逆转点"，就是许乐的人设、剧情和理念：他自带主角光环，成为扭转前两次暗杀的关键人物，并成为最后一场暗杀的"托孤重臣"。因为他的介入，驱动着整个剧情从弹簧法到 V 形法，再将需求暗流引爆成故事（阅读）潮流。

最关键的是，他的"理念"最后亦成为一把价值标尺，衡量着整个事件、趋势和结局的对与错、是与非、善与恶等"底线标准"——

出动军方机甲暗杀联邦公民，并造成无辜平民的伤亡，是不对的；

以军方特种精英人员,暗杀一个花样年华的小姑娘,是错的;

勾结帝国,出卖联邦利益,暗杀一个功勋卓著的七大家军事领袖,是恶的;

……

不管你们打着什么样"为了联邦"、寻求正义的旗号!

第七章

讲道论理：从"主角行之有道"到"让世界归于合理"

这就将我们从"选择论"（选择如何作为）、"行动论"（有何作为）导向"理念论"（秉持什么样的理念、原则和标准做出反应、选择、行动），从"整个世界都对我充满恶意和敌意"导向"如果世界本恶，如何让其趋美向善"。

以一己之力，与整个世界对抗，甚至改造世界、拯救世界、重建秩序、开创新未来——大多数爽文主角，就是这样营造主角光环，引爆爽感潮流和神爽（超爽）高峰体验的。

只有极少数网络作家——比如猫腻和烽火戏诸侯——才会去检视作品的"底层法则"（新基础设施建设或大设定），思考、思辨和思想这种驱动力本身（驱动源流之变）的"大设定原型（模型）"结构是否合理：

"道理"（真理、公正、善良、正义等一切美好的理念、原则与标准）是不是存在？

我们是不是能认知（认识、认可和认同）这种道理（理念、原则和标准）？

遵循这种道理（理念、原则与标准）采取行动，是否真的"有道""合理"？！

猫腻和烽火戏诸侯是通过讲故事来进行这种"大设定原型（模型）"结构性思考的双子星座。

比如，烽火戏诸侯的《剑来》就首先试图在理念层面解读、诠释和建构"道·理宇宙"[1]——从"道"到"理"再到"道理",我们认为它是对中国传统思想观念"宇宙人生道理论"的创造性转化和创新性发展(两创观);然后在认知、认可和认同层面解构、建构和重构"讲道理"——从"人人都有道理"到"如何给他人讲道理",我们认为这是社会现实、心理需求和文化机制亦即"新社会现实感"的解构与重构;最后在行动层面讲述、阐述和论述"剑来理来,拳成道成"——从剑来理来到用拳头讲道理,从主角如何变善、更善、大善,到网络作家讲故事如何让世界变美好、更美好、最美好,我们认为这是"改变自我、改造世界"的故事革命。

这亦是一个可以逆推的结构。

主角用拳头讲道理、用剑让世界归于合理的行动,是否"合理",受"讲道理"的认知结构主导和限制;但从行动选择到认知结构,在根本上还是取决于"道·理"本身的存在——如果真的存在道理这种东西,那么"合理"和"有道"就成为根本的标准:"合"理则讲,"无"道不行。

烽火戏诸侯似乎想通过《剑来》,解读、诠释和建构"讲道论理、改造世界"本身的合"理"性结构与根基。

而猫腻的系列作品,却似乎与之相反,一直试图质疑、批判和解构"自我问道寻路、改造与拯救世界"的"道"(法)统性结构与根基。

---

[1] 参阅庄庸等主编:《文运迷楼说:中国网络文学阅读潮流研究(第 4 季)》,中国青年出版社 2020 年版。在该书中我们解读、诠释和建构了网络文学造词、理论与方法论原型(模型)"道·理宇宙",来探讨《剑来》的剑来理来、拳至道成与中国传统思维观念"宇宙人生道理论",以及社会现实、心理需求与文化机制"讲道理"的结构性关系。

第七章　讲道论理：从"主角行之有道"到"让世界归于合理"

从《间客》之中反复出现"宇宙间没有什么道理"、质疑中生代"改造联邦、改造社会、改造人生"的理念与行动，到《大道朝天》之中旗帜鲜明地反对"那个想改造世界的冷血太平真人"和"那些想拯救苍生、改造世界的年轻人"，猫腻似乎一直在这种"道·理（公正、公道等）理念"存在层面和以此理念指引认识与改造世界的行动层面进行探索。

从"主角行之有道"到"让世界归于合理"，不仅仅是"故事的断裂（链接）"，亦是"社群（社会）的撕裂（连接）"；从"有没有道理"到"你讲不讲道理"，不仅仅是主角"行之有／无道"的选择困境，亦是整个世界"能／不能归于合理"的发展难题。

问题就是时代的口号。提出这个问题——就算没有找到答案——的作家作品（产品），不是走在引发同情共鸣的"爆款"路上，就是已经、正在和即将成为引爆情绪潮流的"引爆点"。

第一节　强制牺牲论：
为了"我们"的正义，请你们先死

就像——《间客》中的"西门瑾—李在道—帕布尔"秉持自己的理念，审判并强制他人"为这种理念（理想国）牺牲"，其实带来了尖锐的悖论。

从帕布尔总统到铁七师师长杜少卿，从军神之子李在道到拜伦副总统……这个从联邦小酒馆开始形成的三一协会小精英军事政治集团，主导着从"强硬少壮派军方势力"到"强势联邦军政府制"的

思潮，并不惜以暗杀为手段，要把皇太子邰之源、小公主钟烟花和西林军阀钟瘦虎等他们所谓"历史的垃圾"扫灭干净：我代表联邦灭了你；请你为了联邦的利益，去死！

他们坚信自己是"正义的使者"，代表着历史进步的方向；所作所为都是为了联邦的整体利益、为了决战帝国制胜的大局和大义……

就像一直穿针引线主导着系列暗杀事件的西门瑾，在和被操纵的帝国种子何友友进行"人生最后一场对话"时，所显示的狂热立场：

在联邦历史进步、制度进化、军政府进取的道路上，必须要清除七大家、钟军阀这样的历史垃圾；

为了这个光明的目标，他（西门瑾）们这些人，不惜用黑暗的手段，来实施暗杀，甚或与帝国勾结；

即使他们自己终将成为历史的垃圾，被别人用更极端的手段扫除灭绝，他们也绝不认错，死不认错……

他们永远都坚持自己是对的！

从狂热的少壮派军官西门瑾到冷静的铁七师师长杜少卿再到睿智的联邦总统帕布尔，皆是如此。他们坚持自己的"理念"是正确无比的，符合整个社会、整个联邦甚至整个人类的利益——比如西门瑾狂热地追求联邦反攻帝国，解放那些被奴役和统治的农奴，让他们沐浴在宪章的光辉之下，而根本就不介意何友友的诘问："那些农奴需要你的拯救吗？！"

他们把自己视为整个社会、整个联邦、整个人类甚至整个世界、整个时代和整个未来的改造者和拯救者，去改造社会、拯救苍生，改革联邦、解放未来，挽救时代、改造（开创）未来。

所有阻碍这种理念和目标的人、事、物，都是他们要扫除的"障碍"：从七大家这种历史的垃圾，到许乐这种"硌脚的路边石"，甚至

第七章　讲道论理：从"主角行之有道"到"让世界归于合理"

是那些被裹挟进洪流、没有碍着谁、只是想过好自己人生但偏就处于"城门失火、殃及池鱼"现场的无辜之人。

为了这种无比正确的"理念"和光明正义的"目标"，他们不惜采取一切极端的手段，即使它再黑暗、再无耻、再"无正义性"。

哪怕采用这些手段时会殃及、误伤甚或蓄意灭绝无辜百姓——他们也会认为：

这是值得的；

为了正义的理念和目标，所有人的牺牲都是值得的；

这种牺牲是光荣的，你能为了联邦的正义"被牺牲"，是你的荣耀——所以，让你死，你就死，啰唆那么多干什么！

还应该死得高兴，死得光荣，死得"其所"，死得主动而积极：为了联邦的利益，你应该慷慨赴死！

连我们自己都是可以被牺牲掉的，还有什么不可牺牲的?!

是的，他们最强大的逻辑就在这里：为了这种无比正确的理念和光明正义的目标，连我们自己都可以被牺牲掉——牺牲你，又是什么不可思议的事情?!

但问题在于，这种逻辑，包含着三个隐含的谬误。

第一个谬误，他们在强迫其他人甚至所有人都认同、理解和接受他们的理念、目标和"为××而牺牲"之标准：

凭什么你们认为无比正确的理念，别人就要认可和认同？

凭什么你们以为光明正义的目标，要被所有人理解和接受？

凭什么你们制定的"为 × × 而牺牲"标准，要成为所有人接受的标准？

……

一部分人所秉持的理念、目标和标准，要上升为所有人必须践行的原则、立场甚或是真理,这本身就是一种"以偏概全"的逻辑谬误。

第二个谬误,当他们把自己理所当然应该为之奉献、牺牲和奋斗的大义、大局和大利,当作所有人天经地义应该为之"被奉献""被牺牲"和"被奋斗"的大义、大局和大利时,总是下意识地遵循着"你先我后"的第一优先原则:

从理论上说,这是我们应该为之奉献、牺牲和奋斗的"共同利益或整体权益",我们都应该时刻准备着"牺牲自己"。为了人类的整体利益、人族的大义大局,没有什么是不可牺牲的,连"我"都可以牺牲掉,你还有什么可犹豫的?问题在于,谁"牺牲在最后"?

从实践上说,为了联邦的利益、为了人族的大局,在这个为之奉献、奋斗和牺牲的序列之中,我比你更重要、我比你更有力、我比你更有价值……所以,我应该留到最后!为了联邦的利益,请你(许乐们)先牺牲!为了人族的利益,请你(陈长生们)先死!

第三个谬误,当所有正义的理念、目标和标准,被变成用极端手段"强制他人优先去死"的非正义程序时,它就失掉所有的法统性、情理性和逻辑性根基:

你们强制皇太子邰之源和西林军阀钟瘦虎"为了你们所谓联邦大义"去死,法统性何在?

你们强制小公主钟烟花和无辜儿童为了你们所谓"解放帝国农奴的理念"去死,情理性何在?

你们强制所有跟这毫无关系和关联的平民百姓"为了你们所谓人类正义"去死,逻辑性何在?

……

为了××(联邦、人类和世界)的利益,我们都是可以被牺牲的；但因为我比你更重要，所以，请你先死！这大概是人世间最荒谬的支点。

我不是不能死！但是，大义在心，大业在身，我还要留待比你更有用之身躯在。因此，必须、应该、马上——你先死！至于，你死之后，我死不死，关你屁事？！

他们奉行正义，但"被牺牲"掉的，永远是别人！

第二节 伪黄金三准则：
从"天经地义你先死"到"第一优先原则"

这大概是从狂热的少壮派军官西门瑾到理性、睿智的联邦圣徒总统帕布尔，奉行和遵循的真正准则。

我们把它解读、诠释和建构成"伪黄金三准则"：看起来像是金子一样发光，却不过是镀了金。

A. 正义正确论：为了××（联邦、人类和世界）的正义和利益。（这无比正确。）

B. 强制牺牲论：所有人皆可牺牲，你我他无差别。所以，可强制你牺牲。（这看起来很正确，却似是而非。）

C. 第一优先原则：请你先死，我留在最后——因为我比你重要。

这三准则亮出来，确实像程咬金三板斧，可以把所有人都"砍伤"。

但是，它荒谬的逻辑，也在三条逐层揭晓、递进转折的结构之中呈现出来。

乍一看，第一条真的无比正确、无比强大、无比宏伟。奉行和遵守这条准则的人,无论是圣徒还是追随者,的确让人看到了那自带的光环。

但是,第二条、第三条相继出来,那种作为悖论所充满的矛盾和张力立刻就彰显了出来:

你不能拿自己的标准,去牺牲别人的利益甚至是生命!

凭什么,别人因为你的标准必须先死?!——既然是你自己奉行和遵循的标准,为什么"先死"(先牺牲)的不是你自己?!

再正义、再正确的原则、理念和标准,如果不是"先牺牲"奉行和遵循它们的人自己,都是没有说服力的。

而且,即便是那些甘愿"先牺牲"自己的人,也没有道理拿这些标准,去要求他人奉行和遵循——更不应该把它当作无比正确的标尺,去衡量、审判和裁决他人之生死。

你以为你是"谁"——可以像神明一样随意裁决人生死?

你"凭什么"(谁赋予你权力),可以恣意剥夺他人的生存权和发展权?

说什么你"代表"着真理、道理、正义和美德等所有"理念制高点",可以肆意审判其他人有罪该死、有恶该惩、是瘤该除?

更可笑的是,你拿着一把自我膨胀、私欲驱动、恶欲横流的尺子,就要cosplay(角色扮演真人秀)真理的化身甚至反串成正义的女神,恶意裁量所有人的"标准尺寸"——未达标者,必须剪除、消除甚或清除,比如《间客》中西门瑾的"联邦毒瘤清除计划"和《大道朝天》中太平真人(阴三)的"人类弱者灭绝计划"。

最根本的是,就算你奉行的理念是真理,就算你对实现它的目标深信不疑,就算你愿意为践行它的标准献上你的生命——那凭什么要强制别人相信,强制他人牺牲,强制除你之外的其他人"为了

第七章　讲道论理：从"主角行之有道"到"让世界归于合理"

它先去死"？为什么——你不先死？！

从《间客》中许乐的逼问，到《择天记》中陈生长的质问，对奉行这种"请你先死"的理念和标准的人，提出了最大质疑、批判和反问：既然你们如此伟大，那为何不甘为人先、为世人垂范、作千年之表率，先"死"为敬？！

就因为你们比其他人更重要、更有能力、更强、更有力量……所以，你们不能死，必须留在最后，等到别人都死绝了还不能死？那不是"老不死的"，又是什么？

把冠冕堂皇的话说上一千遍，就把自己当根葱了！别人说你胖，你就喘上了！地球离了谁都照样转！你以为你自己很重要，其实也不过就是个跑龙套的——习惯了把别人当炮灰的人，其实自己也不过是炮灰而已。

所以，凡是让别人"为了××，请你先死"的人，真的可以：去死了！

从西门瑾到帕布尔，想审判与裁决的人，是七大家、是阻碍强势联邦甚至军政府崛起的人，是一切"逆我者"——按他们的逻辑说，是"逆时代趋势者"！

但其实，最应该被审判的，反而是他们这些人。

第三节　垃圾论：
谁才是最应该被扫进历史（时代）角落的垃圾？

千年世家的首席代言人和隐世皇家的掌舵人邝夫人，曾经讥讽帕布尔总统以及他率领的那些人"对传统缺乏敬畏"——他们总是想当"时代的清洁工",想把这些千年世家亦即所谓联邦毒瘤扫进历史的垃圾堆,却没有想过清洁工这个工作只是一时的,联邦却存在了千世,以一时的工作来对付千世存留的传统,怎么可能不败?

七大家在千世之中已经和联邦融为一体,世家即联邦,联邦即世家——联邦从来都只在名义上属于庶民,实质上却和千年世家有着盘根错节的关系。所以,千年世家不是动个手术就能一切了之的毒瘤。

而且,贪图"一时"之功,怎么可能解决千世积累下来的问题?

帕布尔总统为什么如此心急吃热豆腐,"时不我待,只争朝夕",想在任期内解决千年世家的问题,而不是在任期内扎扎实实、一步一个脚印地打好根基,留等后任去解决?

说到底,不过是想在青史上留名罢了:说是为了联邦的利益,归根到底,还是为了帕布尔自己的声名!

美貌与智慧并重、知本与智本共有、姿本与资本同样强大的邰夫人,画皮刻骨,犀利毒辣,就这样将帕布尔的遮羞布、易容术和"人肉面皮"给犁地三分地剥了下来:第一层,对历史和传统缺乏敬畏,不是愚蠢,就是狂妄——不忘本来,方能开辟未来;否定和摧毁过去,其实就是摧毁当下与未来的根基;第二层,试图以一时之功,解决千世问题,这是目光短浅、狂热激进——不谋一世者,不足以谋一时;第三层,打着为了联邦的旗号,其实仍然是为了自己——所谓美德下面,实质仍是自私。

以"邰夫人(七大家)— 帕布尔(李在道等)"的主要矛盾为当下的关键节点,《间客》之中划分出了一个"传统 — 当下 — 未来"的极简时间轴和发展轴:

假若邰夫人与历代前总统代表着千年世家与联邦的历史和传

第七章 讲道论理：从"主角行之有道"到"让世界归于合理"

统，那么帕布尔和南水领袖等就代表着联邦当下的现实与抉择（从"大冲突时代"到狂热、激进和强势的"狂飙突进运动"），而邰之源、许乐则代表着联邦与帝国的未来（从大和解时代到星际宇宙和平共处时代）。

但是，这只是以千年／千世为周期的"局域观"。从联邦到帝国，还有比从百年宇宙大战（帝国与联邦的三次宇宙大战）到千年世家（皇家）与家国联邦共存制的传统"更老的传统"——比如帝国联邦极简万年发展史：

宪章五人小组开发星域，从皇家专制到联邦共和制；差不多同一纪元的"地球飞船"帝国星域开发、家天下、垂直等级统治……

而这两者溯源流变，又都指向"母星"地球大爆炸、初代移民星际大逃亡、最终落脚于这两个不同的星域，开发出不同的社会制度体系。

这就从"帝国联邦发展史"变为"宇宙文明起源史"——里面还浓缩着母星地球前代文明、从大爆炸到大逃亡、从小移民到大开发的历史：能够从地球上移民过来的只是极少一部分人，但是从联邦到帝国，累积千世万代的庞大人口和生物种族繁衍，都来自类似于挪亚方舟携带的物种基因与胚胎。

因此，比联邦帝国千年家国史的历史传统更为重要的，是这种文明、社会、人类（物种）"同源异流"的发展传统。它证明了帝国人和联邦人是同一种人种或是物种，所以，应该和平共处。两者起源于同一种"母体"文明，按照各自的生命树发展和演化——就像出自同一个"母亲子宫"的兄弟姐妹，长成不一样的生命体，又不是他们自己的错。

有鉴于母星地球大爆炸和大毁灭的历史教训，所以联邦和帝国应该放下成见、妥协和解,和平共处,构建在这个宇宙星域共同生存下去的最大公约数。特别是,不能因为战争,发展那种曾经毁灭了地球、并可以再一次毁灭星球的超级核武器!

因此,像李在道这种冷血的狂热军政府主义者,竟然在当下联邦何去何从的十字路口,重新启动并研发"超级核弹",试图以此来摧毁宪章局、国会山和千年世家邰家"联邦世家共存制"三大传统根基,以及打破帝国与联邦的僵持,争夺最前沿的战略星球,以此倒逼联邦与帝国的第三次宇宙大战"升维"(而不是升级)为核战争,其实就是强制联邦以及帝国进入一个危险的发展轨道,将未来带入一个"末日世界大爆炸"的倒计时进程之中……

这才是《间客》真正批判的"对历史和传统缺乏敬畏"!这才是"西门瑾—李在道—帕布尔标准"之中,最让人警惕也最让人细思极恐的核心"信念":他们缺乏对生命(个体)的敬畏,缺乏对传统(历史经验与教训)的敬畏,缺乏对头顶的星空和内心的宇宙(人类、万物甚至整个星球生存和发展的准则)的敬畏……而是坚持"理念我最正确"(将联邦、将星际、将人类带入一个更光明的未来),"权杖在我手"(超级核武器),"标准我制订":

我说宪章局不应该存在就不应该存在。

我说七大家是联邦的毒瘤,应该被扫进历史的垃圾堆——但垃圾不会自动归入垃圾堆——那我就作为时代的清洁工把它们扫除,或者像星际外科大夫核武器手的柳叶刀那样将它们精准清除。

我制订了所有人为了这种伟大的理念、目标和征程"可以去死、应该牺牲、必须先死"的标准——"为了联邦、为了人类、为了整个星球的未来,请你先死"——如果你不愿意、不同意"先死",那我就按照这种标准"强制你去死",哪怕被强制死去的是一个无辜的平

第七章 讲道论理：从"主角行之有道"到"让世界归于合理"

民、毫不相关的路人，甚或是代表真正的未来和希望的儿童，那又如何？！

他们生得渺小，死得伟大！

天堂若是有阶梯，他们应该庆幸自己成为这样一种"向上的阶段"的垫脚石、铺路砖 —— 于这渺小而平凡的一生之中，终于为伟大的事业，贡献出了一丁点微薄的力量与价值。

这就是"西门瑾 — 李在道 — 帕布尔标准"最激进、狂热与恐怖的地方：

以一己之我，代表所有"联邦、人类和世界"的公共之名义、利益和理念，对除己之外的所有其他人进行评判、裁决和审判，可以随意、任意、肆意、恣意甚至恶意剥夺他们的生存权、发展权和自由权，甚至，强制"他先死"—— 死得还如此廉价（就像一只蝼蚁）、"不名誉"（如危害联邦罪）以及"不正确"（为了××，你应该死得更主动、更积极、更甘心情愿一些）！

而且，这不是"一个人"，而是"一群人"，甚至有着庞大、巨大和强大的"追随者与信徒"群众根基 —— 从西门瑾到杨劲松，他们形成了一股庞大的组织与势力；从帕布尔到李在道，都有着自己狂热、激进且势不可挡的追随者与信徒群众。

从"自带圣人光环"到"超级领袖力"，从"个人超级秀"到"信念重金属狂潮"……他们太具有诱惑力、鼓动性和蛊惑力，可以将人心鬼蜮、人性深渊、人际关系黑暗森林等"人心宇宙"之中最为负面、黑暗和危险的恶魔力量召唤与释放出来，却还角色扮演并鼓吹着"我就是正义天使""我可以代表上帝审判你""我拥有'为了××，先去死'并且强制你去死的力量和正当性"……

最危险的是：我们就是他们；我就是他，他就是我。人人都是西门瑾；每个人都是李在道；所有人都热爱帕布尔——因为爱帕布尔就是爱自己，信帕布尔就是信自己。

许乐除外。

第四节　谁更正义：
从"审判官"到"审判审判官的人"

而许乐审判与裁决的就是他们这些"审判与裁决他人的人"。

从西门瑾到帕布尔，审判与裁决所依据的标尺，就是所谓联邦的正义、大义、大局和大利；制造这种标尺的理念、原则和信仰，就是所谓改造联邦（让它更为强势）、灭掉七大家与帝国（消灭历史的垃圾与落后的社会制度）、拯救人类（解放被压迫、被奴役和被统治的帝国农奴）；而使用这把标尺去审判和裁决他人的手段，就是暗杀、阴谋、军政府与强势联邦主义……

而许乐针对他们这些"审判与裁决他人"的标尺、理念和手段，似乎只有一条"审判与裁判"的标准：他们造成无辜平民百姓特别是儿童的"牺牲"，这是不对的！

再正义、正确、正当的理念、标准和目标，都因为这一个"牺牲"的支点不正确，而失掉了所有的正义性、正确性和正当性。所以，许乐审判他们有罪，裁决他们应死。

如果整个联邦、整个人类、整个世界的文明、制度和法律体系，都没有能够审判从西门瑾到帕布尔这些人有罪该死的法庭，那么，许乐自己就会依据头上的星空和内心的道德律，来充当大审判官，

第七章 讲道论理：从"主角行之有道"到"让世界归于合理"

用自己的拳头来讲道理，把他们送上"星空牢狱"甚至是"断头台"。

但问题是：

许乐自己所信奉、遵循和依据的理念、原则和标准，就是正确的吗？

他以此为标尺，衡量、审判和裁决他人有罪该死，就是正义的吗？

他用拳头讲道理，破坏联邦上层社会的游戏规则，甚至整个人类社会的规矩，"率性杀人"，"就因为你该死"，就是公正的吗？

许乐的不讲规矩、只讲道理却又有着雄厚的资本（实力），让整个七大家的上流社会都为之恐惧。利家家主就说，面对这样一个人，所有上流社会的大人物都终生落在恐惧之中。如果有一天他在睡梦之中醒来，面对许乐突如其来的拳头，然后，就这样死了，只因为，许乐认为他应该死！这真的对吗？

这事实上戳中了一个很致命的根本问题：假若从"圣人帕布尔"到"圣徒许乐"，都以自我的标尺衡量世界，遵循着同样的思路、逻辑和结构，那么，它们的建基点（以××为基石、基础和基本面来建构这种逻辑原型）是什么？

从帕布尔到许乐，他们都坚"信"自己的理念、信念甚或信仰无比正确！这种相信、坚信和确信的"×信"核心自带"圣光"光环，从而构成我们解读、诠释和建构的"信心、信任、信用、信念和信仰"星角星芒结构，形成所谓"公信力"。

但是，无论是帕布尔"为了××，请你去死"（表面上是为了联邦和人类的利益，其实是为了"我"的理想和信念），还是许乐"因为你有罪，所以你该死"（因为"我"审判你有罪，所以"我"裁决你死刑），都是一样的"审判官"思维：

我是审判官，你是被审判的对象，我根据我内心的信念法庭和头顶的星空法则，审判你有罪。

帕布尔认为伟大的信念和事业可以牺牲小人物，但许乐认为这是不对的：再伟大的信念和事业，都不能强制"不愿为此牺牲的人"牺牲！许乐坚信自己可以为小人物向大人物讨一个公道，但帕布尔讥讽他一样是"谁的拳头大，谁就更有道理"。

所以，许乐和帕布尔"不过是一样的人"？！

第五节　对错之辩：从"公认有理"到"行之无道"

这种尖锐的冲突，不过是"审判官"社会现实、心理需求和文化机制的浓缩：

人人都认为自己是对的，每个人都把自己置于道德、道义、道理的最高法庭大法官之角色和位置，以自己为标尺，衡量、审判和裁决他人。但"谁"又可能成为真正的"标尺"？！

事实上，每个人所谓标尺，都是出自自己的利益诉求和利己叙述，把"私器"（私人观点）当作"公器"（公共标准），强制他人认可与认同、理解与接受。

这不过是加剧了观点的冲突、标准的混乱和社会（社群）的撕裂，从而导致整个社会越来越难达成"有史以来最大的公约数"，亦即缺乏共识……

这也带来一个最基本、最根本、最核心的问题：

这个社会有没有"公认的道理"？

第七章 讲道论理：从"主角行之有道"到"让世界归于合理"

这个世界有没有超越所有人的分歧、无须妥协和解也能达致共识的"真正的道理"？

这个宇宙有没有天经地义、理所当然的"真理之道和理"？

也就是说，不管你认不认可、他认不认同，也别说你们怎么确信、他们如何信念，亦不要讲帝制与联邦、世家与庶民、精英与草根、老一代和中生代还是新生代等社会政治文明制度、阶层、等级和世代等不同的差异……这个社会、这个世界、这个宇宙有没有所有人都应该无差别接受与遵循、因为然所以然的"道理"存在？

这其实是一个哲学命题：

宇宙间有没有道理这种看不见的东西存在？

如果有，我们能不能认识它是什么东西——道理是什么东西？

如果知道道理是存在的，并且认识到它是种什么东西，那我们怎么去遵循和实践——我们怎么讲道理？

甚至，以此为标尺，去衡量、审判和裁决他人——我给你讲道理！你不讲道理？不讲道理、没有道理的人是要付出代价的——这又走向了"你没有道理，所以你有错应罚（有罪该死）"的思路、逻辑和结构，以及后果、结果和效果！

康德说过，世界上有两件东西能够深深地震撼人们的心灵，一件是我们心中崇高的道德准则，另一件是我们头顶上灿烂的星空。

当许乐从这行字上收回目光，以"头上的星空"（宇宙间存疑的道理）和"内心的法庭"（自我奉行的道德与道义）审判所谓"帕布尔标准"时，这两块"东林又臭又硬的石头"撞出了"宇宙间到底有没有道理""人生到底需要什么样的活法"的核心问题。

哲学思考层面的问题，总是会指向社会实践。

这个问题带来的悖论跟前面如出一辙：

这个社会，人人都"有道理"；谁的嗓门大、谁的拳头大，谁更有钱、更有名、更强、更有身份更有地位，就更有道理！这就是所谓"更××，就更有理"的模式！

人人都拿着自己的道理，作为放之四海而皆准的宇宙标尺，去衡量、审判和裁决他人——"我认为你没有道理，所以，你有错该罚（有罪该死）"。

但是，你讲的道理和我认知的道理不是一回事，甚至是直接冲突和矛盾的，那么谁更"有道"，哪个更"合理"？

鸡同鸭讲，公说公有理，婆说婆有理，整个群体和社会都像"男人来自火星，女人来自金星"，很难把道理讲通。

那么，人和人之间有没有关于道理的公约数？

大家能不能达成共识，找到"公认的道理"？

这个社会、世界和整个宇宙，有没有像公理和真理一样存在的道理？

……

社会实践中的问题，又总是回归哲学思考。

第六节 讲道论理：
从"宇宙有无道理"到"谁更讲道理"

不管从哲学层面走向社会实践，还是从社会实践绕回哲学层面，这都是一个闭合循环的太极图——由三个层级和维度的问题导向"结构性驱动"。

第七章　讲道论理：从"主角行之有道"到"让世界归于合理"

第一层级，是所谓"本体论"。

这个宇宙有没有"××"存在？

从有没有道理到有没有真理，从有没有正义到有没有公道，从有没有平等到有没有公平……所有这些抽象的概念和名词，都试图指向本源的"存在"和本质。

整个宇宙存不存在这些美好的词语所形容和描述的东西？

如果存在，它如何向我们呈现其自身？

如果不存在，它又何以会成为我们必须遵循的理念、原则和标准？

我们又为何拿这些东西作为建基点，建构所谓标尺，去衡量、审判和裁决宇宙万物，特别是那些"不符合标准"行事的他人？

第二层级，就是所谓"认识论"。

如果整个宇宙存在所谓道理、真理和公理，整个世界存在所谓规律、规矩和规则，整个社会存在所谓公平、公正和公道……整个宇宙、世界和社会存在这些词语所描述和形容的东西，那我们怎么"认识"它们？

第一就是我们如何"认识到"它们。

一方面是我们所说的"造词运动"——我们通过造出一系列的词语，用以命名、言说和呈现它们。

这是我们主动地去认识：这些"东西"是如何通过我们的描写（描摹、描绘和描述），向世界呈现它们自身的存在、秘密和事实的？

另一方面，在我们通过造词运动描写这些所谓道理、正义和规律等不可见的东西时，它们亦在通过我们的词语，向整个宇宙、世界、社会和我们言说与描述自身的存在。

这是我们被动地去认识。

第二就是"我们认识到的它们"是什么。

235

一个看得见的活生生的人，尚有不同的侧面，何况是那些看不见的抽象存在和本质？

一个活生生的人，在不同人的眼里，或许有着不同的形象与品性。

就像铁七师官兵狂热崇拜的太阳统帅杜少卿，与钟瘦虎和许乐眼中的冰雪猪妖，完全是两种"人设"。

同一个人，在不同的时间段里，同样可能有不一样的形象和性格。

就像初逢许乐就发飙的学院派名将杜少卿，和许乐调查古钟号事件所认知的少壮派名将杜少卿，完全是两种形象与性格。

同理，每个人在不同的时间、空间和人生场景之中，所认知的道理、正义和规律，其实是不一样的。

除个人的阅历、经验等"认知结构"所导致的深—浅、偏—全、宽—窄等广谱图系之外，最重要的，大概还是像柏拉图所谓"理念的模仿"理论所言喻的那样：所谓"道理"存在的本体理念，经过层层影射的扭曲和变形，抵达我们眼中、心灵和脑海之时，或许已经是"影子的影子的影子"，完全变得就像讲故事写爽文和 IP 化（改编剧）经常爱用的"梗语"形容的一样 —— 我要把你虐成（魔改成）作者亲妈都不认识的猪头。

对于道理、正义和规律这一类词语形容的抽象概念和品质（性质/本质），我们真的就像是端着猪头找庙门，想寻找虔诚祭拜甚至是通往神明的道路 —— 却没有想到，"像神明一样的存在"，只是我们形容、拟人和形象化的概念。

因此，我们对它们的"认识"其实是片面的、碎片化的，难以确定的。

每个人都不可能完整、圆满、全方位和系统地认识到道理、正义

第七章 讲道论理：从"主角行之有道"到"让世界归于合理"

和规则等"存在"；每个人都只能以瞎子摸象的方式，触摸到它们的某一个角度、某一个侧面和某一个部分……

但是，每一个人都会下意识地以偏概全，觉得：

我所认识的才是全部！

我掌握的才是真理！

我给你们讲的才是道理！

你们认识的真理、所讲的道理，都不是真理，不是道理！

你们都是错的！

其他人都是错的，只有我是对的。

所有人都没有道理，只有我才掌握着真理。

我没有错！

如果有错，那也是整个世界都错了。

整个世界都不合理，那我就用一己之力，让整个世界归于合理……

这就导向第三个层级，亦即所谓"行动论"——由于世界不合理，所以主角要以一己之力，让整个世界回归合理……这其实是讲故事、写爽文（写网文）、IP化（改编剧）"自带主角光环"的轴心驱动力。

正是因为遇到这不平之人、不平之事、不平之世界，整个社会、整个世界甚至整个宇宙都不合理，才为主角"路见不平一声吼"、发出不平之鸣、让世界回归合理，提供了强大的行为驱动力：碾压不平之事，把不讲道理之人"虐得像狗一样渣"，甚至与整个不合理的社会和世界对抗……

从"整个世界都对我充满恶意和敌意"到"如果世界本恶……如何让其趋美向善"，以一己之力，与整个世界对抗，甚至改造世界、拯救世界、重塑世界、开创新世界——大多数爽文主角，就是这样营造主角光环，引爆爽感潮流和神爽（超爽）高峰体验的。

但是，只有极少数网络作家——比如猫腻和烽火戏诸侯——才会深入底层结构之中，去思考、思辨和思想这种驱动力本身的"金字塔原型（模型）"结构是否合理：

道理是不是存在？

我们是不是能认知道理？

遵循这种道理采取行动，是否真的"有道""合理"？！

第七节　新社会现实感：
从"人人有理"到"手撕于道"

《剑来》在讲故事时，以"讲道理"作为重心和轴心。

它其实是作者烽火戏诸侯"想跟这个世界讲一讲道理"。[1]

从陈平安讲道理到烽火戏诸侯讲道理，其实代表着我们每一个人甚至整个社会庞大的需求暗流、现实际遇与彼此之间结构而成的尖锐矛盾和戏剧性张力。

一方面，面对这个世界、这种世道、这种社会和人生，我们每一个人都有太多的话想说，憋了太多的道理想讲，想跟他人、社会和整个世界好好谈谈——

---

[1] 参阅庄庸等主编：《文运迷楼说：中国网络文学阅读潮流研究（第4季）》，中国青年出版社2020年版。

第七章 讲道论理：从"主角行之有道"到"让世界归于合理"

就像那个风雷园话痨刘灞桥所说："很多道理我憋在心里，想跟这个世界好好说上一说。"

言为心声。

这既是从配角（甚或是跑龙套团）刘灞桥到主角陈平安等《剑来》人物都想做的事，也是烽火戏诸侯"想说的话"（如其所言），亦是我们每一个作为剧外人、局中人的读者的感受：我想跟这个世界谈谈，但很多时候，他人并不给我们这个机会。讲道理也是需要话语权的。

但另一方面，这个时代，众声喧嚣。

每个人都有一堆的"大道理"可讲，人人似乎都想跟你讲道理。

"真理越辩越明"已然存疑，道理讲多了，反而是"没有道理"。

因为，每个人都有理，就会认定他人"不合理"；每个人都可以选择自己的道，却难以认同他人所走的路。

这就是我们解读、诠释和建构的"审判官"思维：

每个人都把自己放在"道理"（道德和真理）的制高点上，衡量与批判、审判甚至是裁决他人；然而这种所谓"道理"（道德和真理）往往由个人的利益诉求所驱动 —— 每个人的叙述和表达都天然和必然地带有自己的利益诉求、意图和动机；

自私成就美德，但精致的利己主义，亦可能会驱使人把仅代表一"己"之私的观点与识见，包装、伪装成能代表"公共知识、见识与智识"的正确道理、普遍真理和公认美德，从而"代表大多数人"来"给你讲道理"—— 把你强行推至"没有道理"的少数派阵营。甚至，"我代表××审判（裁决）你"。

在这两者之间，形成了尖锐的矛盾和戏剧性的张力。

每一个人都觉得自己"绝对有理"，与自己不同的另一方"当然、必然、天然没理",所以,讲道理变成了单方面的审判与裁决。而另一方"据理力争",在他们自己看来"理所当然",却被视为"无理取闹"。双方已无互鉴融合的平等对话机制。

于是,讲道理就变成"手撕(撕逼)大战":双方绝不是"以理服人",而是"手撕于道"——把对方撕成碎片扔在要走的道路上踩躏和践踏。"手撕"靠的不是摆事实、讲道理,而是引爆情绪和秀肌肉(力量)。

因此,事实与真相、道理与真理,都成为网络谜踪、魔幻迷宫和深渊迷境——博取公众的同情、绑架大众的道理、裹挟群众的意愿,导致一系列"剧情的反转"。

讲道理摆事实,已经于最底部的底线、原则和边界上,出现"底线思维塌陷";也在最顶端的理念、信仰和共同目标上,亟须"共同体意识形塑";而在中间层的妥协、和解、共识上,更是已经被撕裂成没有建基原点的分歧深渊——寻找并建构"史上最大公约数"(从"社群撕裂"的深渊走向妥协与和解的"社会共识"),成为迫在眉睫的"社会重大现实攻关问题"。

这也是从陈平安讲道理到烽火戏诸侯讲道理,整个网络文学讲故事写爽文,甚至是我们所有剧外人、局中人,都正在直面的"社会重大现实攻关问题"。

呃,这就像少年崔东山给谢谢"手撕画线说平安"。善恶两条线,善为高线,恶为底线。在有些人心中这两条线之间的间距很宽,如崔东山自己。但在陈平安心中这两条线之间的间距很窄。这就形成巨大的撕裂和弥合空间。

问题是,在人人都自行确定自己的那条底线和高线时,我们如何寻找和建构那种既撕裂但又可就此弥合的连接地带、公共空间和共识之境?

网络文学在讲故事写网文（包括写爽文甚至是小白文）时，对"社会重大现实攻关问题"的映照、重组和重塑，由实向虚、由虚向实、虚实相生，由此形成"增强现实""虚拟现实"甚至"建构现实主义"，让网络文学作家作品和故事文本成为"解读、诠释和建构"社会重大现实攻关问题的特殊文本——甚至，成为阅读中国的"最佳文本之一"（犹如我们所说：中国本身就是一部正在形成而尚未完成的"网络"小说）——已经成为当下和未来中国网络文学"新主流网文"的创生潮流、现状特征和发展趋势之一。

我们把这解读、诠释和建构为网络文学造词、理论与方法论"新社会现实感"原型（模型）。

第八节 道·理宇宙：
从"剑来理来"到"拳至道成"

《剑来》对"新社会现实感"的建构与重塑，可以解读和诠释为从"陈平安讲道理"到整部《剑来》建构"道·理宇宙"三层/多维"社会重大现实攻关难题"。每一层/维垂直细分为三层场景、维度或界域问题。但它们都被辐辏于那"一"个旋转的轴心，导向"从撕裂到共识如何达致"的问题。

层1：公说公有理，婆说婆有理。每个人都觉得道理在自己这一边，对方甚至其他所有人从开始就"不合理"。每个人都讲自己的道理，让大家都能信服的道理何在——岂有此"理"？

这其实是在道理分殊、人人有理、众声喧嚣之中，提出质问：有没有一个大家都认同的"公理"甚或"天理"存在？

陈平安游历路上的每一个人都觉得"自己很有道理"，对方"好没道理"。若没有这样的公理或天理作为基点和目标，双方如何"问道""讲理"？

级2：假设有这样一个"天理"存在，预设彼此之间可以达致认同共识的"公理"，并且预期这样达致"公理"、通达"天理"的道理就在己方——真"理"掌握在我手中——那你用什么方式"讲理"？

亦即你用什么手段，论证自己的寻道问路就是合理的，让对方也信服遵循你自己认为"代表了天理、公理和真理"的道理？

用剑，问拳？以力证道，用剑讲理？那跟层1的大多数人讲道理的观念、思维和方式，有什么本质上的区别？！

嗓门越大，道理越对；拳头越大，道理越硬；谁握着那把王者之剑，谁就最有理——谁最有能力、实力和势力，谁就最有道理。

就像陈平安遇到的每一个不讲理的山上人，都认为"我在，道理在"或"我即道理"，但一旦被陈平安打趴下，立马道理就转移到了陈平安这一边。

这让陈平安很疑惑：为什么非得我用拳头给你们讲道理，你们才觉得"最合理"？这也让网友们很疑惑：如果陈平安仍然走的是一条"以力证道——拳头越大道理越硬""用剑讲理——剑越犀利讲道理就越所向披靡"的强者问道讲理之路，那跟弱肉强食、优胜劣汰的丛林法则有什么区别？即使被文艺、文化和文明改造与包装过后，仍然是：强者即道理……

但是，讲道理若为金身之躯，若不"左手持剑""右手握拳"为鲲鹏展翅之两翼，左右开弓，哪里能剑去理来、拳至道成？

第七章 讲道论理：从"主角行之有道"到"让世界归于合理"

就像陈平安那个大师兄左右，若不是上五境的大剑仙，如何能问剑桐叶宗，为小师弟"要一个公道，换一个颠倒"：以大欺小，岂有此理！

左右不讲理。左右都是道。这本身其实就是一个悖论。它既是陈平安讲道理绕不过去的关卡，亦是烽火戏诸侯和整部《剑来》必须直面和解决的问题。

它其实亦是网络文学讲故事写爽文重塑"新社会现实感"左右为难的悖论和困境，试图在中间像走高空钢丝绳一样，找到一个左边是寒冰右边是火焰、左右平衡的"两点成一线"之中间路。

但，不是每一个人都能成为"钢丝王子"。举头望明月，脚底是深渊；两点并不必然成一条线。好多时候，它就是从高空抛向无底深渊的抛物线；或者像股票K线一样上蹿下跳的那条波动曲线！

维3：在天理（真理）、公理和道理三个层面，形成了三个"结构性"的问题。

第一，如何从"万条道路"通"一理"？第二，如何从"一理"生成和化为万种道理殊相（形态）？第三，"公理"在中间是如何解决分歧和撕裂，达成共识和公约的？

若非确实有那样一个作为本源、起源、来源和根源的"天理"或"真理"，也就是"一"，众生各有各的道理，亦即"一万"个人有"一万"个道理——每个人都有自己的立场、利益和判断，如何认定自己的做法是"有道理的"，而他人的做法是"不合理"的，就成了大道万千、歧路千条。

从"万"之道理，到"一"之天理（真理），就需要途经成千上万个的"公理"——这就像山路"行亭"，需要接连解决彼此的分歧和撕裂，达成最小的共识和最大的公数，从而寻找和践行彼此都能理解和认同的"公共之理"（公理）。

这就像爬山似的。山下有千万条道路作为入口，每行至一个行亭，便有数条道路汇聚成一个"公理"；越往上走，道路越汇越少，作为枢纽的公理也越来越少；最后汇聚到山巅，万条道路"共"一理——于是，道路、公理和天理（真理），就是这样一个从万到一、追根溯源的历程。

但是，反过来，是不是也是如此呢？一生成万，一理万殊：一个天理（真理）生成和呈现出万种形态。就像宋儒理学所说，万事万物都生于那一个"理"，只不过呈现不同的形态。

这两种方向都有一个能量动态传递链似的问题：从一到万，能量逐层递减，那越到下一层级，是不是越不能真正地映射出"一"的真相？因此，任何"万中之一"，都无法真正地呈现与映照那个本源的"一"。

从万到一，我们总是根据有限的道理碎片，来猜测和描绘更高层级甚至更高维度的公理和真相，总会失之偏颇，甚至走入误区。因此"偏见出真理"，格物穷理，格出来和穷究到的，仍然是万中之一的理，而不是那一生万物的理。

这就带来关于"天理（真理）、公理和道理"之间本质性关系的根本问题：它们之间，是像天上月、水中月和眼中月的关系吗？人人都有一个眼中月。"人有悲欢离合，月有阴晴圆缺"，因为公理恰似水中月，只有同悲欢方能共鸣，亦即同情共理。但物是人非事事休，"明月千年却依旧"。

或许，用柏拉图《理想国》中的洞穴比喻最能说明问题。

第一阶段，我们每个人都是"囚徒"，只能看到面前墙壁上的影像，以为那就是真实的事物与世界。

第七章 讲道论理:从"主角行之有道"到"让世界归于合理"

第二阶段,唯有某个回过头来的"觉醒者",看到了那个在光射之中投映图像于墙壁上的人事物,才意识这个"洞穴世界"是真实的。

第三阶段,当这个觉醒的人真正解脱了"桎梏",走出洞穴,来到阳光底下,才会意识到那光线之中的事物仍然是扭曲的,唯有阳光下的世界才是真正真实的。

于是,这个人就变身为"启蒙者"和"教化者",重返洞穴,试图把他的同伴们从蒙昧的影像世界中,拯救至阳光底下的真实和光明世界——不幸的是,他被他的同伴们杀掉了,因为他们坚信他已误入歧途,他们坚信自己眼中所见的影像世界才是真的。

天理(真理)就如那个大放光明的真实世界(本源世界)。"公理"就像光线投射进洞穴世界的扭曲景观,生活于同一洞穴圈层之中的那部分能自由走动却不能破壁出圈的人,会就此达成基本的共识和公约——他们和其他洞穴的人,仍然是物理隔绝和文化隔断的。

但那些"囚徒",却会把投影于墙壁上的人事物甚至整个世界的"摹本",当作真实的"道理"——即使它们就像皮影,同一个事物做出不同的动作,就变成了不同的影像。

从一到万,从万到一,其实就像是一个"影子的影子(摹本)—影子(模仿)—原物(本源)"同一条轴线上两种相反的运动。而所有的人物和角色,包括我们自己,都需要经历一种类似于"囚徒(蒙昧)—解脱桎梏(觉醒)—自由解放(启蒙与教化)"的自觉自为之旅。

这大概就是《剑来》第一卷被命名为《笼中雀》的原因。这是陈平安必然要直面和求解的问题。身心是双重小牢笼,天地是大牢笼。我们不是被囚于自身小天地之中,就是被囚于天地大牢笼之中。问道寻路、追根溯源,就是想摆脱囚徒困境,自由逍遥。

《剑来》虽然从本质上是在讲故事写网文,却不得不解读、诠释和建构"道·理宇宙"的新理念、新世界观和新方法论。

这其实也是从中国传统思想观念"宇宙道理人生论"到当下中国人普遍遇到的"讲道理"现实困境的破冰、破局和破圈之旅。

第 八 章

爱与权杖:"人 — 权杖 — 理念"
标准金字塔原型(模型)和渊源流变

这就将网络文学讲故事、写爽文(写网文)、IP化(改编剧)、造爆款引向对"人 — 权杖 — 理念"标准金字塔原型(模型)的解读、诠释和建构。

这是迄今为止很多人都没有关注的"网络文学讲故事的技术和理念革命":从猫腻到烽火戏诸侯,从《庆余年》《知否》到《间客》《剑来》……网络作家不仅仅是在革新"讲故事的技术",也是在进行"故事理念的革命"。

在解读《庆余年》"穿越者优势/劣势"和诠释《知否》"谋生又谋爱"时,我们就提出了"爱"的三层/三维疑问。

从解读《间客》"宇宙间有无道理"到诠释《择天记》"强制牺牲论",我们质问"为了××(联邦/帝国、人族与人类联盟)的利益,请你先死(被牺牲)"的三×性(从合理情、合情性和合逻辑性,到法统性、传统性和正统性)。

从建构《将夜》"新穿越宇宙世界观"到构建《剑来》"新道·理宇宙",从重建"爱的信仰"到重塑"美好(如道理、真理、公理等一切美好的理念、原则和标准)的信念"……这些网络爆款作家作品越来越将我们导向一个根本问题:

"人"(手握权杖的人)凭什么(理念、原则和标准)能够评判、审判与裁决他人(有罪该死、有错该罚)?

我们将它建构成一个网络文学造词、理论和方法论的原型

（模型）："人 — 权杖 — 理念"标准金字塔，用来解读和诠释这种网络文学潮流、现象和趋势，以及社会现实、心理需求和文化机制。

猫腻的系列作品，就是这种"建模构型造原型（模型）"的需求暗流引爆社会潮流的爆款标杆。

这种"爱与权杖"不再是穿越者"与生俱来"的福利，也不再是"原住民第一优先目标"，并直接映照甚至反向强化了我们在社会现实、心理需求和文化机制之中"讲道论理""信奉公义、道义、情义、侠义等美好理念、原则和标准"的困境……很大程度上，是因为"目标（理念）、手段（权杖）和我（手握权杖的人）"这三个层级的"关键点"，都相继或同时出了问题。

从《间客》到《将夜》，从《择天记》到《大道朝天》，以猫腻系列作品作为观测与描述中国网络文学、社会甚至整个时代潮流、现象和趋势的引爆点，我们或许会看到：

从"爱"这种多维结构性问题出发，到其他"权杖"所隐喻或谋求的东西（如公平、正义、道义等），这种同情共理、同样逻辑的时代问题，将我们导向的，就是"人 — 权杖 — 理念"标准金字塔原型（模型）的时代问答链。

它宰制了爆款潮流、现象和趋势的渊源流变，制造了强大的社会需求暗流，并成为将这种社会需求暗流引爆为时代庞大潮流的"引爆点"。

第八章 爱与权杖:"人 — 权杖 — 理念"标准金字塔原型(模型)和渊源流变

第一节 标准三问:从"理念""权杖"到"人"

这种时代问答链,直指三个层级的考问。

第一层级:宇宙间有没有"道理"这种东西?

爱、道理、公平、正义、公道、真理、善、美……这个抽象而本源的概念体系或者说"理念宇宙",到底存不存在?

这些我们一直信仰和奉行的理念,存在或不存在,是不是一件越来越不确定的事情?

第二层级:我们追求和践行这些"目标"时所使用的手段(权杖),是否符合这些"理念"所预设的程序正义?

目标的正确性、正义性、正当性,是否能够掩盖手段的非正确性、非正义性和非正当性?

就像《间客》之中的少壮派军官为了除掉"七大家这个联邦的大毒瘤",采用军事手段暗杀平民、暗杀小姑娘并殃及无辜民众甚至牺牲掉儿童,而自认为无错:伟大的事业,总是要牺牲一些不重要的人!

但是,这种牺牲,对象却总是他人。因此,从邰之源到许乐,都质疑和批判了这种手段的非正义性。

这其实带来了一个更为致命的问题:关于手段是否"符合程序正义"标准的大争论,带来了整个社会(社群)的撕裂,以及达致"最大公约数"的迫切需求。

每个人都坚持标准在自己手里 —— 自己的言语行事及各种手

段,符合实现伟大目标的程序正义;凡是不符合我这种"理念 — 目标 — 手段"标尺的人、事、物,均是应该扫进时代和历史角落里的垃圾。

所有人都拿着自己这把标尺衡量、审判甚或裁决他人。于是,谁的拳头大谁就更有道理,谁更有权谁就更有真理,谁拥有超级武器谁就拥有重新制定标准的最大权力。拳头、权势、超级武器……这些其实都是"权杖"的物化形态而已。

归根到底,"权杖"成为小到个人(如江湖侠客)、大到政治军事集团(如《间客》中的三一协会)贯彻自己意志、目标和手段的标准的保障。

谁手握"权杖",谁就掌握"标准"。

因此,最后仍然是"什么人"掌握"标准"才靠谱的问题。

第三个层级:假若我手握权杖,我应该制定一把什么标尺,去量己测人?

《间客》之中,在联邦的法律不能审判、裁决出卖情报、导致西林军阀钟瘦虎身死的罪魁祸首莱克上校时,许乐按照自己内心的道德律对他进行了审判,"判决莱克七项死罪",当庭枪决!

但这个层级上最大的不确定问题,就是:你怎么确定你自己就是正确、正义、正当的?

就像"圣人"帕布尔总统被问罪时,反过来逼问"圣徒"许乐的那种思路和逻辑:当你宣判麦德林、莱克等一系列人死罪时,凭什么认为,你的道理就是真理?

每个人都觉得自己真理在手,给他人甚至整个世界"讲大道理"时天经地义、理所当然、理直气壮!但是,凭什么?

凭的是自己的拳头大、手上有枪、掌控超级核武器……所有代

第八章 爱与权杖:"人 — 权杖 — 理念"标准金字塔原型(模型)和渊源流变

表"权杖在我手、真理亦在我手"的东西?

还是那些你所信奉的道理、真理、爱、善、美、公平、公道、公正和正义等"理念宇宙"?

凭什么,你讲的道理就是道理甚至是真理,别人说的道理就是歪理邪说?就算你自带主角光环,遵守着"主角永远不死""主角永远正确""主角永远荣耀"的三大黄金定律,也不行!你说服不了自己,怎么可能让别人相信"你就是正确的"?!

这就又回到了所谓信用、信誉等"公信力"问题:你这个人说的"话",我们信不信?!

信主角,得真理。

但问题是,当我们把所谓讲道理、找公道、寻正义、求真求善求美等期望,都寄托于某个人(哪怕是主角)的信誉、信用或公信力之上时,却又带来了一个最为根本的问题——

当这个"值得相信"的人,所提倡和奉行的道理甚或真理,正在将整个社会带向危险的深渊时,那种道理或真理本身,还是所谓道理或真理吗?

就像最有公信力的帕布尔总统,致力于开创一个公平、公正和公道的后七大家时代联邦开明社会体制,却采用了狂热的军政府和特务暗黑手段,从而让联邦社会变成比七大家寄生吸血还要邪恶得多的统治结构——这还是那让人对未来充满信心的目标吗?

所以,所谓道理、真理、爱和正义等"理念宇宙",寄附于"任何人"身上,都是一件很不靠谱的事。即使他是主角,即使他手握权杖,即使他站在整个宇宙的中心呼唤爱,宣称自己就是真理的化身……那也不行!

这不是神话,这是笑话!

于是，这个问题链就像罗圈腿一样，又绕了回去：天理何在？正义何存？大道有路吗？

真理在什么人的手里 —— 不靠谱；

用什么手段（权杖）讲道理 —— 太危险；

这世界有没有"道理"这种东西存在 —— 不确定；

……

一层一级一维地降下去，又升起来，到最后，这就成了一个无解的内循环问题：我们无法确定道理宇宙的存在，也无法肯定凭权杖讲道理的合理性，更无法认定"谁掌握权杖，谁讲道理就更得信任"（或反过来"谁更讲道理，谁掌握权杖就更值得信任"）的逻辑。

反过来也是一样的：我们否定了"任何人"讲道理的公信力，我们否定了"权杖即正义"的合理性，难道就要否定"宇宙间有道理这种东西"吗？

第二节　变质链：从量变、质变到畸变

这其实就是一个 3×3 "变质链"。

每个层级都在发生"变质"。

你可以理解为从量变到质变的叠加"逆向"运动。

只不过，这种"逆向"更多的是指预期逆转 —— 与我们所期望的"越变越好"相逆，它是越变越坏、越变越糟糕。

这就像食物过了保鲜期"变质"一样。它带来的，不仅仅是营养的流失，更是"腐坏元素侵蚀和摧残身体生理机能"的残酷现实和结

第八章 爱与权杖:"人 — 权杖 — 理念"标准金字塔原型(模型)和渊源流变

果。这种"变质元素",有可能侵蚀和摧残社会的机能。

而且,每一个层级的"变质",既可能层层递进,又可能交互催化,抑或一级一层"升维"——原来还局限于某一个较低的维度,却因为这种"升维"效应,变成了更高维度、更多场景、更广界域中无法控制的"大流行性问题"。

某一个聚焦于"点"的小问题,为何会被引爆成大面积的、无法控制的、大流行性的现象级问题? 就是缘起于这种 3×3 的变质链。

第二个"3",是指每一个"小问题",都在第一个"3"的多重层级与维度上,演化出一条量变、质变和变质的不可控链条:"人"的问题、"权杖"的问题、"理念"的问题 —— 正向、逆转、双向互推等多种方向性(矢量)运动,交织叠加在一起,成为动态的不可测、不可问、不可控状态。

拿最简单的例子来说,这本来可能是一个人犯下的一个不可饶恕的具体问题,也就是所谓小"1"。

一个人对另一个人做了一件错误的事情,从而导致了一个错误的后果 —— 而且,这个后果严重到无法挽救,比如:导致对方生命的流逝,成为严重的"危害社会公共安全"之犯罪问题。

这就将小"1"导向了大"壹",中间那个杠杆,就是那个不可挽救的"万·一",撬动"1— 壹"的格局:

每一个人都是独"一"无二;

再渺小、弱小和微小的一个人,即使只是"万中之一"甚至是"千万分之一"的分母而不是分子,生命都是可贵的;

一个生命体要顺利成长、平安老去太难了 —— 任何一个"万一"的意外情况,都有可能导致这个"独一无二"的生命体夭折。

当这个万中之一、独一无二的生命体,因为这种"万一"的情况而夭折，那个小小的"1"问题，就不可避免地成为大"壹"的现象级问题——它有可能引爆从一个人到一群人直至整个社会大面积的"愤怒情绪"。

烽火戏诸侯《剑来》中阿良好心办错事，导致那个万中之一的"无辜小妖"，被打着除暴安良、灭妖降魔正义旗号的侠客修道人，就这样"万一"地除掉了——这引爆了阿良的"愤怒"情绪，却不知这愤怒应该针对谁：针对他自己？针对那侠客修道人？针对所有好心办错事的人或者所谓正义人士？[1]

猫腻《间客》中"帝国的种子"麦德林议员精心策划了国民少女偶像简水儿演唱会大爆炸，导致数以"万"计的平民分母的集体死亡，特别是那万中之"一"的无辜儿童的生命之伤逝——联邦宪章广场每一根纪念蜡烛，代表着的，都是这独一无二的"万·一"之宝贵生命。

这引爆了从许乐这个人的个体愤怒情绪到联邦民众的集体愤怒潮流。只不过，许乐比大众更明确地知道自己的愤怒应该针对谁：

针对那个罪魁祸首麦德林议员；

针对像麦德林议员一样认为"国战无罪，为了本国利益可以屠杀敌方平民甚或是老人、妇女和儿童"的人或利益军事集团；

针对那些打着联邦大和解的正义旗号纵容、妥协、绥靖甚或是包庇麦德林议员这样的人的人、势力和组织；

特别是针对那些与麦德林议员这样的人勾结起来，暗杀平民、

---

[1] 参阅庄庸等主编：《文运迷楼说：中国网络文学阅读潮流研究（第4季）》，中国青年出版社2020年版。

第八章 爱与权杖:"人 — 权杖 — 理念"标准金字塔原型(模型)和渊源流变

谋杀少女、阴谋葬送为国战立下不朽功勋之军事首领的人、势力和组织 —— 如少壮派军官、三一协会军事政治小团体,以及所有打着"为了联邦"却谋求着军政府接管统治的野心家们。

这些人(集团)都是愤怒青年许乐应该针对的对象。

因为这"个"人、这"些"人、这"种"人 —— 以及他和他们背后的那些势力、组织、机构和利益集团 —— 使得这种"万·一"的小问题大现象,变得不可避免:

它看起来具有很多的"偶然性",却似乎有着"必然"发生的逻辑与趋势;它不是"孤例",而是成串地发生,频繁、持久、普遍地发生,只不过因为分散、零乱和零散 —— 在庞大的数以"万"计的分母基数之中,这小小的"一"太不起眼了 —— 所以不太为人注意。

但一系列"小事件"的背后,都有一根若有若无的"线"在串联着,仿佛有一双无形的手(一种庞大而强劲、喧嚣与躁动着的汹涌暗流)在推动这些孤例事件频繁发生,不发生于此时、此地、此人,就会落于彼时、彼地、彼人 —— 每一个在庞大分母体随机发生的小概念事件,像尘埃一样落于任何一个普通而弱小的"万·一"生命体上,都是沉重得足以摧毁一切的大陨石!

更关键的是,造成这种偶然却又必然发生的"万·一"概率事件频繁发生的人、势力和集团,却坚持自己无悔、无错、无罪!

为什么?因为他们坚持自己是在履行甚或是在奉行自己的理想、信念和神圣的天职!

第三节　谁之错：
是"人的问题"还是"理念的问题"

这就从"人"的问题跃升为"理念"的问题：

是这"个"人的问题？

还是这"个"理念的问题？

是这"种"（类、属）人的问题？

还是这"种"（类、属）理念的问题？

如果理念无错，人有错，那就是"善念恶人"的问题逻辑了：

理念是好的，就是奉行这理念的人做错了；

想法是善的，就是人把它执行错了……

这样的"归谬"逻辑，就是把所有问题发生的原因，都归到具体的人、具体的事、具体的问题上，而不用否定抽象的概念、理念和信念。

这样不会造成思想的混乱、精神的困惑和大脑的迷雾，动摇、瓦解甚至摧毁所谓观念、理念和信仰的根基，造成"信仰体系的崩塌"。

比如：道理没有错；行侠仗义是对的；讨公道、寻正义、讲公正更是毋庸置疑的事情；心如草木、向阳而生，求真、求善、求美，是人就应该奉行和实践的准则……

这些宇宙间的道理、真理、美德、准则和理念都是好的、对的、正确的。

只是那些"行善积德"做恶事、"行侠仗义"却犯罪、"求善求美"

第八章　爱与权杖:"人 — 权杖 — 理念"标准金字塔原型(模型)和渊源流变

丑陋行、"讲道论理"念歪经的人错了!

这就树立了一个"二元对立"的标准体系:"理念"在这端,"行为"在那端,中间就是那把衡量世界的标尺。

理念是好的,想法是对的,出发点是正确的;听其言,观其行,以结果、后果(成果)和效果三果倒推,这个人是"坏"的,这种做法是"错"的,这类行为是"恶"的!

如何评判(衡量)好坏,如何审判对错,如何裁决善恶 —— 就是拿这把从理念导向行为结果的"标尺"去衡量、测量和定量,然后定性。

衡量"标准"就是行为符合理念、结果与初衷相符,甚或三果(结果、后果/成果、效果)和三初(初念、初衷、初心)相匹配。

但这显然是"太想当然"了!

从理念到行为,并不一定"理所当然"。

很多人奉行理念的方式并不符合"程序正义",经常采用错误的手段去追求和实现正确的目标。就算按照最正确的标准行事,事情最后的结果也不一定会与初衷相符。

这带来一系列"归谬"和"评判"问题,甚至带来一系列"善念恶行甚或是恶果"的自辩、狡辩与诡辩问题:

小到亲密关系之中,屡见不鲜打着"我是为你好"的旗号,实际却是在折磨和伤害对方的情况 —— 爱我的人,伤害我最深,毁灭你的人,有可能永远都是那些说"我为你好"的人;

中到社会人际关系之中,所有人都无意识或有意识甚或是刻意地把自己置于"我是为你好"和"我代表××(正义、美德、道理等)……"的制高点上,把自己当作标尺,对其他人进行衡量(评判)、审判和裁决;

大到在组织性行为、体系性结构和体制性安排之中,把这种"理念"当作一种"强制性"的力量,剪裁每一个人"个体化、个性化、个人化、个别化"的枝叶,使他们成为一把尺子量下来都合格的"标准人"——符合这个标准才是合格的,不符合这个标准就是畸形的,甚至是毒瘤,必须剪除、消除和清除。

这就是"标准灭绝计划"。

"万·一"的悲剧就是这样被催生的。

因为就算"理念"再正确无比,"理念 — 行为 — 后果"再"善"再符合程序正义和逻辑发展,如"善念 — 善行 — 善果"这样一种标准量尺也只是一种理想和空想状态。它可以成为用来衡量、度量和测量的参考基数,却不可以成为裁剪"活生生的人"的依据。

标准是死的,人是活的。花有千样红,人有百样种 —— 一样米,养出不同的人。如果所有千姿百态的人,全都用一把标尺裁量下来,修剪成符合某种既有理念、固定程序和标准化格式的"标准人",那这个标准本身,还是一个好的、善的、对的标准吗,一如"善标"?

特别是那些已经被标准化的初代、二代、三代……N代"标准人",自以为自己就是标准的化身 —— 实际已经是柏拉图"理念洞穴"中的"影子的影子的影子",早就远离原初那把代表着真理、道理和天理的标尺 —— 试图简单、直接和粗暴地裁量N+1代的"标准化"生长和演化,那最后的结果岂不是南辕北辙?

连失之毫厘都可能谬以千里,何况这种"标准人"的标准化生长:它从源头就错了!

在这种"标准化生产人"的过程之中,拿着标尺去衡量、测量、裁量和评判、审判与裁决他人的人,拿着的,已经越来越不是那种作为标准的标准量尺——如"善念—善行—善果"之标尺——而是附加了自己很多想法、利益和诉求的"个人标准量尺"。

用个人量尺，当作公用标准，去衡量、审判和裁决他人，怎么可能不出现问题？

第四节　善恶标准链：
从"畸变的标准"到"权杖的腐蚀"

这就造成了三种极其荒谬的现象级问题。

第一种，就是每一个人把自己当作"理念"的绝对标准掌握者，对他人进行衡量（评判）、审判和裁决，掌控着他人的绩效评估、人生评价甚或是生死评判。

第二种，但事实上，这些"标尺审判官"本身就是一种"标准人"裁量和生产链的 N 代畸形结果。他们对 N+1 代"标准人"的裁量和催生，或将带来下一代发生更为严重"畸变"的标准人。

第三种，关键是，这种"畸变标准人"掌握着"终极大审判官"的权杖——那种组织性、体系性、制度性的"标准人"授权链，确认、确定、确立了他们所谓传统性、正统性和法统性，令他们可以合法（而不合情、不合理）地进一步扭曲、变形甚至摒弃理念之标准，理直气壮地生产和制造专属于自身的"标准人"量尺，去催生下一代的畸形标准人甚或是新一代畸变标准人。

从变质到畸变，这已经不仅仅是"人"善念恶果或善念罪行的问题，而是"善念—罪行—恶果"的"恶标准链"问题："恶标"导致整个传递链并不仅仅是量变到质变,而是变质到畸变。

从"道"之"理念"到"人"的"权杖",催生了加剧这种扭曲、变形和畸变的恶标化(标准恶化而非善化)的生产机制——握着权力的标准人,奉行和实施着"恶标";权杖的运行机制,赋予了这些标准人"进一步恶化标准"的合法权利。

这真的是一种奇怪的悖论和恶性循环。

为什么会出现这种情况?

当我们从批判"人"转向批判"权杖"——对这种硬性的体制机制问题进行"现实性批判"时,或许忽略了另外一种"软性"的社会现实、心理需求和文化机制问题:由"人心宇宙"亦即所谓人心鬼蜮、人性深渊、人际关系黑暗森林等催生的人类本能问题——手握权杖,你也可能变"恶",甚至可能"更恶""大恶"!

因为,权杖是"春药",可能会让你亢奋、狂热甚或是丧失自己的本性。

就像《间客》之中的帕布尔总统,犹如圣人一样,对七大家"寄生"于联邦母体吸血的体制机制进行强烈的道义谴责和社会批判,决意要在掌握联邦总统的"权杖"之后,以柳叶刀一样的精准度,把这些毒瘤消除干净——即使采用一些不光明的、黑暗的甚至是邪恶的手段,也在所不惜。

事实上也的确如此。

在掌握权杖之前,帕布尔就已经默许、纵容甚或支持少壮派军官对七大家继承人皇太子郜之源、小公主钟烟花进行暗杀,哪怕殃及平民、导致无辜民众死亡。

掌握总统权杖之后,更是变本加厉,支持跟帝国勾结,阴谋坑杀功勋将领钟瘦虎,纵容秘密调查部门陷害战斗英雄,甚至大面积地

第八章 爱与权杖:"人—权杖—理念"标准金字塔原型(模型)和渊源流变

侵犯公民权益……

到最后,被邰之源和许乐"逼宫"逼得无路可退时,圣人帕布尔才不得不承认:自己被"权杖"诱惑和腐蚀了自己的心志,忘记了自己的理念和信仰,成为"当初我们自己最讨厌的人"。

第五节 帕布尔问题:
从"审他必死"到"量己可活"

"帕布尔问题"其实带来"人—权杖—理念"标准金字塔原型(模型)两个衍生变质和畸变链的模型结构:

第一个问题就是人的"立场、角度和位置"不同,带来的评判、审判和裁决的标准不同。帕布尔掌握权杖之前,早就评判、审判和裁决了七大家的死亡。但是,掌握权杖之后,他成为像他曾经讨厌的七大家一样的人,甚至在许乐、邰之源和施清海这些角色扮演"新审判官"的人看来,是比七大家更恶、大恶的人。

我们每一个人其实都是如此,甚至比帕布尔更甚。

人人都是审判官,只要审判的是他人,就无比天经地义、理直气壮。但是,当置换身份,成为那个"被审判"的对象时,又觉得自己何其无辜!

那把被当作"绝对标准"的审判之尺,其实并不是绝对,而是相对的,总是跟着屁股的转移而变化:"我"的屁股在哪里,"坐标"就立在哪里;"我"的尺子就是标准。

第二个问题就是所谓"信人不如信己"的理念、权杖(执行)和

行为"己标"(以自己为标准)问题:

帕布尔"相信"自己的观念、理念和信念无比正确——这是对理念本身的定义,确信自己的"信仰"无比坚定——这是对自己"信奉"(信仰和奉行)所谓信念的行为品质的定性,坚信为了这伟大的事业(信仰)可以奉献自己宝贵的生命——这是对自己"为了××,可以自我牺牲"的定位。

换句话说,他把自己视为"圣人"。

圣人是有资格为信徒和非信徒制定标准的,并且有意识(理性)、有能力(权杖)、有组织(追随者)号召(强制)他人去遵循和践行这种"圣人标准"——为了××,请你去死。

为了这种理想,请你勇于赴死。

为了这个圣人,请你甘愿死!

为了这种标准,请你安心先死……

这种理念、逻辑和标准,最为强大亦最为荒谬之处,就在于:为了某种正义的理念、目标和愿景,请他人先于自己去死——因为自己更重要、更强大、更神圣,为了这个伟大的事业,需要留到"最后赴死"!而且,大概率是不会死的。

因为,事业要追求成功的!圣人都死了,怎么还能确保这个目标成功、理念实现呢?

最重要的人,总是要活到最后,确认他一生追求的事业终于成功,才能放心地"闭上"自己的眼——暂时休息一秒钟。

其他所有比他不重要的人,都可以先去死,先被牺牲……为这伟大的理念和目标,铺上一块块地砖。

至于不愿意去死、去牺牲的人,那就强制你去死、去牺牲!

没有人是不可以牺牲的,其他人都是可以牺牲的——除了自己。

第八章　爱与权杖："人 — 权杖 — 理念"标准金字塔原型（模型）和渊源流变

因此，"帕布尔问题"就带来三个实质性的质问。

帕布尔制定理念、目标和标准，总是要求甚或习惯了强制他人牺牲——"为了××联邦（为了帕布尔），请你去死"。No.1 之问：猜猜下一个"被牺牲"的会是谁？

就像郜之源游说三大工业协会负责人时说：为了联邦的利益，他牺牲了谁谁谁；为了联邦的利益，他又牺牲了谁谁谁……其实，他是为了自己的标准，牺牲了一拨又一拨的人。他已经习惯了牺牲其他人，来践行他的理念和标准。总有一天，他会在名义上为了联邦，实际上为了自己的标准，把你或你们都牺牲掉的。

帕布尔团队按照这把"帕布尔标准"正义之尺，去衡量、审判和裁决除了他和他的追随者外的"其他所有人"。除他们自己外，所有人都是可以"被牺牲"的。No.2 之问：有多少无辜之人，会在不知情、不愿意、不准许（授权）的情况之下，被"帕布尔标准"牺牲掉？

就像从施清海到许乐，拿着一把大枪横扫国会山或道德法庭时，审判"帕布尔标准"有罪该废时，质问的：

你们奉行伟大的帕布尔标准，得到其他人的认可和认同了吗？

他们同意为了你们的理念、标准和目标献身甚至献出宝贵的生命吗？

你们强制他们为了帕布尔标准牺牲时，得到他们的授权了吗？

……

不告而取之为贼，无权而强制他人去死是为罪！而且是重罪，罪无可赦。

从帕布尔总统到帕布尔团队，拿着"帕布尔标准"，强制其他所有人都为之牺牲自己，但就是不"自我牺牲"。No.3 之问：什么时候，才轮到帕布尔们牺牲自己？

就像许乐逼宫逼到最后，把帕布尔逼到墙角，再无任何回旋空间时，所逼问的：这么伟大的理念、目标和标准，你为什么"不第一个死"，堪作万世表率？

好吧，你和你的狗腿子们比别人更重要、更有能力、更想开创一个伟大的未来，所以，更有权活着，所以，你们请别人先死了——卖花的小姑娘死了，羞涩的志愿者小妹死了，无辜的平民百姓死了……

那么多人都为了你们的"帕布尔标准"被牺牲掉了，你们怎么还不去死?!

现在，轮到你们"帕布尔人"为你们的理念、标准和目标"被牺牲"了：拜伦被牺牲了！莱克被牺牲了！西门瑾被牺牲了！……

其他所有的人都能被牺牲，为什么你帕布尔就不能被牺牲?!

你帕布尔不是为了伟大的理念可以献身吗?!

你帕布尔不是为了远大的目标可以自我牺牲吗?!

你帕布尔不是说任何人都可以为了"帕布尔标准"被牺牲吗?!

为什么轮到你牺牲时，你就可以成为一个不"被牺牲"的特例?!

你坚持所有人被牺牲是正当的——如果不正当你可以从棺材里被扒出来接受审判："如果许乐上校说我该死，那我真的就该死了！"……我许乐现在审判你有罪该死，你为什么不敢、不愿和不能去死?!

说来说去，都是别人可死，"我"不能死！

你帕布尔的理念和目标，就是可以强制牺牲任何人，除了"我自己"?!

你帕布尔制定的标准，就是这样"审他"，不是用来"量己"的!?

第八章 爱与权杖:"人 — 权杖 — 理念"标准金字塔原型(模型)和渊源流变

第六节 极端之危:
从"己·标"准则到"它·理"原则

这其实形成两"点"极端对立、一"点"垂直向下钻探的电钻型张力结构。

第一个极端点,就是以"己·标"(自我就是标准)为准则:

"我"信奉此种理念、目标和标准,"我"拥有以此定准则的"权杖","我"以此准则为标尺,评判、裁判和审判他人的行为与结果……

这就是"我"的标准、"我"的权杖、"我"的理念!

一切都是"我"的,与"你"无关,与"他"无关,与"它"无关——与这种理念、标准和权杖本身"是什么"无关!

第二个极端点,就是以"它·理"(它存在即真理)为原则:

这种"理念"是什么?定义!

这种"权杖"是什么性质?定性!

这种"标准"在评判、裁判和审判社会现象时有什么用?定位!

这就是以"它"的概念、本质特征和功能作用为参考原则。

似乎一切都是客观的:理念是客观存在的道理甚或是真理;权杖是客观的体系、体制和机制;标准亦是客观的原则、准则和标尺。

它们都不是主观形成的 —— 这跟"我"怎么想、怎么做、怎么看没有关系。

就像道理就是道理,天理就是天理,真理就是真理,不能以个人的主观意志为转移。

这两个极端点,并不是"两点成一条直线",而是闭合循环成一个太极图——一生二、二生三、三生万——两个极端点所连成的S形曲线,就是那中间的分界线、连接线、生成线和演化线构成的"交互界面"。

所谓阴阳相生,从头到尾,生成演化,其实就是一个过去、现在和未来多场景、多界域、多维度交互的界面。

一如我们解读、诠释和建构的那样:交互界面本身就是一个魔幻迷宫,何况这个S形曲线支撑的太极图本身?!

因此,从"己·标"到"它·理",由S形曲线、交互界面·魔幻迷宫、闭合循环却又动态开放的太极图"三脚架"支撑起来的球柄结构,并不是平面二维体,而是多维体。

它同样形成了多场景、多界域、多维度的"迷宫"建筑体:

"它"这种所谓客观存在的理念,真的就是客观的吗?

"我"这种主观形成的标准,真的就可以"放之四海而皆准"吗?

我即是它,它即是我,主观与客观、存在与虚无……谁是谁,存在即标准?

谁又说得清楚,辩得明白呢?

这就形成了一个矛盾与冲突、撕裂与塌陷、混沌与无序的"悖论空间"。

当然,悖论亦是张力。这同样是一个妥协与和解、寻找公约数与达致共识、重建新秩序与新规则的"张力宇宙"。

特别是:第三"点"垂直向下钻探,将这两个极端"点"甚或整个"S交互宇宙",都往下牵引,形成了更为多重、多维和多界域的"锥体迷楼·通天塔"。

这种"锥体迷楼·通天塔"将我们引向一种比理想、简洁、完美

第八章　爱与权杖："人 — 权杖 — 理念"标准金字塔原型（模型）和渊源流变

的"标准金字塔"原型（模型）更为神秘、复杂和难以言喻的"迷楼嵌套结构"——就像"通天塔"是为了让人通向上帝和神国，但是，因为人和人自身"语言"不通，而导致了人和人都无法沟通，何况是人和神沟通？！我们在破解一层迷局时，同时又陷入更多场景、更高维度、更跨界域的迷宫之中。

因此，"标准金字塔"原型（模型）让我们可以清晰而简洁地质疑和批判——相伴而生的就是解构、重构和建构——标准从何而来、又向何而去、在当下是否有用和"合理"：

"理念"是不是真的客观存在——宇宙间有没有"道理"？

"权杖"有没有扭曲——它确立"善法"还是执行"恶法"？

"人"这个终极大审判官是否能够做出具有公信力的评判、裁决和审判？

权杖是否握在合适的人（善人）手里，有没有假善（善念）之名，行恶（恶行）之事，从而导致善念恶果的罪行？！

这是一个看起来很清晰、简洁和精准的"标准"路径：善念 — 善行 — 善果、恶念 — 恶行 — 恶果、理念（善恶之念）— 权杖（善法/恶法）— 人（善人/恶人）……

这看起来像是一种单向度的传递链：善产生善标，恶制造恶果；善念造善法，善人行善行，以善标量世人，制造善果；而如果出现恶果，必然是恶人行使恶杖，遵循的本身就是"恶"的理念。

换句话说：善的理念催生美德的种子，而恶果只能是扎根于开出恶之花的恶之土壤。不会存在善之种子，开出恶之花，结出罪之果的扭曲现象。

但——事实上，这是现实中经常出现的情况！

所以，我们才说这个"标准金字塔"是一种理想的模型。

理想很丰满，现实很骨感——骨感，其实不是无病呻吟的修辞，而是残酷的代名词。因为，善念恶行，真的"是会死人的"！

第七节 私器（标）公用：
从"定标我是善"到"靶向你为恶"

它带来一种远比"俄罗斯套娃"更为复杂的社会现实、心理需求和文化机制：人人都是"西门瑾—帕布尔"审判官；人人都坚持自己就是那把"理念—权杖—人"三位一体的标尺，从而去评判、裁判和审判他人；人人都可能要求或强制他人按照这种标准"被牺牲"；而且人人都可能是为了伟大的理念、目标和原则"留待有用之身到最后"的圣徒或圣人……

如果只是"俄罗斯套娃"嵌套结构的话，任何将上述所有人事物都圈定（画圈—切割—界定）为"西门瑾—帕布尔标准"的人、势力和集团，都可以很"二元化"地作出判决：

假若"西门瑾—帕布尔标准"有错该废，那么，它就是"恶"的；而判决"它是恶的"的我们就是善的——善和恶二元分明，中间没有任何模糊地带。

也就是说，无论"西门瑾—帕布尔标准"整体都是恶的（恶念—恶法—恶果），还是局部、单向或某个层面发生扭曲（如善念—罪行—恶果），需要仔细解剖和辨清"人—权杖—理念"究竟是哪里出了问题——只要它被判决为"恶的"，就自然被当作一个标杆，用来对标和确定它的对立面"就是善的"，如，对"西门瑾—

第八章 爱与权杖:"人 — 权杖 — 理念"标准金字塔原型(模型)和渊源流变

帕布尔标准"进行审判的"第三方大众专职(专业)评审团"是善的。

善恶就是如此区分的。非此即彼,非黑即白;"我"就是善的,"你"就是恶的。原因?理由?逻辑?因为"我"就是审判官:"我"代表 ××(正义、真理、道理等)审判你啊!

就像"西门瑾 — 帕布尔"代表联邦女神(为了联邦的自由、利益、理想)审判七大家一样:因为"我"是正义的,所以"你"就是邪恶的。

这就形成了一个很奇怪的同心圆圈层:西门瑾 — 帕布尔审判七大家,第三方大众专职(专业/业余)大众评审团审判西门瑾 — 帕布尔,我们这些剧外人局外人又同时审判七大家、西门瑾 — 帕布尔和第三方专职(专业/业余)大众评审团……

如果按照"俄罗斯套娃"大小嵌套的简化标准,每一个更"大"一点的外围圈层都代表着"善",可以审判更"小"一点的内部圈层为"恶"——所谓大小,其实可以置换成"谁的拳头最大、谁最有权势、谁握有超级武器的谁掌控权杖"——那么,与这种内外、大小、善恶等二元审判与否定链相伴而生的问题,就是所谓"隔圈、隔层、隔代"所带来的"否定之否定是不是就是肯定"疑问:

西门瑾 — 帕布尔审判七大家为恶,自诩为善;第三方专职(专业/业余)大众评审团审判西门瑾 — 帕布尔为恶,量己为善……那是不是意味着推翻了西门瑾 — 帕布尔为"恶"的审判,就可以恢复和重新界定"七大家是善的"?因为:否定的否定就是肯定,敌人的敌人就是自己的盟友,既然西门瑾 — 帕布尔是恶的,那凡是他们宣判为恶的,就一定是善的。

这其实是一种很荒谬却并不好笑的推论。

因为,逻辑已经是如此荒谬,但现实比这还要荒诞得多。

西门瑾 — 帕布尔审判七大家为恶,但他们自己并不一定就真的代表"善"。第三方专职（专业/业余）大众评审团审判西门瑾—帕布尔为恶，但这并不意味着七大家就能翻身为"善"——事实上，对于七大家本身，也很难轻易下定论：它是善的，或它是恶的。

同样的逻辑和道理，即使西门瑾—帕布尔真的"十恶不赦"，对他们进行审判的第三方专职（专业/业余）大众评审团，未必就真的代表着"善念—善行—善果"，反而可能是造成"恶念—恶行—恶果"之恶的现象、潮流和趋势。

这就是从"标准金字塔"原型（模型）到"锥体迷楼·通天塔"，西门瑾—帕布尔标准背后，所映射的比"俄罗斯套娃"更加复杂、残酷甚至暴虐的"第三方专职（专业/业余）大众评审团"社会现实、心理需求和文化机制——当画圈、切割和界定为"恶"的靶子树立时，席卷整个社会和网络舆论的"第三方专职（专业/业余）大众评审团"终极大审判，未必就真的是"善"（让人变善、让社会更善、让世界大善）之浪潮，反而可能孕育、酝酿和引爆一股比靶子之恶更"恶"（让人更恶、让社会更恶、让世界更恶）的暗流。

因为，这里面夹杂了太多的私器（标）公用的阴谋与圈套。

任何被裹挟其中的人，都可能像瞎子摸象一样，自以为角色扮演了"正义的使者"，实际却是被人"当枪使"的棋子甚或炮灰类角色。

真正被圈定为"恶对象"的人、事件和现象，危害性反而没那么大。因为，恶有恶报，"社会隐性侵犯现象—核心权益运动—超级代价体系"[1]的报复性反传导链比较清晰。而且，很大程度上，这是

---

[1] 参阅庄庸等主编：《爽感爆款系统：中国网络文学阅读潮流研究（第3季）》，中国青年出版社2020年版。

第八章 爱与权杖:"人 — 权杖 — 理念"标准金字塔原型(模型)和渊源流变

他们双方的事情,我们并没有被裹挟进去成为局内人,不必承担后果和责任。

但是,第三方专职(专业／业余)大众评审团那股"我代表××审判你"现象、潮流和趋势之中的"暗流涌动"——即使只是小众潮流、亚文化现象、局域性趋势的"假善之名,行恶之事"——却会直接把"站在河上观潮流涌动的旁观者"席卷和裹挟进去,推波助澜、兴风作浪,不经意之间就成为"以善之名作恶事"的帮凶或受害者,在完全没有意识到的情况下必然、必须承担那种后果与责任:你其实已经成了"第三方专职(专业／业余)大众评审团"的终极大审判官!

特别关键的是,对"恶对象"的终极审判,到底是落脚于"3+A"结构上的哪一点,决定了危害态势的可能性:是"人(1)— 权杖(2)— 理念(3)"这种标准金字塔三结构之中的某一层级,还是符合这种原型、逻辑和结构的"标准(A)"本身?

很多时候,是"标准(A)"出了问题,或是制定标准的人(把自己当标尺的人)出了问题,甚至也可能是以这种标准简单、直接、粗暴地一刀切,并"把标准本身标准化"地培养"标准人"的权杖出了问题……但未必是"掌握权杖以制定和执行标准的人"所信奉(信仰和奉行)的"理念"出了问题。

但如果基于对上述所有的现象、潮流和趋势进行的现实性批判,就此审判并裁决"理念"有错应废,比如把真、善、美、正义、公正、道德等这些所谓理念、原则和准则都驱逐出去,那就真的是泼脏水把婴儿一块都泼了出去!

人人都不必讲道论理,整个社会都不必讲究正义和公道,整个人类都不必求真、求善、求美……那我们到底想建设一种什么样的人生、建设一种什么样的社会、建设一种什么样的世界？

批判社会现实很重要，但建设未来世界更重要 —— 建设比批判和破坏更难。

第八节　大审判时代：从"审判官思维"到"第三方专职（专业／业余）大众评审团"

这必须回到"审判官思维""社会大审判链""第三方专职（专业／业余）大众评审团"的社会现实、心理需求和文化机制。

正是因此，才会造成中间通道和传递链的扭曲与变形，从而使得"标准金字塔"原型（模型）由一生万，转场、升维和跨界，形成多维迷宫式的"锥体迷楼·通天塔"迷宫。

从"标准金字塔"原型（模型）到"锥体迷楼·通天塔"迷宫，形成不同的场景、不同的维度、不同的界域，由不同的"点"连接，但又随时"断链／断连"，被不同的"带"隔离。从连接点到隔离带，每一个"转场、升维和跨界"的接口／断链，就是一个"交互界面"。它本身就是一个平行世界、多重宇宙、多维时空的虚拟幻梦和魔幻迷宫：人们以为自己能够实现"美梦"（理想、信念和梦想），却在虚拟 — 现实的迷宫之中，永远找不到出口。

这就像我们前面所说的大小、强弱、善恶、远近、内外等一系列"二元对立统一的矛盾概念"，不太可能在像"俄罗斯套娃"一样的模型、结构和逻辑之中实现。即使它看起来的确是像同心圆圈层一样，由内到外、由小到大、由近到远逐层递推；也的确形成了所谓以

第八章 爱与权杖:"人 — 权杖 — 理念"标准金字塔原型(模型)和渊源流变

善判恶、以美审丑、以正义否定非正义的传导链。

但是,处于最内圈、最小的、最近的,未必就是最弱的,它可能是最内核、最硬核、最具有"核动力"的 —— 引爆潮流的点,可能就是那一个"核点"。

而且,恰如我们前面解剖和分析的那样,"俄罗斯套娃"的模型、结构和逻辑,会遇到一个"否定之否定就是肯定""被恶判决的就是善""代表××(善和正义等)审判你的人,可能是恶人,亦可能是善人恶法"归谬悖论。

"理念 — 权杖 — 人"这种标准金字塔的原型(标准)结构,一旦被塞进这种从七大家 — 联邦毒瘤、西门瑾 — 帕布尔到许乐 — 施清海主角团,再到第三方专职(专业/业余)大众评审团、我们这些剧外人局内人(被设局、做局、布局进某个"局"内)的传导链之中,就会造成扭曲和变形。

即使最初被预设为"俄罗斯套娃"的模型、结构和逻辑 —— 亦即"建模造型构原型",以生产标准化、流水线和工业化的标准产品 —— 也可能会产生场景、维度、界域和时空间的解构、重构和建构,从而形成某种看似荒诞无比但逻辑却能自洽的新型结构,如:终点即起点;最远即最近;最外面的圈层,回归到最坚硬的内核……

这绝不是在一个维度、平面和层级能够出现和实现的状态。它只有在不同场景、不同维度、不同界域的转场、升维和跨界之中存在。就像是螺旋式上升、提升和跃升的同时,又像压缩弹簧一样积力、蓄势和储能,寻找报复性反弹的触底点、最佳拐点和引爆点!

"×点"驱动故事中国,但同时"×点"也驱动转场、跨界和升维 —— 这些"点",可能是不同场景、不同维度、不同界域的连接点,亦有可能是平行世界、多重宇宙、多维时空的"断链点" —— 链接即隔离。

它们本身就嵌套出层层、重重和多维的"交互界面"。这种交互界面本身就是虚拟梦幻。它让整个结构都变成一个庞大的魔幻迷宫。

如果非要用形象化的方式描绘出来，就仿佛是这个"俄罗斯套娃"的模型，还在横向和共时性结构层面存在。但是，由于那种奇怪而又矛盾的"螺旋"和"压缩弹簧"双重作用力，导致这个"俄罗斯套娃"的模型结构"竖"了起来，犹如手机图像从"横屏"变为"竖屏"——并不仅仅是空间感上的垂直竖立，而是在时间维度上也竖了起来。纵横交叉，横屏与竖屏共存，历时而在，建构出不同场景、不同维度、不同界域的"交互界面"……最终把"俄罗斯套娃"解构、重构和建构成一个庞大的"梦幻迷宫"。

这其实是一个"理所当然"的结果。

因为，从七大家——联邦毒瘤、西门瑾——帕布尔到许乐——施清海主角团再到第三方专职（专业/业余）大众评审团、我们这些剧外人局内人的传递链，本身亦形成一种从"交互界面"到"多维迷宫"的造型结构；当它嵌套进这种所谓"俄罗斯套娃"模型之中，必然发生双向、交互作用，从而造成彼此都"迷宫化"的趋势。

由此倒推，那种"人（1）——权杖（2）——理念（3）+标准（A）"的标准金字塔原型（模型），也不再简洁、不再完美、不再充足，而是生成和演化为同样从"交互界面"到"魔幻迷宫"的多维结构——在它本身不同层级形成不同场景、不同维度和不同界域的"交互界面"，到最后这种"人（1）——权杖（2）——理念（3）+标准（A）"的3+A模型，也成了一个巨大的"魔幻迷宫"。

将它支撑并撬起来的杠杆，就是那种"不对称的故事信息经

第八章 爱与权杖:"人 — 权杖 — 理念"标准金字塔原型(模型)和渊源流变

济学"——不对称的信息、故事和现实,将上述所有"标准"金字塔原型(模型)、"审判"传导链和"套娃"嵌套造型,都重组和重构在一起;

甚至将我们此前所解读、诠释和建构的"争权链""授权链"和"信 ×"五角星芒塔也都重组和解构在一起,推动形成我们所说的"锥体迷楼·通天塔"迷宫,并终极建构起从虚拟幻梦(心理虚拟化)到"魔幻迷宫"(现实迷宫化)的"故事迷宫"(迷宫文化现象)。

从"不对称的故事信息经济学"到讲故事、写爽文(写网文)、IP化(改编剧)、造爆款的"故事迷宫"现象、潮流和趋势,就是基于这样一种"虚拟幻梦·魔幻迷宫"的社会现实、心理需求和文化机制。

第 九 章

审判官思维：从"我代表××审判你"到"自己被集体审判"

从猫腻到烽火戏诸侯,从《将夜》到《剑来》,从《间客》到《择天记》……

就像一面又一面的旗帜(flag)一样,让我们看到那条暴露的轨迹线之下强大得可以裹挟一切的"大审判时代"社会现实、心理需求和文化机制。

是的,这不仅仅是作品的潮流,也是社会的现象,甚至已然成为席卷时代的趋势。

如《将夜》之中,知守观观主陈某"代表昊天审判你":

宁缺有罪,长安城是一座罪恶之城,所有长安城的人甚至整个异唐论语世界唐人都是罪人……

因此,我要代表昊天灭唐、去族、消灭所有有罪的唐人。[1]

这让宁缺很愤怒,让长安人很愤怒,让所有大唐人很愤怒——也让我们这些理所当然地把屁股坐到唐人这一条板凳上的吃瓜群众很愤怒。

出离愤怒,是不爽到了极致、就把大火药桶引爆了的"全唐愤怒(全民愤怒)"情绪潮流。

你以为你是谁啊?

你有什么权利审判别人啊?

---

[1] 参阅庄庸著:《猫腻与〈将夜〉》,作家出版社 2019 年版。

你真把自己当成造物主啊!

很不幸,陈某还真就把自己当成像神明一样的昊天代言人,甚至,最后还把自己当成了"新昊天"本身!

关键是,他还真有"神"一样的超级审判力!

更为重要的是,从《将夜》到《间客》《择天记》《剑来》,当我们像主角一样将这样的审判官反角送上审判席时——比如像许乐一样,把"西门瑾—李在道—帕布尔"等审判他人有罪该死(强制牺牲)的人送上审判席——我们把作者和自己也都送上了"终极审判席",等待着"末日审判"的到来。

从小说中反面人物"我代表××(昊天、神明、正义……)审判你",到主角对终极反派审判官的"迟到的正义审判",再到从局内人到剧外人"第三方专职(专业/业余)大众评审团"对人物角色的审判、对主角与作者的审判、对其他书友或粉丝群的审判,甚至对整个网文和社会的审判……

整个社会现实、心理需求和文化机制,正在形成一股强大的"审判官思维""社会大审判链"和"第三方专职(专业/业余)大众评审团"的大审判潮流、现象和趋势,直到最后:每一个审判他人的人,成为被末日审判的终极对象。

让人惊讶而又"惊喜"(惊或许大于喜)的是,这种"审判官思维""社会大审判链"和"第三方专职(专业/业余)大众评审团"的潮流、现象和趋势,恰恰正是很多爆款诞生的社会(心灵)土壤——因为审判造成社交、社群、社区、社会网络的大撕裂;因为撕裂的冲突,需要"情绪的宣泄口"。

很多爆款之所以成为爆款,或者很多产品之所以成为全网/全民情绪潮流的引爆点,就在于这种"大审判时代的撕裂"提供

第九章 审判官思维：从"我代表××审判你"到"自己被集体审判"

了一种"决坝泄洪"的情绪宣泄口。

第一节 反派审判官：我代表××审判你

从《将夜》中的知守观观主陈某，到《间客》中的"西门瑾—李在道—帕布尔"，再到《择天记》中的商行舟—王之策，其实都有一种典型的"反派审判官"角色和思维：

我代表××审判你。我是昊天、神明、真理女神、正义使者或人族利益甚至整个人类真善美、公平正义等所有理想信仰的代表。我代表所有这些审判你有错该罚、有罪该死。

所以……你应该去死了！

就像观主陈某代表昊天审判大唐有罪，把长安人都审判成歹徒，直接裁决长安城就是一座罪恶之城。

既然全城都是罪犯，所有人都是歹徒，所有长安人身上都有洗不清的罪恶，甚至整个长安城就是一座罪恶之城，那他代表昊天判他们死刑，将所有渎神的人都送进地狱，甚至将整座长安城都从人世间抹去，又有什么不对？

观主就是正义的使者——不，他其实就是末日审判的神的代言人。

但是，对于长安人来说，就算是罪人，也有生存下去的权利。

何况有罪无罪，凭什么由昊天道门来裁决，凭什么由知守观来裁判，凭什么由观主代天来审判？——就因为大唐人不想活得像条昊天的狗？[1]

---

[1] 参阅庄庸著：《猫腻与〈将夜〉》，作家出版社2019年版。

所以，宁缺不甘心，长安人不甘心，整座长安城不甘心，整个大唐国不甘心。

凭什么你说拆就拆（无论是拆掉长安城还是小道观）？凭什么你说灭就灭（灭唐灭大唐人）？凭什么你说有罪就有罪（代表昊天来裁判书院、审判大唐、裁决长安人）……

在像神明一样存在的昊天代言人、知守观主陈某挟泰山（举世伐唐）裹北海（代表昊天审判你）"一人围城"（兵临长安城下）的巨大压力之下，那生而如蚁美如神的大唐蚁民代言人朝老太爷们和宁缺，就将这些所有"君子国的不甘"，都凝聚于这个像针尖一样的引爆点上。

长街凄冷。

宁缺看着观主那张普通的脸和那双眼睛，忽然想起了自己的生命里曾经遇到或者感受过的那些了不起的人。

无论是夫子还是小师叔，或者是莲生，都是真正大彻大悟，自我解脱然后明白自己究竟想要什么的人，所以他们强大得难以想象。

观主也是这样的人。

今日书院败在观主手中，是理所当然的事情。书院信奉理所当然，那么便应该像长街上死去的那些人一样平静而从容。

但他做不到这点。

因为他，不甘心。

"我以长安战一人"的宁缺 PK 观主战，于"大故事"之中写"小场景"。

第九章 审判官思维：从"我代表××审判你"到"自己被集体审判"

这就像是用倾九天之雷霆和雨露，聚焦于像针尖一样"立锥之地"，凝聚于"不甘心"这一引爆点上：面对观主摧枯拉朽一样的强大碾压之力，宁缺手段用尽，仍然败得一塌糊涂——所以，他不甘心。

宁缺"不甘心"，是一个人、一个场景、一个像针眼一样的"点"。

但是，这个"点"，却穿针引线，把举世伐唐、大唐帝国举国狙击战中无数人物、无数场景、无数事件、无数战役和战斗之中的"不甘心"串联成线、并蒂花开，最后形成波起浪涌的"不甘心"之花海浪潮：

向原晚战斗的司徒依兰不甘心，带着义勇军朝着长安城狂奔的朝小树不甘心，疲惫赶路、奔向青峡的十万镇南军不甘心，拍断琴弦、鲜血四溅的书院弟子北宫未央不甘心……

它就像是一次"V"字形的触底反弹，从宁缺这个非典型的唐人到所有典型唐人不停向下滑落的不甘心，从全唐抗战（全蚁抗战）到举国狙敌（对举世伐唐进行狙击）不断向上跃升的大唐君子国之不甘，将其建构成一个完整的"剧场—环球"故事结构：同频共振，并蒂花开，怒放花海……均在于那一种"故事弹簧法"积力、蓄势、储能濒临拐点时，突然引爆成一股庞大、喧嚣和波涛汹涌的浪潮。

第二节 替代性满足：
主角"从未迟到的正义"审判

面对反角的"末日大审判"，除了不甘心，我们还能怎么办？

当然是代入为主角，对终极反派进行"反审判"啊——把这些审判别人有罪该死其实自己才是罪魁祸首、罪大恶极的人,送上终极审判席。

就像《间客》之中"西门瑾 — 李在道 — 帕布尔"(中生代)依据自己的理念、权杖和标准,对"七大家 — 联邦毒瘤 or 千年功勋"(老一代)进行审判时,导致无数无辜的人"被强制牺牲"。

"许乐 — 施清海 — 郜之源"等新生代的主角群体,对这些反角审判官进行集体反审判。

《间客》中许乐继承了沈教授的衣钵之后,反复重述的一句话、一种意思和一种逻辑就是:虽然宇宙间是没有什么道理存在的,但是,我内心却有一个"道德法庭"。

如果人世间所有的律法和规则,都没有对有罪该死之人进行审判,那我就用我的拳头讲道理(权杖与理念),来对这些罪人进行宣判 —— 当庭枪决!比如当庭枪决出卖西林军阀钟瘦虎的莱克上校,当场审判所谓"帕布尔标准"。

这成为贯通虚拟幻梦(人所想要的、需要的、渴求的"需求"驱动造出来的幻想与梦境)、故事迷宫和社会现实生活世界的"主角YY(意淫、幻想或梦想)轴":我们在现实生活中得不到满足,甚至被压抑、被否定的需求与欲望,总是通过造梦、幻想和梦想来得到释放。这就是我们解读、诠释和建构的网络文学造词、理论与方法论原型(模型):"现实缺憾 — 虚拟补偿"替代性满足机制。[1]

因为这种"现实缺憾 — 虚拟补偿"替代性满足的机制,我们很容易在穿越故事迷宫、自带主角光环的核心人物角色身上,找到替

---

[1] 参阅庄庸等主编:《爽文时代:中国网络文学阅读潮流研究(第1季)》,中国青年出版社2021年版。

第九章 审判官思维：从"我代表××审判你"到"自己被集体审判"

代感、代入感和满足感——

我们都想像许乐一样依据内心的道德法庭审判那些有罪该死的人，并且把他们"当庭枪决"！这确实为我们带来需求得到满足的高峰爽感体验。

"代入为主角"，似乎能有效地解决我们在"审判官"的社会现实、心理需求和文化机制中所遇到的众声喧嚣、标准不一、混乱无序甚至被裹挟进阴谋论/圈套论和迷局论特别是"炮灰局"之中的无解状态。

因为"主角不会死、主角不会错、主角永远都代表着正义与真理"！

这毫无疑问，解决了当下信息海量甚至是信息灾难情况下的"选择障碍"与"机会成本"的问题——

选择太多了，就没法做出选择；

任何选择都是有成本的；

选择了这一个"机会"，意味着必须承担放弃选择另一样机遇的代价……

从某种意义上来说，选择一个你所信奉的道理，跟选择一样可有可无的商品，没什么区别，都有选择阻碍，都有机会成本。

跟着大哥走，有肉有汤至少还有骨头啃；跟着主角走，有正确的人正确的权杖正确的标准还有正确的理念——跟着主角评判、裁判和审判"有罪该死"的其他人，我们毫无心理障碍和说服自我、他人和群体认同与接受的困难，还可以毫无疑问地揭露一切大阴谋、大圈套、大迷局和大棋局等"大×局"甚至是"大黑幕"，从而让事实、真相和秘密浮现出来……

所有的"故事迷宫"，最后都会成为"迷宫"的故事。是，而且只是一个有关迷宫的故事而已。故事本身，最后的结局，一定是"去迷宫化"的。把迷宫拆掉了，还原故事本身的平面二维原型图——把整个故事迷宫化，不过是一个像中国南方古典园林"营山造水"的手段和技巧而已。

这样就让"主角为王"成为整个故事迷宫旋转的轴心。

跟着主角走，不但可以找到故事的入口，还能找到金毛线球，扯出那一条关键、主要和核心的线头，通往出口，打掉牛头怪，通关闯关，寻得宝物归——无论这个故事的魔幻迷宫编织得有多么复杂，像蛛网，还是像多维时空，最终，都会被主角化解掉。

走出出口一看，原来"只缘身在此山中"的迷局、迷楼和迷宫，不过就是一个二维平面图，或者半身高的石柱子迷阵而已。

但网络作家讲故事、写爽文（写网文）、IP化（改编剧）、造爆款厉害的地方就在于，他能把一个二维平面原型沙盘图或乱石堆码成的迷你版简洁迷宫阵，硬生生建筑成一个不但让剧中人迷失其中，也让我们这些剧外人迷失其中的虚拟幻梦和魔幻迷宫，甚至建构成一个"我们的征程是星辰大海"，不能置身事外而是卷入冒险之旅，"星际穿越"平行世界、多重宇宙和多维时空的故事迷宫！

即使当故事结束，将一切都拆解成原型砖块之时，你回过头去，看到的也不仅仅是沙盘和石堆阵，还有那随时可席卷而来的"迷宫"风云。

迷宫还在，体验还在。

"此情可待成追忆，只是当时已惘然。"

再读一遍两遍三遍N遍，二刷三刷无数刷……即使明知结局，细节了然于心，仍然会有"穿越迷宫"之感，高峰体验之爽。

讲故事、写爽文（写网文）、IP化（改编剧）、造爆款的过程，说到

第九章 审判官思维：从"我代表××审判你"到"自己被集体审判"

底，就是一个把所有的结构"迷宫化"（编码）的过程；而听故事、看爽文、观IP剧，究其本质，其实就是一个把所有的布局"去迷宫化"（解码）的过程——从编码到解码，无论是建构还是解构，都是围绕着那个"密码"本身在旋转。

而这种作为故事旋转的轴心之"最大的密码"，毫无疑问就聚焦于"主角自带光环"的人设、关系和情感之上，以及由此而来的自我（身份的悬念）、大复仇记（××记系列，包括但不限于：大奋斗记、大追梦记、大寻爱记、大冒险记……）、大××论（大阴谋论、大圈套论、大迷局论、大棋局论和大格局论）[1]，以及整个世界观设定和IP宇宙架构，如从初代穿越宇宙观到第三代穿越宇宙观（还能分化、细分和精分成诸如"清宫宇宙"一样的亚文化IP宇宙）的架构与设计。

正是这种跟着主角"穿越"宇宙的光环冒险之旅，让我们不但可以跨越故事文本和现实世界的"交互界面"，还可以超越那种从场外人到场内人、从剧中人到局内人的争权链、授权链和审判链——既能像主角一样在角斗场上杀伐果断、征战四方，又能像作者一样用全能上帝视角俯瞰这个果壳里的故事帝国、而不用冒任何风险。

前者可以描述为：我来了，我看见了，我征服了——自我、爱人和世界！

女频文"我站在宇宙的中心呼唤爱"，于是通过征服男人征服世界。

男频文"整个宇宙都是我权杖之领域"，于是通过征服世界征服女人。

---

[1] 参阅庄庸等主编：《爽点宇宙：中国网络文学阅读潮流研究（第2季）》，中国青年出版社2020年版。

后者可以描绘为：整个世界都只是一个舞台，我们许你上演，你才能揭幕。所有的角色都如掉在地上的麻雀，五脏六腑俱全——因为我有一双透视眼；烹炒煎炖腌皆可——看我滋味口感哪种最爽。

女频文可以把"黑莲花"（如所谓心机婊）捧上神坛，亦能把"白莲花"（如所谓圣母婊）送上绞刑架。

男频文把"圣人"拉下神坛，既可以"祛魅"除掉他身上所有五彩光环（如《间客》把圣人总统帕布尔打回原形），亦可以"赋能"增量出世俗所认同的新人间魅力（如《将夜》把活在论语世界里的孔子，"世说新语"，解构重塑成了比几层楼还高的吃货夫子）[1]。

第三节　光环罩体：
从"代入为主角"到"替身为作者"

无论代入为主角，还是替身为作者，都是一件很有前途且没有任何风险的事情。就像我们既可以代入为许乐，作为自带光环的主角，深度介入"七大家—联邦毒瘤 or 千年功勋""西门瑾—李在道 vs. 杜少卿—帕布尔""第三方专职（专业/业余）大众评审团"的审判链之中，而无须担心自己会成为被评判、裁判和审判的对象。

因为，自带主角光环，保证了"许乐—施清海—邰之源"等主角、主角人设帮或重要配角 CP 群，必然处于"人—权杖—理念"标

---

[1] 参阅庄庸等主编：《蚂蚁哲学：中国网络文学阅读潮流研究（第 5 季）》，中国青年出版社 2021 年版。

第九章　审判官思维：从"我代表××审判你"到"自己被集体审判"

准金字塔原型（模型）最符合程序正义的授权链，最接近原型的绝对标准，甚至，它们本身就是建基制定标准的理念之源。

换句话说，他们才是整个故事迷宫中代表着最后的事实、真相和秘密的"正确之源"。他们才是真正的"终极审判大法官"。只有他们有把别人送上审判席的权利，而无人有权对他们进行审判——即使有所质疑和批判，也不过是浮风起水面，不会动其根基。

即使偶尔会遇上"末日审判"的情况，那终极审判的权杖也是握在作者这个"全能上帝"之手的。作者通常不会"虐待"他笔下的宠儿主角，更别说把他送上审判席，被他人"代表××"进行终极审判。

除非这个主角不是"作者亲妈（爹）"生的，而是"作者后妈（继父）养的"。或者，作者有着某种向传统致敬的宏大抱负——他钦定的这个主角，就是用来为他的某种理念"赎罪"的，就是来为作品所要表达的"原罪"接受惩罚的，亦即作为人类为之赎罪的"万年原罪刑徒"，直到世界末日来临之前，像圣徒和先知一样替代所有犯有原罪的人类被送上审判席，接受终极审判，甚至被送上断头台、绞刑架。

就像写出《忏悔录》和《少年维特之烦恼》这种自传体小说的卢梭和歌德，或者像写出《罪与罚》和《战争与和平》这样审判人性黑暗森林的陀思妥耶夫斯基与托尔斯泰。

这不是"虐待主角"，而是作者自己在"精神受虐"。网络作家貌似还没有接续这种传统——因为这与中国网络文学发轫以来的现象、潮流和发展趋势不符。

虽然网络文学的确有一些亚文化的"虐恋"流（如女频虐文）、"主角受迫害狂想症"文（如《咫尺之间皆为敌国》）以及"圣徒圣母情结"（把自己与主角想象与塑造成为拯救全世界、解放全人类受苦受难的圣徒与圣母）等所谓"反类型文""反潮流文"甚或"反常人思维文",但毕竟不太具有代表性。当然,这样说也不太确切,至少"虐恋"在"甜宠文"兴起之前,曾经阶段性地主宰了女频文某段时期、某种范围、某种界域内的言情爆款潮流——好吧,确切地说,这些案例和现象,不在我们讨论的范围和界限之内。

具体问题具体对待,特殊案例特殊分析。那种过于"虐主"——亦即把主角当作"读者后妈养的"而不是"作者亲妈生的"一样,为了某种观点、主题和理念,在笔尖之下碾磨、压碎、锤打、鞭笞,虐得死去活来,并制造某种特殊"快感"的文体、类型和潮流,比较符合个体或小众化的需求,不太符合网文中讲故事、写爽文(写网文)、IP 化(改编剧)、造爆款的主流或流行潮流。

以渣角、反角甚至超级大反派为主角的特殊文,也不是没有。但好像还没有哪一部作品,能把主角塑造成《复仇者联盟》中奉行自己的理念而坚持无差别地消灭宇宙一半的人口、以维持整个星球生态系统平衡的终极大反派。

就算这样的终极大反派已经成为实际上的"隐性主角",至少已经成为"双主角"之一,但是,《复仇者联盟》也没有把他刻画和塑造成像耶稣一样为了人类的原罪背负上十字架的绝对主角,还是要拿"超级英雄"当作主角遮羞布——

超级英雄们成为明面的主角,其实就是一块遮羞布而已,因为无论他们的理念,还是他们的人设,以及他们所谓为了宇宙、世界和人类和平而战的使命与担当……在灭霸那一根维持整个宇宙星球生态系统的"权杖"面前,全都黯然失色。

所谓主角成了配角,所谓反角反而有了主角的光环。

但是,为了"理念正确",被灭霸团灭(一个接一个地全体清灭

第九章 审判官思维：从"我代表××审判你"到"自己被集体审判"

掉）的超级英雄们，最后还是王者归来，当了主角遮羞布。

而灭霸，也没能坚持到最后——或者，制片人、导演和所有幕后玩家都不允许他坚持到最后：宇宙超级无敌大反派，再有主角光环，也必须、必然是"正义无敌"的超级英雄们的靶向灭敌对象。

于是，从人类历史上最负盛名的原罪、赎罪情结和"圣徒/圣母·圣主角"，到宇宙超级无敌"终极大反派·伪主角"，这两种极端的人设、现象和潮流，其实都超过了作者"个人化的上帝之眼"，而成为整个人类的集体情结和集体无意识，很难真正地成为讲故事、写爽文（写网文）和IP化（改编剧）的"主角"，并接受所谓末日世界、终极审判。

因为，网络作家是自己"果壳里的故事帝国"中的全能上帝，但毕竟不是真正的"人类精神世界的造物主"；能从果壳的故事帝国之上帝，成为人类精神世界的造物主，那不是"大神"，而是"大师"——众所周知，网络作家一流序列的那一批人，正集体处在从大神到大师"进化、进击、进取、进步的阶梯"之上，已经迈出了第一步、第二步、第三步……第N步，但那最关键从量变到质变（也有可能是畸变和星辰变）的第N+1步，却还是咫尺天涯，没有踩中节奏。

因此，跑了一圈野马回来，聚焦于我们刚才说的"作者对主角进行末日审判"的情况，在当下普遍流行和主流的网络作家作品之中，基本不会发生。即使偶尔有，也不过是"否定之否定就是肯定"的某个局部和小概率事件。

这就让我们理所当然地相信：作者和他笔下的主角"是穿一条裤子的"；他们是同一个"理念—权杖—人"标准阵营的；两点成一线，从作者到主角就构成"标准"、标尺或者所谓三观"文化基准线"；对主角的审判就是对作者的审判；作者不会审判主角，所以，无人有权把主角送上审判席……

第四节　神清气爽：我就是审判一切的时代主角

我们会天然地把自己和作者、主角排成一条线、一个阵营——就像幼儿园的小朋友，坐在同一排小板凳上，排排坐、吃果果。

我们的屁股天经地义、理直气壮地坐在一排，就等着分享作者的福利、主角的光环和故事高潮的爽感体验。

这让我们下意识地觉得自己很有能耐，可以入乎其内，出乎其外；可以上九天揽日月，也可以下五洋去捉鳖；既可以下场甚至进到场中央，和主角一起在角斗场中大杀四方，又不必接受那些环球"剧场"旁观者、专业导师团甚或第三方专职（专业／业余）大众评审团的评判、裁判和审判。

因为，我们可以把自己抽身出来，像作者一样拥有上帝之眼，俯瞰四方，审判所有人——我们拥有像作者一样的"上帝之眼"和"末日审判权"，可以对他笔下所有的人物进行终极审判，甚至对"上下四方为宇，往古今来为宙"的整个故事宇宙进行终极审判……这是不是"很爽"？有生以来、有史以来、有人类有世界有地球以来，以及其他所有"有××以来"造词运动造出来的"有什么以来"（比如"当下我有这个念头以来"），"我"终于第一次有了"我即权杖"的自我意识、身份和位置，可以"代表××审判你"，甚至可以"我代表××灭了你"——

从"我代表正义审判你"，到"我代表正义女神灭了你"；

从"我代表道理审判你"，到"我代表整个宇宙的天道主宰消灭

第九章　审判官思维：从"我代表××审判你"到"自己被集体审判"

你"……

这又是一个"我代表××审判（消灭）你"的系列造词运动和定标运动：通过造词，为整个世界制定标准！

这叫"我"如何不爽？！

就像许乐从"我代表被谋杀的小姑娘不答应"到"我代表死去的人审判你并当庭枪决"时，我们那一个"爽"啊，就像夏天吃冰激凌，冬天吃麻辣火锅，从头到尾都是一激灵，从舌头到灵魂都伴随着细腻的战栗！

因为 ——

许乐就是我们；

我们就是许乐；

我们像许乐一样，都是主角；

许乐的所作所为，正是我们在现实中想做而没有做到的；

我们现在所想所要的，就是像许乐一样，对所有有罪该死的人说，我代表人间正义灭了你！

这就是主角代入感的"爽点"需求驱动故事中国潮流。

这就是"现实缺憾 — 虚拟补偿"替代性满足机制所代表的"造爽"之旅。

这是"爽文时代"的社会现实、心理需求和文化机制。

但是，现在 —— 凡事都有，我们也很怕有一个"但是" —— 等等！

我们现在是终极大审判官，怎么 —— 主角许乐成为被审判的对象？！

假若从西门瑾到帕布尔这种"为了××请他人先死"的逻辑是错的，那么，从许乐（《间客》）到陈长生（《择天记》）"请你们先死"的合情性、合理性和合法性又在哪里？

假若说——圣徒帕布尔所奉行和遵守的"原则、理念和标准"的的确确无比正确，只是从西门瑾到李再道等人以此为标尺衡量、审判与裁决他人"先死"，且把自己置于"因为更强大（更××）所以最后死"的位置，让奉行、遵循和践行这种原则、理念和标准的圣徒及信徒，戴上了所谓"伪圣人""伪君子"等系列"伪帽子"。

但是——许乐以牙还牙、以血还血、以极端手段对付极端手段，逼迫从帕布尔到西门瑾等人为他们的理念和行为付出代价，跟他们又有什么区别？

看起来是同样的"三段论模式"：

同样是"请你们去死"，同样是"用一把标尺来衡量、审判和裁决他人"，同样是"为了内心的某种理念、原则和标准"……

区别不过是各自所信奉的道理、所依据的标准、所要审判与裁决的人，不一样而已。

就这样，"主角许乐"被送上了审判席。

但是——人生无可奈何，有很多"但是"——再等一等：我们审判许乐，岂不是正在把自己送上审判席？

审判的人，突然变成了被审判的对象，搁在你身上，你还能"爽"得起来吗？

第五节　逆转攻势：从"审判作者"到"审判自己"

由"或然"到"必然"，我们最终发现自己：

正在对创造这所有人物角色序列、世界观设定集和整个故事世

第九章 审判官思维：从"我代表××审判你"到"自己被集体审判"

界的，像创世造物主一样的"作者上帝"进行终极审判！

天哪！我们把作者送上了审判席！

在对人物进行下意识地评判，对世界观设定集和整个故事宇宙进行有意识地裁判后，我们现在对像造物主一样创世、创造出这整个故事宇宙的"作者上帝"，看似无意实则是有意、刻意甚或是颇有深意地进行审判——而且是末日世界的终极大审判。

因为，我们对"作者上帝"的审判将一锤定音：

这个主角有没有吸引力（有没有罪），这个世界观设定集有没有体系（有没有问题），这个故事宇宙有没有逻辑自洽和完整的理念规则（这个世界和宇宙有没有立法——作品为世界立法）……

一句以结之：这是不是好故事，这部作品好不好，这个作者有没有写好，甚至这个作者好不好（是不是个好作者）。

这真的是一个让人会有点"蒙圈"的状况。

我们刚开始，只是希望天然地代入进去，像主角一样战斗，而不必接受任何情义、道义和正义等之类的审判。

因为有了作者这个"上帝之眼"和"终极审判大法官"的天然屏障，我们毫无任何心理障碍，亦无任何不安全感、不确定感和不平衡感……以及其他包括上述一切但又不限于上述一切的所有"不舒适感"。因为我们确信主角和作者是穿一条裤子的，只要站在主角这一边，我们就能赌赢创造的整个世界。

但是，转眼之间，我们发现剧情逆转、形势逆转，我们的自我意识、身份和位置也随之逆转了——作者上帝的终极审判权被剥夺了！

剥夺这种终极审判权杖的人，不是别人，恰恰是我们自己！

现在，末日审判的大权杖正握在"我"手里！

"我"可以理所当然、理直气壮地对着主角、对着作品、对着作者说：我代表××审判你！

作者角色扮演"全能上帝"的时代已经结束。

他掌控的"权杖"从一落笔，就发生了转移。

他将被迫交出自己的人物角色、世界观设定集甚至整个"故事宇宙"，眼睁睁地看着它们被评判、被裁判、被审判……

甚至，到最后，作者自己也被推上了审判席，接受终极审判大法官、专业知本（资本、姿本、知本）精英阶层、第三方专职（专业/业余）大众评审团以及其他所有具有评审权（评判权、裁判权和审判权）的人、势力和利益集体的"末日世界·终极大审判"！

问题的核心在于：

似乎人人都有这种审判权；

是个人，都有这种"审判的权杖"；

除了作者，几乎所有人都可以对作者、对作品、对作品中的角色人设进行"终极大审判"！

这荒谬吗？荒唐吗？荒诞吗？

确实三荒！

但是，比起这种三荒更荒唐、更荒谬、更荒诞的现象、潮流与趋势，是：你以为只有作者一个人站在审判席上，接受终极大审判？

错！你同样被推到审判席上，接受陪审！

甚至，矛头和焦点会瞬移到你身上——下一秒钟，你会错愕地发现，你会从陪审团、跑龙套团、小透明甚至是隐性炮灰一样的角色，秒变成末日大审判的"终极大反派·伪主角"！跑龙套团的确跑出了"代主角光环"，或者，"炮灰向前冲"的确冲出了"出师未捷身先死"的主角代入感。

第九章　审判官思维：从"我代表××审判你"到"自己被集体审判"

为什么？

就因为：你对主角或其他某个人物角色、对作品、对作者表示了亲近、支持和赞赏，惹怒了厌恶这个主角与人设、不喜欢这部作品甚或抵触这个作者的人、社群和组织，他们就会把"审判的权杖之矛"对准你这个措手不及、猝不及防地被推到前沿阵地当炮灰的"小透明之盾"！

事情的来龙去脉、原因和逻辑未必如此，但现象确实是这种现象。

每一个对主角人设、作品和作者进行评判、裁判和审判的人，其实都有可能置身于这个大审判席上，接受其他人的个人或集体评判、裁判和审判。

不管愿意还是不愿意，有意还是无意，恶意还是善意……这是一种"必然"发生的事情、事件甚或是事实。

之所以必然发生还尚未发生，或许就是因为你的观点尚未得到注意，"太小透明了"（像透明人一样不存在），并没有像彗星撞击地球一样撞到那个引爆现象、潮流和趋势的"接触轨迹与引爆点"，所以，并没有撞到这个审判的枪口上，暂时躲过一劫。

但是，暂时毕竟只是暂时。事情爆发的概率还在。没准哪一天，你万年潜水的评论帖，被人翻陈芝麻烂谷子、翻老皇历、翻旧账终于又翻出来，"置顶"回到众目睽睽之下——我胡汉三又回来了——从而引爆一场"集体大审判"的小现象、小潮流和小趋势。

第六节　权杖的移交：
从"角色旋转门"到"权益与权利之争"

这就从人物掌控转向了角色失控，我们被卷入失控的"角色旋转门"和"权利／权益之争"中。

从"反派审判官"到"主角反审判"，还在"故事宇宙"之中。整个"故事宇宙"还在"作者上帝"（作者即造物主）的掌控之中。那种从审判者到被审判对象的"角色旋转门"，还如我们所预期、预料、预测的那样，掌握在主角宁缺（许乐／陈长生）、掌握在作者上帝甚至掌握在我们自己的阅读期望值之中。

所以，故事的发展，还是符合我们所解读、诠释和建构的"脑洞人设逆转法"：出乎意料，但又在情理之中，并且符合逻辑自洽与完整。如陈某从"我代表昊天审判你"的终极大审判官，变成了被主角宁缺"我代表人间之力灭了你"的被审判和裁决对象。

整个故事布局符合作者上帝的预设轨道——这个剧情的逆转法、角色的旋转门，是必须发生和建构的。超出我们预期的，不过是这种"逆转"如何发生：是按照顺时针或逆时针的常规方向发生的，还是按照你根本就无法预料到的角度甚或是维度发生的？

毫无疑问，猫腻创作《将夜》，从逆转到旋转，都是不按照常理出牌的。所以，才能打破我们的阅读预期，造成非线性的爽感体验。

但是，从主角作为终极审判官（就像许乐审判帕布尔总统）到我们成为"被审判的对象"（比如你们怎么还读网文这种"垃圾文"

第九章 审判官思维：从"我代表××审判你"到"自己被集体审判"

啊）——这种"角色旋转门"不是由作者操控的！

甚至，这种"角色旋转门"的轴心，亦即那种"审判的权杖"，还是我们或像我们一样的人，从作者手中"抢夺"过来的！

什么意思？

当我们开始从作者手里争夺对人物的评判权、对世界观设定集的裁判权、对整个故事宇宙的审判和裁决权时，其实，我们也在争夺对作品、对作者的评判权、裁判权、审判权——比较传统的说法就是"评选与评奖、评论与评价体系构建"的话语权、舆论权和文化领导权；比较通俗的说法，其实就卷入了草根PK精英（反精英化）、民众PK智本阶层（仇智化）、年轻世代PK"老化""老话""老一代"（老龄化话语阶层）之争中。特别是第三方大众专职（专业/业余）大众评审团，试图颠覆和推翻传统知识精英专业阶层（而非新型资本、知本、姿本和智本专业阶层）的统治，争夺和掌控评判权、裁判权和审判权。

一如我们曾经所说，当下正在形成的一种重要潮流、现象和趋势，就是"第三方专职（专业/业余）大众评审团"——

把自己当作标尺，站在道德、道义和道理的制高点上，对其他人进行专业（业余）、专职（兼职）、专注（一心二用）的衡量、审判与裁决。很多时候，这其实是以"一己之私器"来当作"大众之公器"，以自身私利诉求来作为衡量和审判他人的大公与公众"公共标准"。

这种潮流与从粉丝到受众、从读者到用户的"主流新受众"和"新需求暗流"进行碰撞之后，就逐渐催生一种新文化现象：以他人和作品为媒介，进行社交、社群、社区和社会网络时代的"社群圈层"重构和"新公共话语空间"建构，从而形成"小众圈层"社群自治和"大众消费"文化狂欢。

这看起来，像是把两种不同属性的正负极点，扭结到一体两面的硬币铸体的奇怪悖论：

趣缘社群是封闭内循环的自留属地，而新公共话语空间却是开放的生态空间。小众圈层，社会自治，以黑话体系、文化隔断、实行准入、"非邀莫入"为体制机制；大众消费，文化狂欢，却是打通隔断，越界跨域，消融边界，共建、共享、共访一体化潮流……

之所以会形成这种奇怪的现象，是因为两种不同的趋向运动：

一种是社会、政治、商业消费的"权力"力量，从外到内，试图打通文化的隔断、贯通消费的链条、跨越治理的壁垒，既让"粉丝经济"这座庞大的冰山浮现出一角，也会对粉丝群体核心权益造成社会隐性侵犯而无须承担超额代价体系。

另外一种就是粉丝、受众、用户的"权利"力量，由内到外，驱动话语权、舆论权和文化领导权（领导潮流和潮流领导）之争，出圈、破壁、越界，甚至不惜越过"私权""类权"和"公权"的边界，扮演起"专职审判官"。

如以个人权利论和粉丝权益论，作为公共权益的标准，对其他侵犯自身或给所粉偶像明星造成权益侵犯的粉丝群体和社会阶层进行衡量、审判和裁决。

这同样是一种以私权、类权代表公权作为标尺，对他人核心权益进行社会隐性侵犯而没有承担超级代价体系的现实与事实。

这两种相互趋向的运动，造成了这种主流新受众的社交、社群、社区和社会网络化运动，本身就成为一种多场景、多维度和多界域的"交互界面"，在趣缘社群和新公共话语空间、小众圈层和大众潮流、社群自治文化与社会文化狂欢之间，形成"隔离"即"连接"的文化隔离带和连接世界状态。

所谓"玩家时代"PK"专家时代"的时代主导权之争,不过是这种"核心权益运动 — 争权夺利 — 社会隐性侵犯现象(超级代价体系)"的潮流表征而已。

从传统知识精英阶层到"老话"专家集团,其实就是一个传统平台阅读主导的"专家时代";从"第三方专职(专业/业余)大众评审团"到"新资本、知本、姿本和智本阶层"(亦即我们解读、诠释和解构的新资本、知本、姿本、智本投资时代'自我投资和他方培养'出来的新知本阶层),其实是一个屏阅读时代宰制的"玩家时代"。

这两个时代板块的话语体系、知识谱系和价值观念体系完全不一样。

评判权、裁判权、审判权之争,其实是这两个时代"板块化运动"激烈撞击所制造的新浪潮运动"冰山之角"。它有时候更多地表现为极端化的"舆论泡沫",而不是内核源的"核心权益"需求驱动力。

第七节　角色的旋转:从"终极大审判官"到"被集体审判的对象"

从我们审判主角、作品、作者起,这种"角色旋转门"的权杖就移交给了我们 —— 这种"权杖的移交"无论是有意还是无意,是主动还是被动,是激烈得被人注意到了还是了不起眼无人注意,都堪比从《间客》到《择天记》之中的"权杖移交之问":是不流血地和平移交权杖,还是通过"流血的战争"进行夺取?

即使我们自诩是"温和派",甚至是对主角、作品和作者代入与亲近的"友好型",我们对主角的裁判、对作品的评判、对作者的审判,都会传递一些"会被误读的、不好的甚至是负面导向的信息"——即使我们在对主角、作品和作者做出积极、正面和赞赏的评论与评价。

这是信息传递本身的不完美、不完整、不对称所致:我们在传递有用、有效、有倾向的信息时,也在有意无意地制造"信息的噪声"——这种信息噪声一旦被误读、被曲解、被"断章起义",就很容易造成与我们评判之初衷相悖的审判之后果。何况,这种审判的有意识意图与无意识动机,本身就潜伏和隐藏于那种被误判的出发点之中。

人人都想做审判官。我们也是人。是人,就避免不了那种审判的欲望与冲动。我们也不能免俗。

问题就在这里了。

我们不是开先例的人。大多数情况下,我们只是"起了一个好线头"——当然,偶尔的情况之下,我们也会想"做一件好事,却起了个坏线头"——却被某种现象、潮流和趋势席卷与裹挟进去,潮起浪伏,无法保持"战略定力",被扭曲和拉伸出一条无法预料、无法预期和无法预测的波折曲线,通向不可掌握、不可把握、不可选择的歧路和结果。

这就形成了一条贯通、扭曲和撕裂的审判链。跨越从故事文本到阅读视域的交互界面,第三方专职(专业/业余)大众评审团,终于成为裹挟与席卷一切的现象、潮流和趋势——因为他们就是我们,我们就是他们;我们就是他们中的重要组成部分;他们把我们容纳和吞噬在里面。你中有我,我中有你,我们和他们的二元区分,从来就不存在。所谓"二元矛盾对立统一体",从来就是,而且只是

第九章 审判官思维：从"我代表××审判你"到"自己被集体审判"

一个模型（原型）。

基于同样的原理、结构和逻辑，第三方专职（专业/业余）大众评审团和所谓专业精英新知本（资本、知本、姿本和智本）阶层的切割、划圈和界定，从来也只是一种中国网络文学阅读潮流或社会现象、时代潮流和未来发展趋势造词、理论与方法论建模造型构原型的需要。

它们在社会现实、心理需求和文化机制之中，确实在某些场景、某些界域、某些维度之中，存在着非此即彼、泾渭分明、水火不容……一系列你所能想象得到的此类词句所描述和形容的那种二元对立状况。但事实上，在复杂的现实迷宫之中，这只是一种短暂的理想、不平衡的现象甚或是失控的幻象。

它们或许就是一体两面、太极循环，抑或自身也建构成了一个故事迷宫？谁知道呢。在迷宫的原型和世界里，或许从来就不存在所谓"真相"。

但不管怎么说，这造成了一个极其重要也极其危险的网络文学乃至整个社会和时代的现象、潮流和趋势 —— 我们被席卷与裹挟进"角色（人设）旋转门"及其"权杖的争夺"之中，随时从审判者变成被审判者，下一刻又秒变成审判者……被迫对自己、他人甚至整个社会和时代进行"社会现实性批判"。

它违背了你的意愿，让你陷入极其被动的境地，甚至会以一种你极其厌恶的方式进行——

有的人的确是因为不赞同的观点评判你，可以姑且称为"理性派"。

有的人是因为你的言论不符合他们的标准，悖逆了他们毋庸置疑的话语权 —— 你对他们奉行的理念提出了"异议"（其实这是哪跟哪啊）—— 而必须对你进行严厉的批驳、精准地降维指挥打击。这大概就是"反'反对己标'派"了：我允许你有表达自己观点的权利，但是，我不准许你有权力反对我的标准——直接或间接都不行！

有的人纯粹是因为你发言了、你发声了，而必须他自己也发言、也发声，而且，嗓门一定要比你亮、声音一定要比你大、调子一定要比你高！

至于你说了什么，他们不关心、不在乎、不介意——他们介意的，甚至愤怒的，是"居然你说话了"！即使你并没有代表他们的对手说话，只是代表自己说话——谁允许你代表自己说话了？所以，他们一定要把你的声音"打"下去——即使歪楼、刷屏都可以，只要能够表达他们"愤怒于你居然说话了""我都还没有说话呢""你怎么敢、居然敢、竟然先于我说话了"的情绪流！

这大概就是所谓"情绪派"。虽然这个词概括得并不那么准确。因为它无法容纳这个大流派之下那些细分的小流派：往小的说，有"表达狂""杠精""戏精"；往大的说，有"噪声派""滥用话权流"……

话语本身就是一种权力，说话也是一种权利。互联网让很多人都有了说话的权力和权利。只是很多人不知道如何运用这种话语权和说话权，就变得不好好说话、乱说话或是"很不好说话"、恶意地说话——因为不需要承担任何"超级代价体系"：说错话，做错事，对他人造成极大的损害和伤害，无须承担任何成本、损失和赔偿——违法成本小、零代价、惩戒机制缺失，所以，普遍存在着"滥用话权"的现象、潮流和趋势。

从某种意义上说，人人都有"终极审判权"其实也是话权滥用的现象、潮流和趋势之一。每个人都可以随意、肆意和恣意地评判、裁判和审判他人，而无须承担任何的结果、后果和效果。

他们也不用担心自己的信用、信誉和公信力会透支——许多人张嘴就来,压根儿就没有这种概念:自己说的话,其实是自己的信用和信誉的体现与表现;自己说的话别人信了,却造成不好的后果,就是对自己的信用、信誉和公信力的透支与伤害。

很多人没这种概念,也根本就不在意。其实也对。他们连审判他人造成伤害这种事情,都不需要"负任何责任",又怎么可能对自己说的话"负起责任"来?哪怕是对自己负责!

第八节　重心迁移:
从"人人都有审判权"到"为了审判而审判"

这就造成了从话语权到审判权滥用的现象、潮流和趋势。

每个人都可以对人设、作品和作者进行审判,每个审判别人的人也都会被审判。

每个人都处在这种从审判者到被审判者的"角色旋转门"中;但每个人又都坚持审判的"权杖"、标准和理念就在自己手里,而且只在自己的手里——只有"我"有权审判,只有"我"掌握着"审判的标准",只有"我"的审判才符合道理和真理……换句话,只有"我才能代表××(道理、真理、正义等)来审判你"!

于是,这造成一种"审判重心"多种场景、多种维度、多种界域的大转移。

基于同一种人设、作品和作者的审判,变成对"审判者"本身的审判。

比如,审判烽火戏诸侯《剑来》的陈平安是"双标狗"的人,轻而易举地就会把矛盾对准为陈平安这个主角人设辩护的人，审判对方是双标狗、圣母婊。而这种审判同样会招致对方"报复性"的狙击、反击和攻击——从"生理洁癖"到"道德洁癖"再到"精神洁癖"，就差没有贴上"精神分裂和变态学"的学理逻辑和实验对象标签了。

这其实已经脱离了"学理"评判的范畴，或者"三观辩论"裁判的标准，而畸变成了"人身攻击"甚至是"我代表××从精神到肉体审判你"的迫害狂想并发精神症及其社会现实根源了——

与主角无关，与作品无关，与作者无关。它们成为被抛弃的媒介，即使仍然留在场中，但已经被边缘化了。现在赤身肉搏、短兵相接、誓将对方打倒在地"永世不得翻身"的人，变成了那种自以为拥有审判的真理、掌控审判的权杖、是整个宇宙唯一有终极大审判官"资格主证"的审判人，围绕着"审判标准"展开的互殴、群殴和乱殴。

细思极恐的"东西"，就在这种重心转移的轨迹之中潜伏与积淀下来了：

刚开始时，每个人都认为自己是"人—权杖—理念"标准金字塔的法定代言人——至少，还在信仰和奉行某种自以为正确的东西，它提供了一种所谓合法性、合理性和合情性的遮羞布。

但是，逐渐地，每个人为了审判而审判、为了殴而殴、为了虐而虐，为了对决对方而战斗——去它的"理念"！去它的标准！去它的权杖！

没有了"我代表××审判你"的三合牌遮羞布，只有"我代表我自己灭了你"的自我膨胀、嚣张和狂妄：我就是代表！我就是神！我就是真理！

到了最后，不是为了遮羞布而战，不是为"我就是代表"而战，而纯粹是为战而战——

我就是不许你说话！

我就是不准许你审判！

我就是不准你有"话"权……我就是不给你说话、生存和发展的空间！

这是一种极其暴戾的"只许我存在，不许你求活"的情绪。

因此，到最后，这种从话语权到审判权的现象、潮流和趋势，其实没有道理可讲，没有逻辑可言，没有"目的性"（为了……）可说——唯审判而审判而已，唯裁决而裁决而已，唯攻击而攻击而已！

无论是言语攻击，还是人身攻击，抑或纯泄愤性攻击——已经不在乎被攻击的对象是谁，为何而被攻击，只是缘起于并受自身的攻击性欲望驱动："我"就是想审判人，"我"就是想裁决人，"我"就是想攻击人……于是，"我"就发起了末日审判，启动了终极裁决，发起了毁灭世界的报复性攻击。

至于——被审判、被裁决、被攻击的对象，是谁？

是十恶不赦的罪人，是死有余辜的路人甲路人乙，还是从内心到肉身都纯洁无比的小猫小狗……"我"用得着在意吗？！

他们值得"我"留意吗？

他们是谁有意义吗？

都一样是承受"我"审判、裁决和攻击的末日愤怒之火的——炮灰而已！

第 十 章

利己内驱力：从"社会大审判链"到"美好生活大建设"

按照社会现实、心理需求和文化机制，这种"社会大审判链"成为网络文学解构、重构和建构"从大撕裂的社会到大共识（大和解）时代的新社会现实感"之切入点和着力点之一：

讲故事、写爽文（写网文）、IP化（改编剧）、造爆款，开始致力于解读、诠释和建构能达成"有史以来最大公约数"的"人—权杖—理念"标准金字塔原型（模型）。如——

猫腻《间客》中的许乐以"头上的星空"（宇宙间存疑的道理）和"内心的法庭"（自我奉行的道德与道义）审判所谓"帕布尔标准"（2010左右）；

烽火戏诸侯《剑来》中的陈平安由己到人、由人族到世界，在"自我的拷问"（如书简湖问心局中该不该审判顾粲为恶）和"世界的规则"（如浩然天下儒家治理思想限制强者恣意妄为）之间，解读、诠释和建构自己"剑来理来、拳至道成"的道·理宇宙（2020年左右）。[1]

这十年起承转合之间，中国网络文学发展之中，很重要的一股阅读潮流、文化现象和发展趋势，就是从"社会大审判链"朝向"人—权杖—理念"标准大辩论、大撕裂、大和解、大建设——

---

[1] 参阅庄庸等主编：《文运迷楼说：中国网络文学阅读潮流研究（第4季）》，中国青年出版社2020年版。

寻找"有史以来最大公约数",达致妥协与和解、共识与统一,于"社会的大撕裂"之中建设"时代的大共识"!

从社会现实、心理需求和文化机制"社会大审判链"到"人—权杖—理念"标准金字塔建设(建构),都是我们为了研究这种中国网络文学潮流、社会现象和时代趋势,而解读、诠释和建构的网络文学(时代新范式)造词、理论与方法论原型(模型)。

从《庆余年》(2008年左右)到《大道朝天》(2020年左右),猫腻创作的系列网络文学作品,其实都是中国网络文学潮流、社会现象和时代趋势"发展抛物线"(或震荡曲线)的接触点,或是将这种需求趋势暗流引爆成社会潮流和文化现象的爆款标杆。

由此可见猫腻系列作品很重要的一个"关键",在于:

它们可以划分成三个阶段,每个阶段都进行了"里程碑"式的造词和议题设置。

然后,就像"刷屏时代"常见的套路——制造热点话题,刷朋友圈,带节奏,引领一波又一波的阅读潮流、舆论情报和思想生态重塑[1]。于是,在时代需求暗流和网络文学发展趋势之间,找准曲线轨迹上的接触点和引爆点,小切口,好杠杆,撬动大格局,引爆从"社会大审判链"到"人—权杖—理念"标准金字塔、从"社会现实大批判、全民(全网)大争论、社会(社群)大撕裂"到"美好社会大建设、有史以来最大公约数(国民意识新基础设施建设)和大共识时代建设"的社会潮流、现象和未来发展趋势——

是的,批判很容易,但建设真的很难。争论,不是为了造成社

---

[1] 参阅庄庸、王秀庭著:《国家网络文艺战略研究:中国文化强国新时代》,福建教育出版社2018年版。

第十章 利己内驱力：从"社会大审判链"到"美好生活大建设"

会的撕裂和局面的破坏，而是寻找最大公约数、妥协与和解、达致彼此认同与最终的共识。唯有以此为基础为前提，才能从一意孤行的社会现实批判者，走向未来美好生活的建设者。

这种转向转换、转型升级和转场升维的内在驱动力是什么？

就是"利己"（己标）——从"青春潮流的爆款"到"时代潮流引爆点"，都是在"自私成就美德""利己驱动社会、世界甚至整个人类的发展"轨迹之中诞生的。

第一节　一体两面：
从"社会审判链"到"美好生活建设线"

当下，我们普遍、集体、持续地"卡在"从"大审判链"到"人—权杖—理念"标准金字塔的"大争论、大辩论和大撕裂"舆论涡流之中，就是因为时代、社会都不是在"转型升级"，而是在"转场升维"。

它更容易让我们陷入"不对称的信息、现实和故事迷宫"之中，找不到入口和出口，更找不到从入口到出口走出迷宫的金毛线球与线头，反而滞留于整个迷宫本身"静态（停滞）、落后（时滞）、生成和演化之球体单一侧面（滞胀）"的假象和幻相，不但找不到所谓事实、真相和秘密，还不停地在扭曲舆论场、虚拟现实场和时空场——最后，人人都以为自己是主角，是闯关寻宝、抱得"美人"归的英雄，却不想成为绿叶衬红花的配角、跑龙套团的团员、炮灰预备队的队员，或成为引出一大拨妖怪来袭的开山怪。甚至，最终自身反而成为穿越迷宫，被人靶向瞄准、降维打击的终极反派大 BOSS "牛头怪"！

这不是角色扮演真人秀!

这是社会现实"未来大预演"!

就像《间客》之中帕布尔总统最终成为"他年轻时代最讨厌的人（接受终极大审判的联邦毒瘤）"，在从"大审判链"到"人 — 权杖 — 理念"标准大讨论的大舆论浪潮之中，很多秉持"主持正义、审判罪恶、改造世界、拯救苍生"理念、标准并试图以此"改造他人"的人，正在演变、蜕变、畸变成"那些最应该被改造的人"!

我们解读、诠释和建构从"社会大审判链"到"人 — 权杖 — 理念"标准金字塔原型（模型），就是试图以"建模造型构原型"的极简网络文学造词、理论与爆款方法论，来对这种庞大、巨大和强大的"中国网络文学潮流 — 社会现象 — 整个时代发展趋势"进行极为简约的描述和型构。

按照这种模型（原型）进行解读、诠释和建构，我们发现：网络文学讲故事、写爽文（写网文）、IP化（改编剧）、造爆款之旅，已经从故事文本到阅读传播，跨越本身亦是迷宫的交互界面，形成三条交织成网的"社会大审判链 vs. 美好生活建设线"。

第一条就是类似于"七大家 — 联邦毒瘤/千世功勋""西门瑾 — 杜少卿 vs. 李在道 — 帕布尔""许乐 — 施清海 — 邰之源"的主角大审判链，以主角作为终极评判、裁判和审判的标尺。

第二条就是在场且在场中央的角斗剧场中人"主角 — 反角"单挑、对决、群殴团，场下专业导师团（客串私人教练或专业评论员），剧场观众席上的亲友外援粉丝团和围观吃瓜群众，以及场外齐头并进做局、设局或破局、解局的剧中人局内人的专业精英审判链——以所谓剧场版专业精英阶层（而非剧场内的吃瓜群众），作为评判、裁判和审判的标尺。

第十章 利己内驱力：从"社会大审判链"到"美好生活大建设"

第三条就是从剧中人到剧外人、从局内人到局外人、从主角人设序列到阅读—传播—分享—评论—再创作和生产（众创）一体化的 PUGC（专业+用户产消合一者）、从知本（资本、姿本、智本）专业精英阶层到第三方专职（专业/业余）大众评审团的审判链，以我们解读、诠释和建构的第三方专职（专业/业余）大众评审团作为评判、裁判和审判的主导力量。

说这第三方专职（专业/业余）大众评审团成为最后一条大审判链的主导力量，是指他们在与知本（资本、姿本、智本）专业精英阶层的 PK 赛中胜出，掌握了所谓评判、裁判和审判的话语权、舆论权和文化领导权——即使后者更具有专业性、理性和建设性。但是，在情绪、舆论和非理性的潮流、现象和趋势裹挟和席卷一切的情况下，第三方专职（专业/业余）大众评审团更容易引爆情绪、制造舆论，激起非理性的评判、裁判和审判浪潮。

特别是，正是由于这第三方专职（专业/业余）大众评审团主导了这最后一条大审判链，造成倒逼、席卷和裹挟之势，推动另外两条主角审判链和剧内审判链跨越故事文本和阅读视域的交互界面，从主角人设、世界观设定集和故事宇宙等作品自身的形态领域，进入作者的"全能上帝之眼"和"书友读者的目光之域"中，并发生了量变、质变甚或是畸变——从对作品的"海量"评判，变成对作者的"集体裁判"，最后甚至变成书友、读者对彼此个人社交（阅读其实就是一种社交行为）、社群（形成圈层社群）、认同（确立社区身份）和归属（建立社会网络关系）的虚拟社区平台和社会网络的"终极审判决"。整个社会现实、心理需求和文化场域，全都成为一个"终极大审判"。

从故事剧场跨越和转移到社会现实场域，角色人设、世界观设定集和故事宇宙等作品本身成为一种过河拆桥的媒介，作者、读者以及审判者自身，全都成为这种第三方专职（专业/业余）大众评审团给予评判、审判和裁判的"终极大审判对象"——就连这种"第三方专职（专业/业余）大众评审团"的社会现实、心理需求、文化机制本身，也被推到审判席上，进行批判、审判和裁决。

在这个"终极大审判场"之中，无人能够幸免。每个人在享受着可以随意、恣意、肆意甚或恶意审判他人的快感、娱乐和欢愉时，其实也随时面临着被他人甚或集体"人肉审判"的危险、恐惧和愤怒——这种审判很多时候，其实来得毫无道理（理念）、毫无逻辑（标准）、毫无资质（每一个人都觉得自己有资格审判他人），就是为了审判而审判，就是要发出审判的力量和声音，就是"我审判你"——都直接省略了"我代表××（道理、真理、正义）"等理念和权杖（标准）。

当"人—权杖—理念"的标准金字塔原型（模型），被抽掉了"理念"（这是审判标准的来源和依据）的金字塔基石，解构掉"权杖"（就是所谓资格认证、资质认定、资历担保等，以确保权杖可以掌握在合适的人手里，而不会导致人人都能"滥用"审判的权力和权利）的金字塔中间层机制，只剩下"冰山之一角"的金字塔尖"人"这一种单一的行为者了：没有理念和原则，没有标准和约束，没有责任和成本……真的就可以随意、恣意、肆意和恶意地审判他人。

这个问题亦可以逆向推理和思考。

这种人人皆是审判官、整个社会都是审判场的现象、潮流和趋势，其实就是"冰山之一角"，浮出水面。那庞大的冰山体系甚或海洋体系，就是整个时代汹涌澎湃的问题暗流——问题导向，就是那"人—权杖—理念"标准金字塔原型（模型）：当人人皆是审判官、整个社会都是审判场,甚至整个时代都涌动着恶意审判的暗流时,我们如何解构、重构和建构"人 — 权杖 — 理念"的标准金字塔原型(模型)?

也就是说,由于某种"逆转攻势"的存在,这种"社会大审判链",同时也是"美好生活建设"的轴线,以及最好的切入点和着力点:凡是社会审判(批判与评判)的聚焦点,都是建设美好生活、美好社会、美好未来的破冰、破局、破圈之切入点,无论是焦点、痛点、燃点等驱动故事的"×点",还是引爆点、反弹点、结合点等全民情绪宣泄的"×点"。

第二节 为什么人:
从"谁掌握权杖"到"为什么人"文化准则

聚焦于网络文学讲故事、写爽文(写网文)、IP化(改编剧)、造爆款,故事里的审判链,最终跨越文本和阅读的交互界面,并入到整个社会现实的审判链之中,从而导致"话语权、舆论权和文化领导权之争"的现象、潮流与趋势。

人设的问题,不再是人设的问题;作品的问题,不再是作品的问题;作者的问题,不再是作者的问题;阅读者的问题,也不再是阅读者的问题……而是成为整个社会现实、时代和世界的问题!

同样,社会审判链也会按照社会现实、心理需求和文化机制的逻辑,贯通现实迷宫、交互界面和故事迷宫,接上虚拟幻梦和魔幻迷宫之中的金毛线球之"线头",寻找从入口到出口的最佳线路,指引着我们探索和建设更美好的生活、更美好的人生、更美好的社会、更美好的世界与未来。

这两者像太极图一样交叉、交互、交相转化的"那一条轴心界限（线）"，就是"人 — 权杖 — 理念"的标准（文化准则）线：

权杖到底掌握在谁手里 —— 亦即话语权、舆论权和文化领导权掌握在谁手里？

创作与生产、阅读与评判"优秀网络文学作品"与"爆款"的原则、理念和标准是什么？

谁写、写谁、为谁写？亦即"为什么人"的问题，仍然是这条"文化准则线"（基准线）的轴心。

"人"不同，将会决定"审判链"和"建设线"的不同走向。

如在《间客》之中，真正的审判链是"七大家 — 联邦毒瘤 or 千年功勋"（老一代）、"西门瑾 — 李在道 — 帕布尔"（中生代）、"许乐 — 施清海 — 邰之源"（新生代）的大世代链：每一个"大世代"对前一个大世代进行"大审判"，其实也是一条基于前代进行"新基础设施建设"的新建设线。

它们才是真正引发"人（1）— 权杖（2）— 理念（3）+ 标准（A）"金三角 +1 或 3+A 原型结构等一系列"迷宫化"的"旋转的轴心"。

原文故事之中存在的"第三方专职（专业/业余）大众评审团"就像是一个"背景画"，存在，但没有强化。

无论是许乐第一次机甲出战引爆的校园狂潮，还是帝国的种子揭露后引发的舆论效应，都像是对社会现实和现象的"模拟"，而不是内在体制和机制的"转化"。

可以说，《间客》之中这条"大众舆论审判链"，其实就像是中国互联网发展"网络舆论"极简史的虚拟映射，而不是那种社会现实、

第十章 利己内驱力:从"社会大审判链"到"美好生活大建设"

心理需求和文化机制的"新社会现实感"重构。

它所起的作用,更像是我们在深入解读无罪《剑王朝》时,所解读、诠释和建构的"第三只眼:从'旁观者体系'到'专业评论员角色'",帮助我们理解、诠释和接受剧中在场主角和场外局中人一系列的动作、意图和谋划[1],而不是对主角以及把自己代入为主角的我们这些剧外人局中人读者进行评判、裁判和审判——就像在社会现实生活、网络和世界之中,真正角色扮演为终极大审判官的"第三方专职(专业/业余)大众评审团"。

但是,这就像是一个暗宇宙和逆现实"不对称的杠杆"结构——

故事中的"第三方专职(专业/业余)大众评审团"被弱化甚至削减掉"终极大审判官"的角色和功能,简化成"旁观者"或者"客串裁判"。

但是,现实中的"第三方专职(专业/业余)大众评审团"却会强化和"超级恶化"这种终极大审判官的自我意识、身份和位置,对所有人物(人)、运行(权杖)和规则(理念)进行严厉的评判、裁判和审判,甚至会站在情义、道义和正义等理念的制高点上,以自我为标尺,对主角、作者、代入为主角或支持作者的那一部分书友,进行末日世界式的"终极大审判"。

如烽火戏诸侯《剑来》中的主角陈平安,在书简湖问心局之中的选择、表现和结果,就令相当一部分读者不满意,毫不客气地审判陈平安是"双标狗"——奉行双重标准的伪君子或圣母婊。[2]

---

[1] 参阅庄庸等主编:《爽点宇宙:中国网络文学阅读潮流研究(第2季)》,中国青年出版社2020年版。

[2] 参阅庄庸等主编:《文运迷楼说:中国网络文学阅读潮流研究(第4季)》,中国青年出版社2020年版。

对剧中人物特别是主角的审判，很容易传导到作为"上帝全能视角"的作者身上，并像原子弹一样，在不同的书友、读者、粉丝和社群之中引爆——甚至从"作品的审判"演变为"人身的攻击"和"社群的撕裂"。

如不同的粉丝群体因为"粉"（支持）不同的人设（包括原著中的人物角色以及IP剧中扮演这个角色的明星人设）、"黑"（反对）不同的作品、"稀饭（喜欢）or 厌恶"不同的作者，而将评判、裁判和审判的对象不停蔓延、迁移和扩大，甚或出圈破壁，越界"维权（侵权）"，演变和催生出对粉丝自身不同趣缘社群的评判，对社群不同意见群体与阶层的裁判，对其他所有与"己标"（自我为标尺）不符的群体、阶层、世代等的"终极大审判"。

审判他人者，自身也被置于审判席上。人人都是审判官，但人人也都是"被审判者"。每个人都把自己当作标尺，却假借着"正义的标准"审判他人，同时也招致他人表面上假借"同一标准"实际上仍然夹带私货的审判……

于是，不同的审判看似都要遵守同一完美、正确和不容置疑的"真理（道理）标准"，但实际上因人而异。真理标准的表面下隐藏的，都是切身相关的利益诉求，或是被裹挟、席卷和嵌入到某种阴谋论、圈套论和迷局论的利益集团化诉求暗流之中——很多这种集团化的利益诉求，都是打着"破解"阴谋论、圈套论和迷局论的无比正义的旗帜，将那些自认为出于正义、自主判断、主动选择其实却有可能被算法、数据和信息支配与宰制的"代主角跑龙套甚或是跑成炮灰的个人审判官们"，裹挟、席卷和驱动进"终极大审判"潮流之中的。

这就造成了不同个体、群体、世代、阶层甚至整个社会的"撕

第十章　利己内驱力：从"社会大审判链"到"美好生活大建设"

裂"。因为没有"有史以来最大的公约数"，没有妥协与和解达致公认的"公共标准"。在"人—权杖—理念"标准金字塔原型（模型）之中，别说"人"和"权杖"在不同场景、不同维度和不同界域之中被扭曲与变形，就连那作为最基础、最根本、最核心的"理念"，也受到公开的质疑、审问和批判：宇宙间到底有没有道理？天理何在？人世间有没有所谓正义、公道和美德？……

这些都是从"社会大审判链"到"美好生活大建设线"必须直面与求解的"痛点问题"。

第三节　痛点问题：
从"群体性冲突"到"社群（社会）的撕裂"

正是因为这种"第三方专职（专业/业余）大众评审团"，从故事指向现实，带来一个很大的混乱、混淆甚至撕裂社会的痛点问题。

人人都在审判他人，却不会审判自己。社会现实中"身份置换"的情景很少发生。至少，只有少部分人才会进入这种旋转门和置换通道。

大多数人会长期处于"二元对立"的状态：你在这边，他在那边，中间就是"价值的鸿沟"；两岸没有"互换身份"的可能，甚至没有交流、沟通和对话，只有矛盾、冲突和交锋；双方都拿着自己的标尺评判、审判和裁决对方，鲜少能妥协与和解，寻找"最大公约数"，达致基本的共识。

这不是一个人对峙一个人的状态，而是一种群体、阶层、世代、地域等类型化人群PK另一种群体、阶层、世代和地域等类型化人群的"群体性的冲突"。

整个社会就被撕裂成一个个"群体性"对抗、冲突的区块。它让所有人都陷入"现实迷宫化"的困境之中，找不到"入口"，更找不到"出口"，像电影《幸福终点站》之中被滞留于机场的主角，只能被困在这种迷宫幻境之中。

《幸福终点站》的男主角至少很清醒地意识到自己滞留于机场的困境，并能积极设法打破困境，直到各种方法用尽后，才心不甘情不愿地被迫主动适应环境——把困境当作乐境来接受，至少假装接受。

但是，陷入"现实迷宫"的人，却大多数并不知道自己身陷困境，既不知其然，更不知其所以然。因此，既谈不上"心不甘情不愿"，也谈不上"被迫感和压抑感"，当然更谈不上积极寻找和求取解决方案。

但这种危险性更大。就像温水煮青蛙，当"时代这口煮锅"真正沸腾起来时，身陷迷宫困境并且没有提前寻找出口的人，就再也没有机会了。

讲故事、写爽文（写网文）、IP化（改编剧）对"故事迷宫"解读、诠释和建构的最大价值和意义，就是提供了一个"入口"——通过社会现实、心理需求和文化机制——让人能够从故事指向现实，返诸自身，找到进入"现实迷宫"亦即社会现实"魔幻迷宫"困境的切口和路径，建设更美好的生活、人生和世界。

这只是字面上的意思。

我们其实想说：它让我们真正意识并切身体验自己就在"迷宫"之中——不是在故事迷宫之中，而是在现实迷宫之中。我们的社会现实生活、人生甚至整个世界就是一个"魔幻迷宫"。我们身处于

第十章 利己内驱力：从"社会大审判链"到"美好生活大建设"

迷宫之中却不自知，就像我们每一个人都处于"第三方专职（专业/业余）大众评审团"宰制的审判链和由这种审判链制造的连锁迷局、迷楼和迷宫之中，既不知其然，更不知其所以然，遑论从入口找到出品，转场、升维、跨界，走出这种从交互界面到魔幻迷宫的社会现实、人生和世界困境。

但是，故事迷宫中的审判链成为一把钥匙——或者按照故事原型的说法，提供了"金毛线球"的一根线索（至少是扯出一个线头），让我们有望"顺藤摸瓜"，找到从入口到出口的 N 种线路：哪怕只是为了否决它。

因为每否决掉一条线索，就意味着我们排除掉了一条歧路，也就意味着在剩下的 N 种可能性的线头中，总有一条能够让我们把"金毛线球"扯平——世界是平的——的"主线头"。那是指引我们通往出口、走出迷宫的真正线路。

这就是"主角线"。

它是一条很奇怪的线，既在审判链之中，但又在故事迷宫之外。

而正是这个特点，才能让它真正扯出在"不对称的信息、现实和故事"经济学之中从故事迷宫到现实迷宫的"金毛线球"之线头——或者不如说，主角线本身就是为了解决这种"迷宫"困境，而呈现为这种"不对称的信息、现实和故事"的线头（支点）、线路（杠杆）和标准迷宫（格局）原型。

它增加了我们建设更美好的生活、人生和世界的难度。

第四节　内驱力流变：从"理性（精致）利己主义"到"以己为标尺量世界"

这种问题发生的根源，如前所述——我们解剖从《间客》到《择天记》"三代人迭代冲突"时，解读"三层祭台"（从"祭神如神在"到"献祭正义的牺牲品"）、建构"利己·标准金字塔原型（模型）"，扯出如下的线头及其所描述的状况：

一切为了人类、人族、正义等的"公心"，都演变成了理性（精致）的利己主义、"以己为标（自我为标准）尺量世界"的私心。

利己主义是让"人—权杖—理念"标准金字塔原型（模型）发生变化、变形甚或是畸变的根本原因。它让"本体论"上的理念（如真理、道理、正义、公道等），因为"认识论"（权杖亦是认知结构的方式之一）而发生差异。最重要的，是在"行动论"或"践行论"上，因"人"而异——导致人人都奉行利己的标准。甚或是，人人都有自己的一整套"标准"，亦即"己标"。

如从"为了人类（人族）的整体利益"到"为了联邦（帝国）的利益"，这种理念的确很好很强大。

但问题的关键是：这是"谁"的联邦？是"谁"的帝国？是"谁"领导和统治的人族？那必须维护整体利益的人类之中又有"谁"？

这既是《间客》中郗夫人和七大家的"世家传统"联邦，亦是"西门瑾—李在道—帕布尔"的"强势主义"联邦，也是"许乐—施清海—郗之源"等的"新希望"联邦……但每一个人、每一群人、每

第十章 利己内驱力：从"社会大审判链"到"美好生活大建设"

一届人、每一代人都在说"这是我的联邦"，都在以"我的联邦是这样子"的理念和标准去衡量别人，要求别人"为了我的联邦的利益"去奉献、去死、去牺牲！

就像：这既是《择天记》中王之策、商行舟和天海圣后等老一代（父辈）的人族，亦是王破、画甲肖张和荀梅等中生代的人族，更是陈长生、徐有容和唐三十六等新生代的人族。

凭什么"为了老一代（父辈）""为了人类（人族）的整体利益"，要求同是人类和人族希望的中生代王破"家死人亡"，甚至要求陈长生和徐有容这些年轻的新生代"先去死"？！

更别说"西门瑾 — 李在道 — 帕布尔"按照自己狂热、激烈和强势的理念、目标和标准，强制他人"为了我的联邦"去死、先死，死得何其无辜也无所谓！

这就带来一个很根本的问题：人人都从利己主义出发，以理性自利的原则，来驱动"人 — 权杖 — 理念"标准金字塔原型（模型）的解构、重构和建构，那还有能代表最大公约数、认同和共识的"标准"存在吗？人人都是"己标"，又何来"公标"（公共的标准）？

但是，标准还真的就是理性自利驱动的。公标缘起于私标的最大公约数、认同和共识。利己主义的确可以成就"为了人类（人族）""为了联邦（帝国）""为了正义（公道）"的公共标准。

这很自然又合乎情理和逻辑，以"己标"为旋转的支点和轴心，"利己·标准金字塔原型（模型）"，就分化、分层、分出不同的场景、维度和界域——我们同样把它解读、诠释和建构为利己主义的金字塔：

第一维，塔尖，是"高尚的利己主义"。这偏褒义。所谓由己及人、由人类主义折返于利己主义。

《择天记》之中的王之策或许就是这样的人：他是极有大局观甚至是大格局的人，为了人类而惜命——不愿死、不敢死、不能死。

《间客》中的许乐或许也是这样的人，只不过代表着另外一个极端：他是一个极没有大局观的人，没有意愿、没有动力、也没有能力改造世界，但是却坚持按照自己的道理和标准，把小宇宙生态系统，改造得更符合他的理念和价值取向，从而影响身边的人，重塑着周边的社会和世界。

第二维，塔中，是"精致的利己主义"。这偏中性。所谓精打细算、为己但不损人是也——但结果不确定，或适得其反，或事与愿违，或如其所愿。

《间客》中的邵夫人、军神李匹夫，《择天记》中的商行舟、天海圣后，其实都是这样的人：他们都打着"为了人类（人族）、为了联邦（帝国）的利益"的旗号，其实谋取的却是自己身处的既得利益集团的利益，都是为了实现自己的目标，贯彻自己的意志，坚持用自己的标准尺量世间。结果虽好，却是白骨累累。

《庆余年》中的范闲也是这样的人：范闲是一个极度自私的人，为了让自己更好地活着，不介意把世界折腾得更好、更宜居、更友好型一些。结果虽然有些小残酷，但的确让整个世界更美好了一些。

第三维，塔底，是"巧饰的利己主义"。这偏贬义。所谓巧言令色、包装伪饰是也。

这说的就是《间客》中的"西门瑾—李在道—帕布尔"。无论他们把自己的信念、理念、观念包装得如何伟大、高尚和迷惑人心，究其起源、过程和结果，那都是一种"极恶偏又饰以极善"的利己标准——他们试图让整个世界都按照自己的意志运转，如果不符合自己的理念和标准，别说强制别人为他们一己之信仰牺牲，就连把整个世界毁灭都在所不惜！这其实是一种极可怕的狂热、激进和强势逼迫他人屈从、顺从和服众的定标运动。

同样原因和理由，那种负面的、恶性的、不良化的"审判官思维""第三方专职（专业／业余）大众评审团"及"社会大审判链"现象、潮流和趋势，亦是如此：人人都以私标当公器，人人都把自己置于道义、道理和道德的制高点上审判他人，人人都把自己当作正义的化身或真理的女神，人人都把对方置于终极审判席进行末日审判……问题的关键在于：很多时候只是为了审判而审判！

但如果"审判官思维""第三方专职（专业／业余）大众评审团"及"社会大审判链"趋向积极化、正向化、正能量化，却是建设更美好的生活、人生和世界最重要的内驱力。

第五节　断链与连接：从"嘉人传导链"到"社会嘉奖机制"

故事文本、阅读视域以及两者之间像迷宫一样的交互界面，就这样被贯通起来。

利己·标准金字塔就不仅是解读、诠释和解构网络作家作品人设、世界观设定集和故事星球 IP 宇宙的网络文学造词、理论与方法论原型（模型），也是中国网络文学阅读潮流映照时代潮流的社会现实、心理需求和文化机制——理性自利的原则或利己主义，成为这种"新社会现实感"解构、重构和建构的内在驱动力。

它们遵循着同样的道理和逻辑。对于这些或许存在或许不存在、或许只是理想化或许只是理念化的理念、标准和目标,有些人真的信,有些人真的奉行,有些人真的在至死捍卫——有些人或许只是"因信而信"甚或是"因为信奉它,能得到最大化的好处"的自利理性抉择。

按照标准经济学的理论,每个人都以自利的方式行事。即使出于那种模糊不清的责任感、使命感,而必须采取有效的方式,执行和完成各项艰难任务的"非理性"英雄式行为,或许,也可以用这种理性自利的原则进行考量:以这种看起来最具人类美德、最符合人族整体利益的方式,去完成某种冒险的英雄之旅,可能最符合这种"英雄人设"的自身"×益最×化"诉求:利益最大化,效益最好化,收益最佳化。

> 乔治·阿克洛夫为对那些貌似非理性的行为,提供了一个富有洞察力的"理性的"解释。由于具有诚实等优点的人会在社会上得到较多的回报,因此父母就希望自己的孩子看起来具有诚实等优点。更理想的情况是,他们或许更希望自己的孩子表面上看起来很诚实,而实际上却不诚实。原因在于,这样他就既可以得到那些能支配资源的职位,又可以将这些资源用于满足自己的目标。不幸的是,或者说幸运的是,当孩子们实际上并不诚实时,就很难让他们变得表面上看起来很诚实。假若这一判断成立的话,那么"次优的"策略就是将其培养成诚实的孩子。[1]

按照这样的逻辑,由于信奉善良、正义、诚实等美德并且具有这些

---

[1] [美]约瑟夫·斯蒂格利茨:《信息经济学:应用》,纪沫、陈佳、刘海燕译,中国金融出版社2007年版,第170页。

第十章 利己内驱力：从"社会大审判链"到"美好生活大建设"

优点、品行和言语的人，会在人际关系、现实生活和社会人生中得到更多的嘉奖和回报，所以人们会刻意训练甚或练习自己，成为这样的人，或者"表现"成这样的人，甚或只是"说说"这样的语言——如果只是说说这样的语言，就能得到社会的嘉奖和人际的回报，何乐而不为呢？

这其实带来很大的矛盾、撕裂和冲突。嘉言，未必就匹配嘉行；嘉行，未必就符合嘉品（或嘉念）。嘉言—嘉行—嘉品（或嘉念），并不是一个必然传导的逻辑链，它实际随时可能在中间的关键环节掉链子。

这其实是"断链"的社会现实、心理需求和文化机制造成的。

在社会现实生活中，太多的人，只是因为"嘉言"就获得了社会的嘉奖和回报，所谓长得漂亮不如活得漂亮、做得漂亮不如把话说得漂亮。

这种"说法即做法"的激励机制，鼓励、怂恿和撺掇人少做事多说话，做了一分事就要说出九分的精彩，甚至未做事先说话——先造概念、说漂亮话、把蓝图擘画甚或是大饼画好。至于，嘉言背后有没有嘉行，是下一步"好说好商量、没利益就没得商量"的事情。

虽然我们的传统一直说"观其言，察其行，究其人"，但在这个浮躁、喧嚣和追求一次性快速消费的社会，我们已经没有那么多的时间、精力和耐心，可以长期、持续、深入地观察一个人做成一件事的整个过程，并对他的行为进行完整的评估。更何况，确认和确定一个人是个什么样的人（品行），需要更长时间、更深程度的接触。

因此，嘉言—嘉行—嘉品（或嘉念）三点成一线，全都浓缩和聚焦于"嘉言"这一个"焦点"上：对一个人所有品行的考察与评估，全都浓缩于人的感官在一瞬间的感受了：他话说得很漂亮（嘉言），那他一定会做得很漂亮，他本身也一定是个"人品（理念）很漂亮"

的人!嘉言必然推理出嘉行和嘉品(或嘉念)——这不仅仅是按照传导链进行逻辑推理的过程,亦是一种预设逻辑的逆向推理:一个人品漂亮的人,才会做得漂亮,也才会把话说得如此漂亮!

无论正向还是逆向,很难说这样的逻辑推理是错的,但也很难说它是对的。因为,世上既有言如其人、文如其人,又有巧言令色、表里不一。但不管怎么说,这确实造成了嘉言—嘉行—嘉品(或嘉念)的断链:仅凭把话说得漂亮,就能得到社会的嘉奖、回报和投资,那又需要什么嘉行和嘉品呢?

而且,社会现实、心理需求和文化机制之中,还存在着另外一种看似"连接"实则"断链"的现象:从我们小时候接受的成长教育,到现在我们下意识地教育孩子,都是"要做一个诚实/善良/正直(一系列类似的词语所描述和形容)的人"——这其实把这些"理念"当作"人品"(品性)的标准,亦即"做人的准则"。所以,我们以这些理念为标准,评判、裁判和审判"人"本身:你是一个好人,他是一个坏人;你是一个诚实、善良和正直的人,他是一个邪恶、有罪和十恶不赦的恶人。

但是,所谓教育,最后总会演变、蜕变甚或是畸变成"训练"和"校正":从做一个"好人",变成"做"一个"好"人——"好"人是"做"出来的,能够让别人看得见、可衡量甚至可以量化。

因此,说一个人是"诚实的"(嘉品),不如说他"做"这样一件事、说这样一句话、做这样一个举动时,他"做"出了"好"人应该做出来的样子——亦即,他做了一件诚实的事,做了一个或一种善良、正直的动作与行为,说了一句"好"人应该说(比如,仗义执言)的"好"话……于是,整个社会就给予他相应的嘉奖、回报和投资。

但错位、迁移和断裂就在此处发生:我们因为他这句话、这个动作、这种行为、这一件好事给予的嘉奖,却演变成对他这一个人

第十章 利己内驱力：从"社会大审判链"到"美好生活大建设"

"做人"的回报，甚或蜕变和畸变成对他这样一个"人"投资——呃，就因为你做了这样一件"好"事，我就认为你是一个好"人"（反正发"好人卡"也不花钱），甚至把你当作一个"好人"进行长期的投资——这就悲剧了。投人比投公司还投不准，所以，很多人最后把自己投成"股东"，套牢了。

生活中随处可见这样的例子。甚至，它已经成为一种蔚为大观的现象、潮流和趋势。"近"如投资优质暖男却投成了渣男，"远"如慧眼识英雄却看错了"狗熊"——都是因为一时、一地、一事、一个小动作，我们却预期和预设成了一生、一世、一双人的"完美人设"。

但完美人设就是拿来崩坏的。当暖男变成渣男，英雄成为凡庸之辈甚或是恶棍，我们也必然会产生"三观都崩了"的感觉。要么，一生都怨自己识人不明、遇"人"不淑；要么，一辈子都赶鸭子上树，驱赶和绑架狗熊要成为一生的英雄。

很少有人考量自己的逻辑错误：嘉言—嘉行—嘉品（或嘉念）的"嘉人传导链"并不成立。当我们因为具体场景、具体界域和具体维度的嘉言和嘉行，推断某个人就是具有嘉品的"嘉人"，其实有极大的概率是要在后面某时、某地、某事、某个关键环节掉链子的——而且，一掉就天崩地裂，再也衔接不起来。

更何况，"嘉人"自带的主角光环和我们所赋予他的完美人设之中有太多欺骗性、臆断性和想象性的东西，比如：他迎合你对他的期望，表现出你所预设的完美梦中人和超级英雄形象。

艺术来源于生活又高于生活，人物基于原型又经历重塑——从《间客》到《择天记》，从"商行舟—王之策"到"西门瑾—李在道—帕布尔"，都是如此。它把理想的面纱撕裂开来，让你看到了这种"人设遮羞布"和"社会现实感"之间赤裸裸的虚伪（真实）和美化（丑陋）。

第六节 利己宇宙观：
从"精致"到"自律"和"反—巧饰"主义

与这种理想光环照耀的真实与丑陋相比，主角"自私驱动（成就）美德"的行为，反而有了更多的可信度与美誉度。

猫腻笔下的主角，其实都有"自私成就美德"的利己·标准内驱力倾向。只不过在不同阶段、不同作品、不同世界观设定集之中，表现出不同的理性自利原则和利己主义理念与标准。

第一阶段，"穿越宇宙观"时代体现的是精致的利己主义。[1]

---

[1] 在划分猫腻系列作品的所谓创作阶段时，我们自动忽略了从《映秀十年事》（2003年左右）到《朱雀记》（2006年左右）的初代或创作前史。其实是为了省事和偷懒。因为这两部作品我们的阅读时间比较早，现在只留下模糊的印象，而不像在提及后面那些作品时可以信手拈来，即使偶有失误，也无伤大雅。如果将这两部"前史"作品纳入研究和考察的视野，必须重新予以阅读和剖析，方能保证解读、诠释和建构的精准性。这从时间、精力和任务截止日期来说，都很不现实。所以我们故意、刻意忽略了这两部"前史"作品。但事实上，就猫腻自身系列创作史、二十多年中国极简网络文学发展史和中国年轻世代迭代运动与需求嬗变史三条根本脉络的"关联度"来说，从《映秀十年事》到《朱雀记》，都代表着一种极其重要的"建基点"。特别是在"从理想主义到现实主义"（网络文学发轫初期现象、潮流和趋势之变）、"自我PK规则"（年轻世代与整个世界的价值观冲突）、"解读中国我"（网络文学是认识中国的最佳文本，中国本身就是一部"网络"小说）等关键议题上，从《映秀十年事》到《朱雀记》都是很好的标本。猫腻后面三个阶段的里程碑式创作，都是在这样的基础、基石和基点之上转型升级，甚或转场升维的。可以参阅《网络文学评论评价体系构建：从"顶层设计"到"基层创新"》（庄庸、王秀庭著，福建教育出版社2016年版）中"解读猫腻与'中国我'"相关章节内容。

第十章　利己内驱力：从"社会大审判链"到"美好生活大建设"

从《庆余年》中的范闲到《将夜》中的宁缺，都是极度自私的精致利己主义，以自己活下来、活得更美好、活得像神一样的利己·标准为第一优先项。

然而，正是这种让自己活着且活得更美好的利己标准驱动，却让范闲和宁缺都跨越了"自我"层级，迈入"利他"维度，最后进入"共利天下"的境域。

从范闲到宁缺，其实都有这样一种利己·标准驱动的转场、跨界和升维金字塔模型。

比如，宁缺从一个极自私自利和自我的穿越者，跨越从非典型唐人到典型唐人的交互界面，成为必须以天下为己任的"大唐全境守护使"。

第二阶段，"星际宇宙观"时代体现的是高尚的利己主义。

从《间客》中的许乐到《择天记》之中的陈长生，都是极度自律的利己主义——只不过：

许乐更多地从世界的本源理念（如宇宙间的道理）来律己，以至于被他的姐姐、帝国公主殿下怀草诗讥笑为"道德的圣徒"；而陈长生更多的是从自身惜身和惜命的需求（如逆天改命活过二十岁）来律己，以至于被唐三十六讽刺为"清教徒"。

其实，许乐不是"圣徒"。他只是按照自己所奉行的理念，为了让自己"感觉心理和精神更舒服些"——可以称之为"道德（道义、道理）洁癖症"——而对他人、社会甚至整个联邦"纠错"。陈长生也不是"清教徒"。他只是为了让自己活下来，并且自己决定怎么活、为何活、活得怎么样，而与其他人冲突，与大周王朝对抗，甚至与整个人族、魔族抗争。

但正是这种极端利己的需求和欲望驱动，却在主观和客观双重维度中,为他人、为社会、为时代"定标准"——这种标准可以让人活下来、活得更美好、活得像神明一样,可以让人更自由、更平等、更心安理得亦更有选择权,甚至可以让整个社会和世界变美好(变善)、更美好(更善)、大美好(大善)。

这不是圣徒和清教徒致力于追求的理念和理想吗?这不是高尚的标准,难道还是"下流的欲望"?

第三阶段,"闭环宇宙观"时代的"反 — 巧饰"利己主义。

从《庆余年》(2008年左右)至《大道朝天》(2007—2020年),猫腻绕了一个大圈子,又像是回到起点——终点即起点,结束即开始。

像我们所解读、诠释和建构的平行世界、多重世界和多维时空"故事迷宫"一样,猫腻同样解构、重构和建构了一个转场、升维和跨界的"闭环宇宙"——那不同场景、不同界域、不同维度之间连接即隔离的"交互界面",本身就是一个"虚拟幻梦·魔幻迷宫"。

这种像故事迷宫一样存在的"闭环宇宙"世界观设定集,"接口的线头"就是那个从《庆余年》就提出的初始问题,导向《大道朝天》终极答案的"时代问答链":以改造世界为己任,还是为自己而活?

第七节 时代问答链:以改造世界为己任,还是为自己而活

猫腻骨子里似乎对"以改造世界为己任"的人及其使命感、责任感,有着深深的质疑和批判,而对追求个人的利益或权益(如知情

第十章　利己内驱力：从"社会大审判链"到"美好生活大建设"

权)、权利(如生存权)、意愿(如选择的自由和自由的选择)等有着很深的迷恋和崇拜。

《庆余年》之中，"穿一代"叶轻眉就因为试图改造世界、拯救苍生和启蒙民众而死，范闲反其道而行之，追求向死乐活求余年——只是形势所逼，最后"被动"地走上为叶轻眉复仇，让这世界变得对范闲自己及身边人更宜居、更友好型、更美好的道路。

如前所述，这其实是对此前初代穿越宇宙抛头颅、洒热血"穿越救国潮、弥补历史缺憾流"的质疑，也是对这种现象、潮流和趋势背后的年轻世代"深植这种热血(或者狗血)的理想、自我赋予此种能力与使命责任感，坚定不移地相信自己应该且有能力实现这种理想、目标和标准，并将其作为自己那模糊不清却又无比恒定的任务、使命和责任感"的否定。

这其实是每一个人都可能经历的过程。人到中年，总是会对热血青春进行质疑、批判和否定。猫腻只是把它转化为(看似是)"从迭代矛盾到世代战争"的代际冲突与和解，亦即新生代对父辈的旗帜或兄长辈的职责担当进行否定(肯定)、批判(妥协)和颠覆(传承)。

《庆余年》中奉行现实主义"乐活哲学"的"穿二代"范闲，对"穿一代"张扬"改造世界"理想主义旗帜的"穿一代"叶轻眉，否定、质疑和批判的色彩相对比较淡。但至少，范闲肯定是"不赞同"叶轻眉以拯救天下苍生为己任的人生哲学的：活着，就"好好"活着，享受生活，何必折腾那些要"掉脑袋"或只是"让人生会变得很辛苦的事情"呢？

到《猫腻》之中，这种否定、质疑和批判就很浓厚了：能够活下来，本身就是很辛苦的事情；那种"非大辛苦不能践行"的大事件，根本就不在日常人生的考量视线范围之内。换句话说：天天为柴米油盐酱醋茶七件事折腾、吃了上顿没下顿的人，是没有体力和精力折腾"改造世界"的大事儿的；何况，一个随时挣扎在人生死亡边缘、连自己都看似拯救不了的人，如何能够当一个救世主"拯救苍生"？

宁缺就是这样一个"向死求活"的人。他所考虑的一切出发点，都是自己和桑桑此时、此地、此事之中如何活下来这样切身利益相关、极其细微却关乎生死的微观重大问题，根本就没有一丁点要改造渭城、改造大唐帝国、改造昊天异唐世界的意愿。

即使他最后一步步被"逼"到这些意识、身份、位置及其所承载的责任感之中，也是因为拯救长安人、改变昊天世界，跟他切身利益相关。比如，他如果不能战胜知守观主陈某这个昊天代言人甚或白桑桑这个神国昊天的化身抑或真身，不让整个异唐世界"换一个新天"，他就没办法找回自己相依为命的妻子黑桑桑：敢教日月换新天，不过是衣不如新、人不如故，只待风雪夜归人。

从范闲到宁缺，一个乐活，一个求活，看似截然不同、南辕北辙，但骨子里都像是一个模子印出来的人：人生选择所有的出发点，就是切身相关的利益、权益和精神诉求，从不"主动"追求那些宏大的理念、目标和标准；即使"被动"地被推到那条改造世界、拯救苍生、济世救民的道路上，并有所选择和行动，也是因为结果倒逼——这样做看起来会让他自己和身边人能好好地活下去，且活得更美好一些。

实际结果也的确如此：所有"被迫"改造世界的理想、目标和标准，最后确实是符合把世界变得更为适合自己居住、对身边人更友好型、让我和人们的人生更美好的"主动"诉求。

如果说从《庆余年》到《将夜》，从范闲到宁缺都是"被动"地被推

第十章 利己内驱力：从"社会大审判链"到"美好生活大建设"

上"改造世界以适宜自己"的道路，而不涉及对这种"改造世界"的理念、目标和标准本身的评判与审判，那么，从《间客》到《择天记》，从许乐到陈长生，就已经开始了这种重心的转移、迁移和位移。

《间客》中的许乐已经非常明确地"主动"拒绝这种理想主义加诸己身的责任与使命。无论是大师范厚望他能够承担起联邦与帝国星际和平共处的"种子"之命，还是怀草诗希望他能够善用并按照自己的意愿把帝国改造成更适合"人"居住的"太子"之责，抑或帝国起义军首领期望他能够领导渐进革命且创建君主共和宪政体制的"开明君王"之功，许乐都毫不犹豫地拒绝了。因为他仍然习惯于东林石头"小人物"的思维方式，很确定自己几斤几两，不足以匹配和承担这些"大人物"才应该有的理念、责任与使命。

正是在自我对这种"理想主义"理念、道路、责任与使命等所有宏大的词语进行"现实主义考量"的过程中，许乐开始对这种"改造世界、拯救苍生、济世救命"本身的理念、标准和人进行质疑、批判和反思：无论是"西门瑾—李在道—帕布尔"为了庶民的联邦，却成为替代七大家的新利益集团，还是帝国起义军"解放农奴—推翻皇室统治—建立理想社会"为了希望的黄金时代，却不过"皇帝轮流做、明年到我家"，换成起义军的首领登上皇位，都让许乐质疑、批判所谓理念与信仰，不过就是一块"争权夺利"的遮羞布而已。

而且，值得注意的是，许乐并不只是把质疑与批判的攻击之矛指向他人，也将反思与解构的扎心之枪戳向自己。在比较联邦和帝国体制的优劣之时，他本能地认为联邦的公民比帝国的农奴活得更像人而不是更像狗一些。但是，他最后也承认自己"把帝国的农奴解放成联邦的公民"也太想当然了一些，仅仅简单地套用联邦的体制，来改革帝国的统治，很可能会动摇整个国家的根基，从而导致整个领域动荡,反而"会死更多的人"……说到底,许乐就"没有能力"领导这种改造世界、拯救苍生的宏大事业,他就只"适合"在路见不平时拔刀相助、剪除那些贪官污吏、欺压百姓的帝国或联邦毒瘤之类。

这种"宏大的理想主义信仰"和"微观的现实主义能力"之间不同步、不匹配、不对称的状况,其实是《间客》之中至关重要的质疑、反省和批判的基点之一。

它与那种"高尚的理想主义光环"和"自私的现实主义利益"之间不完整、不完美、不充足的状态,构成了猫腻从《间客》到《择天记》最重要的双翼、双轮和双核驱动,由此方能对"人 — 权杖 — 理念"标准金字塔原型(模型),进行多场景、多维度、多界域的解构、重构和建构。

因为,前者指向自己,后者指向他人。把自我和他人同时置于终极审判席上,才能见出这种"标准金字塔"本身的变形与扭曲。

被两者夹逼,最后送上审判席的,就是能力与意愿匹配、现实与理想对称、利己与为天下同步的"那些想改造世界的年轻人(以及已经老去尚未完全老去的'那些曾经年轻过的改造世界的人')"——就如《大道朝天》那些想改造世界、拯救苍生的白早们,以及因此实施"人族弱者灭绝计划"的阴三(太平真人)们。

第 十 一 章

年轻人的时代:从"青春代言人"到"青年定标运动"

这是一条很重要的连接链。

猫腻对"人—权杖—理念"标准金字塔进行质疑、批判和反思（也就是评判、裁判和审判）的焦点与重点，迁移成一条肉眼可见的轨迹线。

就像价格围绕价值进行波动一样，这条轨迹线以及这条线上的引爆点和爆款作品（现象、潮流和趋势），所上下振动的轴心，就是"年轻人的时代"——从"青春代言人"到"青年定标运动"，年轻人一直试图让"网文"成为自己的世代甚至时代的代言人。

从《庆余年》到《将夜》，从《间客》到《择天记》，成为从"猫腻故事宇宙"到"年轻人的时代"的过渡式（里程碑）标志性作品——它们浓缩了21世纪以来中国网络文学"年轻时代"驱动的极简史。

从许乐到陈长生，一改从范闲到宁缺的"被动式选择"，变成了"主动式抉择"：

《间客》中许乐主动放弃"改造世界"的意愿和责任，是觉得自己的能力与责任不匹配、不同步、不对称——能把自己眼前的事情做好，就已经是对这个世界最大的贡献了；

《择天记》中陈长生"主动"地站了出来——至少是被同为年轻人的徐有容"主动的选择"推动，最后主动地承担自己的责任，承担"改造世界、拯救苍生"的责任与使命，而且坚信自己"这一代年轻人"比"老一代（父辈）"和"中生代"（兄长辈）更有能力来完成这样的理念和目标。

特别是徐有容逼商行舟进京都，却因为王之策意外现身而把自己逼入背水一战的死角之时，陈长生以雷霆万钧之势出击，控制了整个京都，并将商行舟和王之策这两个父辈的旗帜性人物逼入"两军对垒"的局势之中，造成了"老一代（父辈）"和"新生代（年轻人）"第一次公平、公开、公正的对话、怼话和对决！

这是一个很有意思的变化：猫腻的笔下，终于第一次出现了"为这一届年轻人（从这一群年轻人到这一代年轻人）代言"的主角！

我代表这一代年轻人跟老一代（父辈）怼话——对于父辈不公平、不公开、不公正地对待年轻人（包括但不限于偏见、歧视、污名以及"蔑青 [蔑视青年] 灭青 [灭绝青春]"主义），全部怼回去！

我代表这一届年轻人跟整个世界对话——

世界是靠年轻人的双手推动和驱动向前的；

千年之前的那一届年轻人现在已经"老了"；

他们的能力或许还在，势力依然主宰着世界，但是观念已经腐朽了，不能带领世界向前、向前、再向前，世界要向前发展，只能依靠我们这一届年轻人。

我代表这一群、这一类年轻人跟人类、时代和未来对话——

这是"年轻人的时代"；

人类的权杖只能握在年轻人的手里；

只有围绕着年轻人这个轴心旋转，整个星球（地球）才有希望和未来……

第十一章 年轻人的时代:从"青春代言人"到"青年定标运动"

很好,很强大——时代变了[1],这是"年轻人的时代"!

文学是时代的风向标,网络文学是这一时代的风向标,猫腻是这一时代之网文的"青春(青年)"晴雨表,爆款是四亿中国青年"青标(青年/青春标准)"的世代(时代)潮流代言人。

它预示了网络文学是21世纪的"新青年文学"[2]——人口周期运动中的年轻世代迭代与需求嬗变,驱动着网络文学潮流、现象和趋势的演变,以及爆款产品的升级换代。

它还预演着21世纪以来从"中国青年想和世界谈谈"到"整个世界想和中国青年谈谈"的污名化与正名化运动[3]。

最重要的是,它还预设了中国青年正在为文学、文艺、文娱、文创甚至整个时代潮流制定青年(青春)标准的定标运动——我们将其解读、诠释和建构为"青标战略"。[4]

这才是当下到未来"爆款方法论"的底层法则和轴心逻辑。

---

[1] 参阅庄庸等主编:《爽文时代:中国网络文学阅读潮流研究(第1季)》,中国青年出版社2021年版。

[2] 参阅庄庸、王秀庭著:《网络文学评论评价体系建构:从"顶层设计"到"基层创新"》,福建教育出版社2016年版。

[3] 参阅庄庸、王秀庭著:《国家网络文艺战略研究:中国文化强国新时代》,福建教育出版社2018年版。

[4] 参阅庄庸等主编:《爽文时代:中国网络文学阅读潮流研究(第1季)》,中国青年出版社2021年版。

第一节　年轻的时代：
从"这一时代"到"不同的世代"

从《庆余年》《择天记》到网络文学现象，从猫腻系列作品到"年轻人的时代"潮流，从"我这一个年轻人"到"我·们这一代（世代/时代）人"新趋势——就像我们此前解读、诠释和建构"我·们形塑运动"所说——二十多年中国网络文学的发展史，核心动力之一就是"自我"的意识、身份认同和时代的位置感。

我们把它解读、诠释和建构为 POWER ME（为我赋能）、I POWER（我就是力量）的"自我主义"。作为一体两面，双翼、双轮、双核驱动，便是：个人主义和利己主义。自我主义、个人主义和利己主义是三位一体但彼此之间又有着微妙却极大差异的网络文学甚或时代造词、理论与方法论原型（模型）。

猫腻的系列作品其实都有这种潮流、现象和趋势的烙印。

许乐可以称为"个人主义"，并且偏向"个人英雄主义"；宁缺比较偏"利己主义"，而且是偏理性自利的"自私利己主义"；范闲介于两者之间，既自私自利，但又乐活利他，所以倾向于比较中性的"自我价值主义"。这三个主角都是个人化、个性化、个体化的"自我"价值取向，与集体、群体、代际和时代"代言人"毫无关联——至少，就主观意图上来说，没有丝毫"我们"的意识和认同感，一切都以"我"为旋转的轴心。

比如，《庆余年》中的范闲，虽然仍然归属于"穿二代"的集体概

第十一章 年轻人的时代：从"青春代言人"到"青年定标运动"

念范畴，但丝毫没有能够代表"穿二代"的自我意识、身份认同和时代位置感——甚至，"穿二代"这个集体归属的概念与范围，也是我们解读、诠释和建构的网络文学造词、理论与方法论原型（模型）而已；只是一种抽象的定性词语，其实并不能用来定义和定位范闲这个人的自我意识、身份认同和归属感（时代位置感）。

也就是说，用"穿二代"形容和描述范闲，其实只是我们解读、诠释和建构作品研究新范式的策略而已。范闲本人，其实没有任何"穿二代"的意识和觉悟。

相对于叶轻眉这个"穿一代"的集体标签来说，它只是范闲"这一个人"的标识而已。所谓"穿二代"PK"穿一代"、第二代穿越宇宙观设定集 PK 初代穿越宇宙观设定集，不过是范闲这一个人与前代"断代"、《庆余年》这一部作品与整个初代穿越宇宙"断链"（断掉连接）的界线划分之举而已。所有行为，不代表集体的意志，都是"个人行为"，甚至"临时工行为"。

《将夜》之中的宁缺更是如此。前世作为斜杠少年，都找不到社会归属感。穿越到昊天异唐世界之后，"穿越者"这种身份认同更是单薄得可怜——无非是作为地球知识科普的工具和背景而已，与本土原住民，只有身体和视线短暂而浅薄的接触，而没有精神、信仰和灵魂的深度交流与认同。

从头到尾，宁缺都在强调甚至刻意强化自己就是一个"非典型的唐人"：众人皆醉我独醒，我就是一个异乡人！不是思家归不得，而是犹留异乡求生活！家园故土非"生命的故乡"，异乡异界又非能够扎根的地方！其实，他就是一个漂泊浮萍一般的流浪儿！哪里又有什么意愿、能力和资格为这一届年轻的穿越者们代言？

《间客》之中许乐偶尔也会和李维、施清海、邰之源一起，念我们的东林、敬我们的总统、致我们的联邦……并且略带追忆往昔、活在当下、展望未来的"怀旧主义、现实主义、理想主义"混合的色彩和口吻,来谈论"我们这些年轻人"。

但是,许乐从来没有真正把自己当成年轻人的代表(即使事实上已然如此),更没有想要"和年轻人一起,成为真正年轻的团队和集体"——无论他,还是施清海,都习惯了一个人独来独往,没有归属于某一个团队的觉悟和意识,遑论成为这一届甚或是这一代年轻人"指引方向的代言人和领导人"。

因此,"我们这些年轻人",对于许乐来说,其实说的还是:我这个年轻人。

这种理念和风格在《择天记》之中发生了突然改变:

前三分之一,陈长生仍然是一个严以律己、理性自利的个人主义者,为了活下去,可以跟整个世界争夺生存和发展的空间;

后三分之一,陈长生同样回归独来独往、唯我至上的自我主义者——为了探索"自我和世界"的边界,爱情、友情和亲情都不是必需的,团队、家国和人族的背景与归属感也不一定是想要的……

但中间三分之一的内容,从价值洼地到神爽高峰体验,的确是通过"陈长生为这一代、这一届和这一类/群年轻人代言"而建构的!

陈长生代表了徐有容、唐三十六、落落殿下"这一届年轻人"。

陈长生代言了从新生代到中生代"又一个野花盛开"的"年轻人的力量"。

陈长生甚至代替了从老一代(父辈)到中生代再到新生代的迭代矛盾、代际冲突甚或世代战争之中又作为轴心代际传承的"年轻的时代"!

是的,《择天记》最重要的"世代架构设计",不是像《间客》之中

"老一代（父辈）— 中生代（兄辈）— 新生代（年轻人）"之间世代更迭与嬗变、矛盾与冲突甚或世代战争的"单向度线性发展轴"，而是三大世代同源异流、共融共生的"年轻的时代"！

从千年之间父辈的旗帜，到千年以后新生代的抉择，一直都是"年轻的时代"：不同的世代，共同的青年；不一样的年轻人，秉承同样年轻的力量。

从世代到时代，有一种东西，从未改变——那就是"年轻人""年轻人的力量（年轻力）"和"年轻的时代"！

第二节 连接时代：从"这一时代之网文"到"这一时代之年轻人"

对于这种年轻人、年轻时代、年轻力量，猫腻的立场、情感和态度，似乎经历了"代言、发声或代表 — 无所谓肯定与否定 — 接受与肯定 — 质疑、否定和批判"的变化。

这是线性之轴，还是闭合循环？就我们的解读、诠释和建构而言，《映秀十年事》少年意气、热血江湖，提出了自我与世界规则的"起点之问"：自我到底是遵循世界既有的规则，还是按照自己的意志让世界运转？[1]

《朱雀记》中青春期叛逆、不"老"于世故，终于明确自我在与世

---

[1] 参阅庄庸、王秀庭著：《网络文学评论评价体系构建：从"顶层设计"到"基层创新"》，福建教育出版社2016年版。

界的冲突之中,应该有何标准、据何行事:就算是渺小如蚁的一个"人",也应该把人生的小方向盘牢牢地掌握在自己的手里,而不是被时代的潮流裹挟,或被那一个个有形但隐性存在的人"安排",甚或被那一只无形的命运之手主导和宰制——就像主角易天行发出的那一声怒吼和咆哮:凭什么孙悟空的命运要被佛祖安排?凭什么"我"的人生要被别人掌控?

这大概是 21 世纪以来青春力量登上社会、商业、文化甚至整个时代的舞台时发自衷肠的怒吼与咆哮吧——就社会现实、心理需求和文化机制而言,中国网络文学阅读潮流甚至整个时代潮流、现象和趋势之中的"年轻的时代"(从"年轻就是力量"到"我就是力量"),其实是在 20 世纪末到 21 世纪初,揭开这种所谓"时代的序幕"的。

因此,我们才会说:从今何在《悟空传》到猫腻《朱雀记》,是初代中国网络文学的潮流风向标,代表着年轻人登上青春政治的舞台之后,要求年轻人的话语权、舆论权和文化领导权,试图寻找和确立自我在世界之中的意识、身份和位置[1]:

"我就是年轻人"的自我意识、利益诉求甚或核心权益正在觉醒、自觉自为;

年轻人由此集体处于自我和世界普遍、持续紧张的关系之中;

是自我遵循世界的规矩活下去且活得更好,还是让世界按照我的意志运转从而变得更好,成为跨世纪的"起点之问"……

这其实隐喻和象征着整个中国在改革开放年代都面临的、在入

---

[1] 参阅庄庸、王秀庭著:《网络文学评论评价体系构建:从"顶层设计"到"基层创新"》,福建教育出版社 2016 年版。

第十一章 年轻人的时代:从"青春代言人"到"青年定标运动"

世入市入网等世纪之交"三入"之中急剧凸现的时代问题:

中国跟世界接轨,还是世界跟中国接轨?

中国既在世界之中,又为何在世界之外?

中国如何融入世界,真正"就在世界之中",而"世界亦在中国之中",建构与世界共情共理、共建共治、共生共荣的命运共同体?

这其实是从改革开放之初到后新冠时代中国和世界都在致力于求解的"关系"时代问题。它也是在互联网时代、全球化时代和商业化市场化消费化与资本化时代出生与成长起来的年轻世代,第一次"大面积"地集体产生了自我意识和权益诉求,从而与整个世界处于普遍、持续的紧张关系之中,并寻找有史以来"最大公约数"的"我和我的时代"关系解构、重构和建构问题。中国网络文学发展的现象、潮流和趋势,就是这个时代和这代年轻人最好的"关系纽带"——既是年轻人在时代和现实"隔离"之中寻找"连接"的需求暗流之晴雨表和风向标,又是真正在不同场景、不同维度、不同界域"连接又断链"的交互界面;这个交互界面本身就被解读、诠释和建构成了一个平行世界、多重宇宙、多维时空的虚拟幻梦·魔幻迷宫——无论是从时代的角度还是年轻人的视角,抑或是网络文学本身而言。

这就是我们解读、诠释和建构的"中国网络文学'年轻时代'金字塔":中国网络文学是"这一时代"之文学。中国网络文学的现象、潮流和趋势,就折射着整个时代的脉动、变化和问题。恰如我们一再论述:中国网络文学是认识这一时代以及这一时代的中国"最佳的文本";中国本身就是一部正在形成而尚未完成的"网络"小说;中国就是一部最爽的爽文;甚或,众创后新冠时代的全球"网络"小说,就是从四亿中国青年到十四亿中国人"自带主角光环"的造爽之旅——为了美好生活奋斗、构建人类命运共同体、书写新史诗,就是在"众创"一部最现实、最神爽(超爽)、最虚拟幻梦、最能预演超凡近未来的中国和全球"网络"小说[1]。

中国网络文学亦是"这一代年轻人"之文学。从 21 世纪新青年到四亿中国青年和全球网络青年,人口周期运动中中国年轻世代的迭代与需求嬗变,一直都是中国网络文学发展现象、潮流和趋势的核心驱动力:

中国网络文学因年轻而"变";

就像时代"变·化",唯一不变的,就是变本身;

时代"变·化",年轻人"变·化",中国网络文学自然也要随之而变——主动或被动,都是在"以变应变"。

因此,我们才会定义网络文学是"年轻人的文学",是"21 世纪新青年的文学",是连接世界的"网络青年文学"。

特别是在当下正在进入社交、社群、社区和社会网络时代的中国,网络文学更是成为年轻世代解构社交场景(从增强现实到虚拟现实的第二人生)、重构趣缘社群(从社会类型化时代到社群重组运动)、建构社区圈层(从社区治理体系建构到社群自治体系建构)和连接社会网络的重要媒介——

从媒到介,从物到人,从人到关系,将每一个孤独的年轻人和整个世界连接成为一个整体,是谓"连接世界"。

---

[1] 参阅庄庸等主编:《爽文时代:中国网络文学阅读潮流研究(第 1 季)》,中国青年出版社 2021 年版。

第十一章　年轻人的时代：从"青春代言人"到"青年定标运动"

第三节　青春角逐场：
谁在隔离"时代青年"和"青年时代"？

年轻人是"这一时代之年轻人"，但这一时代未必就是"年轻人的时代"——整个时代和年轻人的"主要矛盾"就此产生。

21世纪以来，贯通"时代青年PK青年时代"的时代青春主旋律，就是：这一时代之年轻人与这一时代本身的冲突与矛盾、交锋与博弈、交流与沟通、互动和互鉴、妥协与和解、共识与认同、共融与共生……寻找"有史以来最大公约数"，构建"命运共同体"。

当然，就像惯常所能见识和理解的"叛逆青少年PK家长帮（新生代的意志PK父辈的旗帜）"一样，这一时代之青年和这一时代，亦像是年轻世代在与家长帮、父辈的旗帜PK——在经历了莽撞与傲慢、激烈与惨烈等一系列对抗性的冲突与战争之后，双方都意识到必须"和解"、妥协、寻找和达致共识。

这就是我们解读的"21世纪以来中国青年一直想和世界谈谈"但"整个世界都在歧视、误解和妖魔化青年"污名化现象，诠释的"2011以后整个世界都想和青年谈谈"但"在蔑青（蔑视青年）和媚青（取媚青年）两种极端之间游移不定"快速消费青春潮流[1]，以及建构的"2017年后新时代中国——全球网络青年正在为文学、文化甚

---

[1] 参阅庄庸、王秀庭著：《国家网络文艺战略研究：中国文化强国新时代》，福建教育出版社2018年版。

至整个时代制定青年（青春）标准"正名化运动。

只不过双方都很笨拙，"这一时代"尤甚——因为"它"的架子还在，"它"的强势犹存，"它"的传统性、法统性和正统性太庞大、巨大和强大了，大到它认为自己其实可以忽略"那些年轻人想要改造世界、让世界按照自己年轻的意志运转"的同样庞大、巨大和强大的需求暗流。

事实上，之前无意的忽视、当下故意的轻视、未来刻意轻描淡写的重视，是一种必然的经历和过程。当然，年轻世代本身冲突的战略、解决的手段和沟通的技巧也是在逐渐"娴熟"之中：他们还年轻，却正在老去。

中国网络文学其实是双方的"角逐场"——从这一时代到这一时代之年轻人——于是，"这一时代之网文"就成了"这一时代之文学""这一时代之年轻人的文学""这一时代新青年文学"。

这种"年轻时代"角逐场以及前面所说的最佳时代代言人，同样也有一个转场、升维和跨界的嬗变过程。

比如，相对于传统文学场域甚或是传统文娱、文艺和文创场域而言，中国网络文学就是最典型的年轻时代角逐场和最佳时代代言人——因为，中国网络文学完成了场景的转换、维度的提升和界域的跨越。

而原来的传统文学、文娱、文化和文娱场景，还停留在既有的场景、维度和界域之中，甚至二十年如一日，在同一场景、同一维度、同一界域之中原地踏步、墨守成规、画地为牢。

甚至，传统文学（文艺）还要以此为标准，将网络文学剪裁、矫正并拉回到"跟其身量等高""与其视线齐平"甚或"回到同一起跑线"（二十年它们就没有成功地迈出前进的第一步，就别提进取、进击、

第十一章 年轻人的时代：从"青春代言人"到"青年定标运动"

进化和进步之路）——这就让人很尬了！

没错，这不仅仅是我们在同一场景之中面对所谓"传统纯文学才是新文学、网络文学反而是传统旧文学"的论调时，唯一能够做出的表情；亦是面对超级IP时代不少导演、编剧、制片人对网络文学作家作品以像神明一样存在的高高在上优越感和俯瞰角度，摆出一个"神之蔑视"或"王之轻蔑"的POSE（姿态）时，无言以对的感觉。

他们宣称要"化腐朽为神奇"，用自己的点石成金手，将"网络文学这一垃圾IP"改编成神作，结果却将原著之中立于时代潮头浪尖、思想情报前沿的价值观念和核心权益诉求，一夜拉回世纪前、改革开放前甚或是解放前——比如将女频文作品中已然从分权、平权进入到确权时代的核心权益诉求，改回到传统父权和男权时代"他者的目光之中"的相夫教子和靠自己不如靠男人的传统价值观。

我们无话可说。澄清、反驳、辩论其实都毫无意义：你叫不醒一个装睡的人；更无法说服挥着自己的大棒，以一己之标准作为公共之标尺，到处评判、审判和裁决他人的人。中国网络文学的进步与进化、进取与进击无须自辩，懂者自懂，不懂者——呵呵一声而已。

第四节　领先0.05公分：从"比较优势"到"发展劣势"

但这只是硬币的一面。

我们必须同时看到硬币的两面。

中国网络文学只有相对优势，并无绝对优势：二十多年进步与进化、进取与进击的"四前进"甚或是"锐进",像弹簧法一样积力、蓄势和储能沉淀下来的"存量优势",并不必然保证其在"增量"之中还有如此前进和锐进的力量。

就像我们在2017—2018年度行业内部会议发言中谈到"中国网络文学发展的三大根本性行业问题"时,曾经犀利、尖锐甚至有些刻薄地考问:中国网络文学这几年都在吃"老本",但是"老本"还能吃几年?

就我们的预测和估量而言,中国网络文学相对于整个泛文娱、新文创行业与产业而言,还能再保持五年领先一步的优势。但是,五年之后呢?当其他企业、行业和产业的形态、业态甚或是生态系统性力量全面追赶,最后从跟跑到并跑再到领跑之后,网络文学又何去何从,真的甘心从"IP化的母体"变成"IP化的附体"吗?

何况,那些互联网巨头以及中型平台生态系统批量崛起,在完成跑马圈地的战略布局之后,进场逐鹿,把网络文学当作"最后一只会下金蛋的母鸡"甚至是"杀鸡取卵",去孵化所谓免费阅读时代、短剧集时代、直播电商时代的流量经济"引流王"、带货力指数"伪女王"和文娱资本游戏"开山怪"时,中国网络文学还能怎么看、怎么办——你能应对这种"降维打击"吗?

没错,这就是中国网络文学从超级IP时代到发展新时代所面临的残酷现实、集体境况和生存与发展瓶颈——社会重大现实攻关问题、时代课题和未来发展趋势问题——所谓进步与进取、进化与进击、前进与锐进之路,已经不再是线性的量变到质变,而是指数型增长的裂变、聚变和核变;不再是转型升维,而是转场、升维和跨界……

因为其他企业、行业和产业,对从边缘到中心化的年轻世代新主流受众及其新需求,已经在转场、升维和跨界;或在社交、社群、社

第十一章 年轻人的时代：从"青春代言人"到"青年定标运动"

区和社会网络时代的中国，已经先行得道，抢占了更多场景、更高维度、更宽广和多元的界域；更别提那些大厂巨头，从一开始就于个人终端（授权）时代的上游战略制高点，进行形态、业态和生态系统的中游战略布局，从而可以对下游所有市场化、商业化、资本化和产业化的产品、标准甚或是文化机制，进行全面的降维打击。

从图像时代全面进入"短视频剧集时代"，中国网络文学领先和代言"年轻时代"的比较优势，正在被瓦解成为"青春代言"的绝对劣势。

因此，我们同样需要警惕那种躺在中国网络文学超级 IP 存量上吃老本的行为：不在增量上转型升级；遑论超越量变和质变的线性发展轴，转场升维和跨界，进行多场景、多维度、多界域的指数级增长……

特别是要对鼓吹网络文学"先进性""领先型""带跑力"（甚至发展出：凡是网络文学，就是好的；凡是网络文学，就超越其他一切文艺、文娱、文娱和文创）的论调，保持足够的警惕。

居安思危。堡垒总是从内部被攻破的。

网络文学最大的危机，来自自身的内在驱动力——从可持续的盈利模式到可持续的核心竞争力和发展模式，再到贯通全版权链、全产业链、全价值链的"讲故事的核心能力建设"这个痛点一直没有得到真正的解决[1]——而不是外界的异业竞争和降维打击：胜人者强，胜己者王。现在看来，不少人就像操纵提线木偶一样，把网络文学视为一个"虚拟的巨人"，正在向为自己提供发动机的"时代

---

[1] 参阅庄庸、王秀庭著：《国家网络文艺战略研究：中国文化强国新时代》，福建教育出版社 2019 年版。

的风车"进攻——似乎是想亲手毁掉网络文学进步与进化、进取与进击、前进与锐进的力量及其源泉。

因此,当我们谈论网络文学的先进性、青春角逐场、最佳年轻时代代言人等言论、描述和定性时,是限定在一定的场景、维度和界域之下的——"在××条件下",网络文学是这一时代的文学,代表着最有进取性的力量、最适合年轻人的新文学、最青春的新文艺样式!

这其实应该是常识和共识:"在××条件下,什么才是/才具有什么。"我们以为这是毋庸赘言的。而且,为了行文的便利或者偷懒,我们习惯性和经常性地省略掉了"在××条件下"的前提、基础和前置性预设思路与逻辑框架,这会造成一定的误读和误解。

何况,我们的确也会下意识地犯那些我们批判的错谬,把"我们自己猜测、推导和以点到面勾勒出整体的结论"当作"已然是定论的标准"在用,去评判、审判和裁决其他人、作品或者现象、潮流和趋势——而忘记我们的初衷与本意,是"建模、构型、造原型(模型)",亦即解读、诠释和建构网络文学造词、理论与方法论原型(模型),去解构、重构和建构那些从中国网络文学阅读发展到整个时代发展的现象、潮流和趋势。

换句话说,这种建模构型的思路、逻辑和结构,其实是我们最为关注的。以此原型(模型)去解读、诠释和建构那些现象、潮流和趋势,我们更想知道的是那种在限定场景、限定维度和限定界域里的"造词、理论与方法论"的思路合理性、结构合逻辑性、方法有效性——而不是推论、结论本身的合理、合逻辑、合乎情理性;更不是把结论当作定论,当作一把标尺,去评判、裁判和审判其他人、事、物的对与错、是与非、善与恶等。

第十一章　年轻人的时代：从"青春代言人"到"青年定标运动"

第五节　反撕大战：
从"审判网文"到"为网文辩护"

但这个尺度太难把握了，界限太容易混淆了。因为，情况太复杂了。

所以，我们本身就有可能一脚踩进这对与错、是与非、正确与错误等二元对立、非此即彼的误区之中，何况那些故意曲解、断章取义、试图把一潭水搅得更浑的"鲇鱼"（搅屎棍）——像斗鸡眼一样随时可能跳出来"斗殴"！

这世界上杠精本就多，何况还戏精附体：为杠而杠，并不为了杠出一个是非对错来，而仅仅是一种"表演性"的行为艺术。

是的，只是面对吃瓜群众、面对直播打赏用户、面对短视频外所有第三方专职（业余）大众评审团，来扮演一种现场与场外、在场与连线、场中人却在场域之中震荡辐射周围圈层……他们连接成一个整体的"审判官"行为艺术秀：秀的是这场评判、裁判和审判的终极大审判和行为艺术，而不是那种所谓事实、真相和标准——后真相时代，谁还关心什么是事实、什么是真相、什么才是合乎道理的标准？！

一如前面我们解读、诠释和建构的"审判官思维""社会大审判链"以及"第三方专职（业余）大众评审团"社会现实、心理需求和文化机制：

所谓辩论、辩驳、辩解、辩证，最后都演变成了一种"语言"上的斗殴、互殴甚或是群殴,甚至上升到"人身攻击",以及其他更为恶劣的"从肉体到精神"的审判与裁决——"我"代表××审判(灭了)你!

这其实是一种很让人瞠目结舌的社会(文艺)之怪现状。

这其实是"社会(社群)撕裂"的映射——网络(文艺)舆论场的手撕大战。

我们连手撕一只北京烤鸭都很费劲,所以实在很难理解这种手撕大战中的超级手撕人、动力源及其超凡力量机制。因此,无论在现实生活中,还是在研究领域里,对此我们一律敬谢不敏:

辩论?拜托,我连讨论一下都没有时间和精力——天地玄黄,宇宙洪荒,把这一"点"写出来,我都已拼尽了洪荒之力!

你不知道时间就是金钱、时间才是最重要的资产吗?

书中自有黄金屋,文中自有"我"观点——"我"已经拼尽洪荒之力,把"我·们"的观点写了出来。

强弩之末,势不能穿鲁缟。何况是这全身披甲戴盔、像刺猬一样武装到了牙齿的杠精、戏精、战斗精和手撕精?!

即便是真的想心平气和、理性研讨与商榷一下观点与逻辑的人,那也请先做到一个基本的讨论前提:等你"读"了再来"说"?!等你"了解了我的观点"再来"评"?!

评论、讨论甚或是辩论,说到底,还是一个"阅读量"和"阅历值"的问题——你读了多少本网络小说?没有量变哪来质变。你又把几本网络小说读懂、读精、读透了?没有这种专业、专心、专注于一点把它融会贯通并戳中痛点的"阅历值",何来"懂"网络文学?

但现在很荒谬、很荒唐、很荒诞的现象就是:别说足够的阅读量和精益的阅读值了,就连最基本的"阅读"行为(把它读了)都不能

第十一章 年轻人的时代：从"青春代言人"到"青年定标运动"

保证，就敢擅断"网络文学是垃圾"、妄言"××比网络文学好（甚或好上一千倍）"、审判"网络文学应该减增量、灭存量（以优化精品力作创作和生产机制）"，甚或报复性地裁决网络作家（包括我们这些"为网络文学摇旗呐喊、建言献策的人"），"就是你们这些人把网络文学（文娱趋势、社会风气和时代潮流）带坏的"！

现实比这还荒诞。

至少经过些折腾之后，世界的确"苟"了起来！整个网络文学"苟"了起来！我·们难道要跟着"苟"起来吗?！

就像2019—2020年度，中国网络文学年度潮流、现象和趋势之一，就是流行"苟道至圣"的苟文流、"全民稳健主义"的稳健派、"985废物回收计划"的新废柴流。

这其实是"年轻的力量"自我进化、自我迭代、自我升级或升维过程之中，对于外界充满恶意或敌意的攻击性力量，采取的一种"隐秘性地反击"。

文艺潮流总是社会思潮的折射与反映；年轻人自我和世界（时代）持续紧张（和解）的关系，总是处于动态的调整之中。

第六节　自我与时代："不甘老去"的人和永远年轻的力量

于是，值得注意的是，这个"年轻时代"或"年轻的力量"的网络文学造词、理论与方法论金字塔原型（模型），其实是一个大小嵌套结构：

除了"这一时代""这一时代之年轻人"和"这一时代之文学"的大时代之新青年金字塔，还嵌套着"从'我'这一个年轻人到'他'那一个年轻人"（为我赋能、我即力量的我时代我世代）、"从这一群年轻人到这一类年轻人"（社交、社群、社区、社会网络时代的场景、趣缘、圈层和网络关系）、"从这一届年轻人到这一代年轻人"（世代更迭中的代际划分、自我画像和族群认同）的小时代网络青年之金字塔……

从"小时代"网络青年金字塔，到"大时代"新青年金字塔，"我以我手写我心""因为我说，所以精彩"的网络小说，何以会从"我世代""我时代"到"我·们的世代""我们的时代"，成为这个"大时代（大世代）的代言人"？或者说为何这很个体化、个性化、个人化、个别化之网文作品，会被这个"大时代（大世代）"选择成为自己的"最佳代言人"？！

比如，猫腻、烽火戏诸侯和爱潜水的乌贼等，何以能以"小写的我"，代言"大写的我"，代表"时代的我"，代替"中国的我（中国我）"发声[1]？

---

[1] 参阅庄庸、王秀庭著：《网络文学评论评价体系建构：从"顶层设计"到"基层创新"》，福建教育出版社2016年版。

第十一章　年轻人的时代：从"青春代言人"到"青年定标运动"

就缘起于这种结构性的驱动力 ——

从"为我赋能、我就是力量"到"年轻人的时代"再到"年轻的力量"（或青春的力量），同样是一个"看得见 — 介于看得见和看不见之间 — 看不见"的金字塔结构：

为"我"赋能，"我"就是力量，是看得见的 —— 互联网技术革命、全球化、市场化重塑了"我"，亦即我们一直解读、诠释和建构的"21世纪以来我时代、我世代潮流、现象和趋势"：从 POWER ME（为我赋能）到 I POWER（我即力量或能量）；因为我说，所以精彩 —— 因为我发言、发声和发表，世界就必须静下来听"我"的声音。[1]

这一个个"个体化、个性化、个人化、个别化"的力量，是看得见的，是一个个"小1（或 one）"；乘以成千上万甚或是4亿中国青年的倍数所汇聚而成的气势磅礴的形象和力量，是看不见的，比如次元粉丝、社群用户、圈层受众和网络青年主流新受众，是一个个的"大壹"。

"年轻人的时代（世代）"介于看得见和看不见之间。无论是横向划圈（划分圈层）、切割（社群切割）、界定（次元或社会界域）这一群年轻人、这一类年轻人，还是纵向划界和迭代这一个年轻人、这一届年轻人、这一"世代"年轻人、这一代（时代）年轻人，它都演绎和定义了一个"共同的"年轻人的时代（世代）—— 这"一"就是四两拨千斤的好杠杆，也是连接被隔离的彼此的交互界面与桥接通道（to）。

---

[1] 参阅庄庸、王秀庭著：《从"畅销书时代"到"后主题出版时代"：互联网＋出版"供给侧改革"战略研究》，福建教育出版社2017年版。

从"one to ONE"[1]到"1—壹"[2],就成为解读这一个年轻人到这一代年轻人、诠释这一个"小写(个人)的自我"到"大写(中国/时代)的自我"、建构"这一时代之青年"与"这一时代"新连接关系和状态的网络文学(时代新范式)造词、理论与方法论原型(模型)。"这一时代之网文"就成为将它们连接成为一个整体、以四两小切入点撬动千金大格局的好杠杆、交互界面与桥接通道。

这是年轻人的时代。不管是什么样的年轻人或哪代年轻人,这个时代一直都是年轻人的时代。整个时代的车轮是由年轻人滚动的,整个世界一直是按照年轻人的意志在运作的,整个未来一直是在年轻人的预设、预期和预测之中被形塑与创造的!

人类社会一直都是"年轻人的时代"——不论上一个百年世纪,还是当下未来两个一百年;不论千年之前人类对抗异族的建业(创业)时代,还是千年之后"后××时代(如从后异族冷战时代、后新冠时代、后人类大宇宙时代)的人类波澜壮阔的星辰大海新征程"——一直都是!

犹如《择天记》中王之策的感慨:千年之前他们这些曾经年轻过现在犹自不甘心老去的人,以及当下和未来那些正年轻着却在老去的年轻人,都已经、正在和即将成为年轻人。这个时代原来、一

---

[1] 参阅庄庸、王秀庭著:《网络文学评论评价体系建构:从"顶层设计"到"基层创新"》,福建教育出版社2016年版。在这本书中,我们第一次解读、诠释和建构了"one to ONE"的网络文学(时代新范式)造词、理论与方法原型(模型)。

[2] 参阅庄庸等主编:《文运迷楼说:中国网络文学阅读潮流研究(第4季)》,中国青年出版社2020年版。在本书中我们运用"1—壹"的网络文学(时代新范式)造词、理论与方法原型(模型),来解读、诠释和建构烽火戏诸侯的《剑来》,以及背后的网络文学潮流、现象和趋势。

直、永远是"年轻人的时代"啊!

"人"是会老去的,但是"力量"却会永远年轻;"人"是具体的,但是"力量"却是抽象的……

因此,组成人类社会和世界的一个人、一群人、一类人、一届人、一代人会不停地老去(却不甘于老去,"以为自己还是二十多岁"),或者正在年轻(却刻意要催熟得"老于世故"),但是驱动"时代"的车轮滚滚向前的那种"年轻的力量"却会永远"年轻"——

哪一个时代,冲在前面的,不是年轻人?

哪一次社会的变革,年轻人不是生力军?

哪一次人类、世界甚至整个未来的开创,不是由年轻人揭开时代的序幕?!

这就是年轻人!

这就是年轻人的时代!

这就是年轻的力量!

这就是从"我"这一个年轻人到"我·们这一年轻世代"再到"我们这一代(时代)年轻人"之自我与年轻的力量!

第七节　循环系统:"年轻力"是如何"让世界运作"的

那种"年轻的力量"原本是看不见、无形、无质的"抽象"概念,亦即所谓"年轻力"。

但现在,却因为"年轻人的时代(世代)"或者"年轻人亲历、见证和开创的大时代(大世代)"这种介于看得见和看不见之间的可意会而不可言传之"意象",而显现、展现、呈现和涌现(这个"×现"描述着它不同的显身方式与显化过程),向我们自动描述着它自身的存在、秘密和真相。

犹如"离魂寄物"(如从《格萨尔王传》中的魔王到《哈利·波特》中的伏地魔,都把自己的灵魂分离出来,寄存于不同的宝物或事物之上[1])、"理念拟人"(如希腊神话之中将"正义、自由、命运"这种抽象的概念,拟人化为像人一样的神明,如正义女神、自由女神和命运女神[2])等"把抽象不可见的力量拟人和形象化成可见的事物"的传统文化母题、故事原型和类型模式,或者与之相反——采用"魔鬼上身附体(邪祟、通灵或巫师通神)""外星人寄寓地球人身宿主""自我精神分裂与多重人格轮替显现"等"以已有可见的物象,传递不可见的意象与抽象概念"的思维、逻辑和方法,"我(或我·们)这些年轻人—年轻人的时代(世代)—年轻的力量"也被解构、重建和建构成这样一种双向互动、循环闭合、不可切割的"金字塔迷楼·迷宫·闭环宇宙"原型(模型)。

"年轻的力量"直接赋能并呈现于"我"这个年轻人身上、我·们这些年轻人的言行之中,甚至是每一个年轻人的生存、生活和生命

---

[1] 参阅庄庸等主编:《爽感爆款系统:中国网络文学阅读潮流研究(第3季)》,中国青年出版社2020年版。

[2] 从人类史前传说、神话和史诗中"万物皆灵""离魂寄物"的传统文化母题、类型模式和故事原型,到希腊神话中"拟人化神"的文艺形象、思维方式和价值观念,到当下次元文化和网络亚文化圈层"万物皆人"的现象、潮流和趋势,是一条极有意思的"网络文学两创传统文化观"年轻法则。这是我们正在耙梳的主题研究。

第十一章　年轻人的时代：从"青春代言人"到"青年定标运动"

的轨迹之中——就像"薪火"一样，传递于每一块"薪柴"（哪怕是废柴）之中，虽然看似微弱渺小，却带来希望：星星之火，可以燎原。

反过来说，也是成立的："我"就是力量，"我·们"就是新浪潮，众人拾柴火焰高。每一块柴都传递着薪火，如果乘以倍数，势成燎原，就像常言所谓：中国人每一点微尘般的力量，乘以十四亿的人口基数，就能汇聚成一股气势磅礴的中国力量；年轻人每一点微薄的青春力量，乘以四亿中国青年的世代数量，就能凝聚成一股青春无敌的年轻之力。

这就是从"我即力量"到"年轻就是力量"（年轻的力量）、从"年轻的力量"到"我这个年轻人的力量"的双向传导和转化机制。

它绝不是一个线性互动（就像作用力与反作用力两条直接对冲的线）的冲击—影响—反作用传导链，亦不是一个像正方形或大圆圈一样的单向度循环链：仿佛从"年轻的力量"这种抽象的概念和理由之源头活水出发，通过赋能（与之相反的年轻人逆运动就是"储能"）、加权（"蓄势"或"求权"）和传力（"积力"），就把这种能量与力量传导到"我"这个年轻人身上或每一个年轻人身上。然后，我或我·们就拥有了年轻的力量，可以改变人生甚或拯救苍生、改造世界。这种结果、效果和成果就是万涓入海，汇聚成为"年轻的力量"渊源流变的源头——起点即终点。

从"年轻的力量"到"我即力量"，绝不是这样简单的起点—终点闭合循环图。它有着一个逆向、互动和开放循环的复杂机制，如从年轻人到年轻的力量的"刺激—激活—觉醒""积力—蓄势—储能""求权—争权—授权"的逆转攻势，及其带来的博弈、交互和融合建构运动。

而且，它们之间确实也需要连接和转化的媒介与机制。就像我们刻意地把"可见 — 介于不可见和可见之间 — 不可见"（我们也常用"看得见 — 介于看得见和看不见之间 — 看不见"这样更"俗"一些的表达，其实只是采用的语言不一样而已）的思维、逻辑和表达方法结构，形塑成一种"金字塔"式的垂直模型，抑或"传导链"一样的横向模型。

这很容易给人以某种错觉：它们就是由可见传达不可见的链条，或是由不可见逐层寻找可见的形象表达和视觉呈现。

但实际上，这两种结构同时存在，这两种运动和趋向同时互动，甚至无论在横向还是纵向上，抑或在纵横交错的立体网络之中，它们都在像太极图一样生成和演化。

也就是说，"可见 — 介于不可见和可见之间 — 不可见"既是一种垂直金字塔原型，又是一种横向传导链模型。通过可见的物象表达不可见的抽象概念、不可见的抽象品质或介于可见和不可见之间的意象，向我们、其他人事物和整个世界描述它自身的存在 —— 其实不仅仅是双向互动、互鉴和融合建构的方向、运动和趋势，亦是一种如宇宙万物以太极图方式生成和演化的源流变化机制。

"我（或我·们）这个年轻人"（我即力量）、"年轻人的时代（世代）"和"年轻人的力量"（年轻就是力量）亦是如此：既是一种垂直金字塔原型，又是一种横向传导链模型，同时还是一种"同心圆圈层"闭合 — 开放循环系统 —— 又类似于我们曾经解读、诠释和建构的"环场剧场效应"故事建筑模式 —— 这使得它们之间的力量传导、生成和演化的动力、源流和机制，已经超越平面或三维场景、维度和界域的破界、转型和升级，而真正是在多场景、多维度和多界域之中转场、升维和跨界。

这使得我们在平面二维视域之中解读、诠释的"年轻时代（世代)"网络文学造词、理论与方法论原型(模型),本身因为这种转场、升维和跨界的"社会现实、心理需求和文化机制",而被解构、重构和建构成平行世界、多重宇宙和多维时空的"虚拟——现实迷宫":

垂直的金字塔结构,演变成了召唤人进入其中,并令进入者沉迷滞留的"迷楼"。迷楼"欲穷千里目,更上一层楼",让人看得见风景——我在楼上看风景,楼下的人将我看成风景;楼下的人看的是当下,我看的是诗和远方。

但是,朝下看、朝远方看没问题,但继续朝上看、朝上走"向上的阶梯"时,迷楼却又成为语言不通、思维隔阂、文化隔断的"通天塔"模式:我们被限制在"宇宙造物主(如上帝)——人类的分歧与社会(社群)的撕裂——世界同源异流、同型异态的'理想性理念设定集'"。它是一种只可朝下、不可朝上的单向度"信仰金字塔"。

这就又将通天塔迷楼"简化"成了垂直的金字塔结构模型——模型本就是把世界上复杂的现象甚至是最复杂的世界本身,"简化"成一个可观、可用、可以复制的结构性模型(原型)。

但悖论就在于:把复杂的现象简化成一个极其简约的模型时,亦是一个把"解读、诠释和建构世界是如何运作的"这样一个简单的事情复杂化的思维运动。就像人类文明的发展史,就是一部以"形象力"进取与进击、进化与进步成"抽象力"的模型史:从结绳记事以解读世界,到以造字诠释世界的图像,再到以"0、1"二进制来建构世界运转的规律……越是抽象的艺术,越是简洁;但越是抽象力表达的世界,其实越是复杂得需要更为复杂的大脑和算法(运算能力)才能理解。

因此,"垂直金字塔——迷楼——通天塔——迷宫"就在简化和复杂化、具象化和抽象化的双向循环运动(这个词其实已经不足以描述这种趋向与状态，但我们找不到更为合适的词语，只能无可奈何姑且用之——所谓词不逮意、意在难言是也）中，被迫（或主动）开源、开流、开放自己的结构，以融入从"同心圆圈层"到"环球剧场效应"同样多维化、多场景化、多界域化的源流、生成和演化之中。

这与那个同时、同理、同样逻辑地进行和进化着"闭合循环系统—太极图—闭环开放宇宙"的源流、生成和演化过程，交融于一起。

这让整个运转系统，"变·化"成一个我们解读、诠释和建构的"交互界面—虚拟现实—魔幻（幻梦）迷宫"！

上述这些描述其实很难理解。只是因为这个问题太硬核："我（或我·们）这个年轻人"（我即力量）、"年轻人的时代（世代）"和"年轻人的力量"（年轻就是力量）的"年轻时代"造词、理论和方法论原型（模型），只有放在这种源流、生成和演绎的"年轻时代硬核运转系统"之中，才能真正解读、诠释和建构"年轻的力量"是如何让整个世界运作，让整个时代变化，让整个社会和人类充满"超凡近未来"、先行得道的希望的……

这就是我们解读、诠释和建构的"青标（青年/青春标准）"运动（战略）：中国青年为文学、文艺、文娱、文创其至整个时代潮流制定青年（青春）标准的定标运动，正在席卷中国和全球。

第 十 二 章

形塑青年：从"新主流受众需求流"到"未来爆款方法论"

这个复杂的年轻时代硬核运转系统，让"我（或我·们）这个年轻人"（我即力量）、"年轻人的时代（世代）"和"年轻人的力量"（年轻就是力量）的"年轻时代"造词、理论与方法论原型（模型），在解读、诠释和建构"这一个年轻人、这一群年轻人、这一届年轻人、这一代年轻人"驱动时代、世界和人类发展史的"时代代言人"现象、潮流和趋势时，具有一种"简化"之美。

但同时，亦让"我——我·们——我们"的世代代言人问题——亦即"我"这样一个年轻人，何以能够代表"我·们"这一群年轻人、这一类年轻人发声，又如何能够代表"我们"这一届年轻人、这一代（世代）年轻人、这一时代之年轻人发言——变成一个"复杂化"的现象、潮流和趋势。

换句话说，年轻人成为"时代（世代）代言人"，既有老一代（父辈的旗帜）、中生代（兄长辈）和新生代的世代战争（代际矛盾与冲突）的历时性问题，亦有"中国青年与整个世界谈谈"和"整个世界要与中国青年谈谈"从对立走向对话的共时性问题，还有难以避免的社会化偏见、歧视、妖魔化年轻人之"蔑青（灭青）污名化运动"PK商业市场讨好、迎合、娱乐化年轻人之"媚青（挺青）消费化运动"之间的交互掣肘问题——中间缺乏中立、专业、有公信的第三方"塑青（从主导变引导再变为自我主导的形塑青年）正名化运动"力量。

从网络文学到泛文娱全产业链、从次元圈层爆款到大众现象级作品、从社群粉丝战争（破壁出圈）到整个社会核心权益运动中的"青年权"之争……说到底，其实争夺的是"形塑青年"的制脑权——

中国青年试图朝向未来、奔向当下"形塑"自己在这个时代的自我形象（做"人设"亦即做自我的人物形象设计），寻找和确立自我的意识、身份的认同和时代的位置——人口周期运动中的年轻世代更迭与需求嬗变，由此成为中国网络文学潮流、现象和趋势的三大驱动力之一（另外两大驱动是技术与产业革命、性别政治与男女频双轮驱动）。

而其他一切非青年的外部力量却是基于过去、活在当下"重塑"引领青年发展的形态、业态和生态系统，主导青年的脑图、脑海和脑域，形塑青年自身与国家民族、时代和整个人类的"认同感"（从认知结构到认可度），赢取"下一代的金核桃战争"……网络文学成为不同力量博弈与交锋、将汹涌暗流引爆成大众潮流的"文艺试验田和青春舆论场"。

两相夹逼，"引爆点"就是这样诞生的，"爆款"就是在这条引爆点变化轨迹上创作与生产出来的，"爆红"的新文艺潮流、社会文化现象和时代发展趋势就是这样被"年轻力与争夺年轻力的战争"引爆的——

从"做人时代"到"做人设时代"，甚至到近两三年席卷中国网络文学潮流、社会消费现象和整个时代发展趋势的"披马甲（开小号／戴面具）做多重人设流"（如网文中的披马甲和掉马流），其实都在围绕着一个轴心旋转：从这一个年轻人到这一群（类／群／种）年轻人，从这一届（世代）年轻人到这一代（时代）

第十二章　形塑青年：从"新主流受众需求流"到"未来爆款方法论"

年轻人……如何朝向未来，立足当下，形塑年轻人的"自我人设"和中国青年的"时代整体画像"？

问题是时代的口号。爆款就是问题的试错、试验和迭代升级之答案。

第一节　争夺年轻力：
从"权杖之外争"到"代言之内弃"

21世纪以来中国网络文学的核心动力，就来源于年轻世代更迭在两大力量（政治和商业）夹逼之下的第三种（两个朝向）运动。

一个朝向的运动，是发轫和发展期所形成的中国年轻世代"我想和世界谈谈"。但，平庸"70后"、妖魔"80后"、脑残"90后"……妖魔化、歧视和偏见一直存在。

另一个朝向的运动，是2011年以来至今，网络文学成熟期和高潮期，从"85+"到网生代，再到"九千岁"（"90后"和"00后"），整个世界"想和青年谈谈"：IP化、次元化、海外传播化……[1]

现在，从2017年至今，这两股朝向正在转向"对向、互文、融合成一个方向"：青年即世界。

当"九千岁"（"90后"和"00后"）成为"新主流受众"和"强国世代"，一切都正在发生微妙和根本性的变化。

---

[1] 参阅庄庸、王秀庭等著：《国家网络文艺战略研究：中国文化强国新时代》，福建教育出版社2018年版。

于是，就形成了我们所谓社会流行误解、歧视、妖魔化年轻人之"蔑青（灭青）污名化运动"PK商业市场讨好、迎合、娱乐化年轻人之"媚青（捧青）消费化运动"之间的交互掣肘问题——以及亟须中立、专业、有公信的第三方"塑青（从主导变引导再变为自我主导的形塑青年）正名化运动"力量的时代问题。

如果要解读这种网文潮流、社会现象和时代问题的渊源流变，根源还是在于那种"年轻的时代（世代）"的原型（模型），融入"人—权杖—理念"标准金字塔原型（模型）之中时，所发生的量变、质变和畸变。或者说，这两种模型（原型）的复合结构，可以帮助我们解读、诠释和建构这种"从争夺年轻力到形塑青年（自我与时代画像）"的潮流、现象和趋势。

比如，聚焦"代际冲突"特别是"老一代与新生代"的世代战争时，我们会看到这样一种看似荒诞其实极合理的现象：

在"理念正确"的抽象概念、意义和价值层面，大家就"年轻人成为最佳的时代代言人"，是容易达成"史上最大的公约数"的——因为没有切身相关的重大利益冲突嘛，所以，在"理念认同"上做一些让步与妥协、给予对方最大化的"名分认可"，其实是一件无伤大雅的事情。

不信？你看，一旦"人—权杖—理念"标准金字塔原型（模型）的重心往上移，涉及"权杖"（话语权、舆论权和文化领导权）之争时，你看还有哪个群体和世代，愿意和平地移交人类社会、时代和世界发展的"主导权"？

"世界是我们（老一代）的，也是你们（年轻人）的，归根结底是你们年轻人的——但到底是不是，还是我们老一代说了算！"

《择天记》之中，就算从商行舟到王之策，都承诺人类社会、时代

第十二章 形塑青年：从"新主流受众需求流"到"未来爆款方法论"

和世界的希望在于年轻人身上，但是，一旦遇到切身相关的重大利益冲突，就毫不犹豫地请年轻人"先去死"！

这就是所谓"名义/名分上认同"（"抽象人"层面认同），但"身份不认同"（权杖执掌人），更不是"信仰/信念上认同"（理念价值取向的认同，亦即所谓世界观、人生观和价值观的认同），不然，就不会存在语言策略上高度认同年轻人但在实际层面却不停用自己的标准来评判、裁判和审判年轻人的情况。

或者不如说："人 — 权杖 — 理念"标准金字塔运用于年轻人整体和前述世代战争、世界怼话（对话）、社会审判之中时，双方很容易在"人 — 权杖 — 理念"等抽象价值方面达致认知、认可和认同。

但在对社会现实潮流、现象和趋势实际运用"标准"进行衡量时，却很容易形成重大的权力与权利、利益与核心权益的冲突：大家都承认年轻人就是接班人，年轻人就是时代的生力军，人类社会、世界和未来都要靠年轻的力量——但就是停滞、拖延和阻碍把"权杖"交到这些既定的接班人、未来的领袖手中。

另一方面，从我这一个年轻人到我·们这一群人、这一类人，再到我们这一届年轻人、这一代年轻人，出现逆反的现象、潮流和趋势——在作为根源的"我 — 我·们 — 我们"自我认同金字塔之中，很难达致我这一代人、我·们这一群人或这一类人、我们这一届人或这一代人"具有最大公约数"的自我意识、群体画像和族群认同，因此造成了年轻人比较热衷于追捧热点话题、现象潮流、形势趋势，而不太愿意担任或者赋权他人作为"人 — 权杖 — 理念"标准金字塔的年轻形象代言人：

我才不愿代表谁呢！我只代表我自己！

谁许可你代表我·们呢？我·们之间还没有"好"（联系紧密）

到可以穿同一条裤子(代表同一种潮流或者被同一种潮流代言)的地步!

谁说年轻人就是我们,我们就是年轻人了?

我们就是我们!年轻人就是年轻人!

我们是一个个个体化、个人化、个性化的活生生的"具体人",年轻人却是一种机械的、刻板的、只会复制成一模一样的"抽象人"的初选集合体!

谁也不愿意被一个抽象化、概念化和标签化的"年轻人"全代表、全代言、全发声了!

任何一个人都想站在那时代的舞台中心,成为自带光环的、独一无二的主角!

换句话说:"我"是分子,"年轻人"却是分母。

每一个人都愿意成为上面的分子主角,而不是下面庞大的分母之中肉眼不可见的时代微尘与颗粒。

但奇妙的又在这里:"我"只愿意做年轻的主角,不愿意为"我们"这种年轻人的分母代言;但是,从分子到分母,却是基于这种庞大的"年轻人"人口基数和"年轻的力量"需求暗流,才能有那一个个"我"像分子一样,在时代的舞台上闪出火箭少女101一样的耀眼光环啊!

第十二章　形塑青年：从"新主流受众需求流"到"未来爆款方法论"

第二节　迭代网文：
从"代言人世代更迭"到"青春时代转向"

于是，从外部战争（不同世代）到内部冲突（世代自身），就形成了人口周期运动中的年轻世代更迭与需求嬗变"引爆点"与"变化轨迹"。

它是中国网络文学潮流、现象和发展趋势的内驱力之一——不同热点与题材、类型与板块的"爆款"就是在这种变化轨迹上被引爆的。

它也形成网络文学自身"进化"与"迭代"、"升级"与"转型"、"发展转向"与"范式转换"的重要发展轴线——因为不同世代的年轻人需要用不同语体与文类的网文，面向社会、世界和未来表达与形塑自我与世代/时代整体画像。

如果非要简单和粗暴地区分：

70后主导的中国网络文学发轫时代，理想驱动，情怀残留，家国天下和自我意识纠缠不清，既分裂又藕断丝连；

80后主导的中国网络文学市场化、商业化和资本化时代，利益驱动，精致的利己主义、丛林法则、猎取资源甚至暴戾恣睢充盈字里行间，现实的态度主宰着大多数价值取向；

90后主导的中国网络文学次元化、迭代化和新主流浪潮运动，正在构建新的审美驱动，平视世界，有更强的议价能力，极具表达欲、创造权、贡献力和成就感，强调品质、品位和品格，或许将给新时代的中国网络文学,带来全新维度和可能性的变化。

也就是说,年轻世代在人口周期运动和需求嬗变中的"迭代",其实是网络文学"迭代"的重要驱动力。

我们可以简洁地勾勒和描述一下这种"极简的结构性"动力发生机制,以中国青年阅读潮流、舆论情报和思想生态重塑为轴心线索和脉络,将这种中国网络文学阅读潮流与时代潮流的接触轨迹和"迭代代言人"引爆点效应,解读、诠释和建构为"三大青春时代转向"。

21世纪中国网络文学发轫之初,面对的是变化中的中国、变化中的时代、变化中的世界;以变应变,变成唯一不变的东西。整个中国的时代精神就是朝外开拓和进取,"全民奋斗潮"席卷中国:更快,更高,更强,更有名,更有钱的"更式思维"宰制了中国人的国民思维。"70后"至"85后"第三批婴儿潮的年轻世代,相继登上青春商业、政治和文化的时代舞台。[1]

"那些想改造世界、改变时代的年轻人"成为青春时代的主流。但他们在现实生活中却遇到"废柴70后、妖魔80后、脑残90后"的污名化运动,于是被迫转向网络文化和网络文学潮流——这就是"现实缺憾—虚拟补偿"替代性满足机制。

于是,中国网络文学"大面积"地出现了自我为尊、强者为王、丛林法则、穿越救国与改造世界的现象、潮流和趋势。"初代穿越宇宙"就是在这种时代精神和潮流之中被解读、诠释和建构起来的——那些想改造世界的年轻人,终于"成功地改造"了文学,改造

---

[1] 参阅庄庸、王秀庭著:《从"畅销书时代"到"后主题出版时代":互联网+出版"供给侧改革"战略研究》,福建教育出版社2017年版。

了中国网络文学。

2008年汶川地震、2009华尔街金融危机、2012年世界末日预言下的心灵余震,让"全民奋斗潮"在社会现实生活之中震荡下行,中国人开始从朝外、朝上、朝前的外向型开拓进取思维,向内转、内下转、向后转,开始了内省型折返寻找新起跳点的大转向——就像从国学热到中华优秀传统文化复兴热,中华民族的又一起飞跃,来源于对中华文明基因的新一轮回归运动。[1]

2008—2012年,中国网络文学潮流对"初代穿越宇宙观"的审辨、反省和解构,就是发生于这一次"大转向"的阶段。

第三节 承上启下:从"为自我(而非世界)代言"到"为青春和时代代言"

从《庆余年》到《知否》,其实就是这种宏大的时代思潮转向的微观折射,就像一颗水珠映照着大海的波涛和潮流:

改造世界难、改变自己亦难;谋生不易,谋爱更不易。唯有拼尽洪荒之力地活下去,活着,就要好好地活着,并且活得更美好。"活着哲学"成为时代的主潮流。

于是,从"初代穿越宇宙观"到"第二代穿越宇宙观"设定集,从《平凡的清穿日子》(2008年)到《知否?知否?应是绿肥红瘦》和

---

[1] 参阅庄庸、王秀庭著:《从"畅销书时代"到"后主题出版时代":互联网+出版"供给侧改革"战略研究》,福建教育出版社2017年版。

《庶女攻略》（2010年左右），女频文"从争爱到争宠"、从"把皇帝当东家"变成"把老公当老板"，拼尽洪荒之力，所谋取的，不过是生存和发展的喘息空间——

活着，就要好好地活下去。能不能"活得更美好"，已经是当下暂时不需要考虑的目标，更别说除"活着"外的其他人生主题，比如梦想、爱情、奋斗……全都成为不可追求的"奢侈品"。

当然，作为女频文"光明的小尾巴"，这一阶段的男女频文，仍然残留着上一个阶段"初代穿越宇宙观"某种核心特质，比如《知否》在最后那一公里的拐弯之处，仍然从"谋生"转向了"谋爱"——谋生亦谋爱，女性对生存和发展的谋生之追求（映射着社会现实中女性谋求养活自己、经济独立、财务独立的实际压力），终究还是带来了爱情和梦想等谋爱之结果——这是在满足女性现实中寻而不得、在幻想之中可以"大圆满"的"现实缺憾—虚拟补偿"替代性满足机制。[1]

这就是我们为何会将"谋生又谋爱"，解读、诠释和建构为观察整个女频文潮流的一个网络文学造词、理论与方法论原型（模型），甚至作为参照系，来测算男频文"大IP小言化"的现象和趋势。

这种男女频文的风向标和晴雨表式作家作品，只不过是我们观察和观测到的标杆作家作品之中很少的一部分而已。

实际上，只要我们下苦功夫去系统梳理一下这个阶段的网络文学现象、潮流和发展趋势（断代史），就会发现它并不是孤例和个案，

---

[1] 参阅庄庸等主编：《爽点宇宙：中国网络文学阅读潮流研究（第2季）》，中国青年出版社2020年版。我们把"现实缺憾—虚拟补偿"替代性满足机制，解读、诠释和建构为网络文学造词、理论与方法论原型（模型），以此来解读、诠释和建构中国网络文学的"YY"（幻想）现象、潮流和发展趋势。

第十二章 形塑青年：从"新主流受众需求流"到"未来爆款方法论"

而是整个中国网络文学映照时代潮流的脉动——但唯有放在"极简中国网络文学史"的发展脉络之中，我们才能看到整个时代潮流汹涌澎湃、席卷而至，驱动着中国网络文学的发展潮流变革与变化，并且在合适的接触点轨迹，让像《庆余年》和《知否》这样的作品，成为自己的代言人——是时代选择了网络作家作品作为自己的代言人，而不是网络作家作品试图成为时代的代言人。

因此，从《庆余年》到《知否》，从"活着，就要好好地活下去，并且活得更美好"到"谋生亦谋爱"的男女频小言情潮流，从中国网络文学阅读潮流到整个时代潮流……这是一种网络文学"双创"（创造性转化和创新性发展）传统文化母题、类型模式和故事原型的现象、潮流和趋势，更是从"个体—大众心理、社会—国民心态、民族国家集体意识与整个人类集体无意识"到"社会现实、心理需求和文化机制"解构、重构和建构"新社会现实感"的思路、逻辑和结构，最根本的是"整个时代潮流在寻找自我的代言人""需求倒逼内容供给侧结构性变革与创新"的渊源、流变和硬核动力源。

我们需要注意和聚焦的，不是"表层的热点话题"（如谋生亦谋爱），而是这种"结构性的机制"（何以从争爱到争宠变化为"谋生亦谋爱"）——但这须得通过解构、重构和建构"时代新范式"，建模造型构原型（模型），解读、诠释和建构网络文学造词、理论与方法论原型（模型），方能真正地解读、诠释和建构这种"网络作家作品标杆—中国网络文学阅读潮流—时代潮流寻找代言人核动力"的结构性逻辑和变化轨迹。

这个过程双向互逆、复盘推测都是成立的。从代言人作家作品出发，我们可以建模造型构原型（模型），建构时代新范式；亦唯有建构起时代新范式（如四亿中国青年为网络文学潮流甚至整个时代潮

383

流制定青年标准亦即定标运动中的"青标"新范式[1]),建模造型构原型(如"谋生亦谋爱"的网络文学造词、理论与方法论原型),才能聚焦、穿透和贯通极简中国网络文学发展史、断代史中的中国网络文学阅读潮流、时代代言人式的网络作家作品标杆(如从《庆余年》到《知否》何以会成为从初代穿越宇宙观到第二代穿越宇宙观的转向和转折之作)的轴心杠杆和脉络,其实还在于这些网络作家作品切中了"中国青年青春潮流、舆论情报和思想生态重塑"的青春脉动;它是中国网络文学阅读潮流和整个时代潮流连接(隔离)、转化(断裂)、对接(错位)的"交互界面"。

第四节 青春时代:
从"新奋斗主义"到"全民稳健思潮"

以2012年为时代的拐点,从中国网络文学潮流到整个时代思潮,在长达三四年的"U形谷底震荡"之后,终于迎来"报复性的反弹"。

从此出发,中国迎来砥砺奋进的五年,中国网络文学迎来"估值爆发(而不是价值发现)"的超级IP时代。整个时代思潮和青春脉动,以一个我们解读、诠释和建构的造词、理论与方法论原型"新奋

---

[1] 参阅庄庸等主编:《爽文时代:中国网络文学阅读潮流研究(第1季)》,中国青年出版社2020年版。我们在该书导论之中旗帜鲜明地解读、诠释和建构了"青标"新范式:从四亿中国青年到全球网络青年,正在为从网络文学到泛文娱、新文创甚或整个时代潮流制定青年(青春)标准的定标运动,就是"青标"战略。

第十二章 形塑青年：从"新主流受众需求流"到"未来爆款方法论"

斗主义",足以概括之。

中国青年与世界的关系从 2011 年前"我想跟世界谈谈 —— 但世界不理不睬还泼污水",转向了 2012 年后"整个世界想跟中国青年谈谈 —— 但青年我行我素（我型我秀）我很自在"。

正是在这种调性宰制之下,中国网络文学从"传统大神时代"进入"网生造神时代",持续数年是"大神神作的小年",却是"类型文流的大年"—— 批量制造（智造）,造出来的不是"大神"（网络作家）,而是如繁花和群星一样的"物种"（网络作品）。

从类型、潮流和文体来说,从 2011 年至 2017 年,其实是网络文学第三个黄金时代：

第一个黄金时代（1998—2006）是草根自由写作的黄金时代,贡献力主要聚焦于作品、类型和题材"第一本"的试验性开创。

第二个黄金时代（2003—2011）,是类型化、商业化和市场化的黄金时代,贡献力主要在于"造神运动"（造星机制、创富模式和追名／逐利冲动）中批量生产出来的网络大神与神作。

第三个黄金时代（2012—2022）,是超级 IP、主流化和次元化三驾马车驱动的黄金时代,但其时代的黄金性恰恰并不体现于上述浮于表面的运动,如超级 IP 运动存量增值的大神作家作品,而是冰山之下那庞大的内部地下海／河体系驱动所产生的垂直、细分、圈层之中的类型创新与变革作品。这是"网生"（网络自身生长和演化出来）的类型、潮流和文体繁荣大发展的黄金时代。网络文学作家作品犹如群星闪耀、银河璀璨,只不过被超级 IP 泡沫化大繁荣,以及主流化的强力导向和二次元经济的热词运动,遮天蔽日,掩盖了所有的光彩、潮流和趋势而已。

如果真正要论中国网络文学发展的"内生贡献力",其实那三驾马车加起来的贡献值,都不如这个大。

但中国网络文学第三个黄金时代在2017年至2022年"极不寻常的五年"磨顶期中,陷入"瓶颈",这既有外因(如我们解读、诠释和建构的"网文改造运动"),亦有内因(如我们所谓"版权致富／负"和"版权战争")。

但最核心的,还是时代潮流的影响和驱动,如从"再全球化"的世界经济大洗牌,到"后新冠时代"的全球治理体系变革,作为"不可抗力",全面重塑着从中国网络文学全版权链到泛文化娱乐全产业链和新文创集群(中国 — 全球网络青年)全价值链的形态、业态和生态系统。

而中国青年的青春潮流、舆论情报和思想生态,也由此发生了分流、分化和分层,并带来中国网络文学"金字塔"的现象、潮流和发展趋势:

从丧文化到佛系青年再到"苟"主义,开始大面积地下沉、积淀和蓄压,从原来偏贬义转向中性,成为底色、原色和灰色,成为生存和发展的底层思维,并重塑着年轻世代有关生命、健康、自由和经济(金钱)等的价值观念。

但与此同时,从全民奋斗潮到新奋斗主义再到青春奋斗新史诗,开始"高大上化"并聚焦于"金字塔尖",特别是"90后""00后"("95后"—"05后")独孤世代在全民战疫中的青春生力军之角色与作用,使得整个中国年轻世代从原来社会污名化的"废柴世代"到时代正名化的"新生力军主角",让中国青年21世纪一直争取的话语权、舆论权和文化领导权,有史以来第一次达致顶层的设计。

将"苟主义"和"青春奋斗新史诗"连接(隔离)、链接(隔断)、对接(隔膜)、桥接(隔阂)起来的中间通道,亦即我们解读、诠释和建

第十二章 形塑青年：从"新主流受众需求流"到"未来爆款方法论"

构既链接又断连、既连接又隔离等四接即四隔的"交互界面"。

这引出我们解读、诠释和建构的另外一个网络文学造词、理论与方法论原型（模型）："四进"即"四退"思潮——进化（退化）与进步（退步），进取（折返取"点"——新起点）与进击（退后弹簧反弹——积力、蓄势、储能，建构真正的"报复性反弹力"）。

"四进（退）社会思潮"是催生"苟主义"——不是苟活一生、苟且人生，而是在这个时代先"苟"着（考虑怎么活下来）、再寻觅机会（追求如何活得更加美好）——的时代潮流和内生土壤。

就像：不管明天的太阳再霞光四射、万丈光芒，但如果你活不过今晚，那都跟你没有关系。活着，先活下来，才有机会——活得更美好。"全民稳健主义"成为社会主流。

这很符合从再全球化浪潮到后新冠时代对中国人观念、思想和生活方式的冲击与重塑。

于是，受时代思潮的影响和驱动，中国网络文学悄然兴起了"苟"潮流"稳健"文，并出现了一批"苟/稳健文"，形成了所谓"苟主义"和"全民稳健潮"。

于是，从"穿越宇宙 1.0"到"穿越宇宙 2.0"再到"穿越宇宙 3.0"，延续并深化了"活着就要好好活下去，并且要活得更美好"的主题和理念，但是，更精准、更明晰且更确切地改变与逆转了"改造世界"的理念、逻辑和顺序：穿越到异世界，第一件事情是什么？

逆天改命，我命由我不由天？

改造世界，让整个异世界这个球围绕我转动？

No！先找一个地方"苟"起来（躲起来、藏起来、保护起来……），稳起来，健步走下去！

活在当下，展望未来。连当下都"活"不下来，还谈什么美好生活、改变人生、改造世界？！

苛道至圣，稳健制胜。

但是，后退，其实是为了更好地前进！

于是，承袭新奋斗主义，"四进"正在稳健地主导着青春潮流、网文现象甚至整个时代发展趋势——国家奋斗时代思潮和青春奋斗个人观念的"史上最大公约数"——从两个百年奋斗目标到两个奋斗 15 年的分解指标，并落实到个人的微观奋斗目标，其实就是为了美好生活而奋斗！

中国青年为自己奋斗，其实就是在为时代奋斗；为时代奋斗，最后还得要落地于个人的奋斗；为自己的人生而奋斗，其实就是为时代描述这一代青年的青春人设。

而每一代青年的青春人设，其实都是面向未来，擘画自己"这一时代之青年"的宏大蓝图和整体画像。

第五节　新时代新世代：
以"新主流受众"倒逼"新主流网文"

这带来新时代中国网络文学发展"范式转换"的问题，并孕育和驱动着新一轮重大科技与产业革命"讲故事的革命"、人口周期运动中年轻世代迭代与需求嬗变中"新主流受众与新需求变化"、网络文学甚至整个文娱文创内容供给侧结构性改革的"新爆款方法论"。

一直以来，很多人认为网络文学二十多年发展的核心动力，是 2003 年以来的类型化、市场化、商业化，以及 2012 年以来的 IP

第十二章 形塑青年：从"新主流受众需求流"到"未来爆款方法论"

化、资本化和产业化——事实上，这只是生产关系的调整、改良和优化。

真正解放中国网络文学生产力的，是双核驱动：

第一核心动力，就是现代信息革命下的互联网技术与产业革命，所带来的形态、业态和生态之变。

特别是2017年至2022年以A（人工智能）B（大数据）C（云计算）Q（量子革命）为代表的新一轮科技和产业革命，正在进一步改变网络文学商业、产业甚至整个行业的形态、业态和生态系统，为其带来解决发展瓶颈，寻找新增长极，制造新造星模式、创富神话和估值空间的无穷变数。

如从PC端VIP付费收入，到移动互联网无线收入，再到互联网基础设施变革带来的网络文学IP化泛文化娱乐全产业链生态系统的构建与完善，如网络剧、网络大电影、手游等新兴文艺类型，为网络文学带来的估值和拓展空间。

解放中国网络文学生产力的第二核心动力，是人口周期运动中的年轻世代更迭和需求潮流。从"70后"，到"80后"，再到"95后"……不同世代的需求嬗变，倒逼网络文学的迭代升级。

最根本的是，如前所述，互联网技术塑造了年轻世代的"我"——POWER ME（赋予我力量），I POWER（我即是力量：我即权力）。

特别是当下（2017—2022）到未来（2022—2035）新一轮重大科技和产业革命，进一步强化了"个人智能终端时代"和"个人授权时代"的到来。

因此，新一轮科技和产业革命赋能"我"，造成的不是转型升级，而是转场升维：个人物质满足时代，社交、社群、社区和社会网络的时代，个人授权时代（个人智能终端）……

"我"（主角为王）贯穿网络文学二十多年后，当下正在转向"我·们"的社交、社群、社区和社会网络关系重构。

由此，中国网络文学、内容创生行业以及整个泛文化娱乐全产业链，正在从"作品文本为中心"和"粉丝—产品"互动链，转向以"网络青年用户社群重组运动"为中心的新文化/文艺机制。[1]

这才是接下来从中国网络文学、内容创生行业到整个泛文化娱乐全产业链，必须直面的形态、业态与整个生态系统重塑之轴：新时代，新青年；新世代，新需求；新网文，新爆款。

第一，从"宅系"到"高社会关联度"，宰制中国网络文学二十年发展史的爽点机制（扮猪吃虎、装 × 打脸、屌丝逆袭、主角为王等）正在被解构和重构。

宅系、草根、屌丝、低社会融入度……中国网络文学"80后"主流受众的标签，正在被"九千岁"网生代撕下。

比所谓成人世界更切身感受整个中国社会的焦虑，比其他网络移民更容易接受互联网的信息，作为网络原住民却对社会舆论有更高的参与和干预意愿……"次元破壁"正在瓦解物理世界和虚拟世界的科技与文化壁垒，并通过数字化连接并融合一起。

原来的"爽点时代"，基本来源于由实向虚。而虚拟现实的满足感可以在"虚"中满足。次元破壁之后，开始由虚向实。

特别是，对美好生活的期待和满足感"虚实相生"：虚拟 or 现实正在融合一体，由实向虚，由虚向实，虚实相生。

第二，从"男频女频"到"社群 × 圈层"文化，支撑网络文学类型

---

[1] 参阅庄庸等主编：《蚂蚁哲学：中国网络文学阅读潮流研究（第5季）》，中国青年出版社2021年版。

化发展的男女频文双轮驱动的基本发展结构,正在被不以性别革命为前提的社交化、社群化、社区化和社会网络化"重组运动"所取代。

我们认为,女频文和男频文的二元基本结构,才是中国网络文学二十年发展史中的根基。但是,这个根基现在可能正在发生"根本性"的动摇。

为什么?支撑这个二元基本结构的,是"80后"这一代人。男女平权、两性分野、性别政治,在他们这一代人里,最为鲜明和突出。正是他们的需求导致了男频文和女频文的发展史,以及女频文根据女性自身不同世代、群体和圈层的分化、分野和流变。中国网络文学传统的大神作家,也基本是诞生于第三批婴儿潮的"80后"。

但是,2017年之后,最后一批"90后"成人、成熟和成长,最早一批"90后"成家、立业和成功,最早一批"00后"逼临成人、成熟和成长,最晚一批"10后"进入中小学基础教育体系。

这意味着什么?意味着"90后""00后"组成的"九千岁"正式成为泛文艺娱乐全产业链的"主流新受众"和新时代新文艺的"强国世代"。

这种世代更迭所带来的庞大的需求变化潮流,将倒逼网络文学的迭代演化,将不仅仅是转型升级,而是有可能转场升维。

为什么?用户的需求变化了。他们这种正在变化的需求,正在动摇中国网络文学二十年发展史的根基。

第三,从"自我和世界对立"到"平视世界"的态度与立场,"九千岁"跟世界的"议价"关系,正在取代"70后""80后"等"网络文学早古大神与上辈作家群"和世界的持续"紧张"关系。

整个中国网络文学发展,基本的历史,其实都是建立于自我和世界对峙的持续而普遍的紧张关系之上,从来没有得到真正的"缓解"和"和解"。

如前所述，从21世纪以来到2011年，中国青年的基本立场是，"我想和世界谈谈"；从2011年到2017年，整个世界发现：我们必须和青年谈谈。

从2011年至2017年，中国网络文学的大势是"主流化"，趋势是"IP化"，态势是"次元化"，都跟这种"我和你"最基本的关系有关。

但是，这种"80后"与世界普遍而持续的紧张关系，正在被"90后""00后"和世界的议价关系所取代：

他们平视世界，视自己和整个世界是对等的关系，而不是仰视的关系；

西方优越论不再是主导，他们现在有足够的自信"文化崛起、文化自觉和文化强国"——他们是强国世代；

他们比前面所有世代更清楚自己想要什么，也更清楚获取自己想要的要付出条件——换句话说，他们更懂得"利益置换""议价"和"妥协"；

他们讲究品质、品位和品格，不再满足规模、物质和效益；

他们不再停留于享受，而是贡献、创造和成就。他们需要能够形塑自我意识、族群认同、文化建构和价值取向的内容与作品；

……

而且，整个内容产业消费正在从利益驱动到审美驱动：数量消费正在转为"三品时代"（品质、品位、品格），精神消费正在超越物质消费。

这些新主流受众从仰望世界到平视世界：从尴尬文化、丧文化到燃文化，再到创造权、贡献力和成就感——这些都在倒逼中国网络文学发展的新思路、新出路和新道路。

比如从2018年"强国一代"的提法到2021年"强国有我"的概

第十二章　形塑青年：从"新主流受众需求流"到"未来爆款方法论"

念成为主流,直接逼问内容的供给侧结构性改革：四亿中国青年强国世代成为"下一个伟大时代的中国主角",他们将众创出一部什么样的中国故事、时代作品、世界超级IP？

它正在倒逼我们所谓"新主流网文"现象、潮流和趋势产生——新主流网文将是"未来爆款"的重要策源地。烽火戏诸侯及其《剑来》被我们视为新网文潮流的风向标。[1]

第六节　讲故事的革命：从"爽文爆款工匠术"到"智匠创作好故事"

是时候变革和创新网络文学讲故事、写爽文(写网文)、IP化(改编剧)的"未来爆款方法论"了。

网络文学应该讲"好"故事——讲一个好故事；把这个好故事讲得更好看；通过好故事让人心变好,让社会变得更美好,让这个世界变得更美好。

恰如《剑来》之中"做一个陈好人"到"让整个世界变善、更善、大善"：从陈平安到裴钱,愿每一个少年,都能遇到一个齐先生,心如草木,向阳而生。[2]

皮之不存,毛将焉附,何况"人"立于天地之间。

---

[1] 参阅庄庸等主编：《文运迷楼说：中国网络文学阅读潮流研究(第4季)》,中国青年出版社2020年版。

[2] 参阅庄庸等主编：《文运迷楼说：中国网络文学阅读潮流研究(第4季)》,中国青年出版社2020年版。

讲故事、写爽文（写网文）、IP化（改编剧）、造爆款，其实还是在写"人"的故事。特别是在人心、人性、人际关系和人伦原则如牛筋一样盘根错节时，何以让人心变得更美好，让人间变得更美好，让世道变得更美好，让世界变得更美好？

网络文学确实走到了从"把一个好故事讲得更好看"到"讲一个能让人做好人、让世道和世界变得更美好"的故事的发展拐点。

特别是新一轮的科技与产业革命、再全球化（逆全球化）、网络青年潮流，带来一系列新的社会重大现实攻关问题、时代重点主题、未来发展趋势命题和人类共同课题。

比如，"大数据即权力"带来的公民隐私和个人授权，人工智能带来的新智能人类和超凡近未来失序危机与秩序重建，全民战疫带来的信任危机、社会信用和道德资产等问题相伴而生，新一轮故事革命，已经不仅仅是"技术操作手册"的变革与创新，而是"从器到道"讲故事的新理念革命。

我们需要直面现实并回答超凡近未来"未来已来"的重大问题：这个世界还能变得更美好吗？还是会变得更糟糕？

当下已经、正在和即将发生的科学、产业和社会等革命，会让这个世界变得"更糟糕"还是"更美好"？

我们要讲一个什么样的"好故事"，要如何"把这个故事讲好"（而不仅仅是"讲好看"），才能让讲故事的人、听故事的人、分享和传播故事的人都能"变得更好"而不是"更坏"——比如，就从一个"好人陈平安"做起——然后一起让这个人间、这个世道、这个世界变得更美好，而不是"更糟糕"？！

内容优质，能够"粘"住用户，并能多次、重复、一站式消费，就

第十二章 形塑青年：从"新主流受众需求流"到"未来爆款方法论"

无所谓传统文学读者还是传统出版物读者。假若说他们是否有共通之处，那或许就是：我们就是想看一部"好看"的小说——请给我一个"好"故事，请把这个故事讲得"更好看"；当然，如果能把好故事讲得更好看，同时给我一种"好"启迪，就更好了。[1]

因此，梳理中国网络文学二十多年发展极简史，网络文学"讲好故事的革命"得一分为三来看。

第一，从发轫到消费社会驱动泛文娱全产业链形成之际，网络文学追求"讲故事"，以及"把故事讲得更好看"，都是合情、合理、合乎逻辑的。

只有恢复讲故事的本能和传统，像提升手工艺一样磨砺讲故事的技术，甚至逐渐形成讲故事写爽文的"工匠精神"和操作体系，才能纠偏、纠错、纠正"道大于文"，"思想、理念、价值观念"等过于膨胀、撑破故事之器的流弊。

第二，但若是网文就此滑向"快乐文学"（欲望驱动、快感娱乐），追求"感官机能刺激"和"一次性快消品（快餐消费、一次性、即用即扔）"的批量生产，甚至将此定为网络文学流行甚至是主流潮流，那就是走偏、走歪、走到歧路上了。

在这里，我们并不需要论述"网络文学所应该具有的责任与使命担当"：这样囿于既有理论与话语体系的术语，很容易让人又陷入"以一把传统的标尺来衡量、裁判甚至审判与裁决网文"的囚笼之中，而无力自拔——无论是被尺子衡量的网文界，还是拿着标尺去

---

[1] 参见庄庸、王秀庭著：《国家网络文艺战略研究：中国文化强国新时代》，福建教育出版社 2018 年版。

衡量网文的人。

而是，我们只需要解剖网络文学自身发展的潮流、特征和趋势，即可明了上述言论（或是结论和断论）是如何偏颇和表面了。就像我们解剖网络文学讲故事、写爽文（写网文）和IP化（改编剧）的作家作品与类型潮流时，所显示的那样——

这就是第三点，"中国网络文学爽文时代与爆款产品的精神价值与意义"：爽文在追求好看、快乐甚至是欲望驱动的文本故事与视觉符号体系时，也自动建构内在价值与意义系统。

从"爽点宇宙"的设定与创造（基于脑神经元的爽点原理到社会消费的爽品创作与生产逻辑），到"爽感系统"的建构与形成（基于社会现实、心理与文化机制），往往会由实到虚、虚实相生、虚实融合，开启从文字畅快感到精神愉悦感的"神爽（超爽）"高峰体验之旅（基于内容意义、精神价值和思想生态重塑系统）。[1]

第七节　未来爆款方法论：从"一个人"的引爆法到"一代人"的众创时代

网络文学已经被动或主动地走到了从"爽文（爆款工匠术）时代"到"智匠创作"新一轮故事革命的前沿阵地上了。

这不是转型、转折和升级，而是转场、升维和跨界：

---

[1]　参阅庄庸等主编：《爽点宇宙：中国网络文学阅读潮流研究（第2季）》，中国青年出版社2020版；《爽感爆款系统：中国网络文学阅读潮流研究（第3季）》，中国青年出版社2020年版。

第十二章 形塑青年：从"新主流受众需求流"到"未来爆款方法论"

从商业消费社会的"娱乐至上"，到人人都是教主时代的"夹带（思想）私货"；

从传统的"文以载道"，到"互联网+"时代的"娱（寓）教于乐"；

从"这一届（世代）网络青年"表达自我和群体的画像与消费特性，再到下一代（时代）网络作家"超凡近未来新智能人类"的故事沙盘预演与建模……

网络文学正在从"个人作品""业态产品"变成"生态人品公器"。

网络作家也正在直面从大神到大师、从"网络小说家"到"中国故事家"的全新时代理念、创作哲学和生态系统重塑。

网络文学从本质来说，就是"这一届（世代）网络青年"形塑自己的自我人设和公共形象，并面向未来表达自己"这一代年轻人"时代整体画像的观念与信念、理念与价值取向——未来"未"来的人们，其实是通过这一时代之网文来"阅读"整整一代的网络青年，以及他们眼中的中国、世界和人类！

这迫使我们重视认识、理解和审视"网络文学何以为网络文学"，它何以成为"这一时代之文学"和"这一时代（世代）之新青年文学"，以及它朝向未来的"讲故事写网文的技术和理念之道"！

21世纪以来，"讲故事"潮流席卷中国，是谓"故事驱动中国"。

这其中贯穿着"两大叙事变革"：国家叙事模式变革和个体叙事模式创新。

"全球叙事战"成为新一轮故事革命的焦点：从"西方中心论"到"中国中心观"。

人工智能、量子革命、大数据、云计算、超级大脑——制脑权之战……新一轮重大科技与产业革命，以及秩序重组的契机与挑战，正在给中国—世界、每一个中国人甚至整个人类，带来生活方式、价值观念以及连接网络的颠覆性变革。

我们正跨在一个时代巨变、剧变和遽变的门槛之上。

从上半场的"互联网技术革命"，到下半场以A（人工智能）B（大数据）C（云计算）Q（量子革命）为代表的"信息理念革命"，新一轮的"故事革命"即将发生！

这不但是"生态重塑"，更是一种"生存颠覆"！

从网络作家到编剧人，正站在从讲故事是一门技术活所倡导的"工匠精神"，到必须融入中国价值世界表达的"智匠创作"时代拐点上。

讲故事、写爽文（写网文）、IP化（改编剧）、造爆款的人，存在意义和价值到底在哪里？

于是，重新定义、定性和定位"中国网络作家"和"华语国际编剧"的自我意识、身份和位置，重塑网络作家和编剧人职业、行业、产业生态系统，重新衡量和发掘"讲故事的人"当下和未来的重要价值："在当下和未来新一轮重大科技与产业革命所带来的'连接宇宙'大趋势之中，'故事'正在成为每一个孤独星球与世界连接成为一个整体的最佳接口，而'故事人'也正在成为IP宇宙中'那一颗最耀眼的北斗星'……讲故事、写爽文（写网文）、IP化（改编剧）、造爆款的人，正在成为新一轮故事革命中的'连接人'！"[1]

---

[1] 庄庸：《华语编剧"IP宇宙"熠星时代：我们都是追梦人》，中国青年出版总社和北京名赫集团联合主办的华语国际编剧节·第一届华语编剧黄金周大会闭幕式主题演讲，2019年1月8日。

第十二章 形塑青年：从"新主流受众需求流"到"未来爆款方法论"

新一轮故事革命正在发生，亟须从"术"到"道"的变革与创新。

从精益工匠到思想巨匠，"智匠时代"未来已来——从中国故事革命，到中国话语体系构建运动，再到从国家治理体系和治理能力现代化到全球治理体系变革中的中国思想贡献力，均可从"书写"发轫：书写故事，就是在书写自我和人生，书写家·国和未来，书写为美好生活奋斗、构建人类命运共同体的新史诗！

贯通全产业链、全生态链和全价值链"讲故事的核心能力建设"仍然是痛点——故事革命，从工匠到智匠，需要完成纵、横、轴三条"贯通全××的讲故事的核心能力突破与建设"。

第一条，就是贯通全产业链讲"新故事"的能力——从网络文学、网络剧、影视、动漫、游戏等新兴文艺类型到新文创集群，我们如何抓住这样一个"讲故事的痛点"，解决当下在资源整合、战略卡位和跨界运营之中最核心的需求轨迹和引爆点：贯通整个全产业链，讲一个可以全方位IP化的好故事——好故事，讲得更好看，各个链条都能IP化？

第二条，就是贯通中国、西方和世界全领域来讲"中国好故事"的能力。

西方现在讲故事的技术和价值观念的表达能力体系，已经非常成熟、完整和优越，我们必须接受、理解和学习——这是一种"过去式"的集大成者。

但是，当下中国—全球范围内的新需求潮流也在孕育、成形、形成和膨胀，在世界范围内都在倒逼整个泛文化娱乐全产业链和文创工业体系发生"供给侧的结构性改革"。特别是创新"世界供给"以满足"中国需求"的潮流正在强劲发生。

这是当下"讲故事"的重点：并不只是"中国要走向世界，在全球范围内讲中国故事";"世界故事"也要跟中国接轨,走入"中国本土",讲"中国化的故事"。

这其实是"当下"讲故事可以利用的双向互动的潮流。这也是我们弯道超车或变道超车的机会。

但真正重要的问题是:我们为什么要面对"过去"竞争,甚至跟风"当下"呢?为什么不朝向"未来",赢取讲故事的战略优势呢?

这是我们"从起跑线"就领跑(而非并跑甚或跟跑)的机会。尤其是以虚拟现实、人工智能和量子革命等新一轮互联网技术、重大科技和产业革命所带来的需求变化,以及"新科技+新文艺"双核驱动的融合创新、变革和发展,有可能给讲故事的形态、业态和生态系统带来一种颠覆性的重建与重塑。

在这方面,西方文化娱乐工业体系和中国本土的泛文化娱乐全产业链,其实站在同一条起跑线上——如何面对未来,讲一种全新的中国、世界和人类故事?这是打造有世界影响力的中国IP的最佳路径。

第三条,就是贯通中国—全球网络青年"讲人类未来故事"的能力——轴心支点和杠杆,还是"人",特别是中国和全球的"网络"青年新生代:青年面对未来讲述自己和整个时代的好故事。

"父辈/兄长的旗帜"扛在那里就行了。直面"西方优越论",让他们承担走向世界走向好莱坞的文娱重工业体系,只能让他们画虎不成反成猫,既没有学到好莱坞"讲好故事的技术和价值观表达体系",又丢掉了自己的中国优势。

中生代呢,其实就是从父辈的旗帜到网络青年新生代的世界两者之间的"摆渡人"。摆渡人也有摆渡人的时代责任和使命。我们在两个大陆板块运动的碰撞、撕裂和对接之间,仍然可以创造出我

第十二章 形塑青年:从"新主流受众需求流"到"未来爆款方法论"

们的时代、我们的位置、我们漂移的大陆。我们要对自己进行一种历史性的定位,要创造出属于我们的理念体系和实践指南。

而网络青年新生代,才是全球范围内讲述中国故事、时代故事和人类未来故事的创造者。他们的中国故事,就是时代故事;他们的中国理念,就是世界理念;他们的中国方案,就是人类方案;他们讲述自己和时代的故事,就是在讲述中国、世界和人类的未来好故事。

问题导向,从"新一轮故事革命"到"书写新史诗"的大势、趋势和形势,中国网络文学如何从"爆款工匠"到"智匠创作"[1],建构"创生(创作和生产)新范式、研究(研发)新范式、思想新范式和发展新范式",从而突破与建设自己讲青春故事、讲中国故事、讲人类未来故事的痛点和"讲故事的核心能力建设"?

明道(如时代感),取势(如IP化),乘时(如W概念股),优术(如性别革命),熟技(如技术活),微雕(如人性细胞),"人、事和钱"以及"气运"(个运与时运、文运与国运)——文运同国运相牵,文脉同国脉相连……

这便是新时代迎接全球故事革命、讲好中国故事、重塑网络青年的"未来爆款方法论"——

从实践到理论,再从理论到实践,从"智匠创作"到"众创时代"……网络作家和这个时代的青年以及整个时代同频共振、同情共理、共生共融,共同培育和创作着真正无愧于这个伟大时代、无愧于这个伟大民族、无愧于这个伟大中国的"故事大师"和"中国巨

---

[1] 参阅吴金梅、庄庸著:《华语网络文学智匠创作研究》,吉林大学出版社2020年版。

著"。青创爆款方法论,也在随着时代和世代的更迭而"迭代"。

就像我们一直解读、诠释和建构的"时代爆款方法论"所说:

从站起来到富起来再到强起来,中国本身就是一部最爽的爽文"爆款";

四亿中国青年自带主角光环,正在众创着中国这部正在形成而尚未完成的"网络小说";

从四亿中国青年到全球网络青年,正在以"青标(青春/青年标准)战略"为驱动力,众创着中国、世界、整个人类的未来"网络"小说以及时代爆款。[1]

我们正在从"一个人的时代"爆款创作法,转场、升维、跨界为"一代人的众创时代"潮流引点。

下一个将年轻世代需求暗流引爆成为网文潮流、社会现象和时代趋势的爆款,会是你这一个人、你们这一群(类/种)人、你们这一代(世代和时代)人创作与众创的吗?

我和我们"这一届阅读者",甚是期待——可不可以让我们别等得太久?

(全书完)

---

[1] 参阅庄庸等主编:《爽文时代:中国网络文学阅读潮流研究(第1季)》,中国青年出版社2021年版。

参考文献

［1］［美］迈克尔·格澄登,［美］马丁·克雷斯沃思,［美］伊莫瑞·济曼.霍普金斯文学理论和批评指南［M］,王逢振,译.北京：外语教学与研究出版社,2011年.

［2］鲁枢元,刘锋杰,等.新时期40年文学理论与批评发展史［M］.杭州：浙江文艺出版社,2018年.

［3］［美］安妮塔·埃尔伯斯.爆款：如何打造超级IP［M］.杨雨,译.北京：中信出版社,2016.

［4］庄庸,王秀庭.网络文学评论评价体系构建：从"顶层设计"到"基层创新"［M］.福州：福建教育出版社,2016.

［5］庄庸,王秀庭.国家网络文艺战略研究：中国文化强国新时代［M］.福州：福建教育出版社,2018.

［6］庄庸,王秀庭.从"畅销书时代"到"后主题出版时代"：互联网+出版"供给侧改革"战略研究［M］.福州：福建教育出版社,2017.

［7］庄庸,王秀庭.亲爱的,我们为爱作战：互联网+她时代新文艺

潮流研究[M].福州:福建教育出版社,2017.

[8] 吴金梅,庄庸.互联网+新文艺创意写作理论与实践:作品为世界立法[M].北京:中国广播电视出版社,2017.

[9] 庄庸.猫腻与《将夜》[M].北京:作家出版社,2019.

[10] 庄庸,等.爽文时代:中国网络文学阅读潮流研究(第1季)[M].北京:中国青年出版社,2021.

[11] 庄庸,等.爽点宇宙:中国网络文学阅读潮流研究(第2季)[M].北京:中国青年出版社,2020.

[12] 庄庸,等.爽感爆款系统:中国网络文学阅读潮流研究(第3季)[M].北京:中国青年出版社,2020.

[13] 庄庸,等.文运迷楼说:中国网络文学阅读潮流研究(第4季)[M].北京:中国青年出版社,2020.

[14] 庄庸,等.蚂蚁哲学:中国网络文学阅读潮流研究(第5季)[M].北京:中国青年出版社,2021.

[15] 吴金梅,庄庸.华语网络文学智匠创作研究[M].长春:吉林大学出版社,2020.

代后记

网络文学智库导向：
我的"青创观"极简史

原本不打算写后记的。

但这本《网络文学青创爆款方法论》交稿近两年后，《新时代网络文学"青创化"发展研究》也完成了初稿——前者其实可以视为后者"微观卷"的部分内容，两者同属于我们"网络文学时代新范式——从青创化到连接论"课题设计与论证的研究成果。

从2017年起，我们就已经开始设计、论证和研究"网络文学时代新范式——从青创化到连接论"的课题，并每年都在根据研究的进程，修订项目计划书：1.0版、2.0版、3.0版……就像青年迭代、网文迭代一样，我们的课题设计与研究创作也在迭代。中国青年出版社"华语网络文学智库丛书"已出版的六卷，都可以视为我们这个青创化重点主题研究的阶段性成果。

从《网络文学青创爆款方法论》到《新时代网络文学青创化发展研究》则是我们最新的研究成果。2020年底，夏烈兄给我打电话，为其主编的"中国网络文学研究名家论丛"组稿时，我正在左右开弓、同步撰写《连接论：网络文学时代新范式》和《新时代网络文学青创化发展研究》两部书的初稿——两者交叉、交互、交融在一起。因为我的研究与写作"很任性"，往往可以就一个主题接续十天半个月地写上数十万字，其间随时"键盘跟着脑海走"，不断地"超链"跃迁，又围绕着另一个主题写上数十万字。当时我围绕"新时代网络文学主流化"这第一命题，很任性地写了二十多万字，没有任何"断章"（断成各个章节），还没有收尾和"结论"时，就忽然拐到"穿越救国潮"和"猫腻系列作品改造世界反思论"，又写了数十万字（这部分其实是很适合继续收到《网络文学青创爆款方法论》中，因为本书没有收纳《大道朝天》的研讨内容，而这部分内容又从《大道朝天》折返回去对猫腻整个系列作品所映照的中国网络文学"改造世界潮与底层'青创'思维"进行了深入的解读、诠释和建构）。

我跟夏烈兄在电话里聊得很愉快，顺势就接下了这个"活"，决定春节前后从已经成稿的《新时代网络文学青创化发展研究》中抽取符合要求和字数的内容，进行"断章"、修订和"体系化建构"，然后，于2021年3月初提交了《网络文学青创爆款方法论》1.0版——当时因为各种原因考量，如"青创化"的研究范式和体系架构尚未完全建构，因此，就隐掉了"青创"或"青创化"这种关键造词、理论和方法论原型（模型），把原书名暂定为《网络文学爆款方法论》。

但这带来一系列的问题，如书名很容易把大家"带歪了路"：毕竟，"爆款方法论"是业内外许多人都已经提出并进行探讨和研究的概念。如果沿用这个提法，确实会带来责编所提出的问题，如：读者可能会下意识去寻找爆款"讲故事的技术"即实战方法，而不是去聚焦内容更想表达的爆款"方法论"，而且是新的底层思维、逻辑和方法论——如前所述，这本书其实介于技术（方法）和理念（理论）之间，解读与阐述网络文学爆款现象、潮流和趋势中的青创方法论：它是一种方法论，不是讲具体创作与生产爆款的方法。

而且，"爆款方法论"很宽泛，并不容易彰显本书的特色，"青创爆款方法论"却可以凸显我们在业界内外试图提取、提炼和提出的原创、独创和领创性观点，如："青创化"是整个新时代网络文学发展的底层思维、逻辑和方法论；"青创"也是新时代第一个十年网络文学爆款频出的基本法则——从 IP 化到互联网其他内容产业频出爆款，都是因为有意并主动采用了青创化的方法论。所以，从中国网络文学二十多年发展史，到下一个网络文学新主流化时代，造浪造青春新浪潮，创流创时代新主流，你想创造爆款，就必须掌握青创方法论。因为，青创化并不仅仅是"爆款方法论"，亦是"时代新范式"。

从"青创爆款方法论"到"青创化时代新范式"，我们在《新时代网络文学青创化发展研究》中已经初步完成了理论与体系性建构，再聚焦这部《网络文学爆款方法论》书稿时，就越发感觉到把它重新命名为《网络文学青创爆款方法论》的重要性，重建两者从理论体系到方法论渊源流变和连接关系的必要性，以及修订本书的引论与部分内容以凸出"青创"或"青创化"方法论的紧迫性……于是，在编审之前，我便重新修订了书名、引论和部分内容，于是本书正式定名为《网络文学青创爆款方法论》（2.0 版）。

但——修订完毕，还是觉得引论中所说"版面有限，内容未尽"实在是一个缺憾，容易让人"见木不见林"，只见"爆款青创法"，见不到"青创化时代新范式"。所以，觉得很有必要再补一个后记。

但新写一个后记是不可能的。于是，仔细思虑一番，觉得可以把《新时代网络文学青创化发展研究》中的《我的"青创观"极简史》一章，视为本书的后记：以我们有关网络文学青创化发展的智库导向观点之发展演变，建构"网络文学爆款'青创'方法论"（小切口）、"新时代网络文学青创化发展"（好杠杆）和"青创未来时代新范式"（大格局）的新连接状态，可以更好地帮助读者"胸怀大局、取势而为"，四两拨千斤，以小切口撬动大格局；同时亦可"千钧"聚"一发"，于青创化的时代新范式建构之中，找准爆款青创的切入点与着力点。

但由于这篇《我的'青创观'极简史》有五万字左右，收录于此处似有喧宾夺主之嫌，且再次"内容超载""信息负荷"，让本书"厚"得不能再"厚"——恐读者诸君"阅读不能承受之重"，难以"享受悦读欢愉之轻"，所以，只能忍痛割掉这个"尾大不掉"的后记，暂以"代"一字作为线索，希望读者诸君未来如果有兴趣，想进一步了解"青创观"的来龙去脉，那就待《新时代网络文学青创化发展研究》出版上市之后，按图索骥，从此书到彼章，翻一翻，瞧一瞧，"宁可误读，也不错过"。好吧，作者我的小心思又被读者你的火眼金睛看穿了——厉害了，我的阅读君——没错，我就是植入了一个"软广告"！广不广告在我，但动不动在你。有缘千里来相会，无分清风不翻书。读书也是要讲缘分的。

这其实也是梳理我们从青创网文到青创中国、从青创爆款到青创元年等青创化战略思维、逻辑和方法论本身的"青创化之旅"。

因此，这可以说是一篇我们关于青创化发展、网络文学智库导向的"青创观"极简史之序。

终点即新的起点。

希望未来的路上能与你一路同行。

图书在版编目(CIP)数据

网络文学青创爆款方法论/庄庸著. -- 宁波：宁波出版社；杭州：杭州出版社，2023.6
（中国网络文学研究名家论丛. 第一辑）
ISBN 978-7-5526-4788-4

Ⅰ.①网… Ⅱ.①庄… Ⅲ.①网络文学-文学研究-中国 Ⅳ.①I207.999

中国版本图书馆CIP数据核字（2022）第228930号

中国网络文学研究名家论丛

网络文学青创爆款方法论
WANGLUO WENXUE QINGCHUANG BAOKUAN FANGFALUN

▷ 庄 庸 著

策　　划	袁志坚
责任编辑	陈姣姣　邹乐陶
责任校对	虞姬颖
装帧设计	金字斋　甘巧丽
出版发行	宁波出版社
	（宁波市甬江大道1号宁波书城8号楼6楼　315040）
	杭州出版社
	（杭州市拱墅区西湖文化广场32号6楼　310014）
印　　刷	宁波白云印刷有限公司
开　　本	710mm×1000mm　1/16
印　　张	26.75
字　　数	330千
版　　次	2023年6月第1版
印　　次	2023年6月第1次印刷
标准书号	ISBN 978-7-5526-4788-4
定　　价	78.00元

如发现印装质量问题，请与出版社联系调换，电话：0574-87248279
（版权所有　翻印必究）